U0126220

中國古典詩論中「語言」與「意義」的論題

—「意在言外」的用言方式與「含蓄」的美典

蔡英俊著

臺灣 學七書局 印行

自 序

　　當代詮釋學所提供的理論觀點或實踐向度，自是有關「意義」與「理解」的基本議題，並且由是拓展為探詢「過去」與「當下」之間交會時可能衍生的「解釋」的問題。然而，不同的文化傳統各有其獨特的關於「意義」的界說與陳述，因此就某方面說來，伴隨對於意義建構而來的「理解」過程與「解釋」方法，也就各自有著獨特的相對應的論述體系。譬如說，如果一個傳統強調「經驗」的流動性本身唯有在語言的表述中才得以構成意義，那麼，此一傳統關於語言現象與語言活動所提出的考察，其結果必然不同於另一個強調經驗自有其內在意義與價值的論述傳統。如何理解並詮釋此等意義的性質與作用，便是每一個文化傳統必須不斷面對的基本課題。從歷史回顧的角度看，某種傳統斷裂時所引發的特殊感受與經驗，更可以為理解與解釋的活動注入鮮活的更新力量，然而，問題也就在於這樣的一種理解與詮釋的活動是要建立在怎樣的知識材料與知識議題之上？古典的研究如何能進入現代論述的場域而具有現代性，這不僅是理論反省的，也同時是實踐的，而「過去」與「當下」所牽扯的難題即是在此。

　　基於這種前提，本書即是試圖透過「語言」與「意義」等當代理論的概念做為參考架構，重新考察古典詩論中有關於「意在言外」與「含蓄」，甚至於「寄託」與「神韻」這幾個常見的詩學觀念的具

體內涵,並且重新賦予現代的理論內容與意義。然而,所有的術語或
觀念在性質上都不可能是中性的,而是符碼化的結果,必然對應著一
套極其複雜龐大的文化歷史脈絡與詮釋系統,因此任何術語或觀念的
建構與操作,也不可避免的會牽涉到所謂價值觀與策略的問題。本書
以古典詩論中的「含蓄」審美典式做為論述的主軸,並且將此一美典
擺放在「意在言外」的議題與論述脈絡,詳細闡釋其中的歷史發展與
理論內容,以及檢視不同審美典式之間可能具有的因依關係或相互的
差異。至於在論述過程中,所以對於每一項提出的議題進行繁複的辨
析比對,乃至於有時候不免枝節,主要即是想要在個別議題的論證上
有效的揭示其中可能隱含的文化支援系統,或可能借助的參考架構的
底蘊。另外,學術研究活動本身不是獨立的與孤立的,而是一種積累
漸進的工作,每一步的理解與詮釋都是建立在與既有的成果相互對話
或論辯的綜合上,並且依次成為學術社群彼此間下一步發展的理解與
詮釋活動的基礎。因此本書中對於每一項議題的說解,也就往往偏向
於不厭其煩的引述既有的研究成果,且據以進行推演討論,提示初步
考察的結果。最後,當然更希望能藉此引發後續在古典詩學相關議題
上的論辯與進展。

中國古典詩論中「語言」與「意義」的論題

——「意在言外」的用言方式與「含蓄」的美典

目 次

導　論

「語言」與「意義」的論題

　　本書探討的問題，主要是中國古典詩論中有關「語言」與「意義」的議題，並且把討論的重點放在「意在言外」此一用言方式與「含蓄」美典之間的相關性。詩在中國古典文學、甚至於文化傳統中所占有的位置與重要性，自不必在此多加贅述。然而，關於詩創作與批評的相關議題，仍有許多值得闡發的論述空間，尤其是當我們透過不同文化傳統之間的理論參考架構重新加以考察時，更可以發現有些原在各自論述場域中極為熟悉平常的概念，其實是蘊涵有深廣的理論意義，並且可以取得新的理解。如就詮釋學的角度來說，「傳統」與「現在」總是需要經由不同的「視域」之間的相互調整才可能傳接並被理解，而所謂的「現在」，往往是因應新的歷史情境與知識材料而必須對於「傳統」進行重新的建構與理解。因此，所謂的「傳統」不應被看成是一個「靜態」的概念或持有物，而應是一個內容與意義都不斷積累與增加的過程。

　　再者，如本書所要處理的「意在言外」與「含蓄」這兩個詩學觀念，雖然常見引述，但如要說出個所以然，則除了具體徵引某一首

個別的詩作加以提示之外，就不免有所遲疑。這種現象，當然跟古典
詩論傳統中對於觀念的呈示與論說的方式有關，畢竟在一個以詩文為
重心的「士大夫」文化傳統中，言說與論述活動所操作的語料是在歷
史中不斷積累的，並且由是成為此一知識階層彼此熟悉的文化素養的
一部分，許多觀念、價值或行為模式自是可以不言而喻，甚或是不證
自明。然而，一旦決定此一文化傳統所以形成的內在與外在的因素改
變了，則原有的觀念、價值或行為模式更必須費力的透過解讀分析才
得以被理解。當前的古典文學研究，可能就是處於這種狀況。顏崑陽
先生曾撰文指出，就中國傳統的歷史整體而言，對於古典詩歌文化的
相關論述，可以「新文化運動」為分水嶺，粗略的區分出「古典詩歌
文化的實踐期」與「古典詩歌知識研究期」兩個階段。在前一個階段
中，古典詩歌顯現為一種文化情境的實踐力，而此所謂的「實踐力」，
即是指稱「古典詩歌在社會中被普遍地創作、賞讀、使用、省思而所
涵具的生命力。」❶至於在後一個階段，則古典詩歌在文化活動中的
實踐力已漸衰竭，「古典詩歌不再是社會中現存的一種普遍文化情境，
而是故紙堆中的史料，只作為被研究的知識對象。」❷顏先生提出的
分期判準，主要是以古典詩歌能否做為一種集體性的社會行為現象來
考量──就此而論，古典詩歌原先所可能扮演的角色功能，的確在
「新文化運動」之後的中國文化場景中有了極大的改變，「文化實踐」
本身轉而為客觀的「知識研究」。

---

❶ 顏崑陽：〈從「言意位差」論先秦至六朝「興」義的演變〉，《清華學報》，
　　新二十八卷·第二期（1998 年 6 月），頁 143-44。
❷ 顏崑陽：〈從「言意位差」論先秦至六朝「興」義的演變〉，頁 144。

　　於此，顏先生更以古典傳統中論究比興、解讀詩騷爲例，說明「論究、解讀」這種論述活動所具有的知識研究可能有的一種深藏的文化意義，也就是知識階層「透過詮釋歷史以詮釋當代的一種文化承變的創造性行爲。『通經致用』、『鑑古知今』，一直就是中國傳統學術的特殊性能，其現存的主體性始終鮮活。」❸儘管這種創作或論述活動中所具有的「主體性」，可以說是當代研究者一再強調的有關中國傳統學術特殊性格常見的一種論據，然而，我們關切的重點更在於這種創作或論述活動中所可能呈現的客觀面向的知識議題，畢竟所有的言說或論述活動，不論其中主體實踐的意味有多強，一旦表述爲言說或論述的形式，自不可避免的要求某種程度的對於議題內容的思考與反省，這即是胡塞爾所倡議的「反思」的基本性格：

> 反思無非意味著試圖把在單純的意見中所意欲的、所引以爲前提的意義「本身」實際地建立起來；或者說，試圖使在不清楚的行動方向中模糊地浮現出來的意義清楚明朗起來。❹

　　因此，我們很難斷言說，某一個歷史階段的文化活動只見是實踐力的產物，而另一個歷史階段又只見是客觀的知識研究的活動。或許我們應該換個角度提問，如果詩歌仍要被視爲是當代創作活動中的一種重要的形式，那麼，身爲文學研究工作者要如何參與如此的一種創作或論述的活動？更重要的，在當代的文化情境中，關於詩歌的創

---

❸　顏崑陽：〈從「言意位差」論先秦至六朝「興」義的演變〉，頁145。
❹　【德】胡塞爾著，張慶熊譯：〈《形式的和先驗的邏輯》·導論〉，見倪梁康選編：《胡塞爾選集》（上海：上海三聯書店，1997），下冊，頁840。

作或論述活動，到底是要指向古典的、抑或是現代的形式？身爲文學研究者，我們都知道文學批評除了是做爲學術研究的主要對象之外，文學批評仍有可能包含培養所謂批判的理解與感受能力，並且造就一種廣被的「文學文化」的環境。這或許是古典文學的研究者必須正視的問題，也唯有如此，我們才可能期待另有一個普遍屬於詩的文化情境。

另外，既然「傳統」與「現在」總是需要經由不同「視域」之間的相互調整才可能傳接並被理解，則在古典文化傳統中的諸多發言者，雖然屬於同樣的文化情境，卻因著發言位置的移易，而可以對於同一議題的內容或意義進行一種「言意位差」的論述活動——這種「位差」其實就代表了「視域」的改變。如果我們容許這種差異在原先傳統中的可能性是自然合理的，那麼，近代學術活動講究對於詩的相關問題進行一種性質上非「切身體驗」的系統性、客觀性的論述，自可不必一定要感嘆其中是有某種實踐力的衰竭，畢竟所謂的「主體性」其實也可能就是近代學術性格要求下而對於古典文化傳統的一種「重建」。再者，如果西方論述傳統所呈現的知識材料與議題已是當代文化情境的一部份，那麼，所謂的系統性、客觀性的理論論述方式，自應是與傳統的學術性格構成一種「傳統」與「現在」之間的弔詭或辯證關係，而不是一種「傳統」與「西方」之間的矛盾或失位。這種不同「視域」之間的調整可能才是我們需要思索並加以解決的問題。

在這種脈絡的提示下，本書即試圖透過「語言」與「意義」等概念的參考架構，重新考察古典詩論中有關「意在言外」與「含蓄」這兩個常見的詩學觀念的具體內涵與理論意義，並且進一步辨析兩者與「寄託」或「神韻」之間可能的區隔。於此，所謂的「語言」與「意

義」等概念，雖然在古典詩論的論述場域中並非不常見，而在當代的論述場域中更也是常常被提出討論的議題，然而，此等概念在古典詩論材料中是另有提問的方式與相關的論述脈絡，而另一方面此等概念在當代論述場域中的知識來源有時又是隱而未顯——因此，本書所採行的論證方式與步驟，就在於先從當代的知識與料中提取有關「語言」與「意義」等概念的解說，然後再依此追溯此等概念在古典詩論場域中的提問方式與論述脈絡。

首先，讓我們引述西方學者對於詩的體類所提出的見解，以此做為討論的起點。史科勒斯（Robert Scholes）在討論《詩的要素》這本小冊子中提到詩所具有的「表情」功能此一議題時，即從「戲劇」與「敘述」的標目著手，一方面認定「所有的詩在某種程度上都可以說是戲劇的，不管此種成份是多麼的細微。……每一首詩都享有了如一場戲劇中出現的一段言說的某種性質」❺，而另一方面認定「詩是敘述的，因為詩中的說話者是站在行動之外的角度，向我們發表有關詩中角色與情境的意見。」❻先是透過這種比對的觀察，史科勒斯才展開有關詩的各項特質的解析，並且把解析的重點放在語言技巧上的說明，也就是對於各式各樣詩歌語言修辭法則的闡述。

其次，美國漢學家宇文所安（Stephen Owen）在論及詩在中西文學傳統中所占有的不同位置時，開宗明義說了這樣的一段陳述：

❺　Robert Scholes: **Elements of Poetry** (New York and London: Oxford University Press, 1969), p. 11.至於史科勒斯所提到的詩的三種性質，則分別是「音樂的」、「（語言）遊戲的」以及「表情的」，而探討的重點就在於「（語言）遊戲的」性質，也就是修辭法則。

❻　Robert Scholes: **Elements of Poetry**, pp. 15-16.

　　一項簡單的事實：抒情詩在西方文明中從來不曾扮演過一種
直接的或強而有力的角色。其他的文學形式（按：即史詩與戲劇）
才真正扮演主要的角色，即使這樣的角色通常並沒有正式被
確認。……然而，不像敘述的或戲劇的形式，寫抒情詩（在西
方文明中）一直都是一種特別而單一的行業，雖然爲少數人所
推崇，卻爲大多數人盡可能的忽視。❼

　　宇文所安由是而進一步探討詩在中國古典文明中所扮演的角：
一直都是透過詩的形式，中國人得以了解他們自己以及他們的過去。
因此，不論是經由寫詩來表達或反映對於某一特定的歷史或社會情況
的情感反應，或是用以考試，藉以判斷一個人是否合乎擔任「公職」，
甚或是在宴集的場合以詩相贈答——基本上，詩的主要功能就在於
「知人以及爲人所知」，藉此形成並建立一個貫穿時代限制而有的共
同的「社群」（a living community across time）。更重要的，在如此
的文化社群中，詩不應是獨立於生活世界之外的一種「製品」或「技
藝」，而是生活世界的一部分，同時有著崇高的與細瑣的創作指標，
但同樣都是以語言訴說著複雜微妙的情感與心境。❽

　　因此，在西方文學傳統的論述系統中，詩其實是與「戲劇」或
「敘述」的文類相生並行的，而有關於詩的特質的界說，不免是要與
「戲劇」或「敘述」的文類有著相互闡發的因依關係。如果依據宇文

---

❼　Stephen Owen, "Poetry in the Chinese Tradition," in Paul S. Ropp ed. **Heritage of China: Contemporary Perspectives on Chinese Civilization** (Berkeley: University of California Press, 1990), p. 294.

❽　Stephen Owen, "Poetry in the Chinese Tradition," p. 308.

所安的話說，則西方最優秀的抒情詩一直與史詩以及戲劇有著密切的關係，並且分享了這兩種類型所具有的「創造」與「製造」的價值；就如同在戲劇中一樣，詩訴說著故事、不斷重新組合或重新創造有關世界的「靈視」（vision），並且是以化身的身份說著自己的故事。❾如果說詩歌在西方文學傳統中是表現爲對於某一情境的客觀的或想像的描述與呈現，而與詩人自身的情感或生活等主觀面向有著某種程度上的疏離與跳脫性，那麼，作品所呈示的世界、所傳達的意義，就可以是具實的生活世界的一種虛構與再現，這種虛構與再現是表現在語言與素材上的經營模塑，因而在意義的判定上更可以與具實的生活世界互不相涉。且進一步說，詩與詩人、或與詩人個人生活之間既然隔有著一道面具做爲中介，就不必然要以個人自身的經驗內容爲素材──也就是在這層意義上，詩與文學可以說是虛構的，甚或是想像力的創造品。❿相對來說，詩在中國古典文學傳統中就表現爲對詩人自身的情感或心境的一種抒發與表白，詩即是個人生活的一部份，也是生活經驗的延伸；更重要的，詩的意義或價值及來自於詩人情感上的眞誠與眞摯。在此，我們清楚看到了中西文學傳統對於詩歌所採

---

❾ Stephen Owen, "Poetry in the Chinese Tradition," p. 294. 「化身」，原意是指「面具」，是戲劇演出中演出者根據角色所穿戴的道具。關於中西文學傳統的不同表現與各自的側重點，本書在第一章的相關小節中會有較爲詳細的說明。

❿ 於此，我們可以看到西方論述傳統中詩人可以逕自以「變色龍」（chameleon）稱說自己的身份，強調「歷史世界中的自我祇是一種偶然」，並且認定「詩人不應假設他必須只能以自己的信仰或個人歷史來說話；他應得相信另有一種力量可以辨認自己以外的其他人的生活，並且可以將這些生活的形貌具體具現在詩的形式當中。」見 Robert Pack, "Lyric Narration: The Chameleon Poet," **The Hudson Review** (Spring, 1984), pp. 69-70.

取的不同理解：一個是以語言營構內在的情感或意向為主，而另一個
則是以語言營構外向的世界或行動事件為主，儘管主要的表現內容互
有不同側重點，但二者都各自具有與自身有關的「語言」與「意義」
的論題。就此而言，如能透過兩者之間不同的側重點做為參考的架構，
並且以兩者之間共有的議題為探索的重點，或許可以幫助我們進一步
釐清相關的問題。

根據刻瑞格與克拉克（Murray Krieger and Michael Clark）兩人
所提出的見解，詩的意義所探究的論題主要是在「辨明詩的語言運用
模式具有一定的特質，足以讓詩與其他的語言運用模式相互區隔」，
而此一論題的具體內容則在於：

> 強調詩的作用是為萬象世界以及人的活動經驗提出有意義的
> 陳述，因此，「詩的意義」此一問題在詩學中是居於中心的
> 位置，而探討的議題包括闡明語詞與事物之間的關係，或者
> 辨析詩的陳述可能顯示的真偽，甚或是探究詩的直覺與洞察
> 力所能反映出的認識論上的特性。至於近代，則質疑語言所
> 具有的意義指示功能，認定語言祇是由符號本身的差異與對
> 照所構成的系統，並不指示任何意義。⓫

這一段論述，很顯然是把「詩的意義」擺放在作品本身所呈示
的陳述（statements），並且是放在語言文字的結構層次上加以檢視

⓫ Murray Krieger and Michael Clark, "Poetic Meaning," in Alex Preminger and T.V.F. Brogan eds., **The New Princeton Encyclopedia of Poetry and Poetics** (Princeton: Princeton University Press, 1993), p. 739.

的。至於其中所提到的近代以來對於語言指示功能的質疑,則是因著索緒爾(F. de Saussure, 1857-1913)的語言學而開展出來的相關的論述,此一論述系統包含許多重要的議題,就中最具典型的發展,即是以「文本」與「延異」取代了既有的「作品」的概念。由是,「作品」的概念原先所蘊含的作品與作者之間的關係完全被切斷了,同時作品與指涉對象之間所具有的意義上的照應關係也被虛化了。就當代文學理論的發展而論,「文本」與「延異」的概念自有其複雜細緻的內容,這當然超出本文的處理範圍。然而,如果以最簡化的方式加以說明,那麼,德希達(Jacques Derrida)的名言:「『文本』之外,別無它物」,其實仍是西方論述傳統中對於任何語言表述所承載的「意義」的客觀性的一種肯定。⓬

　　回到刻瑞格與克拉克兩人所提出的意見,則所謂的詩的「意義」一方面是由作品本身在語言文字結構層面上的經營所決定,這是詩人對於語言素材的創造表現,而另一方面則意義也決定於作品本身所傳寫的有關對象事物的直覺與洞察力。因此,意義的判準來自於兩個層面,一是得自於作品與客觀世界或客觀事物之間的關係,而此一關係又牽涉到所謂「再現」的概念,另一則是作品本身對於語言文字的經營與安排。但無論如何,詩的意義都可以說是完全取決於作品本身所具的獨立性與自足性,因而是與詩人自身的生活經驗或個人歷史無多

⓬　關於索緒爾的語言學與當代文學理論發展之間的關係、以及有關「文本」與「延異」的理論,請參考我的博士論文:Ying-chun Tsai, **Text, Meaning, and Interpretation: A Comparative Study of Western and Chinese Literary Theories** (Ph.D. University of Warwick, England, 1997),分別見於第一章與第二章,頁 18-129。

大的直接關係。個人生活是一個具體但又零碎的世界，而詩的語言則
建構了另一個完整而又充滿意義的世界；後者當然是從前者取得材料、
並且映照前者，但更重要的是後者因此取得了意義上的自足性，由是
而詩或文學的語言世界得以從瞬息萬變的生活經驗中躍升，並且具有
了「言說世界（『道』）」（the *logos* of discourse）的普遍意義。⓭

近代的文化知識場景，讓我們對於文學創作議題的論述是依照
「文學或詩是一種語言的藝術」此一命題而展開的⓮，因此，我們就
先從「語言」的問題著手進行討論。基本上，在中國古典文學或文化
傳統中，詩做為一種語言的表現活動並不是一項陌生的題義，《尚書·
堯典篇》中所稱說的「詩言志」即是一例，但值得考究的是，為何這
樣一種觀念會在歷史的發展過程中逐漸隱沒，進而有待於近代才又重
新被提及並成為重要的議題。然而，正如同我們在第一章中試圖加以
說明的，以「語言」的概念來統稱文學的表現活動，其實並不全然適
用於描述中國古典文學傳統的特質，畢竟此一文學傳統中仍有部分、
甚且是大部分乃是得自於高友工先生所謂的以「文、辭」為基礎所形
成的「文字文化」的系統，因而與「言、說」所構築的「口語文化」

⓭ 在此，「言說世界或『道』」（the *logos* of discourse）的觀念，主要是借自
法國哲學家保羅·利科（Paul Ricoeur）的說法，我們自可認定中國古典傳
統中對於詩以言志的信念其實也反映了這種相同的體驗，然而其間自有不同
的側重點與論述脈絡。關於呂格爾的詮釋理論，請參考我的博士論文，同上
註，第三章，頁130-87。

⓮ 關於文學或詩是一種「語言的藝術」的提法，在當代最完整、也最典型的論
述可以見於王夢鷗先生的《文學概論》（臺北：帕米爾書店，1964），其中
第一章到第三章都是以此一主題展開討論的，尤其是第三章:〈語言的藝術〉，
頁15-28。

系統相互並列❺——同時，在以「士階層」為中心的古典文化傳統中，「文字文化」的系統又不免顯現為獨特而具有豐富義涵的文化現象，可以另有說解。❻

如果就字源的角度來說，中文的「詩」字即是依著「從『言』，『寺』聲」的界說而取得字義：「言」是取義的根本，而「寺」字又與「志」字有關，由是展開了詩的基本觀念及其相關的論述，一方面蘊示著詩做為一種語言的表現活動，而另一方面則揭示了內在意向的表達活動。在現存的先秦兩漢典籍中，是有許多文獻材料記錄著有關「語言現象」的思考與見解。譬如《左傳》一書所記載孔子的一段話，即可以用來說明古典傳統對於志意與語言表述功能關係的積極肯定：「志有之，言以足志，文以足言；不言，誰知其志？言之無文，行而不遠。」❼這段文字，雖然以個人內在的意向活動為主，但卻更強調具有文采修飾的語言表達的重要性。又如《周禮》一書所說的：「以樂語教國子：興、道、諷、誦、言、語」，則是在「樂語」的總綱目下提示六種不同的語言運用方式。先秦這一階段中，對於語言現象的專注與考察，最具體的成果當然是以《荀子》、《莊子》、「名家」與「墨家」後學等為代表。根據張亨先生的說法，這些論著對於語言

---

❺ 高友工：〈中國語言文字對詩歌的影響〉，《中外文學》，第 18 卷第 5 期（1989 年 10 月），頁 4-38。

❻ 於此，依據同樣的議題卻在不同的脈絡中，龔鵬程先生闡釋並發展一套對於以文字為主的文化傳統的論述，請參見龔鵬程：《文化符號學》（臺北：學生書局，1992）。

❼ 《左傳·襄公二十五年》，見【唐】孔穎達：《春秋左傳正義》，卷 36，頁 14A。

現象所作的反省與思考主要是集中於「語言哲學」的範圍，「或者說跟語意學（semantics）有某些關聯，而對於語言形式本身的語音、語法、語構（syntax）等問題則未嘗措意。」⑱如果就語意學所關心的問題而言，則有關「意義」的探索當然是其中的核心。根據當代英國語言學家利奇（Geoffrey N. Leech）的說法，語言學家試圖解釋的問題並不在於「意義是什麼？」而是在於「懂得一個詞、一個句子等的意義，指的是什麼？」⑲緣是，則有關意義的提問牽涉到我們如何運用語言來劃分和表達我們對於世界的認識，也同時包含了有關思維過程、認知以及概念化等議題。

　　如果說我們提問的起點是「懂得一個詞、一個句子等的意義，指的是什麼？」我們或許可以舉《墨子》書中的一段記錄來說明中國古典文化傳統中關於語言使用者對於字詞的選擇，其實是牽涉到更為複雜的「意向」與「判斷」的表述問題，而這種語用習慣又深化了傳統思維中一種較為特殊的語用模式：

> 今遝夫好攻伐之君，又飾其說以非子墨子曰：「以攻伐之為不義，非利物與？昔者禹征有苗，湯伐桀，武王伐紂，此皆立為聖王，是何故也？」子墨子曰：子未察吾言之類，未明其故者也。彼非所謂攻，謂誅也，……。⑳

---

⑱　張亨：〈先秦思想中兩種對語言的省察〉，《思與言》第 8 卷第 3 期（1971年 3 月），頁 64。

⑲　【英】傑弗里·利奇著，李瑞華、王彤福等譯：《語義學》（上海：上海外語教育出版社，1987），頁 7。

⑳　《墨子·非攻下》，吳毓江撰，孫啟治點校：《墨子校注》（北京：中華書

在這一段文字中，主張戰爭論者舉出禹、湯與周武王做爲例子，用以說明攻伐是必要的，雖在聖王，亦不可免；而墨子則爲了維護聖王的正當性或合法性，儘管在字義上「攻」與「誅」是屬於同一語義範疇，也不得不強調「誅」的意義是可以不同於「攻」的。至於墨子所持的理由，則是語言的使用應該考慮兩個不同的條件：一是「察言之類」，也就是必須審察與所使用的語言相對應的意義範疇或可適用的語意脈絡；另一則是「明其故」，也就是必須仔細辨明所使用的語言得以出現的特定而具體的情境，或者是透過語言試圖說明或解決的問題根源。我們或許可以說前者比較接近現代語言研究中的「語義原則」，而後者則是「語用原則」的取向。於此，《墨子·大取篇》也提到所謂立辭的三項原則，即「以故生，以理長，以類行」，可以參照。❷不過，我們的重點並不在探討《墨子》一書中的語言觀，而是想借用墨子對於「誅」與「攻」的區隔，說明同一範疇的字詞在實際運用時是可以有不同意義脈絡的聯想與指示功能。因此，字詞的運用其實牽連著語用者更爲主觀而細微的因素，如個人的情感、意向與態度等，並且受到更爲複雜而深邃的文化因素的制約，如政治制度、社

局，1993），上冊，頁 220。案：原文中「逮」字與「遝」同。另外，吳毓江的校注引孫詒讓的說法：「《說文·言部》云：『誅，討也。』謂討有罪與攻伐無罪之國異」（頁 229）。

❷ 《墨子·大取》：「（夫辭）以故生，以理長，以類行也者，立辭而不明其所生，忘（妄）也。今人非道無所形，唯有強股肱而不明於道，其困也，可立而待。夫辭以類行者也。立辭而不明於其類，則必困矣」，吳毓江撰，孫啓治點校：《墨子校注》，下冊，頁 616。關於這三項立辭原則的說解，請參見王俊衡：〈墨家的修辭思想〉，陳光磊、王俊衡：《中國修辭學通史：先秦兩漢魏晉南北朝卷》（長春：吉林教育出版社，1998），頁 75-88。

會結構與生活形態等。

　　前面提到的當代英國語言學家利奇，在分析語義的各種類型時，就曾專章指出七種不同的意義類型，分別是（1）「概念 (理性) 意義」，也就是指關於邏輯、認知或外延內容的意義；（2）「內涵意義」，也就是指通過語言所指的事物來傳遞的意義；（3）「社會意義」，也就是指關於語言運用的社會環境的意義；（4）「情感意義」，也就是指關於說話者或寫作者個人的感情和態度的意義；（5）「反映意義」，也就是指通過與同一個詞語的另一意義的聯想來傳遞的意義；（6）「搭配意義」，也就是指通過經常與另一個詞語同時出現的詞的聯想來傳遞的意義；與（7）「主題意義」，也就是指組織信息的方式 (語序、強調手段) 所傳遞的意義。❷

　　同時，利奇更以「聯想意義」此一較具有概括性的術語來統合「內涵意義」、「社會意義」、「情感意義」、「反映意義」與「搭配意義」等五種意義類型，理由就在於這些意義彼此之間所指稱的內容比較相近，它們「都具有同樣的不限定、可變化的特性，並且都能作程度和範圍的分析，而不能用那些孤立的『不是這個便是那個』的方式進行分析。」❷再者，在這些不同的意義類型當中，利奇就肯定認為屬於「概念 (理性) 意義」的邏輯意義是討論「語義能力」的重點，至於其餘的意義類型，則因為指向了更為深廣的文化或信仰的議題，所以在討論上容易墜入一個「空泛的境地」。儘管有著如此的審

---

❷　關於這七種「意義類型」的詳細解說，請見【英】利奇著，李瑞華、王彤福等譯：《語義學》，第二章，頁13-33。

❷　【英】利奇著，李瑞華、王彤福等譯：《語義學》，第二章，頁25。

慎與自我約制，我們仍不可避免要強調古典傳統中常見的意義類型大抵上是傾向於以「內涵」、「情感」、「反映」與「搭配」等語義爲主的「聯想意義」的範疇，也就是說語言的使用比較上是決定於語用者自身的語感與態度——這種獨特的語用現象，在我們前面所引述的《墨子》的例子中（亦即區隔「攻」與「誅」的不同），就有著清楚的表示。除此之外，最顯著的例子可能就是漢代學者對於孔子《春秋》中所謂的微言大義的詮釋法則，譬如說「一字褒貶」或「不書（年號、爵位或姓氏）」等獨特的語用方式，於此，語言的使用充分反映了語用者對於人物或事件的情感態度與道德裁斷等主觀的個人意向。這也就是爲什麼在中國古典文化傳統中一旦論及「意義」的問題，必然要涉及所謂的「作者意向」的層次。㉔簡單說來，所謂的「意義」，往往不是可以單純只透過客觀或孤立的語句就能完全加以解釋；「意義」通常是經過脈絡化的，因而必須藉助於語境的支撐才得以顯豁，而「語境」在此既可以用來指稱語用者自身的個人意向或情感態度，也可指稱語用者所置身的較大的社會與歷史的情境，而《孟子》一書中所稱道的「讀其書，不知其人，可乎？」其理論基礎也就在此。

　　就中國古典詩論傳統而言，對於「語言」與「意義」的問題的

㉔　這樣獨特的一套有關《春秋》經文的詮釋法則與系統，在《公羊傳》與《穀梁傳》兩部典籍中表現得最爲明顯。我們可以在傳文中看見詮釋經文者不斷提問如此的一種問題形式，即「何以言 X，而不是言 Y？」，因而解讀的重心就放到探求經文中「爲什麼不這樣寫」的可能動機，而關於「作者意向」的問題也就被提了出來。在此，則是以孔子爲《春秋》經文的「作者」，並且由是展開解讀活動。至於有關中國文學論述傳統中「意義」與「意向」之間的關係的詳細解說，將另文處理。

思索,大致上是循著兩個不同的方向發展,一方面既強調語言的使用其實反映了語用者自身的意向、情感態度,甚或是生活情境,因此意義的呈示必須藉助於相關的語境的支撐才得以明朗化;而另一方面則又顯現對於語言在詩歌創作活動中的表意功能的質疑與不信任,因此轉而為尋求一種間接、暗示的表現方式。❷於此,我們不妨先行借用施塔格爾(Emile Staiger)的論點加以說明。施塔格爾在討論有關抒情詩的語言特色時,曾簡略的提出抒情的模式與語言本質之間的相互矛盾性,這主要是因為抒情詩的作者完全沈浸在生存之流的「瞬間」,是以情調的統一為關切點,而無視於「瞬間」與「瞬間」之間的相互關聯性──這種特質,在本質上不同於語言所具有的外指的意向性與邏輯。至於在做為認識工具的語言中,「我們解析一切生存並製造一定的事物的關聯。語言本身在解析,旨在把被解析者在主從複合句中重新統一。」因此,在抒情詩的表現中,詩人可以讓我們更清楚注意到語言的本質。儘管如此,施塔格爾依然認定一切詩作皆屬於語言藝術的作品,因為沒有經過言傳的事物都不能被稱為是詩。❷同時,正如我們在前面所提示的,抒情詩在西方文學傳統中的位置其實不如史詩(或敘述文類)與戲劇來得重要,因而施塔格爾在簡略指出這種矛盾性之後,隨即補充說道:被抒情詩弄得模糊不清的語言的本質特性,在敘事式與戲劇式的文類中轉而有著清楚突出的表現。因此,在施塔格爾的論述中,詩與語言本質之間的矛盾性的議題也就顯得倏然而

---

❷ 關於「言之不足」或「言不盡意」的問題及其相關的理論背景,我們將在第三章中提出較為完整的分析。

❷ 【瑞士】施塔格爾著,胡其鼎譯:《詩學的基本概念》(北京:中國社會科學院出版社,1992),頁64。

起，倏然而落——正因爲這樣的一種思考方向或論題並不符合以敘事式與戲劇式文類爲中心的文學傳統。

相對於此，在中國文學傳統的論述脈絡中，抒情詩的表現模式與語言本質之間所產生的矛盾性及其可能的解決方案，就顯得特別的重要。基本上，此等相關的議題是與傳統詩論所指出的「賦」、「比」、「興」的表現手法有著密切的關係。在近代以來的古典研究論文當中，對於「賦、比、興」等觀念的內容與可能的理論意義，有新意者爲數甚多，我們不多贅述。然而，其中徐復觀與葉嘉瑩兩位先生所提出的意見，有較多論點可以推展本書相關的題旨。❷綜合兩位先生的意見，則「賦」、「比」、「興」等觀念雖然是具體指稱所謂的「作詩的方法」，但這種方法並不是屬於局部的語言修辭的推求，而是牽涉到整首詩的情意內容的表現原則，因此在更大的意義上說，其實是與「詩的本質」有更直接的關係，也就是得以眞切「表明了詩歌中情意與形象之間互相引發、互相結合的幾種最基本的關係和作用。」在這種前提的引導下，葉嘉瑩先生更舉出西方詩學中以「意象」爲主的幾類修辭法則，藉此而與「賦」、「比」、「興」的表現方式相互比較，並且認爲西方詩學中的批評術語名目繁多，是有其細密之處，亦可看出其中對於技巧安排的重視——然而，在這類對於技巧安排的眾多名目中，並沒有可以與「賦」與「興」性質相對應的觀念：

---

❷　徐復觀：〈釋詩的比興—重新奠定中國詩的欣賞基礎〉，《中國文學論集》（臺北：學生書局，1974），尤其見頁 95-104。另外，葉嘉瑩：〈中國古典詩歌中形象與情亦之關係例說—從形象與情亦之關係看「賦、比、興」之說〉，《迦陵談詩二集》（臺北：東大圖書公司，1985），頁 115-48。

　　　　若就「情意」與「形象」，也就是「心」與「物」之關係而
　　　　言，則所有這些（西方）術語所代表的實在都僅只是由心及物
　　　　的一種關係，而缺少中國詩歌傳統中所標舉之「賦體」所代
　　　　表的「即物即心」的感發，和「興體」所代表的「由物即心」
　　　　的感發。㉓

　　如此說解，無疑能清楚闡明中國古典詩歌傳統中所特別標舉的
情意的感發作用。至於這種感發作用到底經由怎樣的一種語言設計才
得以顯示出來，而這種感發作用又如何能與詩中所呈現的意義相互結
合，這些相關的議題將在稍後再行處理。在此，我們可以借由葉先生
提出的意見，先闡明西方詩學傳統中以「意象」為主的修辭法則到底
具有怎樣的理論內涵，以及其間所可能蘊示的對於「意義」的一般看
法。

　　試以莎士比亞全集中的第七十三首「十四行詩」為例：

　　　　在我身上你或許會看見秋天，
　　　　當黃葉，或盡脫，或只三三兩兩
　　　　掛在瑟縮的枯枝上索索抖顫——
　　　　荒廢的歌壇，那裡百鳥曾合唱。
　　　　在我身上你或許會看見暮靄，
　　　　它在日落後向西方徐徐消退：
　　　　黑夜，死亡的第二個自我，漸漸把它趕開，
　　　　嚴靜的安息籠住紛紜的萬類。

㉓　葉嘉瑩：〈中國古典詩歌中形象與情亦之關係例說〉，頁147。

在我身上你或許會看見餘燼，

它在青春的寒灰裡奄奄一息，

在慘淡靈床上早晚總要斷魂，

給那滋養過它的烈焰所銷毀。

　　看見了這些，你的愛就會加強，

　　因爲他轉瞬要辭你溘然長往。㉙

　　基本上，「十四行詩」的形式是較爲嚴格的一種詩體，除了「押韻」、「音步」等相關的節奏韻律格式之外，詩意結構上也必須相對的加以安排，如這首詩中即以每四句構成一段完整的意義單位，另外再加上最後兩句做爲一種類似「結語」的單位，則整首詩在共同主題的串接下計有著四個獨立的意義單位。

　　至於這首詩之所以常常被西方學者引來說明詩作的表現問題，主要就是因爲其中大量使用了修辭的技巧。這首詩的主題是在於感慨年華老去，並在感慨中企盼愛人的愛可以再加強，因此，詩的重心便是以各種具體的意象來描述年華老去的此等情態：前四句所構成的第一個段落即是以秋冬之際爲例說出，而第二個段落是黃昏時刻，至於第三段則又以爐火將燼爲例。生命老去的情態，可以在秋冬之際的節候中、也可以在黃昏的最後一道餘暉中、更可以在壁爐中殘餘的微溫

㉙　莎士比亞，梁宗岱譯：《十四行詩》（臺北：河洛圖書出版社，1981），頁88。梁宗岱的譯文照應到每行詩的字數，即詩行中的音節單位，並且盡可能押韻，其實是個譯詩的好典範。音節單位與押韻應是詩的要素，這就是詩之所以成爲語言的藝術的根本，而現代詩似乎刻意擺落這些條件的限制。不過，這是題外話了。

中感受得到，這四種情境即是因為彼此之間性質相近而被擺在一起。很顯然的，詩中這三段描述都是以所謂的「隱喻」格式具體刻畫年華老去的情態。在第一句中，原詩是以「一年中的某個時節」說出，並沒有明指是秋天，而是由其下的三行間接加以暗示，這其實也是運用一種修辭的格式，即以性質為同一範疇中的部分事物來替代而構成了「舉隅」——梁宗岱的譯文可能為了照應到每行詩能有固定的字數而做了修改，但如此一來，則多少忽視了原來的修辭安排。在第四句中，「歌壇」原是指教堂中的唱詩團，所以也就是教堂的代稱，這也即是運用了「舉隅」的格式。在第二段中，「黑夜」與「死亡的第二個自我」之間則是構成了「隱喻」格式。至於最後兩句，就像在每一段中的第一句，雖是直接說出渴念，卻同樣都是在籲求中運用了「頓呼法」。

　　類似這樣的各類修辭技巧的安排，在整首詩中比比皆是。儘管這種修辭技巧的安排，在表面上看來似乎只是對於語言現象的經營與推求，然而究實而言，其中卻也實際牽涉到對於外在物象之間的一種性質上的理解與掌握。更重要的是，修辭譬喻的語言原是在於把兩種不相屬的事物加以並列，進而顯示二者之間的類似性或差異對照性。譬如說莎士比亞《馬克白》（或譯《麥克佩斯》）一劇第五幕第五景中常被引述的一段獨白，這是馬克白在眾叛親離、困獸猶鬥的心境下，乍聽妻子死訊時的絕望之辭：

　　　　熄滅了吧，熄滅了吧，短促的燭光！人生不過是一個行走的影子，一個在舞臺上指手劃腳的拙劣的伶人，登場了片刻，就在無聲無臭中悄然退下；它是一個愚人所講的故事，充滿

著喧嘩和騷動，（卻）找不到一點意義。**❸⓪**

　　其中即以「短促的燭光」來隱喻「人生」，在此，人的生命到底是在何種情態下可以與燃燒的蠟燭相比擬？是彼此間共同具有的短暫的性質？還是另有其他可以相互比擬的性質？生命與燭火，同樣來自於黑暗、並將還歸於黑暗；在過程中，生命與燭火同樣需要在釋放活動力與亮光的同時，銷耗自身的能量、並且逐漸萎頓；再者，生命與燭火同樣可以在刹那間突然被煞住了。**❸①**這樣一來，則修辭譬喻的格式在語言的經營與推求之外，也必然關連著對於外在物象物態的一種理解與想像的創造，其中也自然有著對於經驗本身的性質與意義的解釋。如果說中國古典詩歌的傳統在對於物象的沈思中表現為一種獨特的語言藝術，那麼，西方的文學傳統也同樣在對於語言的推求與操控中顯示了獨特的觀物模式。**❸②**

　　在此，需要指明的重點則是，我們對於這首詩的整體意義的理解，並不需要藉助於其他任何文獻資料的參證，就可以完全經由整首

---

❸⓪　【英】莎士比亞著，朱生豪譯：《麥克佩斯》，《莎士比亞戲劇全集》（臺北：世界書局，1980），第二輯，頁74。

❸①　關於莎士比亞「燭火」的隱喻，請參見 Laurence Perrine and Thomas R. Arp, **Sound and Sense: An Introduction to Poetry** (New York: Harcourt Brace, 1992; 8th ed.), pp. 67-68.

❸②　於此，上文提到的英國語言學家利奇，在討論到語言學研究中「相對主義」與「普遍主義」的對峙觀點時，就認為相對主義者難以面對、卻又必須正視的問題，那就是即使人們在自己的語言中找不到一個概念可以與另一個語言中的某一概念相對應，但人仍然可以對於此一概念所指的事物進行描述，甚至如有需要，還可能給予詳盡的描述。【英】利奇著，李瑞華、王彤福等譯：《語義學》，第三章，頁38。

詩構築的上下文脈絡加以掌握，因此，這首詩的意義是完整的、也是
自足的——這種理解方式，即是當代所謂的「客觀理論」的旨意。
評斷一首詩的藝術價值，就具體顯示在分析詩人對於語言的掌控能
力，或者詩人對於某種生活經驗、生命型態、乃至於外在物象的觀察
與呈現，相對而來的，讀者的閱讀或批評的活動，也就在於掌握這種
語言的創意表現以及詩人對於世界的某種「再現」與「解釋」。這種
認知模式，大致上是與古希臘哲學傳統中對於「語言」的現象與「意
義」的傳述等論述系統有關。亞理斯多德在《解釋篇》中，即從何謂
名詞與動詞的討論開始，認定「所有的句子都有意義」，然後進一步
分析所謂「命題」的各種形式與義涵。於此，他特別強調《解釋篇》
主要的目的是用以專門研究與「命題」相關的問題，即有關命題陳述
內容的真偽判斷，並且藉此闡釋命題陳述的可能表現型態與操作模
式；至於有關其他類型句子的分析解釋，則分別屬於修辭學或詩學的
討論範圍。❸在這些相關議題的研究與分析當中，亞理斯多德都把探
討的主要對象限制在語言活動本身所構築的語言成品，即所謂的 *logos*
（可以翻譯成不同的語詞，並代表不同的義涵，如「字詞」、「言説」、「敘述」、
「論辯」，或是「命題」與「原理」等）❸，而邏輯、修辭學或詩學便是
依據不同的語言活動的性質而來的知識分科。基本上說來，這種思考
或認知的模式，都把語言的活動及其相關的表述視為是一個語境獨

---

❸ 【希臘】亞理斯多德著，秦典華譯：《解釋篇》，見苗力田主編：《亞理斯
多德全集》（北京：中國人民大學出版社，1990），第一卷，頁51-52。
❸ 關於「*logos*」一詞的界說與相關的討論，請參考 W.K.C. Guthrie, **A History of
Greek Philosophy** (Cambridge: Cambridge University Press, 1962-81), **Volume I**,
pp. 419-424.

立、而且意義可以具足的分析對象。

　　就此而言，葉嘉瑩先生認爲西方詩歌批評術語所重視的意義，其性質乃大多止於「由心及物」的一種關係，這種說法隱約仍以作者個人主觀的情意做爲詩歌創作的動因，所以特別強調了所謂「由心及物」的物我關係。然而，正如本文所一再提及的，而葉先生其實也注意到了，西方詩歌批評所重視乃是「對於意象之模式如何安排製作的技巧」，因此才會爲此等安排製作的表現方式定立了名目繁多的修辭格式。然而，如此重視修辭格式的安排製作，正反映了西方論述傳統中對於語言的操作模式的自覺，這也就是所謂「技藝」的具體內涵，同時更顯示出西方論述傳統對於意義自足性的肯定。詩或文學可以是一種想像的創造，是所謂「虛構」的具體表現，因而詩或文學是獨立在詩人個人經驗與生活世界之外的，並且自成另一個意義的世界。

　　至於葉先生所強調的中西論述傳統之間的區隔點，即中國古典詩歌傳統中所特別標舉的「感發作用」的本質，則一方面牽涉到詩人對於作品意義的呈示方式，而另一方面更也牽涉到讀者對於此等意義的理解方式。基本上，這種感發作用的本質及其相關的界說，是得自於古典詩論傳統對於「興」的觀念所展開的詮釋系統。在此，我們可以根據徐復觀的分析進一步說明這個問題的具體內容到底爲何。徐先生在對於詩歌中「興」的具體表現方式的分析，曾就興在本質上的問題提出討論，認爲興所說到的事物是由情感的直接活動所引入的，因此，情感、事物與主題之間的關係來自於「觸發」的湊泊，「不是平行並列，而是先後相生」的：

　　　　興所用的事物，因感情的融合作用，而成爲內、外、主、客

　　的交會點。此時內、外、主、客的關係，不是經過經營、安排，而只是「觸發」，只是「偶然的觸發」；這便是興在根源上和比的分水嶺。㉟

　　同時，徐先生也特別注意到「興」在起句與落句上的不同位置所可能引生的不同作用，並且認定在一首詩的結構中，興的事物在前，由興所引起的主題在後，這是一種結構上的自然順序。至於鍾嶸所說的「文已盡而意有餘」，則是把「興」放在詩的結尾，這是「興」的形式自覺轉向複雜化的自然演變，並不牽涉到「興的本質上的問題」。然而，最為重要的是，開頭的興的作用是要把因外物而觸發的感情引向主題，並且由是成其為「主題構造的作用」；至於位於結尾的興，則是在感情已盡了主題構造的作用之後，仍然可以繼續保留情感的延伸，因而「其氣息情味，總是特為深厚，能給讀者以更強的感動力」。㊱

　　在這種認知模式的引導下，古典傳統對於詩歌作品中所呈現的「意」的理解，可能就如同徐復觀強調的，決不單純是指稱以語詞本身為基底的所謂「意義」的意，而應該是比語詞本身明確的指示意義有更寬廣的情感層次上所謂「意味」的意，具體說來：

　　　　意義的意，是以某種明確的意識為其內容；而意味的意，則並不包含某種明確意識，而只是流動著一片感情的朦朧縹緲的情調。此乃詩之所以為詩的更直接地表現，所以是更合於

㉟　徐復觀：〈釋詩的比興—重新奠定中國詩的欣賞基礎〉，頁 100-01。

㊱　徐復觀：〈釋詩的比興—重新奠定中國詩的欣賞基礎〉，尤其是第四小節，頁 110-16。

詩的本質的詩。一切藝術文學的最高境界，乃是在有限的具體事物之中，敞開一種若有若無，可意會而不可以言傳的主客合一的無限境界。興用在一章詩的結尾，恰恰發揮了此一功能。㊲

　　我們同意徐先生總體的說法，尤其是關於意義與意味之間的區隔，但可以進一步釐清其中所謂的「意」雖然可以用來指稱「意味」的義涵，但更重要的是，「意」應該明確的指稱詩人在創作活動時的內在情感或意念，這個說法可以從唐代「詩格」一類的著作中對於「意」的各種界說中找到例證，而最顯著的可能就是明末王夫之（1619－1692）所揭示的論點。王夫之詩論自是以情意為主，即所謂的「無論詩歌與長行文字，俱以意為主；意猶帥也，」㊳同時也在這種觀點的引導下，詳細論及有關作品結構的議題，其中便一再以「意」的概念做為作品結構的測試點，譬如「『采采芣苢』，意在言先，亦在言後，從容涵泳，自然生其氣象」，或「『子之不淑，云如之何』，『胡然我念之，亦可懷也』，皆意藏篇中。……俗筆必於篇終結鎖，不然則迎頭便喝，」㊴經由這些文字脈絡的解讀，我們可以理解到古典詩學論述傳統所謂的「意」，其實是著重在情感意念在作品整體語境中所可能具顯的意味或韻致，而不僅限於作品本身的語詞所指示的字義或相關的引伸義。大抵上說來，既以情感意念可能引發的豐富內涵為

㊲　徐復觀：〈釋詩的比興─重新奠定中國詩的欣賞基礎〉，頁114-15。

㊳　【明】王夫之：〈夕堂永日緒論內編〉，見戴鴻森注：《薑齋詩話箋注》（臺北：木鐸出版社，1982），卷二，頁44。

㊴　【明】王夫之：〈詩繹〉，見戴鴻森注：《薑齋詩話箋注》，卷一，頁18。

主，則詩歌創作的要義就不在於固定的作品語文構造範圍內相關語詞的經營與安排，而所謂的意義或意味，便也永遠都是指向作品語文構造範圍之外的情感與想像的空間。嚴格說來，王夫之詩論中所謂的「凡言法者，皆非法也」或「役心向彼（案：即技巧或技藝）掇索，而不恤己情之所自發，此之謂小家數，總在圈繢中求活計也」，就是以「情意」或「神會」為主的創作理念。——然而，需要辨明的是，所謂「指向作品語文構造範圍之外」的表現方式，其實就是一種語文構造的經營與安排，而我們是應該在此等意義上重新理解古典詩歌論述傳統對於「技藝」或「技巧」的思考模式。

另外，徐先生所謂的「感情的朦朧縹緲」，在事實上並不必然如此。由於古典詩歌論述傳統是以詩人的情志為主軸，一般總是傾向於把探討的聚焦點放在具有流動性質的情感或意念上，因而特別著重在此等流動而不可捉摸的情感或意念本身，甚或進一步把此等性質帶入有關創作議題的討論中。在這種情況下，情感或意念本身的流動而不可捉摸的性質，隨即被看成是語言表現活動本身的特性，多少也就忽略了在具體實際的創作活動中原是有客觀的形式條件做為一種引導與制約，而我們也就不斷可以在詩論的場域中看到隨時浮現的一片朦朧縹緲的言說。徐復觀當然注意到了此一現象，因而說道：古人常把這種直接湊泊於客觀事物上的創作情境，視之為是一種未經意匠經營的「神來之筆」。可注意的是，即使是在當代的論述，我們依然可以看到相類似的說法。譬如在分析唐末司空圖（837—908）所提出的「不著一字，盡得風流」的義涵時，仍不免要以朦朧縹緲的語言來稱說其中的要點，因此我們就看到了如此的說解：「（『不著一字，盡得風流』）

這是一種以意象傳情的超邏輯、超語言的純粹的審美境界。」**⑩**問題就在於既然是必要以語言文字爲媒介，那怎樣的一種表現方式才可以說得上是所謂的「超邏輯、超語言」？如何細加分辨創作活動中情感特質與語言表現之間可能的差異性，或許是相對重要的議題。

　　然而，這種論述方式所以一再出現在古典詩論的場域中，事實上即是導因於把情感或意念本身的流動而不可捉摸的性質看成是語言表現活動本身的特性，因此不免就將「意在言外」此一論題所指涉的情感意念的性質統括所有的創作活動現象。更重要的，正如我們將在第三章中討論的，中國古典的論述傳統一直有一個有關語言活動與語言現象的主流論述，那就是對於語言所具的表意功能的質疑。一方面固然由於情感或意念本身的不可捉摸的特性，而另一方面則又認定了語言做爲一種表意的工具其實是有所不足的、甚或是不完備的，因而如何以有限的語言媒介去傳寫那極爲流動精微的情感或意念，便成爲一項備受關注的課題。如果說語言不足以充分傳達呈示內在的情感或意念，則「立象以盡意」所蘊涵的一種間接的烘托或暗示的表現手法，便也就此成爲可以推求、想像或追摹的一種語言表現方式。如果依據徐復觀先生的說法加以引伸，則在「興」的議題下，原屬流動而不可捉摸的情感如何與外在事物之間取得表現上的契合點，應是有關抒情

---

⑩　黃保眞、蔡鍾翔、成復旺著：《中國文學理論史》(北京：北京出版社，1987)，
　　第四冊，頁 414。此一部分由成復旺先生撰寫。值得注意的是，成先生在接
　　著分析具體的詩作時，卻又清楚表明如此一種詩境的可能性是在於「詩結束
　　了，詩情卻無限地開展了。但見性情而不睹文字，情思無限又無跡可求」(頁
　　415)。正如我們指出的，這種似非似是的敘述其實是沒有細加分辨情感特
　　質與語言表現的可能差異性。

詩的本質的探問，因此詩的語言表現如果要能上接情感的觸動、並且下引情感的回味，那麼，起句與落句的經營安排即是重點所在，而所謂的「意在言外」此一論題所指涉的創作模式便也是在這種情況下進入詩論的場域。在唐代「詩格」一類的著作中，我們可以不斷看到詩論家是如何費心考量有關起句與落句的經營安排，這雖然是對於詩的形式的一種自覺，但其間更反映情感與形式之間的因依相生關係。❹語言表現本身的難題並沒有就此消失，只是更要求如是的一種表現方式，亦即要在表面上看來具現爲自足完備的形式中，仍然可以讓細微而不可捉摸的情感意念持續保留其流動鮮活的特質。

　　具體說來，則中國古典詩歌論述傳統是以詩人的情志爲主軸，而詩的表現活動即是此等情志活動中的一環，更是情志活動中的一個中途站：由情感意念的活動開始而引入了詩的創作，並且在詩的表現活動終止之後，又還歸於情感意念的活動。司空圖所以倡議的「思與境偕」的觀念，其實就表明了「詩的表現活動」與「情感意念的活動」是兩個相互平行卻又可以交叉的不同層面。就此而言，詩的創作表現雖然可以有其獨立自足的意義層面，但終究只是情感意念活動中間的一個階段，因此可以說詩的「意」總是浮現在詩的「言外」的。在這種情況下，中國古典詩歌論述傳統在語言與意義的議題上的思考，是表現爲「意在言外」的用言方式，而這種用言方式又大致上可以區分爲三種不同的型態。前述有關「興」的作用在起句與落句的不同位置，

---

❹　美國哲學家蘇珊・郎格（Susanne Langer）在 **Feeling and Form: A Theory of Art**（New York: Charles Scribner's Sons, 1953）一書就情感與形式關係的分析，或有助於討論。

即已展示了情感意念被特別強調的在前或在後的位置的重要性，是與詩的語言表現活動之間有著相互「啓引」與「延伸」的因依關係，因此所謂的「意在言外」就具體展示爲「意」是在作品之「前」或是在作品之「後」兩種不同的表現型態。再者，情感意念本身在詩的語言經營構造上的呈現方式，又因著「立象以盡意」所指示的在語言操作模式上的可能性，而具體發展成爲一種以景物烘襯或喻示情感的表現手法或審美旨趣，因此所謂的「意在言外」就實際展示爲作品中情景之間的因依關係。

　　另外，在意義的指涉上，「意」既然大抵上是用以稱說情感意念本身的活動，則具體表現此一活動的主體，就可以是詩人，也可以是讀者了。因此，詩歌是做爲作者與讀者這兩個主體之間的一個中介，在一方面詩是詩人情感意念活動的一種具體表現，詩人藉此有意傳達了他的訊息，以取得讀者的理解，而在另一方面詩也可以是讀者情感意念活動的對象，讀者可以藉此掌握並理解詩人所傳達的訊息。同時，當讀者是以詩歌做爲情感意念活動的對象時，他更可以把這種以詩爲對象的理解活動，再進一步表現爲關於自身情感經驗的理解，而成爲另外一種情感意念活動的創作行爲，這即是中國古典詩論傳統中所謂的「風格批評」或「抒情式的批評」❷——這種現象，當然是以抒情模式爲主的文化論述活動所可能顯示的另外一種批評的表現形式。至於這種批評活動所採行的具體的表現方式，除了本身就可顯現爲是一

---

❷　關於「風格批評」或「抒情式的批評」的界說及其相關的討論，請參考高友工：〈文學研究的美學問題（下）：經驗材料的意義與解釋〉，《中外文學》，第 7 卷第 12 期（1979 年 5 月），頁 44-51。

種藝術創作表現的「意象化語言」的經營或創造，或者就直接以「論詩詩」的形式來加以傳寫之外，「評點」則可以說是其中最特殊、也最典型的方式。❸一般而論，「評點」活動似乎是指向了作品在客觀層次上所顯示的語言或結構等相關的問題，但就此種批評方式的本質而言，批評者其實更可以在實際的閱讀活動過程中保留其閱讀經驗的「立即感」，亦即直接表露個人對於作品或作家的一種體會，而無須再將閱讀過程中所得的審美經驗轉化為另外的論述形式，因此是心靈與心靈之間在瞬間交會時最為直接貼近的照面，而清代金聖歎（1607－1661）所謂的以靈眼覷見、以靈手捉住，即是此意：

> 文章最妙是此一刻被靈眼覷見，便於此一刻放靈手捉住。蓋
> 於略前一刻亦不見，略後一刻便亦不見，恰恰不知何故，卻
> 於此一刻忽然覷見，若不捉住，便更尋不出。❹

就閱讀活動而言，不論其對象是純粹的抒情詩作、抑或是描繪人情物態的戲曲小說，閱讀過程中所要積極掌握並保留的重點都是在於瞬間所顯現的閱讀時的審美經驗。

於此，孟子所申說的「以意逆志」的觀點總是被用來說明古典

---

❸ 陳萬益先生最早在他有關金聖歎的批評的研究中指出，評點的方式是以作品的結構分析等問題為主，因此是最接近所謂「新批評」的一種形構批評法。請參考陳萬益：《金聖歎的文學批評考述》（臺北：台灣大學中國文學研究所碩士論文，1973）。

❹ 【清】金聖歎：〈讀第六才子書《西廂記》法〉，《貫華堂第六才子書西廂記》，卷之二，《金聖歎全集》（臺北：長安出版社，1986），第三冊，頁13。於此，相關的討論，請參考陳萬益：《金聖歎的文學批評考述》，頁35-37。

傳統中有關於「主體」、「意義」與「理解」之間的相關性，藉以強調作家與讀者彼此間在主體意念或感知上互通的可能性。這種解釋觀點基本上是得自於漢代趙岐（？—201）所提出的注釋：「志，詩人志所欲之事；意，學者之心意也。……以己之意逆詩人之志，是爲得其實矣。」❹如果說作品既是用以呈示詩人內在的心志意念，而讀者也必須是透過自己內在的心志意念去感知並領受詩人的意旨，則作品的意義是決定於作者的意向投射以及讀者的詮釋。然而，如果我們仔細考察《孟子·萬章篇》「以意逆志」實質的文義脈絡，則所謂的「意」其實不在於指稱「學者之心意」，也就是不在於強調解讀者的主觀意志，而是指稱詩作原有的語意脈絡或思想內容，也就是作品所體現完成的客觀面的意義。於此，阮國華先生晚近對於《孟子》「以意逆志」的說詩方法的分析，提供了較爲明確的解釋與判斷。根據他的說法，「意」指的是整首詩的大意，因此是由作品中的字句所構成的客觀層面上的意義，而「志」才是指涉有關作者個人的寫作意圖，兩者之間是有區隔的。具體說來：

> 「不以文害辭」，即不要因爲個別具有修飾性的字或詞妨害了對整個詩句的眞實意義的理解。「不以辭害志」，則指不要因爲具體詩句的字面意義妨害了對詩人的寫作意圖的理解。具體到（《孟子》）引例來說，就是不要因爲「溥天之下，莫非王土；率土之濱，莫非王臣」這兩句詩的字面意義，而妨害了對於詩人希望抒發「此莫非王事，我獨賢勞」的不平

---

❹ 《孟子·萬章篇》，見【宋】孫奭：《孟子正義》，卷9上，頁10B。

之聲,這一創作意圖的理解。「以意逆志,是爲得之」。「意」
指的是「勞於王事,不得養父母」,即全詩所體現的思想内
容(或稱全詩的大意);「志」……指的是作者想要表達的思想
感情(或稱寫作意圖)。「以意逆志」就是要通過詩歌全篇的
思想内容去分析、探求詩人的寫作意圖。**⑯**

　　因此,儘管「以意逆志」基本上是指向解釋者自身的主觀認識
活動,但因爲其中所謂的「意」依然是要從整首作品所體現的客觀層
面中去推求,則如此的一種主觀認識活動便也就有了客觀的依據。這
種理解方式,一方面確實可以釐清並還原《孟子》原文中關於「意」
與「志」不同的界說與義涵,但另一方面這種理解是要到了近代的論
述脈絡中才得以重新被體會的,而在這兩個端點之間所形成的整個論
述傳統,基本上是以趙岐的注釋爲主而展開的——就我們而言,值
得探討的議題則是在於如此的一種論述傳統到底如何形成、並且反映
了怎樣的一種文化視角及其可能的理論義涵。

　　至是,關於詩歌作品「意義」的定位問題,我們可以暫時得出
一個簡單的結論:就中國古典傳統而言,作品的意義主要是取決於作
品中所彰顯的作家個人的心智或情感,而作家個人內在的心智或情
感,又決定於作家個人所屬的具體的生活世界,其中也包括了社會、

---

⑯　阮國華:〈孟子詩説復議〉《古代文學理論研究·第九輯》(上海:上海古
　　籍出版社,1984),頁 142。然而,阮先生基本的立論點最終是把孟子的詩
　　説視爲「一個從實際出發的唯物主義原則」,但孟子在「實踐中卻並未能將
　　它們堅持到底」(頁 148),這未免是「以意逆志」認知活動的另外一種極
　　端的形式。

政治活動的影響。作品的意義不可能單獨具現於作品本身的語文組織或結構，因而不是客觀存在或獨立自足的；作品在本質上是作家個人生活經驗的一種延伸，因而作品意義是與作家個人的生命或生活是密不可分的。於此，我們可以隨處從數量龐雜的古典論述中找到許多不同的例證，譬如宋代「詩話」一類記載掌故軼聞的著作中，最常見的一種敘述內容即在於說明某一首詩作與某種具體的生活場景之間的因依關係。同時，在這一類如雜記般的著錄中，較爲有趣的例子就可能是所謂「詩讖」的提法，而晚唐時代的孟棨（約第九世紀後期）在《本事詩》中列舉七種情境，藉以申明「觸事興詠」的創作理念，其中即有「徵咎」一目：「崔曙進士作〈明堂火珠〉詩試帖曰：『夜來雙月滿，曙後一星孤。』當時以爲警句。及來年曙卒，唯一女名星星，人始悟其自讖也。」❹在此，詩似乎是做爲一種生死情境的預兆，而這種著錄方式的潛在動機，其實不應祇是與「唐人對於詩歌和小說的愛好」而將詩和小說相結合的風氣有關，❽更可能是如同上文所說的，來自於古典文化傳統對於詩歌所持有的一種根源性的認知模式，亦即詩是與個人生命情境或生活經驗相爲表裡的創作活動。這種獨特的對詩的理解方式，到清代前期的詩論材料中依然可見。趙執信（1662－1744）在《談龍錄》中有如是一則記載：

---

❹　【唐】孟棨：《本事詩》，見丁福保輯：《歷代詩話續編》（臺北：木鐸出版社，1983），上冊，頁 19。據孟棨的序文所載，《本事詩》寫成於唐僖宗光啓二年（西元 886 年）。

❽　王運熙、楊明：《隋唐五代文學批評史》（上海：上海古籍出版社，1994），頁 736。有關《本事詩》部分，是由楊明撰寫。另外，楊先生認爲：論詩而顧及本事，可以上溯《孟子》以及漢代「詩序」以本事推知詩意的方式。

客有問余者曰：「唐、宋小說家所記，觀人之詩，可以決其
年壽、祿位所至，有諸？」答曰：「詩以言志，志不可僞託，
吾緣其詞以覘其志，雖傳所稱賦列國之詩，猶可測識也，矧
其所自爲者耶？……」㊾

　　如果再配合趙執信個人的詩論觀點來看，他所強調的是「詩中
有人」，則所謂「詩讖」的提法其實就是「知人論世」詮釋系統中一
種明顯的變奏。

　　至於這種詩觀最具理論意義的典型例子，當然是在於把個別的
詩人作家看成即是某種生命型態的顯證，詩的創作就是詩人內在情性
的直接表現，不同的詩人體現了不同的生命風采，譬如說以「詩聖」
來稱說杜甫，而以「詩仙」稱說李白，或以「鬼才」稱說李賀——
而南宋嚴羽（約 1197–1241）《滄浪詩話》中就曾說道：「人言太白
仙才，長吉鬼才。不然，太白天仙之詞，長吉鬼仙之詞耳」、「玉川
之怪，長吉之瑰詭，天地間自欠此體不得。」㊿關於這種批評模式所
蘊示的特殊性，我們可以借用牟宗三所說的「境界型態」的觀念來加
以說明。根據牟先生的論點，順著漢魏之際劉劭（約第三世紀前半期）
《人物志》論「才性」一路而來的識鑒與品評活動，乃是對於個人的
「才性主體」的各種表現進行一種「美的欣趣判斷」，也就是肯定了
人的才情、氣質、容止與風姿等如果足以「表現人格上之美的原理或

㊾　【清】趙執信：《談龍錄》，見丁福保輯：《清詩話》（臺北：西南書局，
　　　1979），上冊，頁 276。
㊿　【宋】嚴羽：〈詩評〉，見郭紹虞：《滄浪詩話校釋》（臺北：東昇出版公
　　　司，1980），引文分別見頁 164 與頁 165。

藝術境界者」，則皆有可觀。❺相對而來，讀者對於詩作的閱讀活動
在本質上也就不在於掌握客觀的知識內容、或是關於語言藝術的覺知
或創意，而是對於詩人在作品中所證顯的各式各樣的生命風姿進行一
種賞鑒與品評。

　　因此，就詩的本質而言，「語言」與「意義」的概念構成詩學
的基本論題，而其具體的指涉與相關的理論內容，則更依據不同的文
化脈絡而有著各異的歷史發展面向。簡單說來，如就中國古典詩論傳
統而言，則詩歌的意義是以詩人個人內在的情感意念為探求的重心，
而此等情意又是借助於語言文字所呈示的對象事物間接加以烘襯，由
是而形成一種獨特的審美意趣。至於情感意念與對象事物之間所得以
形成的照應關係，則是在歷史發展過程中透過創作實踐與理論反省逐
步建立起來的，因此更不免必須借助於文化支援系統所提供的語言信
息（即是所謂的「符碼化」）的不斷累積，並且經由作者與讀者彼此所
共享的聯想作用的具體操作，才得以具體體現此一表現形式所指向的
審美意趣。同時，在這種審美旨趣的歷史發展過程中，最明顯具有關
鍵性的觀念語彙，可能就在於「興」字了。在傳統的詩學論述中，「興」
除了指示一種獨特的創作模式之外，更由是而強調了讀者在閱讀活動
中所可能引生的感發作用。孔門論詩中所提到的「興」的功能及其在
文化上深廣的影響力，自不待言。即如歐陽修（1007—1072）在《六一
詩話》中引述梅堯臣（1002—1060）的意見時，也明確指出言外之意的
旨趣是由作者與讀者共同參與形成的，也就是「狀難寫之景如在目前，
含不盡之意見於言外」的審美意趣之所以能夠具足或完整，主要仍是

---

❺　牟宗三：《才性與玄理》（臺北：學生書局，1974），頁264。

必須經由「作者得於心，覽者會以意」⑰的交會作用。甚至於明末王
夫之的詩論中，更是一再揭示讀者對於作品意義必得積極主動的參與
創造，即是「作者用一致之思，讀者各以其情而自得。……人情之
遊也無涯，而各以其情遇，斯所貴於有詩。」⑱古典詩學的論述傳統，
也就在這種創作與解讀中，構築了一套以「會心解意」與「自得」爲
旨趣的共同的文學文化符碼。

---

⑰ 【宋】歐陽修：《六一詩話》，見【清】何文煥輯：《歷代詩話》（臺北：
漢京文化公司，1983），上冊，頁 267。

⑱ 【明】王夫之：〈詩繹〉，見戴鴻森注：《薑齋詩話箋注》，卷一，頁 4-5。

第一章 「詩」與「藝」
——中西詩學議題析論

　　面對兩個完全異質的文學傳統，如果想要進行任何具體作品之間的比較研究，可能是一件費力而不相應的工作。試想我們是要站在怎樣的一種視角去比較中唐詩人李賀 (790—816) 與英國浪漫詩人濟慈 (John Keats, 1795—1821) 之間的異同？或者李白 (701—762) 大量有關詩與酒的作品與波斯詩人奧瑪·開嚴 (Omar Khayyam, 1050—1122) 《魯拜集》（The Rubaiyat）之間的相關性？以後者為例，從提示彼此間共有的關於「酒」的主題開始，除了需要評量酒在不同的文化脈絡中所具顯的功能與價值之外，還必須觸及到不同社會結構所映照出的日常生活型態，更重要的是如何比對不同文學傳統中關於「酒」的相關意象的呈現方式及其藝術效用。如此一來，任何一項單一主題的研究必然衍生為龐大的文化議題上的比較分析，這無論如何都是需要相關研究成果的積累與觸發，才有可能展現堅質的成績。然而，上述的提法用意不在否定比較研究的可能性或適用性，而是要指出一個實質的難題：既然比較文學的工作必然牽涉到文學以外的文化議題，則分析比對的操作方式如果要避免流於機械化的疑慮，最理想的進路可能在於先行抽繹特定文化傳統中某些明確而具有主導性的觀念，然後透過這

些較具有「後設」性質的觀念語彙之間的對勘，進一步闡釋這些觀念語彙在各自文化脈絡中的位置與界說。畢竟，唯有先行呈示這些明確而具有主導性的觀念的內容與作用，具體作品之間的比較研究才可能在議題的導向上有所依歸，並且足以闡發這些作品內蘊的文化上的深層意義。

　　就中西文學傳統的比較研究而言，陳世驤認為主要的工作是在不同的文學傳統之間「搜求它們各自的特點，以及搜求它們之間所共有或吻合的基因」，並且由是而建立關於文學的新的解釋與新的評價。在這種觀念的引導下，陳世驤提出了「相對共相的例子」做為討論的基礎點，並且初步揭示中國抒情傳統的概念，以此而與西方的史詩和戲劇傳統成為並立的觀點。❶隨後，高友工先生也曾以「抒情精神」對應「悲劇精神」的理論架構來稱說中西文學傳統各自的底蘊與理想：「抒情精神」是以中國抒情詩為範例，代表了藝術創作中個人心境所能體現的和諧一體；至於「悲劇精神」，則是以古希臘史詩悲劇乃至於近代寫實和諷喻性的戲劇為範例，反映了兩種必然並存的力量在發展過程中交會所引生的衝突矛盾。❷因此，任何對比的研究，除了議題本身需要詳盡的分析之外，更必然牽涉到議題所對應的並未明示的文化理想的問題。

　　正如高先生指出的，不論是「抒情精神」或「悲劇精神」，做為特定的文學或文化傳統的底蘊與理想，它們在藝術及文化中的具體

<hr>

❶　陳世驤：〈中國的抒情傳統〉，《陳世驤文存》(臺北：志文出版社，1972)，頁31-37。引文見於頁36-37。

❷　高友工：〈文學研究的美學問題（下）：經驗材料的意義與解釋〉，《中外文學》，第7卷第12期（1979年5月），頁44-51。

體現不僅是空洞抽象的理論間架，而是有著歷史發展過程中所積累的特色，並且在各種條件的交綜錯離下形成無數的複合結構。因此，比較文學研究者的主要工作就在於如何「忠實地描寫這些結構，而觀察它們在一個文化中的相互影響與排斥，以及它們的消長興衰。」❸如果依據高先生的建議，則在抒情模式的主軸之下，更可以進一步研究相關的問題，譬如不同的「體類」與「風格」在歷史發展中所呈現的一些相同或相異的特色，甚至於傳統社會結構中有關「士大夫」與「農商」階層所追求的文學品味與形態。因此，研究的主要工作就可能是一方面經由某一類作品所顯現的特色進行排比歸納，以便勾畫一種「形態分佈」的脈絡與間架，而另一方面則是追索某些有意義的術語觀念，並且對這些傳統的語彙及其相關的詮釋重新加以評估。

　　於此，高先生個人以較為審慎的態度所提出的建議或許更值得我們注意。他認為以「抒情精神」與「悲劇精神」的對舉來稱說中西文化精神或理想的不同，姑且不論此等簡化的公式是否具有意義，他個人的興趣並不在於從事任何實質的文化之間的比較，而是在於探索「幾種不同的思辨、表現的方式」。進一步說，既然論及「表現」的議題，則有關「經驗」、「知識」與「藝術」等相關的觀念必然出現在所有的文化傳統，並且成為共通關切的問題——祇是不同的文化傳統在特定的社會歷史條件的制約下，或許會衍生為複雜而具有不同脈絡或參考架構的論述型態。高先生這種主張自有其認識論上的前提，那就是「類型」的分延及其相互照明的可能性。基本上說來，譬如人既有不同的類型，也自有會不同的偏好，可以依據各自的偏向而

---

❸　高友工：〈文學研究的美學問題（下）：經驗材料的意義與解釋〉，頁49-50。

發展成爲具有特殊風貌的個別性。準此，則語言也可能區隔爲兩種類型，分別是行動的語言與意象的語言，而它們的產生是適應不同的心理需要；同樣的，就文字本身而言，也可以區分爲「表意符號」與「代音符號」兩種型態。❹文化與藝術的領域，亦應作如是觀。

至於本文所以採行對觀與比較的研究進路，基礎點主要是建立在詮釋學的基本假設上，即自我的理解來自於對他人的理解，同樣的，對於自我文化傳統的理解與認知，最可行的方式或許就在於透過與不同文化傳統之間的照面與對勘。依此，比較研究的對象主要應擺放在理論論述的場域，而指向的目標則是在於透過差異的對照來彰顯自我文化傳統的特性，並且進一步揭示自我在未來發展上的可能性。

一、「詩」字觀念釋義：「志」與「言」

如果從字源上加以考量，我們或許可以依據東漢許慎 (30—124) 的說法，認定中國文學傳統所指稱的「詩」字，其構成的方式是「從『言』，『寺』聲」。然而，關於「寺」字的意指到底若何，歷來則有不同的解釋。經由近代語文學者的考訂，許慎所標示的「寺」字其實是不正確的提法，「寺」字應該是「㞢」字後起的小篆字形，而「㞢」字是「之」、「止」二字的本字，又是「志」字的字根，因而「㞢」、「志」與「寺」三者就因爲音近而可以相互假借。❺循此，中國古典

---

❹　高友工：〈中國語言文字對詩歌的影響〉，《中外文學》，第 18 卷第 5 期（1989 年 10 月），頁 19。

❺　楊樹達：〈釋詩〉，引自陳世驤：〈中國詩字之原始觀念試論〉，《陳世驤文存》，頁 48。

文獻在早期的階段即以「言」、「志」二字的相關涵義引申解釋「詩」的始源意義。陳世驤在一九五九年發表的論文，即是透過上述的材料重新加以編整，為「詩」字的觀念提出更為完備的說解。根據他的說法，在西元前八、九世紀前後定型的「詩」字，其語根即是由兼具有「之」與「止」兩種相反意思的「屮」字衍變而來，而「屮」字是「足著地」的象形，既代表「足之止」，也代表「足之往」，因此，一往一止的反覆動作，清晰反映了原始階段當舞蹈、歌唱與詩章合一時共通的基本因素：節奏的特性。這種綜合藝術的特徵雖然在歷史的進程中逐一分化，各趨獨立，然而「詩」字的定型顯然仍保留了原始藝術的痕跡——這也是為什麼〈毛詩序〉一文中會由「情動於中而形於言」連結到「永歌」以及「手之舞之，足之蹈之」的論點。簡單說來，「詩」字的確立是結合了「屮」與「言」等字形結構成份的原義，由是而構成「一個繁複多面意義的高級觀念範疇」：「止」字用以指內，是心思的停蓄握定；「之」字指外，是意向的伸張發言。更重要的，「言」字的添加代表了「詩之特為言的藝術乃被認定，……其意義也便從此發展。」❻

就中國古典詩論的歷史發展來看，不論是《尚書・堯典篇》所稱說的「詩言志，歌永言」，或是〈毛詩序〉據此而衍義的「詩者，志之所之也，在心為志，發言為詩」，這類提法都一方面肯定詩人的內在志意是詩歌所以行諸文字的主要動因，而另一方面也正視了語文形式上的經營是詩歌所以為詩歌的必要條件。據此，如果我們把「詩言志，歌永言」這句話轉寫成現代的語體文形式，即：詩是運用語言

---

❻ 陳世驤：〈中國詩字之原始觀念試論〉，《陳世驤文存》，頁59。

來傳達個人內在的志意,而歌詠則是把詩章的語言予以拉長延伸——
那麼,《尚書·堯典篇》所揭示的意見,顯然是側重在區隔「詩」與
「歌」不同的表現形式或用言方式。至於〈毛詩序〉的提法,則更是
將「心」與「言」對舉,視爲是兩個獨立而又彼此相關的領域,因此,
詩歌做爲「一種語言的藝術」這種看法也仍然被保留下來了。

　　先秦兩漢的典籍中,確實是有許多文獻材料記錄這一階段關於
「語言現象」的思考與見解。譬如如《周禮》一書所說的:「以樂語
教國子:興、道、諷、誦、言、語」,鄭玄注云:「興者,以善物喻
善事。道,讀曰導,導者,言古以改勸今也。倍文曰諷。以聲節之曰
誦。發端曰言。答述曰語。」❼姑且不論《周禮》所說的「樂語」到
底是指稱怎樣的語言現象、或者鄭玄 (127—200) 的說解是否正確,但
是「興、道、諷、誦、言、語」用以指稱六種不同的語言運用方式,
則是非常明顯的。再者,《左傳》一書所記載的孔子的一段話,更可
以說明古典傳統早期階段中對於志意與語言表述功能關係的積極肯
定:「志有之,言以足志,文以足言;不言,誰知其志?言之無文,
行而不遠。」❽這段文字,雖然以個人的意向活動爲主,但卻更強調
具有文采修飾的語言表達的重要性;內在的意向活動,終究是需要透
過語言或文字的傳述才得以外顯。

　　在文學藝術的場域中,一旦論及「表現」的議題,則相關的論
述除了探索「表現的內容是什麼」之外,也必然牽涉到「表現活動所

---

❼　《周禮·春官·大司樂》,見【唐】賈公彥:《周禮注疏》(臺北:藝文印
　　書館影印《十三經注疏》版,1973),卷22,頁 8B。

❽　《左傳·襄公二十五年》,見【唐】孔穎達:《春秋左傳正義》,卷 36,
　　頁 14A。

憑藉的媒介爲何」，因此也就關係到對於語言文字特質的陳述。然而，就「文學做爲一種語言的藝術」此一命題而言，一般學者即傾向於把有形的文字視爲是語言所表出的聲音的一種記錄，因而將「語言」與「文字」兩者合而爲一，不甚細辨其間的異同。究實而言，語言與文字的分合現象在中國文化傳統的歷史發展中，其實是一個十分複雜的問題。根據高友工先生的意見，儘管在春秋戰國之際文字早已相當普及，然而，當時的文化現象似乎仍然是圍繞著「言、說」的實際活動而生，並不是如後世所強調的以「文、辭」爲根據。因此，嚴格說來，春秋戰國之際是「口說文化」與「文字文化」兩種傳統並存的時代，並且由是而綿互不斷，形成中國文化的一個特色，進而影響到此一文化各個不同的層面。❾如果就整體的歷史發展來看，那麼對於語言與文字現象的沈思與反省，當然構成漢代文化的一種總體的傾向，祇是此時以「文字文化」系統爲中心所開展的文化論述也逐漸取得優勢。確切說來，關於此一議題的考察與說解，自然需要詳實而周全的論證分析才得以完備，並不是本文目前所能窮究。在此，我們祇能舉出一些相關的材料做爲例證予以說明，雖然不免簡化，但希望有助於釐清我們的論點。

　　首先是有關書面文字定型的議題。秦帝國的統一，不但結束了六國在政治、經濟等體制上的紛歧，相對的也帶動所謂「同文書」的文字統一的措施。大略言之，這一措施不但簡化並改進複雜而且寫法各異的「大篆」，使之成爲「小篆」體的文字形式；同時也把各地區

---

❾　高友工：〈中國語言文字對詩歌的影響〉，《中外文學》，第 18 卷第 5 期（1989 年 10 月），頁 11。

原有的異體字加以統一，使之成爲以「小篆」體爲基礎的單一體系。於此，許慎《說文解字》一書的序文，不但詳細說明了文字書寫形式在這段期間前後的具體沿革與變遷，並且也曾列舉流行於當時的一些任意拆解字形、附會字義的例證。更重要的，縱觀整個漢代歷史，我們可以發現「字書」一類的著作不斷出現，除了用以正確認識文字的實際目的之外，其實也反映了當時對於文字本身以及語言與文字間的相關性的好奇與探索。然而，面對古典中國漫長的文學與文化的歷史發展，我們或許都已熟悉以「文字文化」此一概念來進行相關的閱讀與詮釋的工作，難免難以理解在這一段文字沿革的歷史階段中所以對於「文字現象」特別著迷的理由了，因此多少忽略其中所可能具有的深遠的意義。美國學者卜德在討論秦代統一文字的措施時，即指出：

> 從技術上講，秦的改革顯然不僅涉及單純地簡化幾個字的問題，而且還涉及改變其他字的基本結構和廢除另一批字的問題。……在造成政治統一和文化統一的一切文化力量中，文字的一致性（與方言的多樣性正好形成對比）幾乎肯定是最有影響的因素。❿

秦代這項關於文字書寫形式的改革，是漢代逐步發展的對於字體字形進一步簡化的必要基礎，並且由是造成以楷體字爲通用文字的書寫文化傳統。基本上，秦漢此一階段關於字體字形的改革，是有著

---

❿ 【美】卜德：〈秦國和秦帝國〉，見【英】崔瑞德、魯惟一編，楊品泉、張書生、陳高華等譯：《劍橋中國秦漢史：公元前221—公元220年》（北京：中國社會科學出版社，1992），第1章，頁72-73。

具體的歷史事實的需要，卜德認為書寫的新工具與新材料的採行，以及隨著帝國的擴張與政府公務的日益繁重而對文獻迅速增長的迫切感，使得文字的改革成為必要的措施。

於此，我們想要強調的論點則是在於：這種改革的措施及其實行的過程中，不可避免的會促使文字的使用者開始專注於文字現象的思考與反省，進而影響到對於創作活動的基本觀念以及由此衍生的各種新的實驗。然而，有趣的是這種新的實驗所關注的對象往往著眼於可見的字形與字體，似乎是把字形字體的線條、符號空間視為一客觀獨立的領域，無涉於與意義層次之間可能的相關對應性，因而可以隨興擺弄。劉勰（約 465─522）在《文心雕龍・練字篇》中對於此一現象所提出的論斷，其實就是針對文字本身可見的字形字體而說的，並且是把文字看成單純是聲音的直接記錄：「若夫義訓古今，興廢殊用；字形單複，妍媸異體。心既託聲於言，言亦寄形於字；諷誦則績在宮商，臨文則能歸字形。」⓫既然文字單純是聲音的有形記錄，則寫作時應該加以考慮的重點即在於如何調配字形與字體本身的「單複」，亦即要考量每一個字的筆劃是多是少的問題──筆劃的多少就構成了字形的肥瘠，並由此造成所用字在外觀上的妍媸美惡。

接著，劉勰舉出綴字屬篇的四項原則：「一避詭異，二省聯邊，三權重出，四調單複。」具體說來，第一項是避免使用詭異的文字，而所謂的「詭異」，即是指「字體瑰怪者」，如曹攄的詩作中用了「咽喊」二字，就不免有損於篇章整體的雅致性質。第二項是要有節制的

⓫ 【梁】劉勰：《文心雕龍・練字篇》，見周振甫注：《文心雕龍注釋》（臺北：里仁書局，1984），頁 722。

連續使用偏旁相同的文字，而所謂的「聯邊」，即是指「半字同文者」，
如描繪山水情狀時連續使用偏旁相同的文字，這就有礙於視覺上的美
感效果——就這一點而言，劉勰所能接受的限度是連續使用三個偏
旁相同的文字；超過這個限度，文章就不免要像是字典了。第三項是
考量重複使用同一個字詞的必要性，而所謂的「重出」，即是指「同
字相犯者」——於此，劉勰祇是指出其中可能的難處，並無具體的
避忌要求，這大概是一種心理上的輕重權衡。第四項則是要盡量考慮
每一個文字前後之間各字筆劃多少的搭配問題，而所謂的「單複」，
即是指「字形肥瘠者」，譬如連續使用筆劃較少的文字，則容易造成
一句或一行在外觀上的纖疏單薄感；至於連續使用筆劃較多的文字，
則容易造成句或行的肥闇沉重感。❶❷事實上，這種種的考量特別是與
漢字文字系統在字形字體上所展示的線條或圖畫性質有關，因此不免
要牽涉到閱讀時視覺心理上的效果問題。譬如劉勰在論及連續使用筆
劃較多的文字所可能產生的負面作用時，就以「肥字積文，則黯黕而
篇闇」加以說解，而其中所謂的「闇」與「黯黕」，其實都是指字體
筆劃繁多而形成的外觀上沉重黯黑的感覺——這種現象在書寫的工
具或材料有著進一步的改善、甚或是印刷術發明之後，可以說基本上
是不再構成問題，剩下來的可能性大概就純屬閱讀心理或視覺效果的
考量了。清代學者紀昀 (1724—1805) 就認為劉勰此處所提出的關於「省
聯邊」的論點是「無甚關係」，至於「黯黕而篇闇」的論點則更是「尤
無關係」。❶❸如果就漢字的特性來考慮的話，那麼任何關於字形字體

---

❶❷ 【梁】劉勰：《文心雕龍‧練字篇》，周振甫注：《文心雕龍注釋》，頁 722。
❶❸ 紀昀的評語，引自周振甫注：《文心雕龍注釋》，頁 724。

上的避忌，都祇能說是出於個人寫作習慣或偏好的提議，而不必然是修辭的法則。

其次，劉勰在〈練字篇〉的結論中，也深刻揭示了作家在文字運用上進行種種新的實驗時可能潛在的心理因素：「愛奇」。就是緣於這種愛奇的心理，漢代辭賦家展現了自身對於文字書寫活動的可能性的想像與驅遣。漢賦做為一種文學類型，雖然一方面是直接承襲屈原與宋玉的作品所開示的書寫形式，其中自有抒懷寫志的成分在，但主要的動因卻不能不說是得自於戰國時代策士論辯方式的啓迪。❹基本上，策士的論辯是一種逞才炫學的表現，更是一種講究言辭上的排比與推衍的技巧，因此就某方面說是有關於知識與才能的問題。然而，比起策士的遊說或論辯方式，漢代文學侍從之臣的才能與知識可以從實際在帝王跟前現形的言說活動轉而成為書面文字的表述──而文字（而不是口語）所代表的書寫空間就此可以更有伸展的可能性，並且日益成為知識階層馳騁想像的對象材料。

要之，漢賦所以被認定為一種「推類」的藝術，主要就是建立在對於所呈現的對象事物的分類與串接的模式上：「類」是指稱漢賦所描述的對象事物在「類型」上所屬的特定的範疇，「推」則是闡明漢賦在呈現對象事物時所運用的「鋪排」或「推衍」的連結方式。就此而言，所謂「引而申之，觸類而長之」的提法，則清楚標明了這種分類與串接的具體寫作方式是有異於單線而質直的指述。王夢鷗先生

---

❹　關於漢賦與戰國時代縱橫家論辯方式的關係，請參考吳炎塗：〈帝國與自我的交光疊影〉，見蔡英俊主編：《中國文化新論·文學篇二：意象的流變》（臺北：聯經出版公司，1982），頁61-114；至於更為詳盡的分析，則請參考簡宗梧：《漢賦源流與價值之商榷》（臺北：文史哲出版社，1980）。

曾如是說道：「引而申之，是靠推理的功夫，從可知的演繹至未知的
事物；觸類而長之，則是藉著想像力的運用，把微小的放大，成爲具
體的表現。」⑮確切說來，不論是推理的功夫或想像力的運用，應該
都是「引而申之，觸類而長之」這種寫作方式所必要的條件，而不是
分別各有所屬。如果要進一步仔細分辨其間的不同，則「引而申之」
或許可以說是指稱由一個立論的中心點加以推衍、引申的寫法，譬如
作品中論及「方位」，則勢必分項逐一寫出「東」、「西」、「南」、
「北」、「上」、「下」或「左」、「右」等具體的方位。至於「觸
類而長之」的寫法，則是作品在敘說某一類特定的事物時，必須就該
類事物所可能包含的細目加以排比、串接，譬如敘及「植物」，則勢
必一一詳述相關的類屬，或「木本」、「草本」，或「水生」等具體
的草木之名。⑯漢代學者之所以以「鋪陳」來解釋「賦」，主要就是
著眼於漢賦這種特定的寫作方式。基本上，這種寫作方式是一種運用
類推的聯想來進行意念與文字表現的發展，並且極力在意念與文字的
鋪敘上加以渲染串接。劉勰在《文心雕龍・詮賦篇》中即以「鋪采摛
文」來稱說「賦」的體製，並且強調漢賦的特色之一就在於：「至於
草區禽族，庶品雜類，則觸興致情，因變取會；擬諸形容，則言務纖
密；象其物宜，則理貴側附。」⑰儘管此段文字是專就漢代小賦的特
色而論，其中所提到的「觸興致情」是否適用於漢賦的主要類型，仍

---

⑮　王夢鷗：〈關於左思三都賦的兩首序〉，《古典文學論探索》（臺北：正中
　　書局，1984），頁86。

⑯　關於這兩種呈現事物的寫作方式，可以參見吳炎塗：〈帝國與自我的交光疊
　　影〉，《中國文化新論・文學篇二：意象的流變》，頁80-82。

⑰　【梁】劉勰：《文心雕龍・詮賦篇》，周振甫注：《文心雕龍注釋》，頁138。

有待商榷，除此之外，劉勰對於漢賦呈現事物方式的說解，則大體上是可以成立的。然而，值得注意的是劉勰把這種寫作方式的特色總結爲「奇巧之機要」，更清楚表明了漢賦做爲一種「推類」的藝術，其中所要求於作家的能力是屬於文字運用方面的巧思，而不是作家生命情性的揭露。

我們可以說，秦漢以來所進行的文字改造活動，提供當時作家有另一層面的想像創造的空間，而對於文字本身可見的字形字體的探索與推敲成爲一種知識與才能的表現；作家就在好奇與愛奇心理的驅策之下，較無關於意義考量的對文字自身的把玩與排比，當下即是一種樂趣、一種創造。司馬相如（西元前 179─117）與揚雄（西元前 53─西元 18）做爲辭賦家，其實兼具了文字學家的身份，並且可能參與漢代持續關於文字編纂的工作，因而分別著有〈凡將篇〉與〈訓纂篇〉。揚雄更著有《方言》一書，其目的或許在於探討闡明語言與文字之間相互訓解的問題。更重要的，做爲文字學家的身份對於文字本身的探索與推敲，也必然影響到他們在辭賦方面的創作，劉勰即如此描述漢代辭賦作品與「小學」之間的因依關係：

> 至孝武之世，則相如譔篇。及宣成二帝，徵集小學，張敞以正讀傳業，揚雄以奇字纂訓，並貫練雅頌，總閱音義，鴻筆之徒，莫不洞曉。且多賦京苑，假借形聲，是以前漢小學，率多瑋字，非獨制異，乃共曉難也。暨乎後漢，小學轉疏，複文隱訓，臧否大半。及魏代綴藻，則字有常檢，追觀漢作，翻成阻奧。故陳思稱「揚馬之作，趣幽旨深，讀者非師傳不

能析其辭，非博學不能綜其理。」豈直才懸，抑亦字隱。❶

在這一段歷史的簡述與評價中，劉勰的立論點顯然是擺放在文字做爲創作媒介此一現象而展開的，較不涉及情志或意義的層次，因而辭賦創作是關連著特定的知識與才能，是有客觀的因素在。一旦這種條件改變了，創作與閱讀的活動勢必有所不同。

二、「語言」與「真實」的議題

就歷史發展的整體性而言，漢以後乃至於齊梁這個階段中對於文字特性的想像與實驗而來的作品，在隋唐以後開展的批評傳統中並未給予正面的評價，這一方面固然是因著書寫文字已經定型，好奇與愛奇的心理所提供的樂趣已然遠去，而另一方面則更是由於抒情言志詩觀的確立以及相對而來的對創作表現的制約，文字所必須承載的情志與意義層次的問題轉而成爲作家或批評家亟欲探索的重點了。於此，魏晉以降的論述對於辭賦作品已經開始進行相關的評估活動。譬如劉勰在〈練字篇〉中所提出的論點：「自晉來用字，率從簡易，時並習易，人誰取難？」雖然揭示了時代變遷因素所引生的書寫條件的改異，並無涉於作家在主觀意念或創作內容上的反省與思索。關於辭賦的創作目的，東漢班固 (32－92) 固已有所說。基本上，班固的論點強調辭賦創作應與詩歌無異，其目的是在於「或以抒下情而通諷諭，或以宣上德而盡忠孝」，這種說解反映了漢代經學傳統所開示的詮釋

---

❶　【梁】劉勰：《文心雕龍·練字篇》，周振甫注：《文心雕龍注釋》，頁721。

系統，也可另當別論。

至於西晉左思（約 250─305）對於漢代辭賦創作型態所提出的批評，則是具體指向辭賦作品在內容與表現這兩方面的貞定：「考之果木，則生非其壤；校之神物，則出非其所。於辭則易爲藻飾，於義則虛而無徵」，因此，左思主張辭賦創作對於客觀事物的呈現應該是建立在「眞實」的基礎上，是所謂：「美物者，貴依其本；讚事者，宜本其實。匪本匪實，覽者奚信！」並且具體在他自己的創作中加以實踐：「其山川城邑，則稽之地圖；鳥獸草木，則驗之方志；風謠歌舞，各附其俗；魁梧長者，莫非其舊。」❶儘管如此，左思的論點依然在某種程度上是把辭賦的創作視爲對於客觀而眞實的事物的呈現，因此應是「寫實的」，而且是與「學識」有關。❷左思從「眞實」的角度對於辭賦作品所提出的批評意見，也同樣可以見於約略與左思同時代的摯虞（？─311），衹是摯虞的論點更具有概括性：

> 古詩之賦，以情義爲主，以事類爲佐；今之賦，以事形爲本，以義正爲助。情義爲主，則言省而文有例矣；事形爲本，則言當而辭無常矣。⋯⋯夫假象過大，則與類相遠；逸辭過壯，則與事相違；辯言過理，則與義相失；麗靡過美，則與情相悖。此四過者，所以背大體而害政，⋯⋯。❸

---

❶ 【晉】左思：〈三都賦序〉，見郭紹虞主編：《中國歷代文論選》（上海：上海古籍出版社，1979），四卷本，第一冊，頁 106。

❷ 關於左思〈三都賦序〉所引生的有關於「眞實」議題的討論，請參考王夢鷗：〈關於左思三都賦的兩首序〉，《古典文學論探索》，頁 85-99。

❸ 【晉】摯虞：〈文章流別論〉，見郭紹虞主編：《中國歷代文論選》，第一冊，頁 191。

就文義脈絡而言，摯虞此處所謂的「情」應該是指稱與「麗靡」（過度裝飾華麗）相對的客觀而可以辨識的「眞實」，而不必然是指作家個人主觀的「情志」。因此，摯虞提出的有關賦作的四項缺失，都是就辭賦做爲「文本」而在文字組織經營此一「表現」層次上立論的。大致說來，無論是左思或摯虞，對於辭賦作品的基本看法可以說是一致的，在在強調了辭賦作品所展示的與文字操作有關的技藝特質。

然而，從另一方面說，一旦牽涉到內在意向活動的議題，則所謂「外顯」的表現就必然包括各種外在可見的行爲，而語言活動只是其中的一項。因此，當漢代的辭賦家以及文字學家專力於文字現象的探索與考究時，另有一個思想的主線開始探討如何審視外顯的行爲並予以規範的課題，而所謂「外顯的行爲」即包括了所有可見的行動、言說，甚至於情緒意念的表露。這一考察就此顯現爲「內外符應」的論述系統。基本上，這樣一套論述系統原是著眼於人的道德修爲的重要性以及隨之而來的作用力與影響力，因此特別強調對於內在心志的護持。㉒

就中國古典文化的發展脈絡而論，「內外符應」的議題可能直接源自於《大學》所說的「誠於中，形於外」的道德訓示，然而更是與「知人」的傳統有密切的關係。其作用，一方面是用以客觀認知並掌握個人所具有的特質，而另一方面則是更實際的牽涉到政治領域中如何擇人、用人的問題。譬如《呂氏春秋》有〈論人〉篇，主要是在於揭示如何透過具體的徵驗程序以掌握或判斷人的內在質性：「（賢

㉒ 這一套論述系統實際上是牽涉到中國古典文化傳統中的人性論，其議題的複雜性自不是本文在有限的篇幅中所能窮究，另待他日再行補足。

_{主之所以論人})內則用六戚四隱，外則用八觀六驗，人之情僞貪鄙美惡無所失矣。」約略說來，此處所謂的「內外」是分別指稱人所屬的倫理關係、以及人所面對的情緒與境遇這兩個範疇，因此在性質上並不是專就「內蘊」與「外顯」此一對立的架構來說，而所謂的「內」，即是指個人所屬的具體的倫理關係網絡；至於所謂的「外」，則是指個人所置身的各種客觀的境遇以及必須面對的各種情緒。如果就政治領域中擇人、用人此一實際的問題而言，則顯然的後者所能提供的具體的徵驗效果似乎更大，因此，《呂氏春秋》中對於「八觀六驗」的描述是較爲詳盡：

> 通則觀其所禮，貴則觀其所進，富則觀其所養，聽則觀其所行，止則觀其所好，習則觀其所言，窮則觀其所不受，賤則觀其所不爲，喜之以驗其守，樂之以驗其僻，怒之以驗其節，懼之以驗其特，哀之以驗其人，苦之以驗其志。❷❸

這段文字，分別列舉十四種不同的情境，藉以考察一個人可能因應的行爲態度，並且由是提出關於人的性格的裁定與判斷。這種說解，自有一套獨特的「認識論」預設做爲基礎，強調了人在遭遇各類情境時所做出的具實的反應，是可以清楚顯露人的內在生命質性。基本上，內在的生命質性是可以客觀被認知並掌握的，然而，正如美國學者宇文所安（Stephen Owen）所指出的，這種理解活動並不指向建

---

❷❸ 【秦】呂不韋：《呂氏春秋·論人篇》，見陳奇猷：《呂氏春秋校釋》（上海：學林出版社，1984），卷三，上冊，頁 160。至於所謂「六戚」，則是指「父母兄弟妻子」，而所謂「四隱」，是指「交友、故舊、邑里、門郭」。

構有關客觀知識議題的一種「認識論」的範疇，而是別有作用，旨在強調人自身的「內在質性」其實可以經由外顯的言語、容色與行動加以「揭露」（manifestation）。更重要的，此等內在的質性包括了人的道德涵養與性格，而所揭露的旨趣並不在於某種具體的「觀念或事物」，卻是人自身的性向（human disposition）、他所處的特定境遇（situation），以及此二者之間有意義的相互關連性。❷如果就《呂氏春秋》的論述脈絡而言，則所謂「論人」的活動與目的原是針對政治領域中統治者如何擇人用人的問題而來的：「古之善爲君者，勞於論人，而佚於官事，得其經也」❷，這種立論方式在某種程度上自是不同於先秦以來儒家從性格特質以觀人知人的論述傳統。無論如何，由「知人」此一議題進而具體落實到「內外符應」的主張，其間隱含著古典文學與文化傳統中一套未被明示的「詮釋學」體系的理論基礎，或許值得進一步加以發展。此處，我們可以先行提示較爲簡略的觀察。首先，既然任何外顯的行爲是內在心志的一種表現，則可見的行爲即是內在志意的延伸，而人的創作表現活動，不論是詩或畫、語言或文字，就理所當然應被視爲是人的一部分並構成人的整體性——「以詩觀人」的議題就是據此而得以確立其可能性。再者，從另一方面說，

---

❷ Stephen Owen, **Readings in Chinese Literary Thought** (Cambridge, Mass.: Harvard University Press, 1992), Chapter One: "Texts from the Early Period," p. 20. 按：宇文所安討論的文獻材料是《論語》中所載的孔子的一段話：「視其所以，觀其所由，察其所安，人焉廋哉！人焉廋哉！」（爲政篇）

❷ 【秦】呂不韋：《呂氏春秋·當染篇》，同上註，卷二，上冊，頁 96。根據陳奇猷的考證，「勞於論人」的說法多見於先秦典籍，「雖語有差互，而其旨則一」（頁 107）。

既然人的內在志意是與其外在的境遇相互關連,則人的創作表現活動也必然受到外在境遇的影響與制約,而所謂「發憤抒情」或「感物吟志」的提法也就有了理論的基礎。

回到前述關於先秦兩漢典籍中對「語言現象」的注意此一議題。《孟子·公孫丑篇》中也曾提到「知言」的問題:「詖辭知其所蔽,淫辭知其所陷,邪辭知其所離,遁辭知其所窮」❷⑥,雖然孟子這段話是就語言的不同表現型態而說的,他卻更進一步追索所以產生這些語言表現型態內在的心靈狀態或動向,因而其最終的旨意乃是擺放在「知人」的脈絡。「知言」即是「知人」,指稱的即是一種獨特的理解能力,能夠透過語言的表現與行為的外顯而掌握說話者與行動者內在心靈或心智狀態。因此,孟子關切的重點基本上是在於人內在生命的活動,而這種關切正直接關連到先秦儒家對於內在德性與道德實踐的主張。實際上,這種認知方式可以與《周易·繫辭傳》所說的一段話相互印證:「將叛者其辭慚,中心疑者其辭枝,吉人之辭寡,躁人之辭多,誣善之人其辭游,失其守者其辭屈」❷⑦,在在顯示了古典傳統中對於「形中發外」以及「內外符應」所持的思維模式。這種思維模式肯定人的內在性質或心志活動與外顯的各種具體表現（譬如語言或容色的表現）是有著符應關係。然而,值得注意的是,孟子在此是以「知言」,而不是「知人」,來稱說這種理解能力,強調的重點即是對於複雜的語言現象的一種敏感度與知解能力。

---

❷⑥ 《孟子·公孫丑篇》,見【宋】朱熹:《四書章句集注》（北京:中華書局點校本,1983）,頁 232-33。

❷⑦ 《周易·繫辭傳》,見【唐】孔穎達:《周易正義》,卷8,頁 25/A。

就在相同的脈絡下，韓非子更把這一種能夠敏銳掌握語言表現活動的知解能力加以轉移，進而發展成一套複雜的關於揣度推測「動機」與「意向」的遊說策略：〈難言〉與〈說難〉二篇即是最典型的例子。〈說難〉篇即如是說道：

> 凡說之難，非吾知之有以說之之難也，又非吾辯之能明吾意之難也，又非吾敢橫失而能盡之難也。凡說之難，在知所說之心可以吾說當之。所說出於爲名高者也，而說之以厚利，則見下節而遇卑賤，必棄遠矣。所說出於爲厚利者也，而說之以名高，則見無心而遠事情，必不收矣。所說陰爲厚利而顯爲名高者也，而說之以名高，則陽收其身而實疏之；說之以厚利，則陰用其言顯棄其身矣。此不可不察也。❷❸

如此慎密的考量遊說對象的內心動向，然後再配合與之相對應的言辭以達到勸服的目的，這不能不說是一種權謀了。另外，〈難言〉篇中則舉出「度量雖正」、「義理雖全」的言辭卻反受到曲解的例子，說明運用言辭的艱難：

> 所以難言者，言順比滑澤，洋洋纚纚然，則見以爲華而不實；敦祗恭厚，鯁固慎完，則見以爲掘而不倫；多言繁稱，連類比物，則見以爲虛而無用；……捷敏辯給，繁於文采，則見以爲史；殊釋文學，以質信言，則見以爲鄙；時稱詩書，道

---

❷❸ 《韓非子·說難第十二》，見陳奇猷：《韓非子集釋》（臺北：漢京文化公司，1983），卷第四，上冊，頁221。

法往古，則見以爲誦。此臣非之所以難言而重患也。❷⑨

　　這一段文字列舉了十二種語言的表現型態及其相對而來的誤解，充分說明了語言的使用其實是關係著聽眾（在法家的論述脈絡中則是具體指稱統治者）在接受訊息時的動機與態度，因此，凡使用語言就必須考量說話的實際情境與聽眾的內在意向，而不祇是語言本身的運作或經營；語言本身並不是獨立自足的與料，可以提供使用者在想像力或創造力上的揮灑。

　　如果進一步探索的話，則語言文字做爲一種表述的工具與形式，其性質在古典文化傳統中是不斷引發爭議的，也一向被視爲與道德的修爲或實踐相背反的，因此在文化的各種論述中有關語言文字的作用其實一直是一項刻意被抑制的課題。倡議道德修爲的重要性、以及以道德實踐爲無上命令的視觀，在某種程度上並不積極肯定運用語言文字的才能或才藝，不但孔門訓示中以「巧言」與「仁」對舉，強調「有德者必有言，有言者不必有德」❸⑩，即如專擅統御之術的法家言論也否定此種才能或才藝的必要性。基本上，這種論點主要是把語言文字視爲僅僅是人與人之間表情達意的工具，語言文字的表意活動雖然不可或缺，卻不能專力於此或加以鼓勵，否則容易沉溺而荒廢正務──且不論這正務是指道德的實踐或是日常事務的運作。因此，能巧妙或有效運用語言文字的能力並未被肯定爲一種才能的表現，甚至於還被當成是一種潛在的危害：「人同類而智殊，賢不肖異，皆巧言便辭，

---

❷⑨　《韓非子·難言第三》，陳奇猷：《韓非子集釋》，卷第一，上冊，頁48-49。
❸⑩　《論語·憲問篇》，【宋】朱熹：《四書章句集注》，頁149。

以自防禦，此不肖主之所以亂也。」**❸**其中「防禦」一詞顯然有著強加的與人為的等涵義。

於此，高誘的注解：「防禦，仇也」，清代畢沅 (1730—1797) 懷疑高誘的注解有誤，而近代學者劉師培 (1884-1920) 則直接認定高誘的注解應讀為「防，禦仇也」，《呂氏春秋》原文中的「禦」字是因著注文而增衍的。至於三〇年代范耕研卻同意高誘的注解，認為高誘的注解衹是「失之過簡而意不達」，並加以引申說解：「人無賢不肖，皆欲自掩其過，故巧言辯辭，所以防人仇嫉之也。」**❷**然而，不論是《呂氏春秋》原文所說的「防禦」一詞、或是高誘注解中提出的「仇」字，相關的解說都傾向於強調負面的涵義。如果我們援引清代學者朱駿聲 (1788—1858) 在《說文通訓定聲》一書中對於「防」、「禦」與「仇」等字彙的訓解，則或可理解《呂氏春秋》的原文與高誘的注解其實並不直接含有負面的涵義。根據朱駿聲的說法，古籍中凡言「仇」，大致上是取其「二人相當相對之誼」，而鄭玄 (127—200) 衹以「怨耦」釋「仇」其實是錯誤的，因此，「兩同為仇，兩異亦為仇，後儒因之，專訓讎怨，非是。」**❸**至於「防禦」二字，則朱駿聲同樣依據古籍的材料而另有說解，其中「防」字解為如屏風一類可以做為靠背而坐，或者如覆篷一類可以遮蓋器物，而「禦」字則應解為「當」，其意義與「擋」字相同，用以指稱防護的工具或設施。透過這種字義的解說，

---

❸　【秦】呂不韋：《呂氏春秋·論人篇》，見陳奇猷：《呂氏春秋校釋》，卷三，上冊，頁 160。

❷　以上所引各家說法，見陳奇猷：《呂氏春秋校釋》，卷三，上冊，頁 167-68。

❸　【清】朱駿聲：《說文通訓定聲》（臺北：藝文印書館，1974 年影印版），孚部第六，頁 27/B。另外，關於「防」字的訓解見於《說文通訓定聲》壯部第十八，頁 77/B，而「禦」字，則見於豫部第九，頁 5/B。

語言文字的運用與表現在此其實是被視爲人爲的或外加的，並且具有
「工具」的性質，因而是與人的真實本性相互平行或並立的，其目的
或作用則可以有不同的指向。語言文字或用以自我防禦、或用以文飾
曲說，但無論如何總是遠離了「真實」——《韓非子》不就強調「文
爲質飾者也。……夫物之待飾而後行者，其質不美也。」**❸**同樣的，
《呂氏春秋》也據此而認定語言文字的運用容易造成真僞相互混淆的
迷亂，統治者如果不察，則會受到誤導而不利於政令的施行。

　　因此，嚴格說來，《呂氏春秋》關於「巧言便辭，以自防禦」
的提法，其重點並不衹是指向人與人之間相互「防人仇嫉」的個人因
素，而是指向「不肖主之所以亂」的政治考量。畢竟，人與人之間的
相互設防，不足以引發任何統御管理上的問題，反倒是文飾曲說對於
政策或法令的實施具有真正的危害性。韓非子所以倡言「今世之談也，
皆道辯說文辭之言，人主覽其文而忘其用」**❸**，這當然牽涉到「法家」
論述系統中對於如何實施有效統治所提出的基本主張，而這種策略的
考量才是《呂氏春秋》此段文字真正的用意。

　　然而，值得注意的是，在先秦典籍的論述脈絡中，關於語言現
象在道德或政治領域中的作用所提出的各種說法，主要的目的之一都
在於摘除錯誤的或歪曲的語言表現活動，而探勘的重點就往往在於指
出與錯誤的或歪曲的語言表現相對應的錯誤或歪曲的動機與意向。既
然「吉人之辭寡」而且「君子欲訥於言而敏於行」**❸**，則一個有所作

---

❸　《韓非子·解老第》，陳奇猷：《韓非子集釋》，卷第六，上冊，頁 334-35。

❸　《韓非子·外儲說左上第》，陳奇猷：《韓非子集釋》，卷第十一，下冊，
　　頁 623。

❸　《論語·里仁篇》，見【宋】朱熹：《四書章句集注》，頁 74。

爲或有道德操守的君子在使用語言時，基本上是可以完全掌握合理而正確的語言表現，而語言的運用與表現也就如同德性一樣，需要不斷在實踐的過程中加以護持。若非如此，則大多數的語言活動將表現爲錯誤或不當的操作，並且是導因於心志意向的不純粹。《周易·繫辭傳》曾引述孔子的一段話：「亂之所生也，則言語以爲階」**❸❼**，所謂「亂」，不論是指內在意向的不純正、或外在行爲的悖逆，最明顯的徵兆將首先起自於錯誤的或不當的語言表現——「知言」即可以「知人」，理由也就在此。這種思維模式其實深刻反映了古典傳統中對於語言表現活動所持的基本看法。緣於對語言文字的性質與功能採取一種較爲負面否定的看法，一旦主體的內在志意或主觀情性成爲立論的重心，則關於語言文字而來的各種想像與創造活動也就自然在文化論述場域中淪爲第二義。如果說主觀情性與語言活動之間的交互運作即可以是一種審美的實踐，那麼，古典論述傳統關於語言活動的思考與範限，或許就夾雜糾結於道德與審美這兩個範疇之間的因依關係。至於這種提議所隱含的思維模式及其在古典傳統的文化論述場域中的涵義，到底應該如何理解？這倒是需要說明、同時也是值得嘗試的工作。我們將在本書的〈餘論〉部分提出初步的考察。

　　梅廣先生最近的一篇論文，討論《周易·繫辭傳》所稱說的「修辭立其誠」的詮釋問題及其引發的相關議題，其中提到「語言的本質表現在它的造假本領」此一論點。根據梅先生的說法，人的世界充滿造假的誘因，任何一個爲眞的命題出現，必然伴隨著一個爲假的命題，因此，「有了語言，人類的思考空間就不以現實爲限，可以自由的造

---

❸❼　《周易·繫辭傳》，見【唐】孔穎達：《周易正義》，卷7，頁 19/A。

出反事實的情況。」❸❽人的意識有著非眞實的一面，而人的世界就有了非眞實的一面。面對此種弔詭，原始儒家所以強調「誠」的概念與「立誠」的工夫，主要就是著眼於對「眞實」的關注，並藉此減低或去除意識對於認知的干擾；祇有回復到自然的認知狀態，才有眞實。更重要的，中國古代哲人認識到語言在認知層面上可能出現的問題，了解到語言所具有的虛妄性格，因此對於語言問題有著嚴肅的提法：

> 不是要否定語言的表意功能，更不像後世把言行對立起來，
> 而對言持負面態度，而是通過對語言行爲的檢束達到淨化意
> 識的效果。「修辭立其誠」扼要說明這修道階梯以及語言所
> 處的關鍵地位。人的意識一旦通明無隔，便是回到自然的認
> 知狀態，便是由人心轉爲道心。這就是完全眞實，這就是誠，
> 這就是聖人的境界。❸❾

梅先生的說解闡明了古典傳統中對於語言與實踐之間相關性的探索所富含的深義，而其中「去僞存眞」的思維模式及其可能對應的相關的文化義涵，或許可以透過不同的理論架構重新加以檢測，並且進一步提示新的議題以及研究的路向。

同樣的，當代德國學者耀斯（Hans Robert Jauss）在處理有關「審美經驗」的歷史考察與理論建構時，即首先提問：如何能夠區隔審美

---

❸❽ 梅廣：〈釋「修辭立其誠」：原始儒家的天道觀與語言觀—兼論朱子的章句學〉，「朱子學與東亞文明研討會」會議論文（2000 年 11 月 16 至 18 日），頁 11。

❸❾ 梅廣：〈釋「修辭立其誠」：原始儒家的天道觀與語言觀—兼論朱子的章句學〉，頁 12。

樂趣與一般感官知覺樂趣間的不同？而愉悅（樂趣）所具有的審美功能以及愉悅（樂趣）在日常生活的眞實世界中所扮演的其他功能，這兩者之間的關係又是什麼？耀斯的用意在重新估量西方美學或哲學傳統中對於「審美經驗」所提示的各種片面的看法，由是而肯定的認爲「審美經驗」不應被看成是與「認知」及「行動」相對立的範疇，並且引述沙特的意見：「眞實的自身永遠不會是美的」，耀斯更依此而推斷：想像的心靈必須否定既已存在的客體世界，唯有如此它才能夠透過自身的活動而創造非關眞實的審美客體，並且按照語言、視覺或聲音等不同的「文本」所提供的審美符號或樣式來創造此等審美客體在文學、圖畫與音樂上的各種形式。⑩然而，就在眞實與非關眞實的審美想像之間自有一種弔詭在，審美活動是自足自主的？抑或是難以駕馭而有危害的？同時，審美經驗在創作、感受與淨化溝通等不同的活動中是扮演怎樣的作用？乃至於「愉悅（樂趣）」又當如何理解？面對這種弔詭而來的各類思考與提議，其實也一直是古希臘以降西方文化論述場域中的一項重點。透過這種對照，或許可以讓我們清楚理解到任何關於語言現象的考察與陳述，都不可避免的要牽涉到對於何謂「眞實」的議題。不同的是，此一「眞實」的具體內容到底是指向客觀現實世界的「再現」？抑或是本眞的自我的一種貞定？或許不同的論述傳統各有其不同的指稱對象與表述方式。

---

⑩ Hans Robert Jauss, "Sketch of a Theory and History of Aesthetic Experience," **Aesthetic Experience and Literary Hermeneutics**, trans. Michael Shaw (Minneapolis: University of Minnesota Press, 1982), pp. 3-151, see especially pp. 22-45.

　　東漢後期以至於魏晉，隨著個人主義的興起❹，主體生命的各項表現逐漸成為論述所觀察考量的對象，而主觀情性的內在面與道德的修為實踐成為關懷的中心議題。在這種重主體的思潮的影響下，語言文字做為一種表述的形式雖然仍受到作家普遍的關切，並且不斷提出新的探索與實驗，但也日漸失去其獨立自足的性質，轉而成為作家用以呈示主體情性的一種媒介。語言文字本身不再是作家可以為之佇足停留的對象，而語言文字做為表情達意的工具，其性質與有效性也開始再度受到質疑。而另一方面，學術思潮的重心既然開始關注主體情性的面向，則主體情性如何得以具體證顯、又如何能被感知理解，自然成為當時論述的重要議題。「形神」與「言意之辨」的議題之所以在這個階段的論述場域中顯得特別重要，理由就在於此。基本上，語言文字做為表現的媒介或形式，不再是意義自足的藝術作品，而是主體與主體之間可以相互穿越的透明的中介物。劉勰《文心雕龍·知音篇》雖然強調作品有客觀的體製可說，因而創作有一定的法則與規矩，批評也可以據此而有相對應的方法進行客觀評鑑，然而，劉勰對於文學作品的定位所提出的說解，更證實了古典抒情傳統的基本主張：「夫綴文者情動而辭發，觀文者披文以入情，沿波討源，雖幽必顯。世遠莫見其面，覘文輒見其心。」❷

　　關於這種認知方式的轉變，我們可以從漢代學者相關的注疏材

---

❹　關於漢晉之際個人主義或個體自覺的議題，請參見余英時：〈漢晉之際士之新自覺與新思潮〉，《中國知識階層史論〈古代篇〉》（臺北：聯經出版公司，1980），尤其見頁 231-75。

❷　【梁】劉勰：《文心雕龍·知音篇》，周振甫注：《文心雕龍注釋》，頁 888。

料中找到說明的例證。東漢趙岐 (?—201) 在註解《孟子‧萬章篇》中所說的「以意逆志」時，即如是說道：「志，詩人志所欲之事；意，學者之心意也。……以己之意逆詩人之志，是爲得其實矣。」❸顯然的，作品既是用以呈示詩人內在的心志意念，而讀者也必須透過自己內在的心志意念去感知並領受詩人的意旨，因此，作品的意義是決定於作者的意向投射以及讀者的詮釋。這種解釋觀點可以說是劉勰《文心雕龍‧知音篇》的濫觴，充分反映中國古典文學傳統中對於「主體」與「理解」之間相關性的主流論述。

　　儘管魏晉以降由陸機所倡言的「詩緣情而綺靡」的主張，強調主體情感做爲詩歌創作的重要因素，由是強化了「抒情傳統」發展的基礎，陸機卻依然肯定詩歌在語文表現或經營上所應該達成的一種錯落有致的「綺靡」效果。這種肯定自是與當時的「文體論」對於作品語文構造的探索有關。如果再進一步從歷史的角度重新檢視所謂六朝文學在藝術形式上的推敲琢磨，則我們可以很清楚看到：即使是在主「情」的論述系統之中，魏晉到齊梁之間仍然可以說是中國文學批評傳統中把作品的文理組織視爲一獨立自足的客觀表現、並且特別重視語言文字運用技巧的一個歷史階段。然而，隋唐以後的批評意見，其實並不肯定六朝這個階段作家對於客觀可以解析的語文形式的苦心經營——這種現象正可以用來說明中國古典文學傳統基本上是以「言志」、「抒情」的觀點爲主流論述，而與以「技藝」爲中心的講究客

---

❸　《孟子‧萬章篇》，見【宋】孫奭：《孟子正義》，卷9上，頁10B。

觀表現的創作傳統有著明顯的區隔。❹

三、「技藝」與「再現」的觀念

如果從字源的角度切入，那麼，我們可以肯定在中國古典傳統中的確存在著把詩歌視爲「一種語言的藝術」的認知。循此，葉秀山先生在論及中國傳統詩歌觀念與西方之間的不同時，即曾以古希臘所提出的「做」的意義來對比中國的「說」：

> 「詩」，「寺」聲，「言」意，造「詩」字時必已有「寺」字在，而古文「寺」即「持」，爲「保持」、「存留」之意；古文「言」、「音」爲一。「詩」爲「音」中之「言」，所以最初的「詩」是「說」或「吟」、「唱」出來的。……西方古代的「詩」字，似乎跟「說」（吟、唱）沒有多少關係，儘管古希臘之敘事詩同樣也是「吟」、「唱」出來的。古代希臘文的「詩」……最基本的意思爲「做」。❺

關於中國「詩」字觀念在字源上可能衍生的意義，我們在上文中已經處理過了，而其中所包含的問題的複雜度，也顯然多於葉秀山在此所提出的說解。然而，葉秀山的提法可以提供我們從另外的角度

---

❹ 關於魏晉到齊梁之間傾向於把作品看成是「客觀獨立的對象」的思維模式，請參見蔡英俊：〈「知音」探源—中國文學批評的基本理念之一〉，呂正惠、蔡英俊編：《中國文學批評》第一集（臺北：學生書局，1992），尤其見頁133-37。

❺ 葉秀山：〈序〉，見吳戰壘《中國詩學》（臺北：五南圖書，1993），頁2。

切入，重新思索中西詩學傳統在某些觀念與議題上所呈現的各自的獨特性或差異。這種不同文化傳統之間的對觀，陳世驤在〈中國詩字之原始觀念試論〉一文中，即已約略觸及到類似的議題，。葉秀山則進一步從「說」與「做」這兩個觀念的對舉，提出他自己的看法：

> 中國重「說」，西方重「做」；在中國「詩」爲「言」之一種，而在西方則爲「行」之一種。這樣，我以爲，在西方，「詩」原本是一種「表演藝術」，重在「行動」、「動作」、「表演」，——當然這裡就包括了舞蹈、音樂的成分在內。❹

然而，葉秀山把「做」的觀念牽連到「行」，並且依此強調了詩歌與「行動」、「動作」或「表演」等觀念之間內在的聯繫，這種提法顯然是誤讀的結果。古希臘傳統關於「詩歌」的界說，雖然是以「做」的觀念爲論述的基點，但所謂的「做」在希臘文中是 poiesis，其實是指稱「製造」（to make）此一活動的性質而言；至於「詩人」一字，在希臘文中則是 poietes，意指具有專業技藝的「製造者」（maker）。❼因此，「詩歌」就是一種「製造品」（a thing made），是與其它所有人爲的製造品一樣，在在展示一種有關器物「製作」（production）的知識與能力，因而是屬於「技藝」（techne）的範疇，而與「行動」（action）此一觀念所歸屬的「實踐」（praxis）的範疇是兩不相涉的。再者，所謂結合舞蹈、動作、音樂等成分在內的「表

---

❹ 葉秀山：〈序〉，見吳戰壘《中國詩學》，頁 2-3。

❼ Gregory Nagy, "Early Greek Views of Poets and Poetry," **The Cambridge History of Literary Criticism** (Cambridge and New York: Cambridge University Press, 1989) **Volume 1: Classical Criticism**, ed. George A. Kennedy, pp. 23-24.

演藝術」其實是對應於「模擬」自然或生活此一活動而說的，用以指稱身體的動作，並且表現感情。這是「模擬」此一觀念在古希臘傳統中較早階段的用法，然後再行衍繹爲「再現」或「複製」的義涵。**㊽**

　　就亞理斯多德而言，所謂「技藝」是呈現人類活動的一種主要型態：「製作是有意的並且是建立在知識上的」，而其目的則在於產製有別於自然物件的人爲作品，因此留下了可見的成品，譬如說一幅畫、一座雕像，甚或是營造一張桌子、一棟房屋。因此，「技藝」在某方面說來是與「自然」處在對立的位置，具有了「人爲造作」的特質，而對於這種人爲造作的特質的肯定，也正是西方文化傳統關於「技術」所衍生的相關議題的理論背景。在這種視觀的引導下，藝術，尤其是詩藝，其實是「技藝」最特出的一種形式，如根據波蘭學者達達基茲（W. Tatarkiewicz）的說法，則亞理斯多德所指稱的「藝術」的概念，不只是限定在製作與製作品本身，即使是與製作有關的才能也可以稱之爲「藝術」。具體而言，

> 藝術家的才能是基於知識和一種對於製作法則的熟悉，而這種知識，因爲它是製作的基礎，亞理斯多德也把它稱爲「藝術」。……由於製作、製作的才能、製作必需的知識以及被製作出來的事物統統都被關連在一起，所以「藝術」這個名辭的意義，很容易從一種轉移到另一種。這種希臘的名辭 *techne* 所具有的歧義性，不僅被拉丁文 *ars* 所繼承，並且也被近代語言中相應名辭所繼承。不過，我們要知道，相對於亞理斯

㊽　關於「模擬」此一觀念在古希臘傳統中的演變，請參見【波蘭】達達基茲著，劉文潭譯：《西洋古代美學》（臺北：聯經出版公司，1981），頁 26-28。

多德而言，*techne* 的用意主要是在於製作者的才能，中世紀
的 *ars* 的主要用意是在於他所謂的知識，而近代所謂的「藝
術」主要是指他所謂的作品。㊾

因此，詩歌做為一種「技藝」的觀念，除了指明製作的才能與
相關的知識之外，更強調了作品本身做為被製作出來的事物而具有的
獨立性。最重要的，詩歌既是屬於技藝的成品，就有一定可以分析拆
解的元素或成份，以及因之而來的制作的法則或規格，因而在客觀上
是一種可以教授與學習的知識。

古希臘思維在詩藝領域中所提出的「製造」的觀念，到了十六
世紀的英國詩論場域，也有著意義上的轉變，而且這種轉變除了說是
誤讀之外，其實也反映了對於詩歌創作活動的性質有了不同的認知。
英國詩人錫德尼（Sir Philip Sidney, 1554—1586）在〈為詩辯護〉一
文中曾經說道：「希臘人稱詩人為 Poieten，而這名字，因為是最優
美的，已經流行於別的語言中了。這是從 Poiein 這字來的，它的意
思是『製造（to make）』。」㊿然而，實際討論到「製造」一詞的內
容與作用時，錫德尼卻把立論的重心轉而引申為「創新（to invent）」，
強調詩人在作品中所顯現的「創意」（invention）：

㊾　【波蘭】達達基茲著，劉文潭譯：《西洋古代美學》，頁 167。

㊿　【英】錫德尼著，錢學熙譯：《為詩辯護》（北京：人民文學出版社，1998），
頁 9。引文稍加改動。按：原文中的「製造（to make）」一字，錢學熙譯文
的用字是「創造」，這種譯解就原文脈絡而言雖然是合乎文意，但仍然可以
說與錫德尼一樣是對古希臘傳統中「製造（to make）」一字的一種誤讀。
說詳本文。

沒有一種傳授給人類的技藝不是以大自然的作品爲其主要對象的。沒有大自然，它們就不存在，……只有詩人，不屑爲這種順服於大自然的行動所束縛，而爲自己的創新氣魄所鼓舞，並且就在其造出比自然所產生的更好的事物中，或者完全嶄新的、自然中所從來沒有的形象中，如那些英雄、半神、獨眼巨人、怪獸、復仇女神等等，實際上產製了另一種自然，因而他與自然攜手併進，不局限於它的賜予所許可的狹窄範圍，而自由地在自己才智的運行範圍內游行。❺

在「創新」的脈絡中，詩人由完美的專業技藝的製造者一躍而成爲與造物神同位的創造者：在詩作中，詩人「以神的氣息產生了遠遠超過自然所作出的東西」，而這些屬於詩人所創造出來的事物，便由錫德尼劃歸爲「第二自然」。更重要的，詩人創造出來的世界是一個比當下眞實世界更好的世界。在此，所謂的「更好的世界」，其意義雖然可以說是承襲亞理斯多德關於藝術活動的模擬對象的論點，但並不是像亞理斯多德所闡釋的是一個揭示理想型態（應然）的「更爲可能的世界」，而是比我們日常生活所運用的一般標準、所感知的一般性質更爲美好的世界：比起實際在花園中生長的花卉，詩人筆下所描繪的花朵聞起來更加香甜。這也是爲什麼錫德尼倡言「眞實的世界屬銅，而詩人乃鑄而爲金」的主要理由。❺

---

❺ 【英】錫德尼著，錢學熙譯：《爲詩辯護》，頁 9-10。引文根據中譯本稍作更動。

❺ 關於錫德尼的詩論，另請參見 David Daiches, **Critical Approaches to Literature**, Second Edition (London and New York: Longman, 1981), pp. 50-72. 尤其見頁 55-58。

　　透過「第二自然」的概念，我們就不難理解十九世紀的王爾德（Oscar Wilde, 1854—1900）所以倡議「生活與自然在模擬藝術，而不是藝術模仿生活與自然」這種看似極端的論點的理論基礎。生活所以模擬藝術的意義在於「一位偉大的藝術家創造了一種典型，然後生活才開始試著去模仿它」，因此，文學總是走在生活的前面，而且預示了生活。具體說來，生活的世界所以開始學會哀傷，主要就是因為莎士比亞筆下的哈姆雷特曾經有過憂鬱。同樣的，自然所以模擬藝術的意義就在於：我們是透過藝術呈現的事物才得以學會領受自然，「如果不是因著印象畫派的作品，我們將從哪兒學會感知昏黃的霧氣逐一佈滿街道、模糊了瓦斯燈的光圈、然後又將一座座的屋舍轉換成詭異的串串陰影的美妙場景？」❸就威勒克（Rene Wellek）的評論而言，王爾德這種「泛美學主義」的論調「不過是古老的古典主義關於藝術所具有的理想化功能的觀念的一種過度強調。」❺但無論如何，由錫德尼「第二自然」的概念到王爾德「生活與自然在模擬藝術」的主張，基本上是植根於亞理斯多德以降關於藝術「再現」活動的論述傳統，其關切或探索的重點是在於文學藝術作品所傳寫或描繪的世界與真實世界之間的對應關係，而詩人藝術家個人的要素在此等活動中所可能扮演的角色或作用基本上是無足輕重的。儘管如此，由「技藝」觀念

---

❸　Oscar Wilde, "The Decay of Lying" (1889), **The Artist as Critic: Critical Writings of Oscar Wilde**, ed. Richard Ellmann (1969; Chicago: The University of Chicago Press, 1982), pp. 308 & 312.

❺　Rene Wellek, **A History of Modern Criticism: 1750-1950** (1965; Cambridge: Cambridge University Press, 1983), **Volume 4: The Late Nineteenth Century**, p. 411.

所衍生的詩學論述，不論是「製造」或「創造」的議題，其中心論點一方面肯定技術或技巧是來自於經驗的累積與總結，因而是可以傳授與學習的，而另一方面則以「作品」本身所呈示的自足的客觀表現、或是創作活動本身所要求的知識與才能爲考量的對象，而比較不涉及作家主觀的情感意念或經驗模式等相關的議題。

　　至於「行動」或「動作」的觀念，則可以區分爲兩個不同的論述場域，其一是就「行動」所指涉的具體的人的活動此一特性而言，另一則是就「行動」在文學創作或表現活動中做爲被思考的對象材料而言。前者關涉的是「認知」或「知識」的議題，而後者卻是專屬於「詩學」的議題。因此，如果是就「行動」此一觀念在知識分科的範疇中的性質而言，則「行動」應是屬於「實踐」（praxis）的範疇，而與所謂的「技藝」或「理論」（theoria）等相互並列，構成人類活動的三種基本範疇，同時也構成所謂「知識」（episteme）的三大領域。如果是就「行動」此一觀念在詩學論述中的議題而言，則是與悲劇或敘述文類所關切的主要題材相關。亞理斯多德在《詩學》一書中探論悲劇要素時，「行動」便是其中的一個主項：「悲劇是對行動的摹仿，而這種摹仿是通過行動中的人物進行的」❺❺，因此「行動」或「動作」所指稱的是悲劇模寫最爲重要的目的，即由「行動」演示爲「事件」而構成的「情節」部分。具體說來，

　　　事件的組合是成分中最重要的，因爲悲劇摹仿的不是人，而

---

❺❺　亞理斯多德著，陳中梅譯：《詩學》（北京：商務印書館，1996），第六章，頁 63。另外，請參考姚一葦：《詩學箋注》（臺北：中華書局，1966），頁 67。

是行動和生活。人的幸福與不幸均體現在行動之中；生活的
目的是某種行動，而不是品質；人的性格決定他們的品質，
但他們的幸福與否卻取決於自己的行動。所以，人物不是為
了表現性格才行動，而是為了行動才需要性格的配合。由此
可見，事件，即情節是悲劇的目的，而目的是一切事物中最
重要的。此外，沒有行動即沒有悲劇，……❺

　　既然「行動」或「動作」是做為悲劇的主要因素，因此有關於
「行動」或「動作」的分析討論便也成為《詩學》一書的重點。根據
亞理斯多德的說法，悲劇中所傳寫描述的「行動」，其性質應是「完
整畫一，而且具有一定的長度」。更重要的，所謂的「完整性」必須
明確包括「開頭、中間與結尾」等三個部分，雖然其間的次序不必一
定如此；至於所謂「一定的長度」，則以能夠不費事的被記憶為宜，
其準則為「能夠容納人物從不幸轉入順境、或從順境轉入不幸的一系
列事件，並且這一系列事件要能夠按照可能性或必然性的原則依次串
接。」❼

　　由人的行動而指向戲劇事件的發生，並且明示了情節的完整性
與時間次序上的安排配置，亞理斯多德對於悲劇的界說由是衍繹成為
西方戲劇與敘述文類的主要理論基礎。在這種思考方式的制約下，以
戲劇與敘述文類為主的文學傳統便傾向於探問作品的構成要素與構成

---

❺　亞理斯多德著，陳中梅譯：《詩學》，第六章，頁 64；姚一葦：《詩學箋
　　注》，頁68。

❼　亞理斯多德著，陳中梅譯：《詩學》，第七章，頁 74-75；姚一葦：《詩學
　　箋注》，頁79-80。

方式，作品即是作家的才能所顯現的對於作品的構成要素（即語言媒介、主題素材）的一種想像創造，而作品所描繪傳寫的世界則是與外在眞實的生活世界相互平行——前者即是後者的一種「模擬或再現」（mimesis or representation），然而，此一再現活動的性質，並不是如鏡子一樣祇是如實映照日常生活世界的原形，而是以藝術的技巧編造出一個關於「更爲可能的世界」的形象。如此，則作品自成一個獨立客觀的藝術世界，而所謂的「意義」也就得以客觀具顯於作品本身，並無涉於作家個人的主體情性或身世遭遇。亞理斯多德因而強調詩人是事件或情節的編織者，不但製造了一個可能爲眞的世界，而且也是一位「巧匠」（craftsman），他擁有一種理性可以完全駕馭的技術，並且也可以據以教人。根據英國學者海利威爾（Stephen Halliwell）的說法，就身爲現代讀者而言，我們必須試著掌握下述的事實：

> 亞理斯多德所提出的這一種關於詩歌創作活動的見解，其實是把詩人附屬於詩的技藝之下，並且依照一種『目的論』的觀點來理解詩人與詩藝之間的關係。所謂的『技藝』，眞正顯現的場所不在於詩人心靈的個別泉源，也不在於詩人想像力的主觀興致，而是在於他的工作所指向的最終目的，就是圓滿完成的詩的結構體。❺⓼

再者，由於詩人所持有的技藝是一種模擬（再現）性質的技藝，因此

---

❺⓼　關於亞理斯多德《詩學》議題的分析，請參考 Stephen Halliwell, "Aristotle's Poetics," **The Cambridge History of Literary Criticism Volume 1: Classical Criticism**, pp. 151-64。引文則見於頁 158-59。

詩人製作活動所指向的完成品的具體內容，即是關於真實世界的模擬或再現，而所謂「再現」的議題就此指向了藝術作品與真實世界之間相互映照的關係，並且牽涉到再現的「對象」、「媒介物」與「方式」等三個面向的問題。

　　其中，關於「媒介物」的問題，如果是就文學創作活動而言，則媒介物當然就是「語言文字」。關於再現「對象」的問題，則是指作品所再現的內容或再現的事物是什麼，而探討的重點就在於：作品透過「再現」所呈現的「真實」到底具有何種屬性？根據亞理斯多德提出的說法，「詩人正如畫家或其他以相似為目的之製作者一樣，也是個模擬的技藝家。在任何場合，他都必須運用模擬的技藝去描摹下列三者中的一種：即事物曾是什麼或現是什麼；或事物被傳說或被想像成什麼或曾是什麼；或應是什麼。」❺❾因此，再現活動所關注的對象不必是詩人自身的情感或意念等主觀的個人因素，而是一個可以與「真實世界」相互並行、甚或獨立的藝術世界，同時在這個藝術世界裡自有一套自為真實的樣式與判準。準此，則在申說「情節」的觀念時，必然論及「逆轉」、「辨識」與「受難」等相關的「布局」要素，而亞理斯多德所以倡言「詩比歷史更真實」，主要便是因為「歷史家所描述者為已發生之事，而詩人所描述者為可能發生之事，故詩比歷史更哲學更莊重；蓋詩所陳述者毋寧為具普遍性質者，而歷史所陳述者則為特殊的。」❻⓿至於有關再現「方式」的問題，則探討的重點就

---

❺❾　亞理斯多德著，姚一葦：《詩學箋注》，第二十五章，頁 197，引文稍加改動。另參陳中梅譯：《詩學》，頁 177。

❻⓿　亞理斯多德著，姚一葦：《詩學箋注》，第九章，頁 86；陳中梅譯：《詩學》，頁 81。

在於作品是以怎樣的方式呈現對象事物，或者以劇場演出？或者敘述？或者描寫？這就牽涉到所謂「表現手法」或「成規」等有關藝術匠心的問題，因此，「意象」的營造、「敘述觀點」的引介，乃至於「結構」的安排，就是技藝之所在。

　　大致說來，以亞理斯多德《詩學》為主軸而展開的論述傳統，是建立在「技藝」與「再現」這兩個基本觀念，或者強調創作活動是作家知識與才能的顯現，或者強調創作活動是在經營建構一個自為真實的藝術世界，因此想像力與相關的藝術技巧是創作的關鍵，其中並無涉於作家個人主體情性或身世遭遇的自我顯證。在這種思考架構的引導下，文學作品自成一個客觀獨立的世界，而作品的意義也就具有某種程度的自足性，可以透過作品內在的種種語言設計加以說解，而修辭學所建構的語言知識與理論，在某種意義上說即是這種思考架構下的產物。

　　相較之下，以抒情模式為創作表現主軸的中國古典論述傳統，對於情感或心境──而不是行動或事件──的揭露與呈示就顯現為基本的問題，而相關的討論也就此展開。然而，情感或意向的活動雖然可以是來自於對行動或事件的觀照與沈思，但它本身所能引生的各種官覺反應，並沒有如動作或事件一樣有可供觀察摹寫的具體外顯的行為特徵，因此如何掌握情感本身的特質自是一項難題。再者，情感本身與有關情感的體驗之間又有性質上極大的差異度可說，因此詩歌創作活動所牽涉到的有關作家主體經驗的各種議題，譬如個人意向與心境、自我的現時感（subjectivity and immediacy）與歷史文化的認同，更是古典論述傳統亟欲加以解說的重要問題。本論文的主要工作即是在於試圖透過不同文化論述傳統的比較分析，並且以之做為參考

架構，進一步闡明這些相關議題在抒情模式此一主軸上所顯現的具體
內容與歷史發展脈絡，希望能有助於對古典文化傳統的理解。

　　基本上，由抒情模式而來的關於「作家主體情性」的認知方式
不但支配大多數的古典文學批評論述，即如近現代的古典研究學者也
深受影響。譬如，劉若愚在《中國文學理論》一書中，曾經引述亞伯
拉姆斯（M.H. Abrams）所揭示的與一件藝術作品的整個情境有關的
四項要素，即「藝術家」、「作品」、「宇宙」與「觀眾」，並且借
助於這四項要素的交互關係所形成的不同「理論導向」，以進一步申
論、分述中國古典文學論述中所隱含蘊示的相對應的概念框架與批評
理論。❻劉若愚依此將古典文學相關的論述區分爲幾種不同的理論模
式，如「形上理論」、「決定理論」與「技巧理論」等。且不論這種
操作模式是否相應得當，劉若愚在援引「藝術家」、「作品」、「宇
宙」與「觀眾」這四項要素時，即有意修訂亞伯拉姆斯原有的安排與
設計。至於引起我們討論的關鍵點，就在於這種重新排列的方式所彰
顯的理論問題。

　　首先，讓我們重述亞伯拉姆斯用以闡明四項要素之間的相互關
係時所設計的圖示：

---

❻　劉若愚著，杜國清譯：《中國文學理論》（臺北：聯經出版公司，1981），
　　頁 12-15。

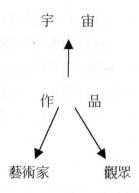

　　亞伯拉姆斯原有的圖示，是以「作品」此一要素做爲論述的中心點，分別說明了「作品」與「宇宙」之間的關連在藝術理論中所形成的「模仿理論」；而「作品」與「觀眾」這兩項要素的關連則衍生出「實用理論」；至於「作品」與「藝術家」這兩項要素若佔有立論點上的主導地位，即是「表現理論」；如果是以「作品」爲獨立考察的對象，則就發展成爲「客觀理論」。亞伯拉姆斯這種排列與區隔的方式，主要是在辨明西方有關文學藝術的批評理論，都可以從「作品」與其他要素之間所形成的關係來追索特定的理論論述內容與走向，而且從「模仿理論」到「客觀理論」之間又隱含具有歷史發展的階段性先後次序，亦即「模仿理論」大致通行於古希臘以至於十八世紀，而「實用理論」大約起自於古典時期的修辭學（主要是西塞羅與賀拉斯）以至於十八世紀；「表現理論」基本上是源於英國浪漫詩人華滋華斯（1770-1850）在一八零零年所寫的〈抒情歌謠集序〉，雖然其間有些相關的論點可以在更早的文論中出現；至於「客觀理論」，則是較爲晚出的觀點，大約起自於十八世紀後期與十九世紀前期，進而在二十

世紀「新批評」的論述中蔚為高峰，儘管早在亞理斯多德的《詩學》
一書中就出現類似的題旨。⑫因此，就亞伯拉姆斯所揭示的題旨而言，
不管是「模仿理論」、「實用理論」或是「表現理論」，雖然在立論
點上是以作品與其他要素之間的關係為考量的重心，而實際上「作品」
此一要素仍然扮演著積極的中介角色，具有支配性的主導位置。

　　下圖即是劉若愚的重新編排的圖示。

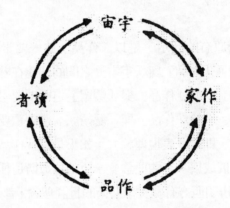

　　經由劉若愚的重新編排，原先「作品」在亞伯拉姆斯所提出的
各種理論論述中所具有的主導位置顯然消失了，而「作品」與「宇宙」
之間也不再具有任何理論上的直接關連。對此，劉若愚則提出如是的
說解：「在『作品』與『宇宙』之間沒有畫出箭頭，因為沒有作家，

---

⑫　M.H. Abrams, "Introduction: Orientation of Critical Theories," in **The Mirror and the Lamp: Romantic Theory and the Critical Tradition** (Oxford: Oxford University Press, 1981), pp. 6-29.

作品不能存在，而且作品不可能展示宇宙的眞實，如果作家不能對宇宙先有感受。」❻❸更重要的，劉若愚強調：

> 我們雖不必否認文學作品的客觀存在，……然而我們仍可認
> 爲：任何人，甚至「客觀的」批評家，若不採取作家或讀者
> 的觀點，是無法討論文學的。例如，亞理斯多德或是新亞理
> 斯多德派學者，在討論悲劇的「情節」時，是以劇作家的觀
> 點來討論的；當新批評的學者或結構派學者，在分析詩的語
> 言結構時，一般是從讀者的觀點來分析的（因爲，畢竟他必要「讀」
> 詩才能感受到詩的語言特色與詩的效果）。❻❹

就某種意義來說，劉若愚提出的說解是具有常識上的正確性，畢竟，所有有關文學的論述，如果不是作家自身說出的意見，就是批評家以讀者的身份立言的。

然而，這種說法基本上忽略了一個簡單的事實，即作家或讀者做爲提出論述的主動者（在這種情況下，作家或讀者都具有批評家的身份）、以及作家或讀者做爲論述中被討論的對象，這二者之間是有角色扮演上的區隔，而就亞伯拉姆斯所揭示的題旨而言，作家或讀者在此是做爲論述中被討論的對象，因而構成所謂「與一件藝術作品的整個情境有關的四項要素」中的兩項要素。譬如說，作家或批評家討論的重點如果是關於「詩的語言特色與詩的效果」，則此時兩者當然都是以讀者的身份進行討論，而討論的內容自然屬於「客觀理論」的範圍。同

---

❻❸ 劉若愚著，杜國清譯：《中國文學理論》，頁14。
❻❹ 劉若愚著，杜國清譯：《中國文學理論》，頁14。

時，如果討論的對象可以不必觸及與創作者相關的要件，則批評的意見就不是採取「表現理論」的論述觀點；而另一方面，作家或批評家在討論「詩的語言特色與詩的效果」時，如果討論的對象並不觸及與讀者相關的要件，則如此的批評意見也就自然不屬於「實用理論」的觀點。再者，劉若愚的說解更直接的忽視了西方論述傳統中「再現」議題的重要性：「作品」之所以具有客觀獨立的存在特性，主要就在於作品呈現了一個自身自足並且可以爲真的世界，因而其意義也就可以是獨立自足。如果再以劉若愚所舉出的有關「情節」的例子，亞理斯多德固然是以劇作家的觀點進行討論，但是他討論的重點卻完全是把作品視爲一個客觀的藝術品，申明「情節」做爲結構的要素時應該具有那些特定的內容，因此，亞理斯多德的《詩學》一書從第七章到第十四章依序討論了「情節」的完整性、長度、統一性，以及單純與複雜情節的區分，乃至於辨析情節發展所必要的三個部份：即「急轉」、「發現」與「受難」，並且強調了情節鋪敘的內容應該以具有可能性與必然性爲最重要——凡此種種，皆以作品本身在「情節」上所顯示的性質與結構安排爲主，並不涉及任何有關悲劇作家與作品之間的關連。至於亞理斯多德在陳述構成悲劇類型的各種條件時，除了揭示以「情節」等結構要素爲主的「客觀理論」之外，也討論到悲劇作品對於觀眾或讀者所可能產生的情緒上的「淨化」效果，因而「淨化」的概念就屬於「實用理論」的範疇。

在這種論述條件的制約下，我們可以說作家或批評家在一方面可以是做爲提示文學相關論述的闡釋者，而在另一方面作家或讀者又可以是在文學相關的論述中做爲被觀察的對象因素。因此，不論是作家或批評家以讀者的身份提示文學相關的論述，如果他們立論的重點

是放在作品與作家的關係,則構成所謂「表現理論」的觀點;而如果立論的重點是擺在作品與讀者之間的關係,則是構成了所謂「實用理論」的觀點。劉若愚的說解,其實是混淆了二者之間在論述層次上的不同與區隔,因而在某種程度上無法明確掌握西方論述傳統中,由於「作品」與「宇宙」這兩個要素之間相互映照所引生的議題上的重要性,也就難以理解由作品的客觀面所衍生的「客觀理論」與「模擬(再現)理論」的具體內涵。透過這種比對,或許可以有助於清楚說明「作品」做為創作活動中的一環,到底是屬於語言運作層的技藝表現,因而可以是意義自足的客觀獨立的藝術品(artifact)?抑或作品是作家個人主體情性的顯證,因而是作家與讀者之間可以相互穿越的中介?不同的選擇,就此造就並發展爲不同的論述型態與論述傳統。

四、詩學的論述型態

中國古典詩學論述型態所呈現的表達方式,一方面固然與中國傳統的基本思維方式有關,而另一方面更也牽涉到傳統文學批評活動的語言運用方式。然而,一旦涉及「思維方式」的議題,則其中的複雜性自不是任何單一論文的篇幅就得以窮究解決。不過,簡單說來,中國傳統所具現的思維方式是比較側重在直觀的證示,也就是強調「觀念」或「論題」本身與實際情境或具體場合之間的關係,因而也就特重在提示此等觀念在某種特定情境或場合中是否「合宜」、「恰當」的判斷,而不在闡釋或分析潛在於這些議題或觀念所可能包含的普遍性內容。基本上,這種論述形式即是所謂的「立即感」(immediacy)與「脈絡化」(contextualization)的一種思辨型態。此處,所謂的「立

即感」與「脈絡化」的思辨型態，主要是強調每一個別的觀念應該被安放在合宜、適當的語境中加以理解，譬如因應不同的提問者、不同的談話場合，也就是說因應著不同的論述脈絡，就應該有相應的不同的說解，因此對於某一個別觀念的內容或義涵，並不尋求建立一種普遍的或一般化的闡釋，而是直接由當下個別的語境或外緣脈絡來決定。❻譬如說在孔門的問答對話中，我們可以看到如下的例子：

> 孟懿子問孝。子曰：「無違。」樊遲御，子告之曰：「孟孫問孝於我，我對曰：『無違』。」樊遲曰：「何謂也？」子曰：「生，事之以禮；死，葬之以禮，祭之以禮。」（《論語・為政第二》）
>
> 孟武伯問孝。子曰：「父母唯其疾是憂。」（《論語・為政》）
>
> 子游問孝。子曰：「今之孝者，是謂能養。至於犬馬，皆能有養；不敬，何以別乎？」（《論語・為政》）

---

❻ 美國學者 David L. Hall 與 Roger T. Ames（安樂哲）在論及孔子思想中基本的「宇宙論」前提時，即以 *ars contextualis*（「脈絡化思維」）一辭稱說孔子的「宇宙論」內涵，認為孔子並不在於建立一種「共通的本體論」(*ontologia generalis*) 與「普遍的知識」(*scientia universalis*)。根據 Hall 與 Ames 的說法，「共通的本體論」旨在探索萬物存在的問題，也就是詢問「為什麼有物存在，而不是『空無』存在？」而「普遍的知識」旨在探索存在原則的問題，也就是詢問「存在的事物到底為何？」相較之下，則「脈絡化思維」是在於探索某一個別的要素與其整體脈絡之間的相互依存與相互決定性。Hall 與 Ames 更以「命」、「天命」、「德」、「道」等觀念為例加以闡述，請參見 Hall 與 Ames 合著：**Thinking Through Confucius**（Albany: State University of New York Press, 1987），頁 195-249，尤其見頁 199-200 以及 246-49。

子夏問孝。子曰：「色難。有事弟子服其勞，有酒食先生饌，
曾是以為孝乎？」（《論語・為政》）

　　透過以上的例子，我們可以清楚看出：同樣是追問何謂孝順的
問題，孔子卻是在不同的答問情境中，因著言說對象的個別性而提出
了相對不同的解說，或者以禮為主，或者以敬為主，但重點都不在揭
示有關「孝」的一種可以分析而且具有普遍性的意義。至是，我們是
應如何理解《論語》一書中對於某些特定語詞的界說方式？於此，張
亨先生在闡釋《論語》中「興」字的意義時，曾特別強調「興」與「仁」
二者有直接的關聯，然而，如以「仁」為一概念語詞，只能視為是一
種說明上的方便：因為「仁」不是抽象思考中的概念，而是一種實存
的實踐活動，自不能以定義的方式來界定其意義、或逕自以語言概念
的性質加以論析。❻

　　另外，儘管有些學者認為《論語》一書在性質上是與以柏拉圖
為名的《對話錄》一樣，皆採用一問一答的行文方式，然而，需要辨
明的重點是《論語》中的提問都是情境式的問答。譬如有關問仁、問
孝等種種議題，大多是由提問者呈示，然後孔子作答，而且作答的方
式往往是因應提問者個別的狀況而給予不同的答語。更重要的，這種
回應或答語也都傾向於一次具足的提示或點化，因此，重點就不在概
念本身的內容上往復分析、探問其共通或普遍的界義。再者，《論語》
一書其實是關於孔子與弟子或當政者之間言行的記錄，而這樣的記錄
又是屬於具體的人的生活的一部份，而不是純粹知性思辨活動的記

---

❻　張亨：〈論語論詩〉，《文學評論》第六集（臺北：巨流圖書公司，1980），
　　頁 19-20。

錄。因此，《論語》中對於特定觀念或語彙的呈示方式，比較上是傾向於放入個別具體的脈絡中加以闡明，是具體情境的提示點明——基本上這種闡釋的模式強調認知活動本身的立即性與個別性，並且要求談話對象能直接就著提示點明的語言，進行相關議題內容的重建以及個人生活上的實踐，而不是透過定義式的命題來呈示具有普遍性的觀念或議題的明確內容。

相對於此，柏拉圖的《對話錄》就比較是屬於純粹知性思辨活動的記錄，並且是在概念上往復分析、探問以求得對某一議題有共通或普遍的認知。這種對於概念或議題的思辨方式，具結於亞理斯多德對於知性活動的方法分析。正如《論語》或先秦諸子的論述形式影響中國古典論述傳統的進行與操作模式，柏拉圖的《對話錄》與亞理斯多德的「工具論」也影響了西方論述傳統所採行的形式與走向。至於所謂的亞理斯多德式的定義方式，則我們可以舉《倫理學》一書中對於「公正」（justice）一辭的提示為例來說明：

> 所謂公正，是一種所有人由之而做出公正的事情來的品質，使他們成為做公正事情的人。由於這種品質人們行為公正和想要做公正的事情。不公正的意思也是這樣，人們由此做不公正行為和想不公正的事情。**⑰**

透過這種「公正」與「不公正」之間所具有的「對立的品質」的解說，亞理斯多德闡釋了有關「公正」的具體內容及其適用上的普

---

⑰　亞理斯多德著，苗力田譯，《尼各馬科倫理學》（北京：中國社會科學出版社，1999），頁95。

遍性：「公正」被視為是「一種完滿的德性，它不是籠統一般，而是相關他人的」，因此，又可以分列為整體而共同的以及部份且個別的兩類。譬如說：「合法」即是整體而共同的，因為「法律要求人們全部合乎德性而生活，並禁止各種邪惡之事」；至於「公平」（fair）與「平等」（equal）則是部份且個別的，因為其中牽涉到「人人有份的東西（按：如榮譽與財富等）的分配」、以及提供人與人之間在自願與非自願的交往中有關「是非的準則」。接著，亞理斯多德又討論到關於政治或城邦領域中的公正，以及由是而來的關於「自然的」與「約定的」兩者之間的區隔：前者是鞏固而不為他物所改變，因而是普遍的；至於後者，則是出於人意的安排，但一經布置而形成習慣，也就祇能這樣，如果進而成為法律，那就是普遍的了。❻❽亞理斯多德關於「公正」的討論，其實是從「善」的議題開始，而所謂的「至善」則是指陳一種自足的「幸福」（happiness），並且得自於符合德性的心靈活動，因而是屬於行動「實踐」的範疇；同時，在各種倫理的德性或優越性中，「公正」無疑是最主要的。於此，由提出定義，進行推理，再舉出論證，就此構成一個完整的論述。

　　當然，類似亞理斯多德式關於「概念」的定義與論述所運用的語言表述形式，其實是用言型態中的一種，強調的即是分析、推理與舉證的程序與步驟。亞理斯多德在《論題篇》提到該書的目的是在於「尋求一種探索的方法，通過這方法，我們就能從普遍接受所提出的

---

❻❽　亞理斯多德著，苗力田譯，《尼各馬科倫理學》，頁 109-110。關於亞理斯多德就「城邦政治」的角度闡釋「公正」的概念，在當代倫理學的論述場域中自有不同的評估，本文不加贅述。本文引用亞理斯多德做為例證，用意是在呈現他進行推論的方式，而不涉及相關議題內容的評價。

任何問題來進行推理」⑲，至於所謂的「方法」，就具體顯現在提出命題或陳述，然後再進行分析或論證的工作，其中推理與歸納舉證也就成爲必要的程序。準此，則相關的概念在亞理斯多德的討論中逐一被引了進來：「推理是一種論證，其中有些被設定爲前提，另外的判斷則必然地由它們發生」、「因爲論證的起點是命題，推理涉及的是問題」，而「定義乃是揭示事物本質的短語，是具有探尋性質的表述。……我們把一切與定義相同的具有探尋性質的表述都叫做定義。」同時，亞理斯多德也把有關事物的本質與事物間的差別納入考量，因爲我們賴以進行推理的手段有「獲得命題」、「區分每一表達的多層含義的能力」、「發現區別」與「研究相似性」。⑳

　　至此，我們或可先行提出一個較爲簡略的對比，用以說明中西文化傳統在論述型態上一個顯著的差異。如果說類似亞理斯多德是以「命題的形式」闡釋有關公正的概念，那麼，不論是論述者或是閱讀者，總不免肯定在如此的表述文字中自有某種明確的訊息可以客觀加以掌握，並且可以確切得到相關內容的一種具體理解。相對於此，當孔子以「無違」或「色難」指點、提示有關孝的義涵時，實際上並未明確對於此等內容加以界說，而是有待於讀者自行在實際經驗中具體參悟──這種在論述或言說活動中，側重兩造之間以最簡潔的文字相互指點、相互提示的方式，在《論語》一書中幾則有關論《詩》的條目中顯現得最爲清楚，所謂的「賜也，始可與言詩已矣，告諸往而

---

⑲　亞理斯多德著，徐開來譯，《論題篇》，見苗力田主編，《亞理斯多德全集》
　　（北京：中國人民出版社，1990），第一卷，頁353。

⑳　亞理斯多德著，徐開來譯，《論題篇》，見《亞理斯多德全集》，第一卷，
　　引文分別見頁353、356、357、366。

知來者」（〈學而篇〉）或者「起予者，商也，始可與言詩已矣」（〈八佾篇〉）。至於這種特殊的論述形式到底如何形成的？或者具有怎樣的思想背景或文化脈絡？可能不是一項容易說解的問題。但無論如何，「興於詩」（〈泰伯篇〉）所指稱的「興」的概念，其可能蘊示的理論義涵或許對於古典文化的發展走向有著決定性的影響力。**❼**

如果就古典詩論的文獻而言，則這種在論述或言說活動中側重以簡潔的文字加以指點、提示的呈示方式，在司空圖的《二十四詩品》中就有著最精緻、但也最極端的表現。**❼**司空圖所提示的每一種詩境（或風格），以及以韻語對於每一種詩境所提出概括性的描述，容許解讀者根據己有的相關知識材料進行重建的工作，並因此引發了諸多文字詮釋上的爭議。儘管如此，此等現象正說明這種論述呈示方式的基本特徵。於此，美國學者宇文所安指出，《二十四詩品》的文字是如此具有彈性，導致對於同一詩行的解讀都可以各有不同、甚至不相並容，但卻又可言之成理。問題即在於，關於意象化的詩行在實際解讀上並無困難，然而，一旦要將這些詩行的意義轉化爲「命題式的內容」，才眞正是問題的所在。因此，他建議《二十四詩品》的解讀者盡可不必借助充滿歧異的評註而直接面對原作「重建其中的訊息」，

---

❼ 關於「興於詩」的說解，朱熹以「興，起也」作解，是可以接受的，但「興起」的對象內容到底若何，則有可爭議之處。朱熹強調「詩本性情，有邪有正」，因而詩所引發的「興」的作用是「興起其好善惡惡之心，而不能自已」，不免窄化了「興」在古典文化中原先可能蘊涵的豐富意義。此一議題，另待他日爲文補足。

❼ 關於《二十四詩品》的作者與寫定年代的問題，近年來在中國的學界引發諸多詮釋上的爭議，請參見本書第二章中相關的討論。

畢竟每一種詩境的稱名以及相關的意象化詩行，都像是指引用的「標題」（the headlines of an unwritten poetics），其具體內容自有待解讀者自行推斷。**❼❸**

　　然而，關於概念語言的呈示與操作模式可以表現爲各種不同的型態，卡西勒 (Ernest Cassirer, 1874—1945) 在探討「語言做爲概念與概念思考的表達形式」此一議題時，就曾經借用洪堡特 (Wilhelm von Humboldt, 1767—1835) 所提出的語彙進一步闡釋所謂「語言的內在形式」的觀念。此一觀念主要用以說明每一種語言都有其特定的法則藉以決定概念形成的模式，其中包含了下述幾層涵義：首先，每一種語言都有特定的文法範疇，而且這些範疇彼此之間是相互作用的；其次，對於語言的理解或掌握都應該回溯到特定字詞的示意作用的起源，而這些示意作用是決定於一種整體的精神態度，因此目的並不在於表達其所指示的客觀事物，而是傳述語用者對於客觀事物的主體感知。最重要的，字詞不是客觀事物如實的拷貝，而是反映了心靈對於客觀事物的意象呈現，因此，嚴格說來，字詞的意義取向決定於一種整體的精神態度，導源於人對客觀事物的主觀感知，而「永遠不可能單純透過某一簡單的定義就能完全加以涵蓋，畢竟定義祇能是臚列所指事物的客觀性質。」**❼❹**卡西勒並且引述相關的實證材料來說明此種語言現象：阿拉伯語言中描述「駱駝」的名稱可以多達 5744 種不同，而這些名稱則

---

❼❸　Stephen Owen, **Readings in Chinese Literary Thought**, Chapter Six: "The Twenty-Four Categories of Poetry," p. 301.

❼❹　Ernest Cassirer, **The Philosophy of Symbolic Forms**, trans. Ralph Manheim (New Haven and London: Yale University Press, 1955) **Volume One: Language**, p. 284.

是依據性別、年齡、顏色以及個別的特徵（如走路的姿勢、耳朵是否有拉環等）加以命名，但其中沒有一個可以提供我們任何一般生物學上關於駱駝的概念。如果要充分理解掌握語言的內在形式或語言所反映的心靈世界，就不能袛有依賴抽象的思考與陳述，而是必須深入至具體的語言現象，並對它作直接與直觀的認識，通過精微的感覺來把握整個語言的細節。

　　循此，卡西勒認為我們有必要區隔所謂的「語言概念的定式」（linguistic concept formation）以及「邏輯概念的定式」（logic concept formation）之間的不同。根據他的提法，所有概念的邏輯分析似乎都導向字詞與語彙的探討，因而概念的內容就此而與字詞的內容與作用相互混淆；同時，概念的起源及其意義或重要性，往往轉而成為字詞內在語意的分析說明，而所謂的真偽的判斷似乎也就祇能建立在靜態語意內容的對比與推敲之上。❼⑤卡西勒倡議的重點乃是在於揭示另有一種「語言概念的定式」，在其中，沉思反省的形式通常混合著種種特定的動態因素，因而「決定語言的世界觀的必要因素，並不是關於外在客觀情境的沉思反省，而是得自人對於自身的生活與行動的沉思反省。」❼⑥最重要的，概念的意義不在於穩定的抽象邏輯的一面，而是在於具有引導方向的目的性，用意是在為意識活動選定並擇取各類具有限定性的行動範疇，因此概念的形成或定式是基於「選擇的原則」而承載有目的導向的意義（teleologic meaning）。如果要能夠充分理

---

❼⑤　Ernest Cassirer, **The Philosophy of Symbolic Forms**, Volume One: Language, pp. 278ff.

❼⑥　Ernest Cassirer, **The Philosophy of Symbolic Forms**, Volume One: Language, p. 285.

解一個文化的語言活動與意識發展的走向，除了需要辨識某些語言的
與邏輯的概念的具體內涵、並且將它們納入特定而明確的類別
（groups）之外，更需要探求決定這些概念的結構的原則，也就是確
定某一語言所以立基的某些相關的「限定性的概念的大架構」（edifice
of qualifying concepts）。**⑰**儘管如此，卡西勒仍然強調「邏輯概念」
的必要性，因為「邏輯概念」代表並反映了思維與認知活動中語言由
個別宣示的觀點走向一般化的觀點的一種進展，也就是由官覺的與個
別的逐漸走向類屬的與普遍的過程。

　　透過卡西勒所提供的這種關於「語言內在形式」與「概念形成」
等觀念的分析，我們可以理解：不同的語言雖然可以有共同的語義範
疇，但各自或有不同的選擇與限定，因而產生了不同的概念層級以及
相關的表述系統。同樣的，儘管近代語言學家對於語言的「認知結構」
曾提出各種不同的看法，但基本上總是肯定：人們用語言來劃分事物
類別的方式，顯然是以人為中心的，因此，「人們對事物的分類受文
化規範，而不是受外界客觀事物的支配」；更重要的，「語言提供了
一套『分類格』，我們可以根據這些『分類格』把對世界的認識條理
化」，因此一個人所使用的語言，「在很大程度上影響他的思維過程

---

⑰　在此，卡西勒一再使用「限定性的概念」一詞，英譯本譯作「qualifying
　　concepts」，其意是指某一文化的成員透過語言概念來傳述他們認為有意義
　　而且不斷關注的某些生活與行動的重要領域，因此這些語言概念雖然具有個
　　別宣示的性質但又明顯指向某些共通的旨趣，能夠為文化的成員所接受或認
　　定，簡單說來，就是這些語言概念具有限定或約束討論資格或討論範圍的性
　　質，我勉強譯作「限定性的概念」或「個別宣示的概念」，雖然拗口，但求
　　達意。

和認識客觀世界的方式。」❼⓼

　　如果語言不可避免的把自己的結構框架強加於眞實世界與人的
經驗之上，那麼，特定文化的語言結構或許可以反映或深化該文化的
認知體系。❼⓽據此，則中國古典文化傳統在呈示概念以及運用語言的
方式上可以說是有其特定的操作型態，而在這種獨特的語用型態中更
可辨認出某些類屬的共通性，反映了傳統文化在語言活動與意識發展
上的總體走向。其中，漢字在字形與語法上所具有的特性，勢必制約
了語用者特定的思考模式以及劃分事物類別的方式。根據趙元任先生
的闡述，相對於印歐語系中以「主語—謂語句」（subject-predicate）
爲主的句式，中國語文的句型結構基本上是以「主題—評述句」
（topic-comment）爲主。雖然在某種意義上說，「主題—評述句」
（或稱爲「題釋句」）可以具有與「主語—謂語句」相同的文法功能，
但不論是「主題」或「評述」，其性質更傾向於語義層的串接作用：
在「題釋句」中，擔當「主語」的部分，就其字面意義上說來，即是
談話中所要觸及的話題（題材），而「謂語」的部分就是說話者對於
談話中所觸及的話題提出個人的判斷。因此，在「題釋句」中，文法
上的「主語」與「謂語」之間的關係是轉變爲一種比較寬鬆的「主題」
與「評述」的關係。❽⓪趙元任的提法自有其語言學的立場，基本上是

---

❼⓼　【英】利奇（Geoffrey Leach）著，李瑞華、王彤福等譯：《語義學》（上海：上海外語教育出版社，1987），頁 37。

❼⓽　這種主張是屬於語言學上的「相對主義」觀點，一般稱之爲「薩丕爾—沃爾夫假設」（the Sapir-Whorf hypothesis），是在二十世紀的二十年代與三十年代由美國語言學家薩丕爾與沃爾夫兩人提出，影響甚廣，但也引生許多爭議。

❽⓪　Yuen Ren Chao, **A Grammar of Spoken Chinese** (Berkeley: University of California Press, 1968), pp. 69-78.

以句子為語法分析的主要語言單位。

關於「主題─評述句」的性質與作用，曹逢甫先生並不完全同意趙元任的分析。首先，曹先生認為漢語是可以明顯分出「主題」與「主語」，**⑧**然而，「主題」與「主語」在本質上屬於不同的語法層面，而漢語其實是一種「語段取向的語言」：「主題是語段概念，大致相當於所要討論的東西，而主語是語法術語，總是和主動詞有某種選擇關係。」**⑧**其次，「主題」具有「指稱要求」，必須是「言域」（registry）中的一部分，因此，主題所具有的功能是指定與評述有關的言談範圍（指稱範圍），而且是要在這個主題的範圍內作相對應的評述才有意義。**⑧**當然，關於「主題」在漢語中的性質與作用，牽涉到對於語言現象極為實質而細密的分析，自不是本文所得窮究。然而，曹先生在研究中所揭示的有關「主題」的說解，可以提供我們參考，藉以闡明「主題」句式可能蘊涵的傳統論述形式中的語用特徵。因為「主題」具有「指稱要求」，所以說話者必須要能讓聽話者在「一個共享集合」中定位特定的指稱對象，同時，這些共享集合也就構成了共有知識的一部分。簡單說來，漢語的「主題」句式強調了一個當境的與特定的言說場域，在其中，說話者與聽話者共享一個彼此相互熟悉的情景或知識；「主題」句式特別指明了主體與主體之間信息的互換。

透過「主題─評述句」這種語法結構的分析，我們可以進一步

---

⑧ 曹逢甫著，謝天蔚譯：《主題在漢語中的功能研究─邁向語段分析的第一步》（北京：語文出版社，1995），第三章，頁 20 以下。

⑧ 曹逢甫著，謝天蔚譯：《主題在漢語中的功能研究》，頁 10。

⑧ 曹逢甫著，謝天蔚譯：《主題在漢語中的功能研究》，頁 88-90。

理解到，在語言的使用習慣上，說話者自身對於談論的主題所提出的意見或判斷往往是最爲重要的因子，因而語詞或語句的示意作用，主要並不在於表達其所指示的關於客觀事物的普遍性質，而是用以傳述語用者對於客觀事物而有的個別而具體的主體感知。這種語用習慣清楚反映了「當境」與「脈絡」所起的作用，而在具體的談話情境中，對話者彼此之間主觀意見的流露或表出才是重心。這也就是說，中國語文的句型結構特別指明了如下的訊息：個別談話情境中的具體性是最被關心的旨意之所在，同時，言說者在提示意見時也傾向於表明個人對於論述對象的一種判斷。更重要的，這種文法結構的特性，在「言志」的古典文化傳統中似乎又相對的被強化了。於此，所謂的「言志」傳統，不祇是狹義的專就文學活動中的抒情模式而論，也牽涉到孔門中在人格養成教育上所倡議的「言志」活動。❽

　　既然古典文化傳統特重個人意向的流露或表出，則個人的主觀經驗自有其可以肯定之處，而一切的言說活動就不免是以如何體現此等意向或經驗爲指標，這也是爲什麼高友工先生所以倡言「抒情言志

---

❽《論語》一書中記載孔子與門徒之間「各言其志」的篇章有二，一見於《雍也篇》：「顏淵、季路侍」章；一見於《先進篇》：「子路、曾皙、冉有、公西華侍坐」章。值得注意的是，《先進篇》的記載是以孔子對門徒說：「居則曰：『不吾知也。』如或知爾，則何以哉？」顯然的，「言志」的議題在某一意義上說是與「知人」的課題有密切的關係在。至於《衛靈公篇》中更有如是一則記載，強調了言說活動與言說對象之間的相應性：「子曰：『可與言而不與之言，失人；不可與言而與之言，失言。知者不失人，亦不失言。』」我們可以說，在儒家論述傳統中，言說活動要求適切的對象與語境，雖然肯定互爲主體之間的親密性，卻也不免有一定的排他性。此一議題，另日爲文補足。

傳統」特別突出的表現了古典文化中的一種「理想」，而且可以在大部分的文化論述層次中展示不同的與細部的意義。❽如果說「詩」的體式最能具體體現此一傳統的根本精神，則詩論的批評活動也可以是抒情言志的一種型態，其呈示方式也不可避免是傾向於傳達批評家對於作品所引發的主觀感受與判斷；更重要的，這種對於作品所引發的主觀感受與判斷往往顯現爲一種如藝術品般的創意創作。於此，高友工先生提出「抒情式的批評」的觀念：

> 「風格」的批評來自眞正有文學的敏感與修養的人……的最眞摯而深入的「批評」，故我亦名之爲「抒情式的批評」（lyrical criticism）。不但因爲它的創造也同於「抒情過程」本身。因爲對這些批評家來說，他們面對原有作品正如藝術家面對他的原有「心境」。藝術家把他的「心境」寫成了「詩」；而批評家把他讀「詩」的「心境」寫成了「詩評」。❻

孫康宜先生則據此進一步加以闡述，認爲六朝文學批評論述所使用的語言模式也都傾向於運用簡潔的文字總括批評對象的特質；同時，如劉勰《文心雕龍》各篇結尾所用的「贊語」，更明顯反映了「抒情式批評」的基本樣態。❼比較值得注意的是，孫先生在她的論文中運用趙元任提出的「題釋句」來說明抒情式批評的語言特質。如果說類似

---

❽ 高友工：〈文學研究的美學問題（下）：經驗材料的意義與解釋〉，頁 44-45。

❻ 高友工：〈文學研究的美學問題（下）：經驗材料的意義與解釋〉，頁 44。

❼ Kang-I Sun Chang, "Chinese 'lyric criticism' in the Six Dynasties," in Susan Bush and Christian Murck ed. **Theories of the Arts in China** (Princeton: Princeton University Press, 1983), pp. 215-24.

《詩經・桃夭》一詩中以「夭夭」、「灼灼」等簡單意象來傳寫桃花
最為典型的性質，則這種簡潔的「評述語」是用以「強化客觀物象的
內在性質，而不是鋪敍此一物象的個別（具體）形貌。換句話說，這
些詩句的焦點是擺放在詩人意識中關於物象整體的印象，而不是在於
物象可指稱的細節。」⑱因此，簡潔的「評述語」就具有了「關鍵詞」
的效用，足以引發對於此客觀物象內在性質的無窮聯想，並且在讀者
心中喚起意義解讀的可能範圍。

　　基本上，這種抒情式的批評活動既然也是以呈示批評者主觀的
審美感受為主要內容，而不在於證明一種客觀議題的言辯，則往往自
有其獨特的表達形式，藉以傳遞如此的經驗型態。其中，最為明顯的
一種形式即是葉嘉瑩先生所提示的「意象化的喻示」，而這種喻示的
呈示方式既可以表現在「批評術語」的操作形式，譬如說「風骨」、
「清峻」等；也可以顯現為以意象語句串接而成的藝術形式，如晚唐
司空圖的《二十四詩品》，或者如宋代敖陶孫的〈臞翁詩評〉，前者
即以四言詩的形式傳寫詩歌各種風格類型的表現特質，而後者通篇更
以形象化的意象組合呈示對於歷代詩人的品評：「魏武帝如幽燕老將，
氣韻沉雄；曹子建如三河少年，風流自賞。」⑲郭紹虞認為「論詩用
形象的語言作比喻，最早出現於李充評潘岳詩語，（《詩品》上引李充
《翰林論》論潘岳詩「翩翩然如翔禽之有羽毛，衣服之有綃縠」）。」⑳這樣的

---

⑱　Kang-I Sun Chang, "Chinese 'lyric criticism' in the Six Dynasties," p. 219.

⑲　【宋】敖陶孫：〈臞翁詩評〉，見【宋】魏慶之：《詩人玉屑》（臺北：商
　　務印書館，人人文庫，1972），卷二，頁 14。

⑳　郭紹虞：〈韓愈：調張籍・說明〉，見《中國歷代文論選》，四卷本，第二
　　冊，頁 183。

說解自不能說有誤，但多少忽略了這種品評的語用方式所根植的歷史脈絡，即東漢以來的人物品鑒活動。❾

　　至於有關傳統批評語彙所具有的喻示特性，葉嘉瑩早在〈鍾嶸詩品評詩之理論標準及其實踐〉一文中就指出，古典文學批評語言的一大特色即在於「將一個抽象概念的名詞批評術語與一個抽象概念的形容詞批評術語相結合」，至於在這一類的批評術語中，「其名詞一類大多指文學中所具含之某種質素，而形容詞一類則大多指由這些不同質素而形成的不同風格，其所予讀者之不同的感受。」❾事實上，古典文學批評語彙所以容易引生理解或詮釋上的難度或歧義，主要就是緣於形容詞本身所譬況的狀態或性質是無法具實估量或測定的，因此，如果不進一步添加充分的描述語句加以限定，則形容詞的用語自然容易導致解讀上的問題。

　　再者，如果從文化傳統的內緣來說，則中國文學批評活動所關切考量的重點，原是在於標示一種主觀的「欣趣判斷」❾，並為創作活動或創作成品提示一種究竟的審美理想，而不在於進行一般性的描述說明，因此在語用習慣上往往不採取定義解析的模式。因此，就品鑒所指涉的對象而言，正如牟宗三所闡明的，此對象是「生命之姿態」，

---

❾　關於批評活動中形象語言的性質與歷史發展脈絡，請參見廖棟樑：〈六朝詩評中的形象批評〉，《文學評論》第八集（臺北：黎明文化公司，1984），頁 19-100。

❾　葉嘉瑩：〈鍾嶸詩品評詩之理論標準及其實踐〉，《迦陵談詩二集》（臺北：東大圖書，1985），頁 13。

❾　「欣趣判斷」一詞，借助於牟宗三對魏晉人物品鑒活動的旨趣所提出的考察，請參考《才性與玄理》（臺北：學生書局，1974；初版 1962），頁 44 以下。

而不是「外在的形物，一定的對象」，而品鑒的語言 (名言) 既「無
一定之形物爲其對應之實」，則或可「指點而透露出生命姿態之內容，
然此內容是永不能爲那名言所盡的。」❷牟先生因此更進一步認定「言
不盡意」的觀念是因著才性品鑒活動而來的，而所謂的「言意之辨」
興起的緣由則「不是歷史的，而是本質的或問題的。」❸儘管古典批
評語言的特色著重在喻示所起的聯想或意會作用，而不在藉由解析以
傳示命題內容的明確度，但這樣的語用習慣是與古典文化傳統中對於
批評活動的性質與效用的認知有關。於此，我們不妨參考王靖獻 (楊
牧) 先生關於古典詩評活動特質的一段描述：

> 鍾嶸在評論曹植詩之時，祇說道：「其原出於國風，……嗟
> 乎！陳思之於文章也，譬人倫之有周孔」，並無法期待他的
> 讀者能自發地同意他的看法。……鍾嶸並未爲曹植詩提出任
> 何批評或理論上的辯護，而曹詩自也不待他的提倡或宣揚。
> 但他表達了他個人對曹植的熱愛，因此透露了他自己的品味
> 與知識。他的人格因而獲得一個新的層次──一個反映於曹
> 植偉大詩篇中的層次。❻

簡單說，鍾嶸所展示的意見絕非現代觀點下的文學批評。然而，正如
當代許多學者所指出的，透過歸納整合的分析工作，我們或許可以爲
這一類批評語言所指點的內容與旨意提出較爲明確與具體的說解。

---

❷　牟宗三：《才性與玄理》，頁 243。

❸　牟宗三：《才性與玄理》，頁 243-44。

❻　楊牧著，楊澤譯：〈爲中國文學批評命名〉，《中外文學》，第 8 卷第 9 期
　　（1980 年 2 月），頁 7。

就古典傳統而言，這種主觀感受與判斷且要求以詩意的語言來宣示，因此批評活動也同時是一種藝術的創造。陳世驤曾以如是的行文描述中西文學批評傳統之間的差異：

> 比較上說，說明文、分析文和長篇解說是西歐人的特長，而用直覺感應力，以凝聚的精華從內在經驗中明快地點出博大精深的聯想卻是東方人的拿手好戲。概括地說，滔滔的雄辯對簡明的點悟語，法庭上所用的分析對經驗感應的回響是東西正派批評不同的分野。⑨

儘管如此，這種對比或差異其實不應構成絕對的區隔，畢竟在所有的文化傳統中，批評活動的屬性是可以分衍為多種不同的旨趣，也因此可以有不同的相對應的呈示與表述形式。譬如說英國作家王爾德曾提示一種審美的「創造的批評」（creative criticism），強調批評活動本身就是一種創造，也因此是一種藝術。根據王爾德的論點，最高級的批評實際上是批評家個人靈魂的記錄，而批評的目的是在於為批評家個人的知覺印象編寫成長年表。⑨就某種意義而言，批評家不可能是公正而無所偏袒的：「批評家唯有先強化自身的生命姿態，然後才可能詮釋其他作家的作品與生命姿態；滲入詮釋活動中的生命姿態愈分明，則詮釋就愈顯得真實而具有說服力。」⑨文學藝術來自於對生命

---

⑨　陳世驤：〈中國的抒情傳統〉，頁 36。

⑨　Oscar Wilde, "The Critic as Artist" (1890), **The Artist as Critic: Critical Writings of Oscar Wilde**, pp. 365-66.

⑨　Oscar Wilde, "The Critic as Artist" (1890), p. 373. 另外，請參見 Rene Wellek, **A History of Modern Criticism: 1750-1950**, **Volume 4: The Late Nineteenth Century**, pp. 414-15.

姿態的沉思，因此唯有與之對應的生命姿態才可能加以揭露，並且就在此種生命姿態之間的相互碰撞產生了正確的詮釋批評。

　　王爾德提出的意見，闡明了批評活動中的主觀因素，並且強調批評家自身的人格特質所可能扮演的激發的作用。表面上看來，這種見解是可以與中國古典傳統中文學批評活動的特質相互發明。然而，正如本書一再試圖提示的，儘管王爾德提出了審美的創造性批評的主張，似乎特別重視批評活動中可能具有的主觀或個人印象的成份，但他所揭示的基本論題──譬如莎士比亞、密爾敦或但丁等人的作品特色──卻是需要透過長篇的分析與舉證的說解方式來呈示。同時，也更為重要的，王爾德論述的重點主要還是擺放在討論文學作品本身所揭示的各種客觀的議題，而不是用來證顯詩人作家個人特有的心境或生命姿態，或者是把批評家個人的批評文字營造為一種如藝術品般的創意創作。

　　一九三四年方孝岳出版近代中國第一部標題為「中國文學批評」的專著時，曾經以一種比較從容的態度提到中國文學批評的某些特質，認為中國傳統多數討論文學的著作都是興到而言、無所拘束，「或朋友間的商討，或師弟間的指點，或直說自己的特別見解，都是興會上的事體。」⑩儘管如此，就方孝岳而言，這些興到而言、無所拘束的評論意見其實是賞鑒或理解一國文學最好的憑藉：「批評和文學本身是一貫的，看這一國文人所講究、所愛憎、所推敲的是些什麼，比較起來，就讀這一國的文學作品，似乎容易認識一點。」⑩當然，即

---

⑩　方孝岳：〈導言〉，《中國文學批評》（臺北：莊嚴出版社，1981），頁3。
⑩　方孝岳：〈導言〉，頁3。

使有著這樣的一種理解與一份從容，方孝岳在當時也不免要補充說道：近代如要從事有關中國文學批評的研究，其做法與目的勢必要與古典的傳統有所不同——祇是這種不同的可能性到底爲何，方孝岳倒也沒什麼更爲具體的提示。他所以強調文學批評的重要性，理由就在於批評家能夠爲一般的讀者「代達」有關文章的好壞與作者用心的曲折，進而「點化」讀者個人的批評能力。在這種觀點的制約下，文學批評活動的性質可以是知識的，但更關乎個人的賞鑒與品味能力的養成。因此，儘管方孝岳注意到中國文學批評在書寫形式上的一些特色，譬如說批評論點大多以「興會上的事體」爲主，或者輯錄詩文的「總集」其實可以與「詩話」一類的著作同列爲研究中國文學批評的重要材料，他並沒有能進一步從這種論述形式上的特殊性加以發揮。

　　然而，如果從今日的歷史情境來看，文學批評到底是賞鑒的品味活動或是知識的研究活動？這種不同在學院的訓練中似乎依然有其迫切性，值得古典研究學者深思。威勒克與華倫早在一九四九年初版發行的《文學理論》一書中，就曾經試圖區隔文學研究的三種型態：文學批評、文學史與文學理論，並且認爲文學理論是一套方法的整合操作，因此是當代文學研究做爲學術研究（scholarship）最爲重要的一項問題。威勒克與華倫所持的理由大致如下：

> 如果說文學研究是爲了替閱讀的藝術服務，那就誤解了知識做爲一種整合操作的理想。儘管閱讀的藝術對於文學研究者而言是不可或缺的先決條件，也儘管閱讀的活動可能廣義的包括了批判的理解與感受能力，但閱讀的藝術畢竟只是純粹屬於個人教養的一種理想。這份理想當然值得我們付出心力

追求，同時它也爲塑造一種廣披的文學文化提供了堅實的基礎。然而，閱讀的藝術所可能造就的個人教養，並不能因此取代文學研究做爲學術研究的目標：學術研究應該被視爲是一個超越個人的傳統，是知識、洞察力與判斷不斷積累而形成的一個綜合體。⓾

近代學術研究既然傾向於區隔個人的品鑒與教養以及客觀知識之間的不同，則這種認知型態的轉變勢必造成問題意識與論述型態的改變。就這項議題在中國古典文學批評研究領域所引發的思考而言，高友工先生在〈文學研究的理論基礎：試論「知」與「言」〉一文中就已經提出明確的探問方案，足供參照。⓭

　　在此，值得進一步追索的問題就在於：研究活動中所應採行的語言表述形式到底若何。上文曾經提及，古典文學批評活動大多出現在某種特定而具體的場合：或朋友間的商討，或師弟間的指點，或對某人直說自己的特別見解，在這種情況下，既然言說的對象不是一般的讀者或門外漢，而是與自己同屬對詩藝有相同興趣或理解的人，則批評活動所關切的論題就往往不以定義或解析的方式加以申述細說，而是以簡潔的語句點明參悟後的心得。基本上，這種表達形式是關於個人品味或修養的主觀顯證，而不是客觀知識議題的推求與論說，因此，在性質上就表現爲士大夫此一知識階層中以「一種廣披的文學文

⓾　Rene Wellek and Austin Warren, **Theory of Literature** (London: Penguin Books, 1993 ; 1949), p. 19.

⓭　高友工：〈文學研究的理論基礎：試論「知」與「言」〉，《中外文學》，第 7 卷第 7 期（1978 年 12 月），頁 4—21。

化」相互交往的作用，其中有著彼此之間藉以相知相識、以及在更深一層上的對於歷史文化認同的旨趣。無論如何，批評活動的主要目的都不是指向近代學術研究所要求的

王靖獻（楊牧）先生在〈為中國文學批評命名〉的書評論文中提到，以英文探討、寫作中國文學思想是一件極具挑戰性的工作：

> 除了須將重要理論、批評的段落譯成英文，還得以英文改寫某一作家思想的大要。（這項工作幾近於翻譯。）翻譯與摘要皆為苦事（一個以中文寫作的中國學者即不必受此苦），並且足以顯示作者的學術及知識能力。⑩

因此，楊牧認為以英文命名中文的批評或理論概念，其實等於是解說、甚至是評估此一概念。基本上，我們同意這樣的觀察與結論。然而，所謂「翻譯」的工作，或許並不僅侷限於不同語言形式之間的轉換對譯；以現代中文闡釋古典文學批評或理論論述的材料，也同樣面臨著翻譯、改寫、解說與評估等必要的工作，甚或是一種重建的工作。基於古典與現代在論述型態上有著根本的差異，現代關於古典批評或理論議題的闡釋與研究，如果不想依循既定的方法，而想展示近代學術傳統應有的論證與鋪敘的型態、以及強調對話與辯論所呈示的積累的性格，那麼，採行一種解析的論述語言，並且盡可能提示明確而適當的議題（或理論間架），然後依此對於所研究的對象材料進行歸納與整合的詮釋，這或許是一件值得嘗試的工作。就此而言，本書可以說是這種嘗試的初步成果，希望在清晰闡明古典詩學觀念或議題的

---

⑩ 楊牧著，楊澤譯：〈為中國文學批評命名〉，頁 13。

具體內容與發展脈絡之後，能接著引發對於相關問題有更進一步的探索與討論。知識的累積與進展，或許就是在這種相互間的對話、論辯中成為可能，而知識的生活也就在於學術社群間的對話與論辯。

第二章 「意在言外」的用言方式與「含蓄」的美典

　　在中國古典詩論的歷史發展中，我們可以看到不斷有批評觀念或理論術語被提示出來，並引發討論或進行辯難，譬如「比興」、「風骨」、「詩史」、「興趣」、「神韻」與「格調」等。這些各異的批評觀念或理論術語，或許大部份是針對不同的文學現象或文學議題而發，因此各自有其獨特的內容意指；但這些不同的觀念或術語，也有可能是就著同一現象或議題而進行不同視域的觀察與表述，因而彼此之間可能有某種程度的連續性與重疊性。且進一步說，如果就著當代學術研究的角度而言，那麼，如何建立一種具有統合性質的理論間架（a viable theoretical framework），並且能藉此對於許多看似不同的批評觀念或術語重新加以歸納整合，進而提出有效的區隔與解釋，則應當是一件值得嘗試的工作。本章即是以「語言」與「意義」所關涉的理論議題做為參考架構，試圖對於中國古典詩論中以「意在言外」此一題旨所開展的各項論述進行歸納與整合，藉此說明「意在言外」的用言方式可能展示的審美旨趣上的獨特性。基本上，所謂的「意在言外」，是指稱一種獨特的用言方式，強調詩歌的意義並不內在自足於詩作本身，而是在語言文字的經營之外而別有所指。這種用言方式

所代表的創作模式或創作理念，主要是指向間接委婉的透過個別具體的事例或自然的景物來傳達情感意念，由是而造成暗示或引發聯想的審美效果。更重要的是，這種用言方式不但強調詩歌創作活動中一種獨特的語言操作模式，同時也造就一種獨特的有關詩歌的審美旨趣與審美效果，這即是所謂的「含蓄」美典所指向的表現模式。就本文而言，「含蓄」的美典是指稱作品在語文層面上的經營應予節制或精簡，但仍然容許、甚且可以召喚更大量的意義的引申或聯想，同時這種意義的引申或聯想主要又是以作品所要呈示的情感意念自身為解讀的對象。因此，「含蓄」的美典具體體現了中國古典詩學傳統中一種整合性的審美價值或審美理想，可以包括「意在言外」所展現的各種特定而具體的表現手法，如「寄託」與「神韻」等。至於有關於「含蓄」、「寄託」與「神韻」等美典之間的分合問題，以及此等美典所可能蘊示的審美特質的闡釋，我們將留待第四章再行討論。

一、「意在言外」問題的導出

　　中國古典詩歌傳統基本上是一個抒情言志的傳統，不論是從做為創作精神根源的《詩三百篇》起算，或是就做為創作形式歷史起點的《古詩十九首》開始，在創作活動中最被重視、也最為根本的關切點，即是詩人作家內在的情感或心志活動，由是而引發創作活動中關於語言操作或表現方式的思考。因此，情感意念自身的性質或內容以及與之相對應的語言表現方式，就成為古典詩歌創作或批評理論傳統中最為重要的議題。即以《詩三百篇》為例，各篇作品雖然沒有明顯的個人身份的印記，但其中凡是比較具有強烈自我影像的詩篇，必然

極力以個人內在的情思或心意做爲創作的素材；而詩歌即是傾訴，也是告白，並祈求能得到傾聽者的理解。譬如最爲典型的〈黍離〉（王風）一詩中的第一章：「彼黍離離，彼稷之苗。行邁遲遲，中心搖搖。知我者，謂我心憂。不知我者，謂我何求。悠悠蒼天，此何人哉！」❶在此，未被明示的詩人內在的情感狀態是整首詩的重心，同時，詩人更有一份企求被理解的渴望。因此，順著這樣的一個詩歌傳統而來的批評或理論問題，也就在於詩歌作品所要傳寫的情感內容到底若何？而詩人的情感又將如何透過語言文字的操作來加以呈現？更重要的，如此的一種情感內容又如何能被理解？這類的問題當然牽涉到情感的特質、語言的表現、以及內在經驗的傳達與理解等詩學理論層次本身的議題，但其中更也牽涉到對於古典文化圖像的解釋問題，亦即是在中國古典文學傳統中，由「作者」與「讀者」或「詮釋者」之間因著共同所屬的「士大夫」身份而形成的一種獨特的社群關係。

　　如果依據高友工先生的說法，則以「詩以言志」觀念爲主調而開展出來的抒情傳統，其美學理論的基本論題即在於如何「以藝術媒介整體地表現個人的心境與人格」❷。如此的考察與說解，指明了潛

---

❶　《詩經·王風·黍離》，見【唐】孔穎達：《毛詩正義》（臺北：藝文印書館影印十三經注疏版），卷四之一，頁 4B。

❷　依據高友工先生的說法，所謂的「抒情」傳統在理論上是源於下述的一種哲學觀點：「肯定個人的經驗，而以爲生命的價值即寓於此經驗之中。」而在此種觀點的引導下，「個人的經驗」此一哲學命題的內涵自然可與抒情傳統理論架構中的「心境」相通而可以互換。於此，「抒情」此一理念所指涉的不祇是一種特定的詩體或文體，更可以是整個文化史中某一群人具體表現其「價值」、「理想」的方式，因此，「一種廣義的『志』和廣義的『言』最能描寫中國『抒情』傳統的基本精神。」且進一步說，不論此種廣義的「志」

在於抒情美典理論架構下的兩大議題：其一是作家「個人的心境與人格」如何被理解？另一則是「以藝術媒介整體地表現」這個議題又牽涉到怎樣的一種語言藝術表現手法？根據第一個問題而來的批評理論，即是以「言情」或「言志」的觀念爲重心，進而衍生以「作者」爲主的「表現理論」的範疇與思考模式❸——基本上，這條主線在中國文學批評史上的發展具有主導性，因而比較有明確的脈絡可供辨認。至於關涉到如何呈現情感的表現手法的問題，則顯得較爲複雜，這一方面固然是因爲表現手法的問題總是順應情志觀念的區隔分辨，故有不同的論述重點，另一方面則可能導因於中國詩學傳統並不力求對於語言與表現等相關的議題進行分析說解。當然，當我們說一個文化傳統並不特別在某項議題上有所發揮，這其實是一種相對的說法，並不就意指該文化傳統必然否定此項議題的重要性或者欠缺對於此項議題的敏感度。循此，本章即試圖重新建構中國詩學傳統中在語言與表現等議題上所提出的相關論述及其理論發展的導向。

至於有關個人內在經驗的傳達以及企求這份經驗能被理解的問題，其實也是古典文化傳統中的一項重要議題。如果從問題的根源上

與「言」如何界定，在「抒情」傳統底下的「詩言志」觀念便具體發展爲「以藝術媒介整體地表現個人的心境與人格」的美學理論。參見高友工：〈文學研究的美學問題（下）：經驗材料的意義與解釋〉，《中外文學》第 7 卷，第 12 期（1979 年 5 月），尤其是「抒情言志傳統」一小節，頁 44-46。

❸ 根據劉若愚引述 M. H. Abrams 的意見，以「作者」爲中心的理論範疇與思考模式即展現爲所謂的「表現理論」，而落實到中國文學批評的歷史脈絡時，「表現」所指涉的對象「或認爲是普遍的人類情感，或認爲是個人的性格，或者個人的天賦或感受性，或者道德性格。」見劉若愚：《中國文學理論》（臺北：聯經出版公司，1981 年），頁 135-36。

說，則這一份渴望其實是跟「不朽」的想望有關，《左傳·襄公二十四年》（西元前五四九年）記載著如是的一段對話：晉國執政范宣子詢問魯國執政穆叔（叔孫豹）何謂「死而不朽」。范宣子提及自己的姓氏歷經虞、夏、商、周而仍保有爵位做爲引子，而穆叔則認爲那祇能說是「世祿」，並加以申述：「太上有立德，其次有立功，其次有立言，雖久不廢，此之謂不朽。若夫保姓受氏，以守宗祊，世不絕祀，無國無之——祿之大者，不可謂不朽。」❹如果就歷史發展的脈絡來看，則「不朽」的議題是要到了東漢末期以至於魏晉這個階段才又引發自覺的討論，其間最主要的關鍵可能就是漢代以來士人作家在政治現實中遭遇到挫敗感。根據顏崑陽先生的考察，在漢代專制的政治格局中，士階層以德修身而以德平治天下的志業，勢必要「被納入一套以權力位階決定主從關係的官僚體系，……因此，在縱向的進退升降中，士人已完全失去其自主性。」❺面對這種客觀政治格局的宰制與命限，士階層文化性格所仰賴的政教理想價值，也必然要與現實中以王權爲中心的官僚體系威權相抗衡，甚而受到壓制。政治做爲一種志業的可能性，面臨最大的挑戰，進而造成所謂「士不遇」的心靈模式與文學主題。歷經漢代以來士人作家在政治現實中所遭遇到的挫敗，並依此而顯現爲「發憤抒情」的創作理念之後，曹丕（187—226）

---

❹ 《左傳·襄公二十四年》，見【唐】孔穎達：《春秋左傳正義》（臺北：藝文印書館影印十三經注疏版），卷三十五，頁 24/A-24/B。

❺ 顏崑陽：〈論漢代文人「悲士不遇」的心靈模式〉，《漢代文學與思想學術研討會論文集》（臺北：文史哲出版社，1991），頁 249。顏先生在文中詳盡分析構成漢代文人「不遇」的內外因素，以及呈現此一心靈模式的具體特徵，我的引述不免簡略。

再度提出了文章可以與政治志業等量齊觀、並且可以不需要透過任何外在的憑藉而讓「聲名自傳於後」的主張。❻高友工先生則特別指明中國古典傳統中人物所以著意於立名、留名，其實是有著文化上的深義在，因而如果僅是把「名」改譯為「名譽」（reputation, fame），則不免失去其中潛藏的深度，畢竟所謂的「名」，在傳統各個階層中都可能顯現為「個人全體人格的表現」。如依高先生的說法，此種對於「名」的看重與追求，是有更重要的文化背景：

> 在一個不以宗教信仰為中心的文化傳統，「不朽」的問題始終是一個難題。但「名」的觀念的建立是使無宗教信仰者有一個精神不朽的寄託。即是說如「心境」之存在為人生之價值，那麼此「心境」能在其他人的「心境」中繼續存在，則是藝術創作的一種理想，可以與「立功、立德」相比擬。❼

事實上，這種理想與渴望在魏晉這個階段的作家群中有著最為徹底的表露，同時也就是這種想望開始在此後的古典文化傳統中逐漸匯集成一種士階層之間「相互認同」的集體意識。做為士大夫身份的詩人作家以詩文相互往來作答，不祗是做為生活中的應對酬酢，更有

---

❻ 我曾撰文指出曹丕所以稱羨「不朽」的渴念，其實另有一種現實的背景，亦即是東漢以來政治社會的亂離與天災頻繁，由此引生對於生死哀樂問題的感悟，見〈曹丕「典論論文」析論〉，《中外文學》第 8 卷第 12 期（1980 年 5 月），尤其見頁 142-43。

❼ 高友工：〈文學研究的美學問題（下）：經驗材料的意義與解釋〉，頁 43-44。

著認同與保存記憶的作用。❽曹丕之後，王羲之 (321－379) 在〈蘭亭集序〉結尾中所流露的感慨，可以說是更深一層道出了這種渴望被理解、被記憶的意識：「後之視今，亦猶今之視昔，悲乎！……雖世殊事異，所以興懷，其致一也。後之覽者，亦將有感於斯文。」❾在此，由一場原是屬於賞玩性質的修禊宴集，終歸結到「死生亦大矣」的感慨，而所謂「不朽」的想望已經具體轉化為一種把時間上的「過去」拉向「現在」、並且把「現在」引向「未來」的自覺，藉以喚起或造就一種文化上屬於士階層的集體意識――如此一來，則時間或歷史便成為此一集體意識中記憶的一部分，而不再具有個別性或特殊性。❿

　　當然，這一種透過藝術創作以求取被理解、被記憶的集體意識，

---

❽　Stephen Owen（宇文所安）曾有相同的意見，並且把這種認同與保存記憶的集體意識上溯到《孟子·萬章篇》中所提出的「尚友古人」的主張，見 Stephen Owen, **Readings in Chinese Literary Thought** (Cambridge, Mass.: Harvard University Press, 1992), Chapter One: "Texts from the Early Period," p. 35.

❾　【晉】王羲之：〈三月三日蘭亭詩序〉，見【清】嚴可均輯：《全上古三代秦漢三國六朝文：全晉文》（北京：商務印書館點校本，1999），上冊，卷二十六，頁 257-58。

❿　我在〈「擬古」與「用事」：試論六朝文學現象中「經驗」的借代與解釋〉（中研院主辦：「第三屆國際漢學會議」會議論文，即將出版）一文中，即試圖以六朝文學中常見的「擬古」與「用事」這兩種現象來說明鑑賞判斷中有關「典範」的問題，強調其中所蘊涵的透過對於過往經驗的借代與解釋所起的一種情感上的「認同作用」。基本上，這個議題牽涉到古典文化傳統中「士大夫」此一知識階層如何形成、並且發展出一種「相互認同」的集體意識的問題，其中自有透過「知識社會學」可加以闡釋的課題，另日再行為文補足。

自是屬於文化深層的分析研究。然而，如果純粹就詩學議題而言，則
有關情感的特質與語言的表現，才眞正是探討的重點。因此，回到前
述高友工先生所提出的論題：「以藝術媒介整體地表現個人的心境與
人格」，那麼，就中國古典詩論的歷史發展而言，將重點擺放在作品
的內容，進而提出「言情」或「言志」觀念之間的區隔分合，這似乎
更具有理論論述的主導性。譬如說站在「言志」的角度，一方面可能
強調作品內容應該傳寫詩人的理想抱負而成就人格典範，而另一方面
則可能強調詩人應積極參與政治事務，並且透過作品以反映或批判政
治現實及其得失，進而成爲公共意志的代言人。如果具體從歷史淵源
說，則詩論中重視詩人理想抱負的這種論述，當然是與《論語》所肯
定的言志傳統有直接的關係，而重視作品與政治或社會現實的互動關
係，則顯然來自漢代經學家對《詩經》所建構的詮釋系統。至於站在
「言情」的立場，則理論論述的重心大多指向貞定此等情感的性質或
內容，因此，《論語》所載關於《三百篇》義歸「無邪」的提法，即
已預示了此一問題的發端，而清代袁枚（1716—1798）與沈德潛 1673—
1769）之間關於詩是否「必關係人倫日用」的往來辯論，更具有理論
上獨特的旨趣。我們或許可以說，在以抒情表現爲主軸的思考模式的
制約下，古典理論論述的傳統基本上是以創作活動中的主體要素（即
作家個人的情性）做爲討論的對象。因此，儘管語言文字做爲詩歌創作
媒介所引生的「表現」的問題，並不構成古典詩學的主要論點，卻也
曾一再被提出來討論，譬如漢代以來圍繞著《詩三百篇》而來有關
「賦」、「比」、「興」的界說，其實就是最早也最具根源性的例證。

當然，就歷史發展的脈絡來看，則有關「賦」、「比」、「興」等觀念的界義及其引發的相關的詮釋問題，❶可以說是十分複雜，其中不僅牽涉到語言文字做爲詩歌創作媒介的「表現手法」的問題，更也指涉古典詩歌創作在內容材料上所展現的文體風格與價值的問題。這也是爲什麼「賦」、「比」、「興」的觀念在漢代被提出來討論之後，可以一直持續成爲詩學論述上的重要議題，而且可以在彼此間不同的組合中呈示不同的審美觀念。

　　然而，就中國古典詩論的整體發展而言，如果論及語言文字與表現的議題，則基本上以「意在言外」爲主軸所形成的「含蓄」美典，可以說是詩學的核心問題之一，而其理論的來源與歷史的發展更是一個複雜而多向的過程。於此，所謂的「意在言外」，是指稱一種獨特的用言方式，它根植於中國古典傳統中對於「語言」與「意義」的相關性所提出的思考與探索，而且在古典文化不同的領域中，也各自有著不同型態的理論議題及其對應的表述形式。然而，如就中國古典詩學論述而言，則「意在言外」的用言方式其實更具有理論議題上的重要性，畢竟詩歌需要透過語言此一要素更爲細緻的操作經營，始能成就其藝術價值。因此，詩人或批評家對於「語言」與「意義」的思索與探問，往往與詩歌所要證顯的審美特質具有同質性的關係，可以相提並論，難以區隔。譬如說，當鍾嶸以「文已盡而意有餘」、「因物喻志」分別解釋「興」與「比」的義涵時，他不僅強調詩歌創作活動中一種獨特的語言操作模式，也同時暗示了這種用言方式所可能蘊涵

---

❶　關於「比」、「興」的界說以及歷史發展的問題，請參見蔡英俊：《比興、物色與情景交融》（臺北：大安出版社，1986 年），第二章，頁 109-65。

的一種獨特的有關詩歌的審美旨趣與審美效果，而其中所牽涉到的基本問題則在於：到底是怎樣的一種表現方式才得以說是一方面是「文已盡」，而另一方面又是「意有餘」？這個問題的理論內涵，其實包含兩個相反或互不相容的命題，並由此構成一種弔詭的表現型態，亦即一方面要求文字本身的傳述要盡可能完整，而另一方面又要求作品的意義必須超出文字本身的傳述之外——因此，劉若愚即將此等詩論定名為「弔詭的詩學」（Poetics of Paradox）。⓬

因此，設若「比」、「興」概念所指稱的表現手法是與「意在言外」的用言方式有理論上的共通性可言，則「比」與「興」所依憑的媒介材料（即景、物本身）便應與「意在言外」的議題有密不可分的關係；這也就是說，作品的意義得以能夠走出「語言牢籠」本身的限制，主要就是透過景物的鋪寫、並且藉由景物來喻示情感或意念的性質與價值，因此，作家企欲傳遞的訊息與讀者試圖掌握的意義便不在語言文字本身對於景物的刻畫經營，而是在於那一份超出語言文字載體之外的情感性質與價值。王夢鷗先生即以「純粹性」指稱「意象所隨件的感情性質」或「意象形態所含蓄的感情價值」，而此等情感的性質與價值也就是「意在言外」所亟欲呈示的「終極目的」。⓭至於有關於「情感性質與價值」此一語辭的具體內容及其展示的理論意義，我們將在第四章提出詳細的說解。

⓬　James J.Y. Liu, "The Paradox of Poetics and the Poetics of Paradox," in Shuen-fu Lin and Stephen Owen, ed., **The Vitality of the Lyric Poetry** (Princeton: Princeton University Press, 1986), pp. 49-70.

⓭　王夢鷗：《文學概論》（臺北：帕米爾書店，1964），第二十二章：〈純粹性〉，尤其見頁 221-26。

如果就「意在言外」此一觀念的起源而論，錢鍾書在《談藝錄》一書中即認為古典詩文論述傳統中所探論的「意在言外」的觀念，是由劉勰（約 465-522）最先提出的：

> （「意境有餘則篇幅見短」）此意……首發於《文心雕龍‧隱秀篇》，所謂「情在詞外曰隱，狀溢目前曰秀」，又曰：「餘味曲包。」少陵〈寄高適岑參三十韻〉有云：「意愜關飛動，篇終接混茫」；「終」而曰「接」，即〈八哀詩‧張九齡〉之「詩罷地有餘」，正滄浪謂「有盡無窮」之旨。❹

這種說解，顯然是為「言有盡而意無窮」的概念進行歷史溯源的工作，因而把時代的斷限上推至劉勰所提出的「隱秀」之論，自是可以成立，但仍有進一步討論的餘地。首先，錢先生引述的劉勰對於「隱秀」的界義文字，並不見於今本的《文心雕龍‧隱秀篇》，而顯然是轉引自南宋張戒（生卒年不詳）《歲寒堂詩話》中的一段載錄文字：

> 沈約云：「相如工為形似之言，二班長於情理之說」；劉勰云：「情在詞外曰隱，狀溢目前曰秀」；梅聖俞云：「含不盡之意見於言外，狀難寫之景如在目前」，三人之論，其實一也。❺

---

❹　錢鍾書：《談藝錄補訂本》（北京：中華書局，1983），頁 309。
❺　【宋】張戒：《歲寒堂詩話》，見丁福保輯：《歷代詩話續編》（臺北：木鐸出版社，1983），上冊，頁 456。

在此，張戒的用意，顯然是在爲當時盛行的梅堯臣（1002－1060）所提出的論點尋找歷史或理論脈絡上的共同點，但其中比附與炫學的成份較濃，我們其實很難看出沈約的說辭能與梅聖俞的論點有任何理論上的因依關係。再者，《歲寒堂詩話》一書中引述劉勰的意見有二，而且出現在同一條文字當中，祇是「隱秀」之外的另一段引文的論述脈絡是在於「詩主情意」的重點：

> 〈詩序〉云：「情動于中而形于言，言之不足，故嗟歎之」，子建李杜皆情意有餘，洶湧而後發者也。劉勰云：「因情造文，不爲文造情」，若他人之詩，皆爲文造情耳。❶

這顯然不是依據《文心雕龍》的原文直錄，而是張戒就己意櫽栝貼合，因此我們很難據此判定前述「情在詞外曰隱，狀溢目前曰秀」是否也即爲劉勰原來的文字。當然，在元代刊行的刻本中，《文心雕龍·隱秀篇》是有缺頁的，隨後並於明萬曆四十二年（1614）由錢功甫根據宋本抄補。然而，清代紀昀卻仍提出質疑，認定補文部分定屬明人的偽作，而近代黃侃曾重新加以補足，並把張戒的引文直接嵌入他自己寫定的補文當中。❷

---

❶ 【宋】張戒：《歲寒堂詩話》，見丁福保輯：《歷代詩話續編》，上冊，頁456。至於劉勰《文心雕龍·情采篇》原文，則應爲「昔詩人什篇，爲情而造文，辭人賦頌，爲文而造情」，見范文瀾：《文心雕龍注》（臺北：明倫出版社，1970），頁538。

❷ 關於《文心雕龍·隱秀篇》補文的相關問題，請參見詹瑛：〈《文心雕龍》的「隱秀」論〉，《文心雕龍的風格學》（臺北：木鐸出版社，1984），尤其是第一部分論《文心雕龍·隱秀》篇補文的真僞問題，頁 77-93。詹瑛認

二、《文心雕龍・隱秀篇》的問題

儘管張戒或錢鍾書都把「意在言外」此一觀念的起源溯源於劉勰，然而，如果我們細察《文心雕龍・隱秀篇》的內容，則其論旨其實是與張戒或錢鍾書的引述有著立論重點上的差異：

> 夫心術之動遠矣，文情之變深矣。源奧而派生，根盛而穎峻。是以文之英蕤，有秀有隱。隱也者，文外之重旨者也；秀也者，篇中之獨拔者也。隱以複意爲工，秀以卓絕爲巧，斯乃舊章之懿績，才情之嘉會也。夫隱之爲體，義生文外，秘響傍通，伏采潛發。譬爻象之變互體，川瀆之韞珠玉也。……⑱

儘管《文心雕龍・隱秀篇》有補文眞僞的問題，然而有爭議的補文部分主要是出現在中段，因此無涉於此處所引述討論的〈隱秀篇〉文字。就劉勰而言，「秀」字的義涵主要是指稱一篇作品中特爲工巧突出的文句，而「隱」則是指作品中具有多層意義指涉的文句，因此范文瀾即以陸機〈文賦〉所言的「一篇之警策」來解說「秀」字，而另以〈文賦〉的「文外曲致」解說「隱」字義涵。⑲在此，「隱」雖然可以有含蓄、不明說的涵義，而成爲「意在言外」的理論先導，但劉勰另以「重旨」或「複意」加以限定，則顯然是在個別文字的字面

定〈隱秀〉篇補文部分並無所謂僞作的問題，而周振甫則持相反的意見，見
周振甫：《文心雕龍注釋》（臺北：里仁書局，1984），頁 749-754。

⑱　【梁】劉勰：《文心雕龍・隱秀篇》，見范文瀾：《文心雕龍注》，頁 632。
⑲　范文瀾：《文心雕龍注》，頁 633。

意義之外尋求與字面意義相平行的第二層意義，因而在個別意義的類推引申上是與「比喻」的修辭手法較爲相近。基本上，「隱」與「秀」代表了兩種不同的文字經營方式，乃是針對個別不同的、具體的創作問題而來的設計，因此在性質上是與〈夸飾篇〉（第三十七）、〈事類篇〉（第三十八）、〈練字篇〉（第三十九）或〈指瑕篇〉（第四十一）等同屬於修辭技巧的議題，而較不涉及整體意義的風格表現。這種區隔深切反映劉勰在處理《文心雕龍》一書時所採取的分篇結構的基本理念與原則。

就劉勰的論旨而言，具有整體意義的風格表現是與作家個人先天情性以及後天習染有非常密切的關係，這在〈體性篇〉（第二十七）中有著明確的說解：

> 夫情動而言形，理發而文見，蓋沿隱以至顯，因內而符外者也。然才有庸儁，氣有剛柔，學有淺深，習有雅鄭，並情性所鑠，陶染所凝，是以筆區雲譎，文苑波詭者矣。……若總其歸塗，則數窮八體：一曰典雅，二曰遠奧，三曰精約，四曰顯附，五曰繁縟，六曰壯麗，七曰新奇，八曰輕靡。❷⓿

文學創作活動所以能夠呈現複雜多樣的變化，一方面是取決於作家個人主觀才性的因素，而另一方面則也受到不同文類體式成規的制約：這兩項條件相互配合，便可以衍生許多不同的風格表現，而「八體」的分判便是歸納化約所得的結論。進一步說，八體中所謂的「遠奧」（即「馥采典文，經理玄宗」）或「精約」（即「覈字省句，剖析毫釐」），

---

❷⓿ 【梁】劉勰：《文心雕龍・體性篇》，見范文瀾：《文心雕龍注》，頁 505。

在字面上或許比較接近「言有盡而意無窮」此一概念所可能蘊涵的內容指涉。然而，不論是「遠奧」或「精約」的風格特色，仍不免是個別就整篇作品在語文組織結構上的具體表現加以考量，強調語言運用 (不論是「馥采典文」或是「覈字省句」) 要能配合不同意念情思的內容表現 (不論是「經理玄宗」或是「剖析毫釐」) 而展示各自不同的特色 (即「遠奧」與「精約」) 。在這種觀念的引導下，語言的驅遣運用是與意念情思的意義內容兩兩搭配，而且可以具顯爲多樣不同的表現模式，因而不構成所謂「有盡」與「無窮」之間的落差與可能形成的張力，更不足以像「意在言外」那樣可以成爲所有作品總體共通的一種審美理想上的要求或規範。

　　劉勰所謂的理想風格，基本上仍是指稱個別文類所具現的個別審美要求，再加上個別作家情性或生命力所體現的風貌姿彩，因此，《文心雕龍》在立論時，即強調文體分類的必要性，並且在上篇各篇中逐一探討各種文類所以稱名的緣起與界義，追索各種文類的歷史演變以及標舉主要的代表作品，更申述了各種文類所對應的創作成規與審美典則。這種探論的方式，即是〈序志篇〉所述《文心雕龍》在闡述文體問題時所運用的四項基本條例：「若乃論文敘筆，則囿別區分，原始以表末，釋名以彰義，選文以定篇，敷理以舉統，上篇以上，綱領明矣。」❷❶譬如在〈明詩篇〉中論及詩歌的風格，則或者依據個別作家的具體表現加以評鑑，如「及正始明道，詩雜仙心，何晏之徒，

---

❷❶　【梁】劉勰：《文心雕龍·序志篇》，見范文瀾：《文心雕龍注》，頁 727。關於《文心雕龍》所討論的「文體」與「風格」之間的關係，請參見蔡英俊：〈「風格」的界義及其與中國文學批評理念的關係〉，見中國古典文學研究會主編：《文心雕龍綜論》（臺北：學生書局，1988），頁 351-54。

率多浮淺。唯嵇志清峻，阮旨遙深，故能標焉」；或者依據詩歌的類型體式進行整體的規範，如「若夫四言正體，則雅潤為本；五言流調，則清麗居宗。華實異用，惟才所安。」❷於此，不論是「雅潤」或是「清麗」，似乎都特別著重在語文結構層面上所彰顯的整體藝術形相與審美效果，祇是劉勰也另外強調作家才性所呈現的「偏美」或「差別性」，因而作家必須善於審察不同文類的體式規範以及個人才性的不同姿貌，才得以創造合宜適切的作品。這即是「華實異用，惟才所安」所揭示的主要意旨，而劉勰所以一再申明「模體以定習」（〈體性篇〉）、「曲昭文體」（〈風骨篇〉）的必要性，理由也就在此。

　　既然每一種文類都有其對應的語文結構與審美旨趣，那麼，如何順著文章體式本身所要求的成規與旨趣，然後決定實際創作活動時的寫作方向與修辭法則，便是作家必須考量的要件，這也是劉勰在〈定勢篇〉中揭示的論題。❸《文心雕龍》下篇中有許多篇章處理的問題即為實際而具體的修辭法則，譬如〈鎔裁篇〉談到的「標三準」與「討字句」等修辭原則，而〈章句篇〉更提出所謂篇章意義的接續與連結的重要性：「章句在篇，如繭之抽緒，原始要終，體必鱗次。啟行之辭，逆萌中篇之意；絕筆之言，追媵前句之旨」，以及字數變化要能配合語氣節奏的需求：「若夫章句無常，而字有條數，四字密而不促，六字格而非緩，或變之以三五，蓋應機之權節也。」❹這些意見，基本上都是針對作品中的語文結構及其相應的審美旨趣而來的細節上的

---

❷　【梁】劉勰：《文心雕龍・明詩篇》，見范文瀾：《文心雕龍注》，頁 67。
❸　關於劉勰在〈定勢篇〉中所揭示的論題，請參見蔡英俊：〈「風格」的界義及其與中國文學批評理念的關係〉，頁 353-54。
❹　【梁】劉勰：《文心雕龍・章句篇》，見范文瀾：《文心雕龍注》，頁 570-571。

修辭設計。因此，嚴格說來，「隱」與「秀」所指陳的其實是作品中局部的修辭技巧，也就是以個別特定的語言文字的驅遣經營來呈現意義的方式，因而是指單一作品中可能運用的兩種個別的、而且是對立的文字經營手法，而非如詹瑛先生所申述的是一種複合的風格類型。根據詹先生的說法，此等複合的風格類型是由「隱篇」與「秀句」相互統合而組成的，也就是說：

> 正由於……秀句的形象鮮明，才和全詩中隱曲的情意取得相輔相成的效果。所以具有含蓄風格的作品，並非全篇到處都是隱曲的，而總是要有形象鮮明的「秀句」來「露鋒文外」。從「隱篇」和「秀句」的關係來看，「秀句」可以說是「隱篇」的眼睛和窗戶，通過「秀句」打開「隱篇」的內容。❷⑤

　　此種說解，可以說是在含蓄成為一種審美範疇之後所賦予「隱」字意義上的添加或補充。相對之下，周振甫先生提出的解釋就比較合乎劉勰立論的原意：「隱秀是講修辭學上的婉曲和精警格。隱指婉曲，秀指精警」、「就隱說，婉曲的修辭格約有兩種：一是不說本意，用事物來烘托本意的；二是不說本意，用隱約閃爍的話來暗示本意的。此外，比喻中的借喻有時也不說本意，既是比喻又是婉曲。」❷⑥確切說來，「隱」與「秀」所以成為呈現特定意義的修辭手法，乃是因為映照著作品全篇所架構的整體意義而顯現出來的。透過這種理解，我們或許可以說，劉勰所提出的「隱」的觀念，雖然某種程度上肯定「意

❷⑤　詹瑛：〈《文心雕龍》的「隱秀」論〉，《文心雕龍的風格學》，頁 95-99。
❷⑥　周振甫：《文心雕龍注釋》，頁 747。

在言外」的用言方式在個別或局部的文字經營中具有修辭的效用與旨趣，但並不一定指向作品（尤其是詩作）整體意義所表現的審美特質，因而也不能成為描述風格類型的一種特定用語。

　　儘管劉勰所置身的時代是中國古典文化傳統中「言意之辨」蔚為風氣的一個重要階段，但實際上由「言不盡意」的體認所開展出的「意在言外」的思維模式，並不成其為劉勰論述的主要關切點。劉勰堅持作品語文組織與結構是一個可以客觀辨認或分析的「構造品」，其優劣是可以依據一定的準則方法加以評判，因而〈知音篇〉提出客觀辨認或分析作品的六種具體判準（「六觀」），並且肯定「斯術既形，則優劣見矣」，這另一方面也深切反映出魏晉以降文學創作活動對於「完成文學的工具：文字的運用技巧」的一種自覺。❷⑦

　　如果說「言」、「意」的問題也出現在《文心雕龍》的論述中，那唯一的例子或許就是〈神思篇〉中所提到的「意翻空而易奇，言徵實而難巧」❷⑧，這兩句話原是用來回答一項實際的創作難題：亦即是何以「方其搦翰，氣倍辭前；既乎篇成，半折心始」？創作活動開始

---

❷⑦　關於劉勰立論時強調作品的文理組織是一個「符號系統」或「符號構造」的觀點，請參見蔡英俊：〈「知音」探源：中國文學批評的基本理念之一〉，見呂正惠、蔡英俊主編：《中國文學批評》第一集（臺北：學生書局，1992），頁 133-37。

❷⑧　【梁】劉勰：《文心雕龍・神思篇》，見范文瀾：《文心雕龍注》，頁 494。另外，〈序志篇〉也提及「言不盡意」的題旨，但其文意脈絡是屬於自謙的語調，而且在此之前劉勰正肯定自己的著作在論述上盡可能的完備與完整性：「按轡文雅之場，環絡藻繪之府，亦幾乎備矣」，況且所謂的「辭所不載，亦不可勝數」是相對就著「銓序一文為易，彌綸群言為難」立說的。見范文瀾：《文心雕龍注》，頁 727。

之際是有甚多不斷浮現的意念可以成為創作材料，然而，一旦作品完成之後，原有的意念材料卻得到相對的縮減。劉勰論述的主要關切點即是在此。因此討論的脈絡是放在「想像」與創作活動的關係，強調想像或意念的活動可以伸展的幅度是無可限定的，至於語言文字的經營操作，則有一定的具體性與限制必須克服。因而，「易奇」與「難巧」之間所形成的矛盾或張力，祇是在某種程度上彰明了實際創作時作家必得面對的意念的表出與語言文字的經營之間相互牽合的難題，劉勰並未就此而再進一步發揮「言外之意」的論題。相反的，劉勰一再倡言情思意念與語言文字之間相互的對應性與密合度，如〈知音篇〉中所說的：

> 夫綴文者情動而辭發，觀文者披文以入情，沿波討源，雖幽
> 必顯。世遠莫見其面，覘文輒見其心。……夫志在山水，琴
> 表其情，況形之筆端，理將焉匿。㉙

這種觀點，可以說是《文心雕龍》立論的基本主張。劉勰一方面認定有怎樣的才性就會有相對應的創作表現（此即〈體性篇〉中所說的「表裏必符」：「氣以實志，志以定言，吐納英華，莫非情性」），另一方面又強調情思意念的表達與語言文字的經營都必須做到清楚明白與精確恰當（此即〈風骨篇〉中所說的「練於骨者，析辭必精；深乎風者，述情必顯」），因此，不論是就創作或批評活動而言，如何理解並掌握作品在語文組織與結構上所講求的客觀法則，即是根本的問題，而《文心雕龍》一書便也不斷揭示「術」的作用與重要性。劉勰既肯定客觀創作法則的

㉙　【梁】劉勰：《文心雕龍・知音篇》，見范文瀾：《文心雕龍注》，頁715。

必要性，而且這些法則又是可以透過學習加以掌握，因此，祇要能夠「秉心養術」，則「意授於思，言授於意」的創作活動其實是可以達到完美貼合的表現。劉勰雖然承認「思無定契」（〈總術篇〉）、「文辭繁詭」（〈體性篇〉），但也認為「理有恒存」與「術有恒數」（〈總術篇〉），所以他在〈神思篇〉中堅持「思表纖旨，文外曲致，言所不追，筆固知止」的理則與態度。

無論如何，劉勰關於「意翻空而易奇，言徵實而難巧」的提法，雖然標示了「言」與「意」之間在創作活動上所隱含的複雜度，但這個議題並不是劉勰真正措意關切的重點。因此，如果說劉勰此等意見有任何理論上的作用或啟示，也似乎是要到了宋代才引起黃庭堅（1045—1105）的注意：

> 南陽劉勰嘗論文章之難，云：「意翻空而易奇，言徵實而難工」，此語亦是。沈、謝輩為儒林宗主時好作奇語，故後生立論如此。好作奇語，自是文章病，但當以理為主，理得而辭順，文章自然出群拔萃。❸

儘管黃庭堅在此探論的重點是引述劉勰的意見藉以批評沈約與謝靈運好作奇語的創作癖好，然而卻也注意到了「言」與「意」之間如何相互配合的問題。就黃庭堅而言，「理」字的內容是指稱作品完成後所具有的藝術價值，因而取代了劉勰原來使用「意」字時所指涉的不具特定內容的創作意念或材料。在此，「理得而辭順」的主張便

---

❸ 【宋】黃庭堅：〈與王觀復書三首之一〉，《豫章黃先生文集》（臺北：商務印書館，《四部叢刊初編》），卷 19，頁 201。

與蘇軾提出的「辭達」的概念有著相同的涵意，代表一種簡易醇淡而不過份講究文字經營的審美理想。**❸**實際上，「言」與「意」的問題是宋代文學思想中極具有主導性的議題，許多相關的創作與理論的論述即是順應此一議題而展開的。因此，我們或許可以說，「意在言外」此一概念所關涉到的詩學問題是在宋代才真正取得創作與理論上的反省，而逐漸發展成為支撐古典詩歌美典的一種基本用言方式。

三、「意在言外」問題的歷史溯源

回到前述錢鍾書為「言有盡而意無窮」的議題所提出的歷史溯源問題，則「意在言外」此一觀念或理論的發展，其實是一個多元而複雜的過程，如果要確切從中追索並訂定一個單一的理論或歷史的起點，可以說是有著實質上的困難度。如果就目前可見的文獻資料來看，《文心雕龍》一書在宋代極少有稱引者，而前述張戒的例子誠屬罕見。即使如黃庭堅在提及《文心雕龍》時，雖有肯定之詞，卻也不免如是說道：「劉勰《文心雕龍》、劉子玄《史通》，此兩書曾讀否？所論雖未極高，然譏彈古人，大中文病，不可不知也。」**❸**乃至於宋元之際的馬端臨（1254—1323）在考訂文史典籍時，對於《文心雕龍》一書

---

❸ 「簡易平淡」的風格做為宋代詩學或文學思想的基本論題，請參見徐復觀：〈宋詩特徵試論〉，《中國文學論集續篇》（臺北：學生書局，1981），頁49 以下。至於有關蘇軾與黃庭堅提出的以「意」為主的創作理念，詳見謝佩芬：《北宋詩學中「寫意」課題研究》（臺北：國立臺灣大學文史叢刊，1998），第五章與第六章。

❸ 【宋】黃庭堅：〈與王立之四帖〉，《山谷外集》（臺北：商務印書館影印文淵閣四庫全書本），卷10，頁11B。

也並未給予肯定的評價，甚至連劉勰所處的時代都誤植爲晉朝，且如是說道：「勰著書垂世，自謂嘗夢執丹漆器，隨仲尼南行，其自負亦不淺矣。觀其〈論說篇〉『《論語》以前，經無論字；六韜二論，後人追題』，是殊不知書有論道經邦之言也。」❸因此，我們或許可以說《文心雕龍》在有宋一代的影響力其實是極其有限的。

　　前文提及，「意在言外」的用言方式所以成爲重要的問題，是根植於古典傳統中對於「語言」與「意義」的相關性而來的思考與探索，它在古典文化的不同領域中也就有著不同型態的理論議題及其對應的表述形式。然而，由於詩歌尤其需要在語言此一媒介要素上進行更爲細緻的操作經營，始能成就其藝術價值，因此，詩人或批評家對於「語言」與「意義」之間關係的思索與探問，不祇是得自於實際的詩歌創作活動上的經驗反省，更有可能是與古典文化中其他不同領域所要證顯、開示的語言運作方式具有同質性的關係，彼此可以互通。本書第三章即試圖從古典文化的相關論述中探索「意在言外」觀念所以形成發展的理論基礎，尤其是得自於《莊子》與《易傳》所揭示的語言觀。

　　循此而論，則「意在言外」的觀念得以出現，雖然有著文化脈絡上的淵源可尋，但此一議題所以具體成爲大多數詩人或批評家思考的重點，並且具有理論上的重大意義，大約是起自於唐代中晚期，而在宋代得到更進一步的開展，譬如舊題白居易（772–846）的《文苑詩格》，就曾提到「語窮意遠」的主張：

---

❸ 【元】馬端臨：《文獻通考》，見范文瀾：《文心雕龍注》，〈鈴木虎雄校勘記〉，頁8。

爲詩須精搜,不得語剩而智窮,須令語盡而意遠。古詩云:
「餘霞散成綺,澄江靜如練。」又古詩:「前有寒泉井,了
然水中月,」此語盡意未窮也。❸

　　透過所舉的詩例來看,則字面的經營僅止於具體描述眼前目見
的景物或景色,而此等景致所可能衍生的情感意義卻隱而未彰,這種
鋪寫的方式顯然就是「意在言外」的題旨,也是「含蓄」美典所指涉
的藝術效果。另外,同樣題爲白居易所撰的《金鍼詩格》,其中「詩
有義例七」一目更直接闡述意念情思應超越作品本身語言文字所指示
的內容或意義:

一曰說見不得言見,二曰說聞不得言聞,三曰說遠不得言遠,
四曰說靜不得言靜,五曰說苦不得言苦,六曰說樂不得言樂,
七曰說恨不得言恨。❸

　　這一類的意見雖然觸及到「意在言外」的基本問題,然而由於
標明爲「詩格」的著作,其用意大多在爲新體詩提供有效的寫作方法
上的指導,也就是爲詩歌創作提供定式或規範,因而重點也就擺放在
有關詩作意念經營上應當考量的具體寫作策略與修辭原則;「意在言
外」此一觀念所蘊含的詩歌整體意義可能體現的審美旨趣,仍然未被
詩論家予以「前景化」而成爲詩歌論述的主要議題。

　　至於宋代詩學論述中關於「意在言外」的提示與說解,爲數甚

---

❸　【唐】白居易:《文苑詩格》,見張伯偉:《全唐五代詩格校考》(西安:
　　陝西人民教育出版社,1996),頁341。
❸　【唐】白居易:《金鍼詩格》,見張伯偉:《全唐五代詩格校考》,頁333。

多，而其中最被稱引的文獻材料，乃是經過歐陽修（1007－1072）品題
載錄的梅堯臣論詩的意見：

> 聖俞嘗語余曰：「詩家雖率意，而造語亦難，若意新語工，
> 得前人所未道者，斯爲善也。必能狀難寫之景，如在目前，
> 含不盡之意，見於言外，然後爲至矣。……」余曰：「語之
> 工者固如是。狀難寫之景，含不盡之意，何詩爲然？」聖俞
> 曰：「作者得於心，覽者會以意，殆難指陳以言也。雖然，
> 亦可略道其髣髴。若嚴維：『柳塘春水漫，花塢夕陽遲』，
> 則天容時態，融和駘蕩，豈不如在目前乎？又若溫庭筠：『雞
> 聲茅店月，人跡板橋霜』、賈島：『怪禽啼曠野，落日恐行
> 人』，則道路辛苦、羈愁旅思，豈不見於言外乎？」**㊱**

在這一段文字中，梅堯臣其實是提出三種不同的創作表現手法：
其一是強調詩創作在整體的意念與文字上的構築與經營，都應該呈現
獨特與工巧的藝術價值，即所謂的「意新語工」；其二是著重在描繪
景物時的表現方式，即所謂的「狀難寫之景，如在目前」；其三則是
著重在呈示情意時的表現方式，即「含不盡之意，見於言外」。基本
上，這種側重點上的不同，深切反映出宋代詩人或詩論家對於創作問
題所可能蘊涵的具體內容或細節是有深刻的反省，而關切的議題也就
從對於整體的藝術匠心的推究，進而在細目上分判描繪景物應該與呈
示情意各有不同的表現方式。

㊱ 【宋】歐陽修：《六一詩話》，見何文煥輯：《歷代詩話》（臺北：漢京，
1983），上冊，頁267。

　　關於梅堯臣所提出的論點應如何作解，尤其是「狀難寫之景，如在目前；含不盡之意，見於言外」兩句，歷來也各有不同的偏向。譬如吉川幸次郎在《宋詩概說》一書中就認為：「這段話露出了梅堯臣追求『平淡』的苦心，」**❸❼** 這種說解不但過於簡單，也不相應；至於顧易生、蔣凡與劉明今合撰的《宋金元文學批評史》則認為：「分而言之，前者要求詩歌必須具有鮮明的形象性，後者則追求含蓄蘊藉，寓意精深；合而論之，則是強調形象與寓意的和諧統一，構成詩歌藝術的動人意境，令人回味無窮，久而彌新」**❸❽**。然而，我們關心的重點更在於：到底怎樣的表現方式才足以稱得上是「如在目前」或「見於言外」？於此，王夢鷗先生在探討如何行使「文學語言的傳達力」此一議題時，就認為語言的表現力之完全與否其實是詩人作家努力的目標，因而提出作品意義的經營方式可以有「說得盡致」與「不說而說」兩種相互搭配的表現法：

　　　　為著想像品的實在體不是語言記號所能盡載，因之有些哲人以為真心寥廓，非語言所能形容，便創為『無言』的欣賞法。……成為『不說而說』的表現法，以與力求『說得盡致』的表現法，同時並進。於是主張文學語言的傳達力，一面『必能狀難寫之景如在目前』，一面又要『含不盡之意見於言外』。

---

❸❼　吉川幸次郎著，鄭清茂譯：《宋詩概說》（臺北：聯經，1977），頁 103。

❸❽　顧易生、蔣凡與劉明今：《宋金元文學批評史》（上海：上海古籍，1996），下冊，頁 469。案：引文部分為蔣凡所撰寫。另外，較早由王運熙與顧易生合撰的《中國文學批評史》也持類似的看法，請參見《中國文學批評史》（上海：上海古籍，1981），中冊，頁 43。

簡單地說：這是把字句裡面的意義分作兩種方式來傳達：一
種把內在的想像品曲盡其妙地表現在語言中，一種是用相關
的或相反的語言來映帶那說不盡的想像品。❸

基本上，我們同意王先生對於「說得盡致」與「不說而說」兩
種表現手法的區隔與分判，然而以「說得盡致」或「把內在的想像品
曲盡其妙地表現在語言中」來說解「必能狀難寫之景如在目前」一句
的內容，則或許仍有討論的餘地。如何的一種表現手法才真正是「狀
難寫之景如在目前」？這正是我們推求的重點。

儘管意義的經營方式可以有此兩種表現手法上的不同，但梅堯
臣用以說解其詩論而舉出的詩例，其意義的載體卻同樣是以景物為
主，因而描繪景物在此便有了雙重的指涉功能：一方面既應以所寫的
景物提示更為寬廣的感知內容，即是讀者可以透過聯想而領受到物容
物態本身所給予的感官知覺印象，也就是所謂的「天容時態，融和駘
蕩」；另一方面則景物也可以用來暗示情意的意義，即是讀者透過聯
想而對於物容物態所指示的情意內容的解釋，也就是所謂的「道路辛
苦、羈愁旅思」。因此，在抒情視觀的引導制約之下，景物的描繪與
鋪敘似乎不再具有獨立的藝術價值，而被涵攝在以情意為主的表現模
式之內，這也是古典詩學傳統中「情景交融」此一審美議題所揭示的
理論意義。

約略與歐陽修前後的司馬光（1019—1086）在《續詩話》一書中也
同樣提示了「意在言外」的論題：

---

❸　王夢鷗：《文學概論》，第十一章：〈意象〉，頁104-5。

《詩》云:「牂羊墳首,三星在罶」,言不可久。古人為詩,
貴于意在言外,使人思而得之,故言之者無罪,聞之者足以
戒也。近世詩人,惟杜子美最得詩人之體。❹

　　於此,司馬光的論點雖然也是放在意在言外的語言運用方式,
但他更把此一用言方式關連到〈詩大序〉以降所揭示的詩教傳統,強
調詩在政教層面上的諷喻作用。因此,他所舉的杜甫的詩例(〈春望〉),
即是把闡釋的重點指向詩人在作品中所反映的時代問題,以及所隱示
的有關政治社會的批評意見:「山河在,明無餘物矣;草木深,明無
人矣;花鳥,平時可娛之物,見之而泣,聞之而悲,則時可知矣。」
❹嚴格說來,司馬光所看重的「意在言外」是指向詩人借用景物來達
到政教諷喻上一種含蓄微婉的表現效果,因而在立論點上是更接近於
白居易對於景物鋪寫做為創作媒介所指向的「興發於此,而義歸於彼」
此一理則,亦即是有關景物的鋪寫必須指示比較明確而固定的寄託諷
喻內容。❹於此,司馬光所強調的政教諷喻論點與梅堯臣所強調的較
為寬廣的情感意念上的間接含蓄,自有內容指涉與表現型態上的寬窄
不同,而「意在言外」此一觀念所具顯的「含蓄」的表情模式也可以
就此再行區分為二:一是以梅堯臣所倡議的以景物烘托感官知覺印象
與情意內容的言外之意,另一則是以司馬光所讚許的以景物指示具體
對於政教脈絡諷喻判斷的言外之意;前者逐步衍生「神韻」的創作與

---

❹　【宋】司馬光:《溫公續詩話》,見何文煥輯:《歷代詩話》,上冊,頁277-78。
❹　【宋】司馬光:《溫公續詩話》,見何文煥輯:《歷代詩話》,上冊,頁278。
❹　【唐】白居易:〈與元九書〉,見郭紹虞主編:《中國歷代文論選》(上海:
　　上海古籍出版社,1979年),第二冊,頁97。

批評理念；後者則是繼承〈詩大序〉與〈與元九書〉以來的論述傳統而確立「寄託」的模式。

因此，就本文的脈絡而言，「意在言外」是代表一種獨特的驅遣語言的創作理念或創作模式，其所體現的即是「含蓄」此一審美價值或審美理想。如果就「含蓄」此一美典再行區隔，則又可分別「寄託」或「神韻」等兩種不同的表現手法。目前，透過這種區隔，我們將可以先行辨明「意在言外」此一創作理念或創作模式所追求的審美典範即是以「含蓄」為主，然後以「含蓄」的美典為參照基點，再進一步推闡中國古典詩論傳統在探索詩歌意義這項議題時，所可能開展的具體的論述內容及其理論意義——關於「含蓄」、「神韻」與「寄託」這三種不同的詩歌語言結構模式的特色及其顯現的審美旨趣，我們將在本書第四章加以詳細的討論。

至於促成「意在言外」這種語用模式的背景因素，除了得自於漢代學者對於《詩經》與《楚辭》所提出的關於「比」、「興」觀念的解釋與闡發之外，另外也來自於對語言文字本身所具有的本質與功能的反省。如果從歷史演變的角度來看，則這種追求「意在言外」的思維，主要是根源於《周易·繫辭》與《莊子》所揭示的一種特殊的語言哲學上的預設及其所展現的用言方式。再者，在有關意義的呈示問題上，《左傳》一書中所載錄的「賦詩言志」的現象，也蘊涵著以間接引述詩句或詩篇的方式來替代個人意向的直接表達的一種語用習慣，而漢代學者在闡釋《春秋》經文所具的語言文字特質時，更也提出「言近旨遠」的書寫模式，這些不同的事例，都在在為古典傳統中追索間接委婉的意義呈示方式提供反省思考的文化材料——關於此等議題，我們亦將在第三章中提出詳盡的說解。

　　其後，隨著晉宋以降出現大量的「山水詩」，以及因此而來的對於《詩經》與《楚辭》運用山水景物方式的重新反省，詩歌的表現手法大致上是走向委婉含蓄的以外在具體的物象或事例（尤其是以自然山水爲底所營構的「景」或「境」）來呈示情意的創作型態。山水景物，往往就此成爲作家個人情意或心境的一種提示或顯證。緣是，我個人在《比興、物色與情景交融》一書中，即嘗試從「情」、「景」交互關涉的基礎上探討「情景交融」此一觀念在歷史發展脈絡中的具體形貌。然而，如此的考察方式比較是屬於直接就現象本身或表層的理論架構的說明，而欠缺對於「情」、「景」交互關涉得以成立的理論基礎提出討論，並且不曾措意於解析「情」、「景」交互關涉所可能產生的美感效果。譬如說，當我以魏晉以降因著「緣情」觀念而確立的「抒情自我」、以及由「山水詩」所發現的自然景物做爲抒情美典的兩大要素，並且因此認定「至是，『情』的偏勝與『景』的獨出，完全明朗化，終而衍成中國文學批評史上『情景交融』的理論」❹——我當時處理的方式即是直接將情意的要素與自然物象的要素相互貼合，而不曾深一層探索爲什麼在中國古典美學的思維脈絡中，情意表現的問題會在材料媒介上選擇自然物象做爲情意的「對等（等值）」？也就是說，到底是在怎樣的一種理論基礎上「情」、「景」交互關涉的表情模式得以成立？因此，本書的旨意即在於進一步補足《比興、物色與情景交融》一書的論點，而把重點擺放在「語言」與「意義」的脈絡上，探究「意在言外」的思維對於詩歌呈示情意的表現方式所蘊涵的理論基礎及其所彰顯的審美旨趣。

---

❹　蔡英俊：《比興、物色與情景交融》，頁50。

四、「美典」的界義

　　就中國古典詩論的歷史發展而言，詩人或批評家所亟欲宣示的批評觀念或理論術語，爲數頗多，而且每一位詩人或批評家在建構自己的觀念語彙時，也都傾向於標明該觀念語彙的獨特性。且不說唐末司空圖在論證「味外之旨」時所宣示的「（詩之難）古今之喻多矣，而愚以爲辨於味，而後可以言詩也」❹，即如南宋嚴羽在揭示「興趣」此一詩旨時，也曾截決說道「僕之《詩辨》，乃斷千百年公案，誠驚世絕俗之談，至當歸一之論。」❺再者，晚清王國維 (1877－1927) 所以倡議「境界」之論，更在於強調自己論點的獨特性：「滄浪所謂興趣，阮亭所謂神韻，猶不過道其面目，不若鄙人拈出『境界』二字，爲探其本也。」❻基本上，這些批評觀念或理論術語雖有其語義層次上的獨特性，但就其內容意指而言，又都不免同樣關涉到古典詩論中對於詩歌所具有的審美特質的界定與解說。我們或許可以說，這些看似不同的批評觀念或理論術語，其實深切反映中國古典詩論傳統中對於詩歌審美特質此一議題的追尋與探問，而在這些看似不同的提法中是可能有某種程度的連續性與一致性。於此，王國維所以把「境界」之論與「興趣」或「神韻」等觀念相提並論，即已暗示了彼此之間在

---

❹　【唐】司空圖：〈與李生論詩書〉，見郭紹虞：《中國歷代文論選》，第二冊，頁 196。

❺　【宋】嚴羽：〈答出繼叔臨安吳景仙書〉，見郭紹虞：《滄浪詩話校釋》（臺北：東昇出版公司，1980），附錄，頁 234。

❻　王國維：《人間詞話》，見滕咸惠：《人間詞話新注》（臺北：里仁書局，1986），頁 81。

問題範疇上具有同質性，而翁方綱 (1733—1818) 在闡釋王士禎的詩學
主張時，更點明「神韻」說與古典詩論傳統之間因依相生的關係：「詩
人以神韻為心得之秘，此義非自漁洋始也，是乃自古詩家之要妙處，
古人不言而漁洋始明著也。」然而，就本文的論點而言，不論是「境
界」、「興趣」或「神韻」，其目的都在於為古典詩歌標示一種獨特
的審美典式，藉此闡明詩歌所得以完成的一種理想的審美旨趣與審美
效果。如依據高友工先生的說法，則此種理想的審美旨趣與審美效果
即是「美典」一詞所指稱的具體內容。

　　高友工先生在〈律詩的美典〉一文中對於「美典」一詞的界說，
主要是就著「形式意義」（formal significance）的義涵而展開討論的，
意即在創作過程中，詩的形式乃是詩人創作意圖的一部分，自不能與
詩人所體現的「靈視」互不相涉，因此，詩作所以特別具有形式上的
意義，乃是因為形式方面的各項組成要素是用以造就詩作的整體藝術
效果。進一步說，在營造或體現此一整體的藝術效果的過程中，詩人
必須不斷面對因著形式要素與個人靈視之間複雜互動的關係所導致的
技術層面上的具體問題，這些問題包括「詩人對形式所持的意圖，他
對結構設計的瞭解，他為了配合創作者的想像而對規則所做的巧妙擺
佈，以及他在此一特殊形式中實現其靈視的努力。」❼再者，既然所
有的形式大都是前有所承，就沒有一個詩人可以獨力創造一種詩體的
美典。據此，高先生一方面追溯六朝階段對於「律詩」此一形式可能
產生的歷史影響因素，而另一方面則又將「律詩」到了初盛唐階段所

---

❼　高友工著，劉翔飛譯：〈律詩的美典（上）〉，《中外文學》第 18 卷第 2
　　期（1989 年 7 月），頁 4-5。

證顯的美典，再依著歷史發展的脈絡而區分爲三種各有不同重點的表現型態，亦即初唐詩人嘗試完成的「藝術境界」、王維在自然詩中所象徵的「人生境界」，以及杜甫在晚期作品中所創造與開示的「宇宙境界」。具體說來，即是「初唐詩人可能滿意於印象與內在心境的偶然、突兀的結合，王維則用這接觸來象徵理想的存在及一種開悟。唯獨杜甫堅持這整合應是所有自然的與歷史力量的交匯。」㊽

在此，「美典」的義涵主要是依據「律詩」這種詩的形式而立論的，然而，也正如高先生在闡釋王維田園詩時所提示的，圍繞著「自然」此一最高的藝術理想而來的各種語彙，如「沖澹」、「典雅」、「清奇」與「質樸」等，在某種意義上都可以說是隸屬於「田園詩」所開展的「美典」的範疇，㊾於此，「美典」的義涵擴充了它的適用範圍，既可以指稱某種詩歌形式所蘊示的審美上的結構設計及其藝術價值，也可以用來指稱某一類型的詩作在主題或題材表現上所共通追求的、或彼此分享的藝術理想，由是而不同的詩歌體式可以引生不同的審美旨趣與審美效果，譬如「律詩」與「絕句」、甚或「五言」與「七言」，都可以有獨具的美典；即如「田園」與「山水」、甚或「詠史」與「懷古」，也可以標示各自的理想典式。當嚴羽試圖透過時代（如「建安體」與「元祐體」）、人名（如「蘇李體」與「山谷體」）或特質（如「選體」與「香奩體」）等因素來辨析詩歌所可能呈現的不同體式時，他

㊽　高友工著，劉翔飛譯：〈律詩的美典（下）〉，《中外文學》第 18 卷第 3 期（1989 年 8 月），頁 43。關於這三種不同的表現型態，我所引述的段落其實簡略，但敘述較為完整，故為方便計而加以引用，高先生在正文中有更詳盡的描述。

㊾　高友工著，劉翔飛譯：〈律詩的美典（下）〉，頁 36。

也同時區隔了這些不同體式之間在審美旨趣與審美效果上的差異。更重要的，這些藝術價值上的差異，或許有部分是來自於作者創作時自覺的努力，但更大部分是得自於批評反省活動上的歸納與比較的結果，因此所謂的「美典」是經過創作的具體實踐與歷史的積累而逐一形成的。這也是爲什麼高友工先生要特別強調「美典」基本上是一種「解釋符碼」，自有其內在的寬鬆度可供迴旋，因而任何後設的語言都只能是對於潛藏而難以確切掌握的創作法則的一種提示或解說，並不能夠完全以明白而且規則化的語言加以表列。依據高先生的說法，

> 這種美學符碼無法以規則、指引或禁令的形式被習得，它只能悟自對典範的心領神會，不論是否有明白的解說、規定之助。正因爲它總是不直接出現，要把它連繫成一種符碼，其勢甚難，但它不完全顯豁這點，卻使它保有暗示、改變、並發展的能力。我在此嘗試勾勒出這隱晦的符碼，表示我確信這符碼可被說明至某種程度。無論如何，我們不應忘記這符碼總是隱藏、涵融在作品中的。❺⓿

然而，除了這類從形式與題材上所衍生出的相對應的美典之外，在中國古典詩論的歷史發展中，更有一些美典是圍繞著「詩」這個大類而來的，深刻反映了古典詩人或批評家對於詩歌的本質所進行的思索與探問，試圖爲詩歌所呈示的審美旨趣提供一種整體性的指引，並且以之做爲一種詩的極致表現。傳統上，這一類的提問多是以「妙」字、或與「妙」字相關的字詞等爲前導而展開論辯的，因此，基本上

---

❺⓿ 高友工著，劉翔飛譯：〈律詩的美典（上）〉，頁5。

是就詩歌創作活動所呈顯的意義的特質提出說解，而主要關切的議題即在於詩歌創作的兩大要素：「語言」與「意義」。

據此而論，則美典的提出與確立，既然是依附著形式與題材的辨析，那麼，關於文體的區隔與分判就可以說是美典所以形成的一項背景因素。如果進一步就文體辨析的歷史加以考量，則東漢末年以至於六朝時期大抵上是把注意力擺放到區隔詩賦與其他文類之間的差異性，曹丕 (187—226) 提出「詩賦欲麗」的主張，以及陸機 (261—303) 所以倡言「詩緣情而綺靡，賦體物而瀏亮」，其立論的參照點即在於詩賦與其他文類之間的不同——當曹丕把詩賦歸爲同一大類而具有相同的審美旨趣時，陸機顯然又把詩賦區分爲二，並且給予不同的創作動因與審美判準。我們或許可以說，此一階段對於文體辨析所做的努力，最終的發展是落實到「聲律」與「聲病」的提出與確立，而詩的形式問題及其所對應的審美旨趣就有了具體的討論聚焦點。隨後，初盛唐之際，諸多標明爲「詩格」一類的著作不斷出現，則主要的用意是在於爲新定的近體詩提供種種有效的修辭方法上的指導，也就是爲詩歌創作提供所謂的定式與規範，因此重點不免就是有關「對偶」與「病犯」等具體的格律問題。一旦新體詩的格式底定確立之後，相關的討論就必然由局部而繁瑣的詩格衍繹成爲「體勢」的議題，而關切的重點便比較是擺在於詩的意義層了，也就是有關詩作在意念經營上所應呈現的寫作方向與修辭原則。舊題王昌齡的《詩格》中即有所謂的「十七勢」一目：

> 詩有學古今勢一十七種，具列如後。第一，直把入作勢；第二，都商量入作勢；第三，直樹一句，第二句入作勢；第四，

直樹兩句，第三句入作勢；……。

第一，直把入作勢：直把入作勢者，若賦得一物，或自登山臨水，有閑情作，或送別，但以題目爲定，依所題目，入頭便直把是也。皆有此例。昌齡〈寄驪州〉詩入頭便云：「與君遠相知，不道雲海深。」……。

第二，都商量入作勢。都商量入作勢者，每詠一物，或賦贈答寄人，皆以入頭兩句平商量其道理，第三第四第五句入作是也。皆有此例。昌齡〈上同州使君伯〉詩言：「大賢奈孤立，有時起經綸。伯父自天稟，元功載生人。」（是第三句入作。）……。

第三，直樹一句，第二句入作勢。直樹一句者，題目外直樹一句景物當時者，第二句始言題目意者是也。昌齡〈登城懷古〉詩入頭便云：「林藪寒蒼茫，登城遙懷古。」……。

第四，直樹兩句，第三句入作勢。直樹兩句，第三句入作勢者，亦題目外直樹兩句景物，第三句始入作題目意是也。昌齡〈留別〉詩云：「桑林映陂水，雨過宛城西。留醉楚山別，陰雲暮淒淒。」（此是第三句入作勢也。）**❺❶**

　　第一種構勢方式顯然是直接點出主題，也就是後來詩論中論及「律詩要法」（即「起、承、轉、合」）時所謂的「破題」。**❺❷**第二種構

---

❺❶　【唐】王昌齡：《詩格》，見張伯偉：《全唐五代詩格校考》，頁 129-31。

❺❷　專論作詩要法的詩學論述，到了元代又見流行，至於當時有關律詩中「起、承、轉、合」問題的議論，可以參考楊載《詩法家數》，見何文煥輯：《歷代詩話》，下冊，頁 728-29。

勢方式則是開頭先行提出抽象的議論，然後再引入正題。至於第三、第四兩種構勢方式，便是先敘寫當下相關的景物，接著第二或第三句再行點題，這或許就是傳統所謂「起興」的創作模式，而《詩格》中另有「起首入興體（十四例）」一目，即可能是順著此種構勢法則再行細分的。然而，不論是那一種型態的構勢法則，基本上都是順應個別詩作的情思意念而在章法結構上加以推衍。如此詳細引述《詩格》的文字，主要是用以辨明唐代中期以前的詩學著述所討論的關於「勢」字的觀念，重點其實是在於創作時如何因應情思意念的發展鋪排而選擇適當合宜的寫作方向與文字經營的方式。於此，張伯偉先生在處理初盛唐以至於北宋時期詩格著作的主要內容時，即指出「物象」與「體勢」是此一階段詩學論述的中心議題，並且認為：「物象」是與「作用」的觀念相為表裡，用以說明詩歌中「一定的物象所構成的具有暗示作用的意義類型」；至於「體勢」一詞的義涵，便是與蘊涵於詩歌「形」、「體」之中的一種「力」的表現有關，用以說明詩歌創作活動中存在於詩句的節奏律動與構句模式之間點劃連接的運作，也就是所謂「句法」的問題。更重要的，「體勢」所關切的點劃連接的作用力，往往是蘊涵於詩的意義之中而又超出於意義之外，因此祇能透過形容狀寫加以體會而難以言詮。❸

儘管如此，唐代詩格中所一再探論的「體勢」問題，其立論的角度可能是接續著劉勰《文心雕龍·定勢篇》中所揭櫫的「體勢」

---

❸ 張伯偉：〈詩格論〉，《全唐五代詩格校考》，頁 16-21。另外，關於流通於初盛唐之際詩學論著所以出現的外緣因素，以及此等論著所關切的議題或內容，請參考王夢鷗：《初唐詩學著述考》（臺北：商務印書館，人人文庫，1977）。

的觀念而來：「情致異區，文變殊術，莫不因情立體，即體成勢也。
勢者，乘利而為制，……」❺不同的是，劉勰的論點並不專就詩體而
言，更在於全面探討各種文類體式規範所對應的語文結構與審美旨
趣，因此〈定勢篇〉會再進一步闡明各類體式創作時應具體達成的規
範要求：

> 是以括囊雜體，功在詮別，宮商朱紫，隨勢各配：章表奏議，
> 則準的乎典雅；賦頌歌詩，則羽儀乎清麗；符檄書移，則楷
> 式於明斷；史論序注，則師範於覈要；箴銘碑誄，則體制於
> 弘深；連珠七辭，則從事於巧豔——此循體而成勢，隨變而
> 立功者也。❺

這裡所謂的「典雅」、「清麗」或「明斷」等，大體上是根據
不同文類體式而提出的相對應的審美旨趣，因而接近我們所稱說的「美
典」的內容。然而，一如上文中提到的，劉勰立論的重點是偏重在意
義內容與語言呈現之間所獲致的一致性，是依著語言文字的組織構造
所能完成的最終藝術效果而說的。以詩為例，不論是此處所申說的「清
麗」或〈明詩篇〉提到的「雅潤」與「清麗」，劉勰的論點可以說仍
然是沿襲曹丕與陸機等對於文體分類所持的基本觀念，重視的乃是為
個別文類提示相對應的理想審美典式，因而實際上並未碰觸到「語言」
與「意義」兩者在具體創作活動中所顯現的「張力」的可能性。

「美典」的概念既然是一種歷史回溯與反省所建構的「解釋符

---

❺　【梁】劉勰：《文心雕龍・定勢篇》，見范文瀾：《文心雕龍注》，頁 529-30。
❺　【梁】劉勰：《文心雕龍・定勢篇》，見范文瀾：《文心雕龍注》，頁 530。

碼」，則有關於詩歌意義呈現方式上的考量，當然不免是時代愈晚，
其相關內容的描述語彙就愈加的完整與詳細。如果說「意在言外」所
指稱的獨特的用言方式，基本上是中國古典文化傳統對於「語言」與
「意義」相關性的一種思考與探索，那麼，如是的思考與探索更應該
是古典詩論傳統中不斷出現的論述主題，因此，在以五言詩爲主流的
詩歌歷史發展過程中，我們已可以從唐代前期的詩學著述看到有關此
項議題所提示的隻字片語，譬如在佚名的《文筆式》中論及「比附」、
「寫懷」等寫作格式的問題時，即說道：「意託斯間，流言彼處」、
「情含鬱抑，語帶幾微，」❺❻而託名王昌齡（？—756？）的《詩格》
在論及「常用體」時，也以「不言愁而愁自見」爲「藏鋒體」第一。
❺❼另外，皎然（720—798？）在《詩式》中提出詩有「重意」的見解，
認爲「兩重意已上，皆文外之旨。若遇高手如康樂公，覽而察之，但
見性情，不睹文字。蓋詩道之極也。」❺❽因此，儘管唐代標名爲詩格
一類的論述，多是著眼於討論具體的章法規格，然而，一旦觸及到詩
的本源與情志等課題時，則「言」、「意」之間更爲複雜的相關性也
時而簡略的浮現出來。這種現象到了中唐以後，就更加的明顯，譬如
託名白居易的《金鍼詩格》與《文苑詩格》，就已經提出了「內意」、
「外意」與「語窮意遠」的觀念，這些屬於唐代中晚期的詩學論述在
討論具體的章法規格時，多少爲往後的「言」與「意」問題提供了可
能的思考方向。

---

❺❻ 【唐】佚名：《文筆式》，見張伯偉：《全唐五代詩格校考》，頁 48。據
　　張伯偉考訂，《文筆式》大約寫定於唐武后時期，即西元第七世紀左右。
❺❼ 【唐】王昌齡：《詩格》，見張伯偉：《全唐五代詩格校考》，頁 154。
❺❽ 【唐】皎然：《詩式》，見張伯偉：《全唐五代詩格校考》，頁 210。

五、「唐宋詩」的爭論與「盛唐」美典的確立

　　宋代以後，關於詩歌的論述則是大量以「詩話」的形式出現，雖然在性質上多是助閒談、記掌故，但也不乏敘錄一些議題性較重的意見或評論。更重要的，面對唐代在詩歌體式上所積累與完成的各種典範，如何檢擇並建立自己的創作特色，便隱約成爲宋代詩人或批評家深感焦慮的根源與關切的重點。我們或許可以說，中國古典詩論是到了宋代才比較正式而嚴肅的探索詩歌體式上可能體現的整體的審美旨趣與審美效果，也因此宋代的詩論更具有詩學議題上的理論意義與價值。然而，值得注意的是，宋代詩論的議題及其歷史的發展脈絡，往往是來自於對唐代詩歌創作表現的反省與詮釋，其中所包含的問題不只是限於對客觀歷史現象的理解，更也牽涉到所謂「影響的焦慮」此一更爲複雜的集體的心理因素。在詩人的具體創作實踐中，一方面要思索探詢各種可能的表現方式，而另一方面又要兼顧歷史傳承中個人創作所必須面對的「通變」的可能性。❺❾因此，我們可以在宋代詩

---

❺❾　在此，關於唐宋詩的分判問題，我們引述討論的文獻材料是放在詩論的範圍，至於有關唐宋詩在具體作品中顯現的不同的審美旨趣與審美特質，柯慶明先生已有專文詳細加以解析，自可參考，見柯慶明：〈試論漢詩、唐詩、宋詩的美感特質〉，《中國文學的美感》（臺北：麥田出版公司，2000），頁 193-274。另外，龔鵬程先生對於唐宋詩體製的變遷以及唐宋詩創作型態上的差異，亦曾依據不同的詩體提出具體的考察與分析，自也可以補充我們在此所說的問題的相關內容，見龔鵬程：《江西詩社宗派研究》（臺北：文史哲出版社，1983），頁 160-85。

歌的歷史發展過程中，不斷看到宋代詩人對於唐代詩人與詩風的定位
問題的辯論，這也是爲什麼宋代詩論所以會更具有詩學議題上的理論
意義與價值的主要原因。基本上，宋代所展開的關於唐宋詩風格的定
位與分判的論辯，不但建立了對於唐詩歷史發展的特定的解釋觀點，
確立了所謂的「盛唐詩」的美典地位，並且影響到元明以後在詩學議
題上的論述走向。

在這種背景的引導下，「意在言外」的用言方式以及「含蓄」
的美典等相關的課題，自然也就成爲宋代詩學論述所極力探問與討論
的重點之一。如以「含蓄」的議題爲例，則活動於北宋仁宗至神宗朝
（約十一世紀前半期）的僧景淳在其《詩評》一書中，即開宗明義說道：
「夫緣情蓄意，詩之要旨也。一曰高不言高，意中含其高。二曰遠不
言遠，意中含其遠。三曰閑不言閑，意中含其閑。四曰靜不言靜，意
中含其靜。」❻而接著在申論「詩有三體」一目時，更以「詩人之體
爲上」，至於此等體式的具體表現即是以「含蓄」或「意在言外」的
審美旨趣爲主：

> 詩之言爲意之殼，如人間果實，厥狀未壞者，外殼而內肉也。
> 如鉛中金、石中玉、水中鹽、色中膠，皆不可見，意在其中。
> 使天下人不知詩者，視至灰劫，但見其言，不見其意，斯爲
> 妙也。詩有動靜，情動意靜也。情雖含蓄，覽之可見。❻

在此，詩的語言形式似乎被理解爲徒具「外殼」的作用，而祇

---

❻ 【宋】僧景淳：《詩評》，見張伯偉：《全唐五代詩格校考》，頁479。

❻ 【宋】僧景淳：《詩評》，見張伯偉：《全唐五代詩格校考》，頁479。

有詩的意義才是重要眞實的「內容」——然而，此種看似僵化的「形式/內容」的二元論調，卻立即因著底下敘說的一段譬喻而有著較爲靈活的義涵：語言形式與意義內容應該是相互混融、不可截然劃分的，就如「鉛中金、石中玉、水中鹽、色中膠」一樣。這類論詩的意見，顯然是就詩作整體的審美旨趣與審美效果而立論的，與唐代多數暢談詩的局部章法規格的型態相比較，是有著全然不同的取徑。更重要的，此中所申言的「意」的義涵是專指詩作完成後的顯示出的整體的審美旨趣，也就是後來批評家或褒或貶所稱說的「宋詩主意」的「意」字底蘊，因而稍稍有異於皎然在《詩議》或《詩式》中使用「意」字時或指「構思」、或指「句意」的寬泛度。根據徐復觀先生的說解，「宋詩主意」的「意」字是指「經過理性的澄汰而成爲更凝歛堅實的情感」，而具體的說，即是：

> 所謂「意」，不是一般所說的意志之意，而是以想像爲主的「思」中，加入了較多的理性成分，前人便稱爲意。這可以說是把感情加上了理性，甚至是把感情加以理性化。但這種理性化乃是對感情的冷卻澄汰，冷卻由熱情而來的衝動率（按，「率」字疑爲「力」之誤），澄汰去實際上是不相干的成份，以透視出所感的內容乃至所感的本質，而將其表現出來。此即所謂宋詩主意。⑥

因此，所謂宋詩的特色，即是與唐詩比對之下所衍生的議題，而這項議題關切的重點就不祇是單純語言形式要件上的同異，更是審

---

⑥ 徐復觀：〈宋詩特徵試論〉，《中國文學論集續篇》，頁 59。

美旨趣與審美理想的分判。

其次，僧景淳用以描述詩藝的譬喻，「鉛中金、石中玉、水中鹽、色中膠」，隱然是南宋嚴羽（約 1225 年前後在世）描述詩境時最被稱引的那段文字的先聲：「盛唐諸人，惟在興趣，羚羊掛角，無跡可求。故其妙處，透徹玲瓏，不可湊泊，如空中之音，相中之色，水中之月，鏡中之象，言有盡而意無窮」；不同的是，嚴羽精心刻畫的設詞是用以渲染形容詩所可能獲致的極境，而僧景淳則是運用簡單易曉的譬喻以具實指明詩所期待完成的技藝：即不可見的「意義」（如「金」、「玉」、「鹽」、「膠」等）應潛藏涵蘊於可見的「語言」形式（如「鉛」、「石」、「水」、「色」等）之中。如果容許我們用一種比較淺近的譬喻來稱說這兩種不同的詩論內容，則嚴羽的設辭是在推想詩所體現的類似於「道」的境地，一如《老子》書中關於「道」的形容模寫，而僧景淳則是闡明實現「道」的具體技藝或方法，即是所謂的「術」。如果再進一步就古典詩論的歷史發展脈絡來看，則宋代以後詩論的重心往往在於「詩道」的推敲揣摩，而非單純措意於所謂「詩法」的參酌設定——葛立方《韻語陽秋》中記載黃庭堅對陳師道說的一段話，或許可以做爲佐證：「學詩如學道，此豈尋常琱章繪句者之可擬哉！」㊿循此，則所謂的「妙悟」、「活法」與「本色」等側重整體性的抽象觀念得以出現在宋代的論述場域，大抵上是與宋人的思維模式與文化氛圍有關。儘管明代的詩評家對於宋代詩論的論述內容頗多微詞，譬如李東陽（1447—1516）在《麓堂詩話》中即說道：

㊿　【宋】葛立方：《韻語陽秋》，見何文煥輯：《歷代詩話》，下冊，頁 495。

唐人不言詩法，詩法多出宋，而宋人於詩無所得。所謂「法」者，不過一字一句、對偶雕琢之工，而天真興致，則未可與道。其高者失之捕風捉影，而卑者坐于黏皮帶骨，至于江西詩派極矣。惟嚴滄浪所論超離塵俗，真若有所自得，反復譬說，未嘗有失。❻

這種論斷其實有失公允，並不符合歷史事實。基本上，李東陽持論的立場是「出入宋元，溯流唐代」，雖不若稍後李夢陽 (1473－1530) 等人那樣徹底否定宋詩的藝術價值，卻也認定「六朝、宋、元詩，就其佳者，亦各有興致，但非本色，只是禪家所謂『小乘』，道家所謂『尸解』仙耳。」❻關於唐、宋詩的分判，以及否定宋詩而獨尊唐調等議論，可以說是明代詩論的主要課題，而這種議論在某種程度上不能不說是受到嚴羽批評宋詩的影響。

根據龔鵬程的考察，所謂「唐宋之爭」的議論其實始於南宋，而且是就江西詩風與唐體之間的取捨問題而展開的。❻然而，此一階段的論述中所稱說的唐詩，其實祇是一個關於時代上的通稱，可以含括個別詩人不同的詩體與詩風，並不具有特定的內容或意義，因此，在嚴格意義上說來，自不同於後來詩論家專以「唐詩」一詞指稱具有

---

❻ 【明】李東陽：《麓堂詩話》，見丁福保輯：《歷代詩話續編》（臺北：木鐸出版社，1983），下冊，頁 1371。

❻ 【明】李東陽：《麓堂詩話》，見丁福保輯：《歷代詩話續編》，下冊，頁 1383。

❻ 龔鵬程：《江西詩社宗派研究》，〈導論：研究江西詩社宗派之目的與方法〉，頁 3。

特定審美旨趣的「盛唐詩」。這種游移變動的現象所以發生，當然與宋代詩人仍不斷在辨識唐詩的文學遺產、並用以確認自身創作風格的過程有關。如果就歷史發展的脈絡來看，則五代宋初乃直接承襲晚唐，詩學賈島；自王禹偁（954—1001）出，開始倡言長慶體；而後西崑繼起，標準李商隱，風格爲之一變。隨後，梅堯臣、蘇舜欽（1008—1048）與歐陽修等，揭櫫韓愈、李白，並推尊杜甫，宋詩的基本風貌自是而定了下來。這種基本風貌再加上蘇軾（1037—1101）與黃庭堅的推波助瀾，以性情書卷驅遣文字，遂有所謂的「江西詩」。❻因此，後來詩論所標舉的與「唐詩」相對立的「宋詩」，其實就是專指江西一派而言。也就是說，宋詩在定型之前的模擬學習過程，其實是一個個以實驗爲實踐的案例，至於「唐詩」一語具體的指稱內容，則仍然有待進一步的確認。其中最具代表性的提法當然是嚴羽的意見：

> 國初之詩尚沿襲唐人：王黃州學白樂天，楊文公劉中山學李商隱，盛文肅學韋蘇州，歐陽公學韓退之古詩，梅聖俞學唐人平澹處。至東坡山谷始自出己意以爲詩，唐人之風變矣。山谷用功尤爲深刻，其後法席盛行，海內稱爲江西宗派。❻

即使到了南宋，在衍生對於江西一派詩風的不滿與批判之際，詩人作家所追尋探勘的唐詩典式也依然可以說是多樣變化的，並沒有以「盛唐」所代表的審美旨趣爲「唐詩」唯一的理想典範。譬如說陳

---

❻ 關於宋詩發展的基本形貌，乃得自龔鵬程的簡述，見《江西詩社宗派研究》，頁2。

❻ 【宋】嚴羽：《詩辨》，見郭紹虞：《滄浪詩話校釋》，頁24。

師道 (1053—1102) 在《後山詩話》中的說法：「學詩當以子美爲師，有規矩固可學。退之于詩本無解處，以才高而好爾。淵明不爲詩，寫其胸中之妙爾。學杜不成，不失爲工；無韓之才與陶之妙而學其詩，終爲白樂天爾。」❻在此，「唐詩」並不具有特定的指涉內容，而是根據個別的詩家的創作表現提出相關的討論。至於韓駒 (？—1135) 則亦說道：「唐末人詩雖格致卑淺，然謂其非詩，則不可。今人作詩，雖句語軒昂，但可遠聽，其理略不可究。」❼據此，我們或可認定，做爲江西詩風對立面的「唐詩」，仍然是一個未定的符碼，其具體的指涉內容與意義依然有待進一步確定，而直接影響宋代初期詩人作家創作的晚唐體式風格，也依然不斷浮現在整個宋代詩論的場域。即使時代略早於嚴羽的葉適 (1150—1223) 也曾提出類似的說辭：「木叔不喜唐詩，謂其格卑而氣弱，近歲唐詩方盛行，聞者皆以爲疑。夫爭妍鬥巧，極外物之變態，唐人所長也；反求於內，不足以定其志之所止，唐人所短也。」❼在這段文字中，「唐詩」的概念其實是就晚唐詩而說的。至於葉適在爲南宋末期「四靈詩人」之一的徐照 (？—1211) 所撰寫的墓誌銘，則更具實提到所謂「唐詩」的優劣長短：

> 夫束字十餘，五色彰施，而律呂相命，豈易工哉！故善爲是者，取成於心，寄妍於物，融會一法，涵受萬象，豨苓、桔

---

❻ 【宋】陳師道：《後山詩話》，見何文煥輯：《歷代詩話》，上冊，頁 304。

❼ 【宋】韓駒，引見【宋】魏慶之：《詩人玉屑》（臺北：商務印書館，人人文庫，1972），卷十六，頁 291。

❼ 【宋】葉適：〈王木叔詩序〉，《葉適集》（臺北：河洛圖書出版社，1974），上冊，卷 12，頁 221。

梗,時而為帝,無不按節赴之,君尊臣卑賓順主穆,如丸投
區,矢破的,此唐人之精也。然厭之者,謂其纖碎而害道,
淫肆而亂雅,至於廷設九奏,廣袖大舞,而反以浮響疑宮商,
布縷緜組繡,則失其所以為詩矣。然則發今人未悟之機,回
百年已廢之學,使後復言唐詩自君始,不亦詞人墨卿之一快
也!惜其不尚以年,不及臻乎開元、元和之盛。**⑫**

值得注意的是,這段文字中對於唐詩的理解是多義的,而不是
代表一種整合性的總稱,因此可以有「開元」、「元和」等個別的指
稱,而所謂「復言唐詩自君始」句中則又以徐照等人所仿傚的中晚唐
詩風為唐詩的代表。如果就史實而言、或參照其他相關文獻來看,則
此等議論中所稱說的「唐詩」其實是一種泛稱,或者專指晚唐詩,**⑬**
而仍非如往後被用為「盛唐」一詞的代稱。葉適文集中有多篇論及當
時詩風的文字,也對於仿傚中晚唐的「四靈詩人」多所揄揚,**⑭**這或
許有助於我們理解南宋後期對於唐詩的一般性看法:

初,唐詩廢久,君與其友徐照、翁卷、趙師秀議曰:「昔人
以浮聲切響、單字隻句計巧拙,蓋風騷之至精也。近世乃連
篇累牘,汗漫而無禁,豈能名家哉!」四人之語遂極其工,

---

⑫ 【宋】葉適:〈徐道暉墓誌銘〉,《葉適集》,上冊,卷 17,頁 321-22。

⑬ 葉適論詩,屢稱唐詩,而其所指都是當時詩壇所推習的中、晚唐賈島、姚合
等人的詩作,參見顧易生、蔣凡、劉明今:《宋金元文學批評史》(上海:
上海古籍出版社,1996 年),下冊,頁 814。

⑭ 除了前引的文字外,葉適另有〈徐斯遠文集序〉與〈徐文淵墓誌銘〉等,詳
盡描述當時對於唐詩的看法,可以參照。

而唐詩由此復行矣。君每爲余評詩及他文字，高者迥出，深者寂入，鬱流瓚中，神洞形外，余輒俯仰終日，不知所言。然則所謂專固而狹陋者，殆未足以議唐人也。**⓷**

文中所指稱的「唐詩」或「唐人」，顯然是就著「四靈詩人」亟於追慕的中、晚唐詩人或詩風而言的，並不專就「盛唐」一體來說，而其中「高」與「深」的評論更有著葉適個人對於此等詩風某種程度上的肯定。另外，葉適也自有他理想的典式：

> 今四靈喪其三矣，冢鉅淪沒，紛唱迭吟，無復第敍。而潛夫思益新、句愈工，涉歷老練，布置闊遠，建大將旗鼓，非子孰當？昔謝道顯謂「陶冶塵思，模寫物態，曾不如顏謝徐庾流連光景」，此論既行，而詩因以廢矣。悲夫！潛夫以謝公所薄者自鑒，而進於古人不已，參雅頌、軼風騷可也，何必四靈哉！**⓸**

在此，葉適用意在勉勵「四靈」的同好及後學劉克莊（1187－1269）要能進一步追慕古詩人的規模，而以《詩》、《騷》爲理想標的。葉適「既肯定『四靈』以晚唐體之工巧清奇救江西末流刻削枯澀之弊，同時又鍼對其不足，指出向上一路，力求開拓宏闊渾樸的境界，尊古而不薄今，」**⓹**基本上，這種通達的態度可以說是南宋中晚期詩論家

⓷　【宋】葉適：〈徐文淵墓誌銘〉，《葉適集》，上冊，卷21，頁410。
⓸　【宋】葉適：〈題劉潛夫南嶽詩稿〉，《葉適集》，下冊，卷29，頁611。
⓹　顧易生、蔣凡、劉明今：《宋金元文學批評史》，下冊，頁815。此一部分論宋代理學家的文學觀念是由劉明今先生撰寫。

共同的趨勢。

因此，嚴格說來，截決反對「江西」所代表的宋詩、並且揚棄中晚唐詩風而直接師法盛唐的論述，應該是以嚴羽最爲典型了。嚴羽詩論的重點，除了沿襲南宋以來對江西詩風的批判之外，他也著意於辯駁當時各家自說自話所提出的關於「唐宗」的說解，同時試圖確認所謂「唐宗」的具體內容。就嚴羽而言，「四靈詩人」所推習的中、晚唐詩風，雖有其可觀之處，但並非唐詩的正宗：「近世趙紫芝翁靈舒，獨喜賈島姚合之詩，稍復就清苦之風，江湖詩人多效其體，一時自謂之唐宗。不知止入聲聞辟支之果，豈唐諸公大乘法眼者哉！」就循著這樣的觀點，嚴羽乃倡議盛唐興趣，並且以之做爲與宋詩對立的理想審美旨趣：

> 詩者，吟詠情性也。盛唐諸人，惟在興趣，羚羊掛角，無跡可求。故其妙處，透徹玲瓏，不可湊泊，如空中之音，相中之色，水中之月，鏡中之象，言有盡而意無窮。近代諸公，乃作奇特解會，遂以文字爲詩，以才學爲詩，以議論爲詩。夫豈不工，終非古人之詩也。蓋於一唱三歎之音，有所缺焉。且其作，多務實事，不務興致，用字必有來歷，押韻必有出處。讀之反覆終篇，不知著到何在？其末流甚者，叫噪怒張，迕乖忠厚之風，殆以罵詈爲詩。詩而至此，可謂一厄也。**❼❽**

因此，面對宋詩所引生的詩學問題，嚴羽便倡議確立學習模擬的理想典式：「學詩者以識爲主：入門須正，立志須高；以漢魏晉盛

---

❼❽　【宋】嚴羽：《詩辨》，見郭紹虞：《滄浪詩話校釋》，頁24。

唐爲師，不作開元天寶以下人物。」**⑲**然而，嚴羽論詩態度時所顯現
的直接與決斷，則另可見於他的〈答出繼叔臨安吳景仙書〉：「辨白
是非，定其宗旨，正當明目張膽而言，使其詞說沉著痛快，深切著明，
顯而易見，所謂不直則道不見，雖獲罪於世之君子，不辭也。」**⑳**這
種態度顯然充滿著「判教」的意味，反映出宋代知識階層在「立門庭」
上的一種極端表現。王夫之 (1619—1692) 因而在《夕堂永日緒論內篇》
中極力批判所謂「立門庭」與「依傍門庭」的習氣，認爲「黨同伐異，
畫疆墨守」到宋代最是嚴重：「建立門庭，自建安始。……沿及宋
人，始爭疆壘。歐陽永叔亟反楊億、劉筠之靡麗，而矯枉已迫，還入
於枉，遂使一代無詩，掇拾誇新，殆同觴令。」**㉑**其實不獨詩壇如是，
即使在學術與政治的場域中亦復如此，王夫之在《宋論》中就曾討論
此等現象，是所謂朋黨相爭導致政局文章皆如旋風轉葉，浮沉無定。
㉒更值得注意的是，王夫之在反對門庭習氣時，是把明代前後七子、
竟陵派等論詩的方式與態度貶爲「藝苑教師」或「一時和哄漢」的姿
貌，並直接將這種風氣與宋人詩論風氣相互接合。

　　如果從歷史回溯的角度看，嚴羽的主張在這種接合點上其實是
扮演著重要的影響力，衹是這種影響力是經由歷史的回顧才被彰顯出

---

⑲　【宋】嚴羽：《詩辨》，《滄浪詩話校釋》，頁 1。

⑳　【宋】嚴羽：〈答出繼叔臨安吳景仙書〉，《滄浪詩話校釋》，頁 234。

㉑　【清】王夫之：〈夕堂永日緒論內篇〉，見戴鴻森注：《薑齋詩話箋注》（臺
　　北：木鐸出版社，1982），卷二，頁 104，另參見頁 99 與頁 112 等相關條
　　目。

㉒　關於宋代政治因素對於宋詩資料所以殘毀特甚的影響，請參考龔鵬程：《江
　　西詩社宗派研究》，頁 25-26。

來的，正如張健先生在處理《滄浪詩話》一書的刊行流通狀況時，即認爲嚴羽的影響力在宋、元時代並不明顯，只是到了明初，閩中十子繼承嚴羽詩學，尤其是到《唐詩品彙》一書的出現，「宗嚴羽之說，論唐詩分初、盛、中、晚，並大量引述嚴羽詩論，而此書爲有明一代館閣所宗，嚴羽的詩學才走出福建而影響整個詩壇。」㉝更重要的，嚴羽詩論在歷史上的位置或重要性，其實是要到了明代、甚或是清代才眞正顯現出來。近代以來對於傳統詩論的歷史發展的理解，在某種程度上說來，大體上是得自於明、清兩代詩論家的詮釋觀點，而明清兩代的詩論，基本上又可以說是承繼了宋代以後陸續在唐、宋詩風的「典律」性質此一問題上相關的辯論，並且由是而提出的對於詩歌歷史總體發展的一種解釋與建構。

　　然而，如果就嚴羽的詩論而言，則標舉盛唐以爲「直截根源」的學習模擬對象，當然是他主要的題旨，而所謂「辨體」的工作其實也正是學習模擬所需要的基本功夫，今本的《滄浪詩話》一書即有「詩體」一目，正可看出嚴羽詩論的另一項要義。理想的審美典式所以能夠確立，首先便是由辨體的工作而來的，《滄浪詩話·詩法》說道：「辨家數如辨蒼白，方可言詩」，即是此義，而郭紹虞在解說嚴羽《滄浪詩話·詩體》的義蘊時，也即指出「論詩辨體亦是宋人風氣，……在當時學古風氣之下，詩體之辨，有其需要。」㉞就此而言，由於強調師法學習的重要性，則辨認各種體式的審美特質當然也就成爲創作

㉝　張健：〈《滄浪詩話》非嚴羽所編—《滄浪詩話》成書問題考辨〉，《北京大學學報（哲學社會科學版）》第 36 卷第 4 期（1999），頁 84。

㉞　郭紹虞：《滄浪詩話校釋》，頁 91。

必經的一個階段，衹是師法學習與辨認體式所指向的最終的旨趣更在於確立一種完備兼善的風格典式。這種焦點的移轉，明初高啓（1336－1374）〈獨庵集序〉一文即有詳盡的說明：

> 詩之要，有曰格、曰意、曰趣而已。格以辯其體，意以達其情，趣以臻其妙也。體不辯則入於邪陋，而師古之意乖。情不達則墮於浮虛，而感人之實淺。妙不臻則流于凡近，而超俗之風微。三者既得，而後典雅、沖淡、豪俊、穠縟、幽婉、奇險之辭，變化不一，隨所宜而賦焉。……夫自漢、魏、晉、唐而降，杜甫氏之外，諸作者各以其所長名家，而不能相兼也。……蓋嘗論文：淵明之善曠，而不可以頌朝廷之光；長吉之工奇，而不足以詠丘園之致，皆未得爲全也。故必兼師眾長，隨事模擬，待其時至心融，渾然自成，始可以名大方而免夫偏執之弊矣。⑧

表面上看來，高啓倡言的「格」、「意」與「趣」等語彙，似乎與唐代詩格一類所討論的題旨有其相似之處，譬如王昌齡《詩格》曾在〈論文意〉的標目下論及「凡作詩之體，意是格，聲是律，意高則格高，聲辨則律清，格律全，然後始有調。」⑧然而，仔細比對之下，我們可以發現：高啓所稱說的「意」，大致上是指作品在情感意念的經營安排上業已完成而顯現出的一種審美效果，因而可以據此判定作品的風格特色。至於王昌齡《詩格》中所暢論的「意」，大多是

---

⑧　【明】高啟：〈獨庵集序〉，《鳧藻集》（臺北：商務印書館影印文淵閣四庫全書本），卷2，頁22B-23B。

⑧　【唐】王昌齡：《詩格》，見張伯偉：《全唐五代詩格校考》，頁138。

指稱創作活動中屬於構思階段的「意念」的安排設計,如「高手作勢,一句更別起意,其次兩句起意」、「夫作文章,但多立意」、「詩頭皆須造意,意須緊,然後縱橫變轉」,而不是指作品完成後所體現的整體審美效果或旨趣。更由於唐代有關詩格一類的論述主要是著眼於構思時「意念」的安排設計,也就是對於情感意念的經營安排,因此討論的重點便也集中在闡明創作過程中「勢」的具體作用。基本上,這種比較重視詩歌的構成法則與修辭技巧的論述,自是不同於宋代以後專就詩的審美旨趣立論的意見,而正如我們在〈導論〉部分中說的,古典論述傳統中所謂的「意」,大抵上是用以指稱創作活動所完成體現的藝術效果,是偏重於作品語文構造所指示的作品外的情感意念方面的意味或韻致,因而詩論的重點便往往在於探問整體性的詩的意趣,也就是有關詩境或詩的極致等議題。

再者,創作或批評的重點,由實際的師古辨體而追索詩歌在藝術表現上的極致(即所謂的「妙」),具有普遍性的理想審美典式就此成為另一個備受關注的詩學議題。因此,歷經宋元兩代關於唐宋詩各體風格的爭議與辯論,有明一代的詩人或批評家在精神上多直接承繼嚴羽的主張,而正式標示以「盛唐詩」為「唐詩」正宗的代稱,並且以之為師法模擬的唯一對象。其中最為典型的論述,當然是明代中葉以「復古」相標榜的前後七子中的李夢陽,史傳稱其「才思雄鷙,卓然以復古自命。……倡言文必秦漢、詩必盛唐,非是者弗道。」於此,「詩必盛唐」一詞雖非直接出自李夢陽個人的論述,而所謂的「復古」也其實各有不同的主張,然而尊唐且以盛唐為法的議論確是明代詩論最中心的題旨,由是而所謂「辨體」的功夫便從實際的學習模擬,轉而成為對於某種理想的審美典式的追求與探索。因而如何為所謂「盛

唐詩」的「本色」提出具體內容的說解，便成為明清兩代詩人批評家思考的重點了。

於此，葉燮（1627—1703）在《原詩》中即有如是一段文字說解詩作所應體現的審美理想：

> 詩之至處，妙在含蓄無垠，思致微渺：其寄托在可言不可言之間，其指歸在可解不可解之會；言在此而意在彼，泯端倪而離形象，絕議論而窮思維引人於冥漠恍惚之境，所以為至也。❽

就一般而論，古典詩學研究者總傾向於把這段文字視為是葉燮自己的說法。然而，根據原文的論述脈絡，則說出此段意見的敘述者（當然可以就是葉燮自己）是站在與葉燮相互辯難的立場，質疑葉燮提出的以「情、理、事」為「文家之切要關鍵」的主張。與葉燮對談者認為如果就詩歌創作而言，情的因素其實最具關鍵，而理與事二者則似乎不當於詩之義。葉燮針對此一質問而提出的說解，主要是用以補足他個人所申述的有關理與事的具體義涵。至於葉燮對於質疑者所提出的意見的評論，則是「深有得乎詩之旨者」，因此，論難者整段文字所暢言的有關詩歌創作的理則，雖然不完全代表葉燮個人亟於認可的意見，但葉燮所稱許的有關詩境的那一段描寫，卻也可以充分說明古典詩歌創作所追求的理想典式。

我們或許可以說，宋代以來關於唐、宋詩風的論辯確立了所謂

---

❽　【清】葉燮：《原詩》，見丁福保輯：《清詩話》（臺北：西南書局，1979），下冊，頁 530。

「盛唐詩」的審美特質與「典律」的地位,並且開啓後來的詩論以此做爲古典詩歌主要美典的代表,具體反映出古典傳統對於詩歌的理想典式的一種認知與實踐。然而,仍須辨明的是,宋元以後詩論家所謂「盛唐」的概念及其可能具有的審美旨趣,在某種意義上說依然只能是做爲一個「符碼」或「指符」,其具體或相關的內容指涉必然要根據不同的論述脈絡才得以決定,這也是爲什麼明代關於唐詩的議題可以有極大的差異或爭論,即如到了清代,「祧唐祖宋」的主張蔚爲風氣之際,關於唐詩的定位與評價也同樣是詩論範疇中的主要問題。這種現象所以產生並不斷在歷史發展過程中延續,一方面固然如錢鍾書所倡言的,「唐詩」與「宋詩」所代表的差異分別並不只是朝代的問題,更是「體格性分之殊」所致:

> 夫人稟性,各有偏至。發爲聲詩,高明者近唐,沈潛者近宋,有不期而然者。故自宋以來,歷元、明、清,才人輩出,而所作不能出唐宋之範圍,皆可分唐宋之畛域。⓼⓼

因此,「唐詩」與「宋詩」的分判,其實就是不同風格之間的辨識與實踐的問題。然而,我們的論點則是,僅將詩歌的表現型態分列爲二,已屬過份簡化,而即便如所謂的「高明者近唐」也依然是一個籠統的說法,畢竟「唐詩」此一概念本身所具有的分歧與差異,在事實上並不亞於「唐詩」與「宋詩」之間的分別。因此,類似於此的爭論與辨析,主要是建立在一種基本的假設,即認定「唐詩」與「宋詩」是各具有某種固定的「本質」,故而不免要在各自的體式上強行

⓼⓼　錢鍾書:《談藝錄補訂本》,頁3。

剖析分解。但如果說所謂的「美典」的概念實際上是一種「解釋符碼」的性質與作用，那麼，這些相關的爭論與辨析在問題的本源上其實是用以闡明詩歌的理想典式[89]，而我們也就不妨從古典詩歌的創作與論述傳統的歷史演變中探求問題之所在。再者，如果就詩的基本問題來看，則有兩個主要的範圍可以引為討論的重心，一是古典詩歌傳統既是以抒情模式為主，那麼有關於情感的內容品質便可以是主要的議題；另一是詩既然是一種語言的藝術，那麼詩的表現所牽涉到語言與意義的操作經營，必然也就成為詩論傳統的另一項重要議題。至於目前本書嘗試探討的主題，即是在於古典詩論傳統中所提示的有關語言與意義的論述，藉以追索「意在言外」的用言方式與「含蓄」美典等相關課題的具體內容與理論旨趣。

---

[89]　龔鵬程先生曾指出，明清兩代詩論輒論「唐詩含蓄，宋詩逕切」，其實「含蓄」是宋人而非唐人論詩的旨趣，「今所指為含蓄之唐詩，皆由宋人詩話標舉而來，與唐人選唐詩眼目互異」，或可補充說明我們在此提示的論點，見《江西詩社宗派研究》，頁239，註解第二十八條。

第三章 「含蓄」美典用言方式
的理論基礎——《莊子》
與《易傳》的語言觀❶

　　本章題旨主要是從語言哲學的基礎上，探討中國古典詩論中有
關詩歌語言與意義之間的因依關係，藉以抉發在歷史發展脈絡中以「含
蓄」美典為主的詩論所得以形成的「意義建構」的詮釋傳統。整體說
來，中國古典詩論傳統中是有一條主線是以「意在言外」所開示的「含
蓄」美典為發展的重點，不論是漢代〈毛詩序〉所倡言的「主文而譎
諫」，或是清代王士禎所標舉的「神韻」，主要都在於強調詩歌的意
義並不具體內在自足於詩篇本身，而往往是超越語言文字的結構之外
而別有所指的，並且往往是透過具體的事例或自然景物以間接委婉的

❶　本章為八十七年度國科會專題研究計畫成果報告之修訂稿（計畫名稱：「中
　國古典詩論中『文本』與『意義』的詮釋學理論架構（II）」；計畫編號：
　NSC87-2411-H-007-004），謹此誌謝。另外，本章曾寄交中研院文哲所《中
　國文哲集刊》，蒙兩位評審先生提供寶貴意見，並同意刊登，謹此誌謝。原
　文預定登於該刊第十八期（2001 年 3 月），目前本章為配合全書體例與論
　點已再經修改，並向《中國文哲集刊》編輯部申請撤出，亦在此致歉。

傳達情感意念的內容，由是造成一種暗示或聯想的效果。基本上，這
種特殊審美旨趣得以形成，一方面固然是建立在對於情感意念本身的
性質的體會，而另一方面則也是根源於某種特定的關於語言活動的認
知。如就本文的論點而言，則此一美典的形成，主要即是根源於一種
特殊的語言哲學上的預設及其所展現的思維模式，譬如《周易》（尤
其是《易傳》部分）與《莊子》所揭示的語言觀。根據這種語言哲學的
預設，語言文字的表述與其所欲求承載的意義之間其實並不對等、甚
或是有落差的，亦即語言文字作爲一種傳達情意的工具，自有其限制
與不足之處，因此，語言哲學的主要課題即在於思考如何解決此一難
題，而借助於具體事例或物象的體現的創作模式、以及循此而來的暗
示或象徵的表現手法，便成爲語言實踐活動中可能的解決方式。另外，
本文亦試圖提出如下的考察，即在古典詩論的歷史發展過程中，「意
在言外」所強調的一種間接委婉的表現手法，其實又可說是來自於兩
種古典文化論述的啓引，一是在《左傳》一書中有關「賦詩言志」此
等語用方式的記錄，另一即是漢代學者所申論的《春秋》一書在文字
操作上顯現的「精簡」的特質。事實上，關於「賦詩言志」此一語言
活動可能的性質與作用，歷來或有不同的說解，然而，我們要強調的
是隱含在「賦詩言志」此等語用方式背後所透顯的一種間接的表達形
式，也就是在公開或公眾的場合中，任何有關個人意向的表明或宣示
動作不應直接說出，而應該借助於間接的表達形式。至於《春秋》一
書的性質與作用，漢代學者當然也有著各式各樣不同的論述，然而，
對於《春秋》一書在意義表述與文字操作上所顯現的「精簡」的特質，
則漢代學者的意見卻頗爲一致。如果說任一文化脈絡中有關詩歌的創
作與論述是有著文化的根性，那麼，我們或許可以肯定古典詩論傳統

所揭示或尋求的「意在言外」的表現手法，就是緣自於這兩種獨特的語言操作模式的啟引。

一、語言哲學中「意義」的論題

　　關於「意義」此一概念所指稱的論題，在某種程度上說來其實是廣泛牽涉到文化活動的各個層面，不獨是在語言的活動或文學藝術的創作以及哲學表述領域上有著關於意義的陳說申述，即如在生活的方式與態度上也顯現出關於意義追尋的課題。至於語言文字做為詩歌媒介所引生的「意義」問題，最具根源性的議題就在於語言文字（或具體的說，「語詞」或「名稱」）及其所指稱的對象之間是否對當，也就是語言文字的指涉活動（或指義行為）到底如何產生意義。就這個議題而言，當代的論述各有許多不同的見解。簡單說來，這些見解、甚或是辯論，大致上可以歸屬兩大類：其一是以語言文字可以直接反映、對應或指稱現實事物，這即是所謂的「指稱論（或對應論）」；另一則是以語言文字自成一符號系統，其間祇有符號本身在系統內的差異與對照，而無涉於現實世界的具體事物，這即是所謂的「差異論」。循此，則意義到底如何產生的問題也就有了兩套不同的論述：「指稱論」或「對應論」即以為「名稱通過指示或指稱外界的事物而具有意義，一個名稱的意義就是它所指示或指稱的對象，名稱和對象之間存在著對應關係，一個名稱代表、指示或指稱它的對象」❷；至於「差異論」，

---

❷　涂紀亮：《現代西方語言哲學比較研究》（北京：中國社會科學出版社，1996年），頁 276。關於語言的意義此一論題的具體內容，請參考該書第七章，頁 266-360。

則認為語言符號的意義是透過語言系統內符號與符號之間相互的差異而構成的，「一個語言符號與另一個言符號之間的差異，就是構成這個符號的價值和意義的因素。差異可以創造價值，形成意義。」❸基本上，我們可以說意義理論是現代語言哲學的中心問題，而這種對於語言的研究或許不全然屬於語言學的研究範圍（不論是語義學或語法研究），更是指向「對於語言何以能夠起到交流作用，何以能夠表達人的思想和對實在世界加以描述的研究。」❹因此，意義理論的主要課題即在於研究語言符號為何具有意義，又依據於甚麼而具有意義，意義是否具有確定性，甚麼是意義的基本單位，而甚麼是命題的經驗意義的標準等相關問題。

根據上述的提法，則意義理論可以說是現代語言哲學中的主要問題之一，然而此類理論的表述大多立基在理性推理的解析上，可以說是把語言做為研究對象的一種知識探索與建構的活動。因此，此種解析活動所獲得的關於語言的知識，其性質就如同海德格在〈語言的本質〉一文中所指明的：語言科學，不同語言的語言學和語文學，心理學和語言哲學等，可以為我們提供一種語言知識，而且可以不斷的無限的傳送出這種知識。然而，針對語言現象所建構出的科學知識和哲學知識是一回事情，而我們就語言本身所取得的經驗則又是另一回事情。❺順著海德格的思路來說，如果語言的本質展示了極大程度的

---

❸　涂紀亮：《現代西方語言哲學比較研究》，頁 275。

❹　徐友漁：《『哥白尼式』的革命—哲學中的語言轉向》，（上海：三聯書店，1994 年），頁 54。

❺　【德】海德格 (Martin Heidegger) 著：〈語言的本質〉(1957)，孫周興選編：《海德格爾選集》（上海：三聯書店，1996 年），下冊，頁 1062-63。

複雜而多樣的要素與關係，那麼，我們與語言的關係除了通過不斷的「言說」之外，我們是否還有其他的方式或途徑來接近語言？然而，問題就在於：我們無論何時以何種方式來說一種語言，在我們所說的話語之中語言本身並不做為它自身而現形，而是被轉換為我們所說的其他種種的物或事了。這種種的物或事，如依海德格自己的話來說，即是，

> 在說中表達出各種各樣的東西，首先是我們所談論的東西：一個事實，一件事情，一個問題，一個請求等。只是由於在日常的說中語言本身並沒有把自身帶向語言而表達出來，而是抑制著自身，我們才能夠說一種語言，並且在說中討論某事、處理某事。❻

因此，一旦我們進入語言的說的活動中，我們隨即遠離語言而面對與語言自身不同的事物了。我們與語言或言說之間所具的這種矛盾捉放的關係，或許就是語言所以是語言的特質所在。在這種視觀的引導下，我們或許可以說：對於語言的本質與現象所進行的種種體驗或思考，最直接可行的方式可能就是擺落算計分析的心智活動（rid ourselves of the calculative frame of mind）而把我們自己保留在語言的場域，並不斷在言說的具體實踐中與事物保持一種實質的面對面的接觸。畢竟唯有如此，語言本身所具有的「現身」與「道示」的特質才得以被保留下來。簡單說，通往語言的途徑就在於讓我們自身經驗語

---

❻　【德】海德格（Martin Heidegger）著：〈語言的本質〉(1957)，孫周興選編：《海德格爾選集》，頁 1063。

言之所以為語言的種種狀態，而不是先行尋求某一普遍性的觀念，然後把語言置放在這個或那個特殊的脈絡中進行拆解—因為我們一旦如此從事語言的解釋工作，語言就成為外在於我們的一種對象並且被客體化了，而我們也就與活潑自然的語言「失之交臂」了。❼

　　然而，如果我們試圖要把注意力停佇在語言本身以及我們與語言之間的關係的可能性，那麼，詩人在語言上的驅遣與運作模式或許是一條可能的途徑：用海德格的話來說，正是詩人才得以「把他在語言上取得的經驗獨特地亦即詩意地帶向語言而表達出來」。❽如果我們進一步追問：詩人是在語言上取得了怎樣的一種經驗？如果取獲的不是某種單純而且可以客觀徵驗的知識，那又是什麼？於此，海德格提出「經驗」一詞原初的內涵加以引申，認為「經驗」意味著「在行進中、在途中通達某物，通過一條道路上的行進去獲得某物。」❾因此經驗不是事後的觀想，而是直接在過程之中，並且停佇在某種關係、某種狀態之上。詩人在語言上取得的經驗即是「進入詞與物的關係之中」，但更重要的，這種關係並不強調詞在一方而物在另一方的切割斷裂；詞語本身就是關係，而在這種關係中物得以保留自身而成其所

---

❼　如此的提法是總結海德格在一系列探索「語言本質」的論文中所提出的考察，
　　尤其見於他在 1959 年發表的〈走向語言之途〉一文，見《海德格爾選集》，
　　頁 1121-49。

❽　海德格：〈語言的本質〉，頁 1064。海德格在更早些的一篇論文，〈語言〉
　　(1950-51)，就明確的說道：「如若我們一定要在所說中尋求語言之說，我最
　　好是去尋找一種純粹所說，……純粹所說乃是詩歌。」見《海德格爾選集》，
　　頁 986。

❾　海德格：〈語言的本質〉，頁 1072。

以爲物。海德格的結論便是：透過詩人此種詞語的運作，人能夠與天、地、神、人直接照面，並且保持「敞開的自由」而不凝滯。顯然的，語言就不單純祇是人所稟賦的一種能力，也不祇是傳送信息的一種工具，因此我們不能依著客觀的方式加以掌握；事實上，語言與存有是同時進行的，並讓世界得以在凡事凡物中顯現出來，因此我們祇有在實踐中才得以經驗語言所以爲語言的特質。

　　如此說來，那麼關於「語言」的種種思考與論述，大致上可以區隔成兩類不同的型態：其一是透過解析的操作方式而對語言進行知識性的考察，並提出議題的推演與說明，因而著重於語言現象的描述或是理論的建構――這可以是語言學、語言哲學，也可以是心理學或文化人類學所提出的關於語言的知識；同時，這種關於語言的知識彼此是可以增益積累的，也是可以言傳的。至於另外一種方式，則是直接面對語言本身所呈顯的各式各樣的要素與關係，並加以擺弄，而在言說或書寫的實踐中同時彰明語言的活潑與複雜性――在這種實踐中，我們領受到的不再是有關於語言的客觀具實的知識，而可能是對於語言諸般現象的豐富想像力與創造力。前文曾提及，中國古典傳統在語言相關的課題上、甚至於在論述本身的語言運作模式上，並不亟欲採取一種拆解分析的進路，其理由或許在此。然而，對舉這兩種不同的處理語言論題的方式，並不意味著處於當下情境的我們就必須是要二者擇一的。基本上，我們所想要「知道」與「理解」的對象或內容必然會決定我們應該採取怎樣的一種使用語言的方式，因此，上述的對舉，重點是在於呈現處理語言論題時在論證方式上的可能性，而不是提出價值的判斷或取捨。

二、「間接」與「簡省」的概念

　　假如說古典論述傳統所揭示的「意在言外」的用言方式與「含蓄」的審美典式，其重點在於強調一種間接委婉的表現手法、以及一種精簡省淨的語言風格，那麼，這種主張除了是建立在一種對於情感意念的特質的理解、以及一種對於語言做為表達工具的有效性的反省之外，更重要的可能是在於古典文化傳統對於情感意念的表達方式所提神的某種理想方案。於此，問題就不祇是有關語言現象本身的理論建構，而是指向一種實際語用活動中禮儀與交際的規範了，因此也就是一種「功能」的取向。如果根據英國語言學家利奇（Geoffrey Leech）的說法，當代語言研究中「語用學」的範疇是指向意義與具體言說情境之間的互動關係，而支配此等語用活動的兩大原則即是所謂的「協調（或合作）原則」與「禮貌原則」。❿當然，就「語用學」的研究議題而言，所謂的合作原則與禮貌原則，其實牽涉到更為精細的分析與說解，我們在此借用這兩項原則，主要是用來說明如下的事實，即在實際的語言交際活動中除了言說本身在議題內容上所呈示的訊息或意義之外，必須被考慮的因素還應該包括言說所具現的情境，言說雙方彼此的意向、態度以及相互之間的對待關係。一般而論，我們在處理

---

❿　Geoffrey Leech: **Principles of Pragmatics** (London and New York: Longman, 1983), pp. 6-7. 當然，有些語言學家並不完全同意「語用學」的研究取向，認為所有的語言表述都是得自於某種可能的語境，因而語言的意義不免要與其出現的語境有所關聯，就此而言，意義本身即可區分為「描述的」、「表情的」以及「社會的」等，見 John Lyons: **Language and Linguistics** (Cambridge: Cambridge University Press, 1981), pp. 140-42.

古典文獻材料的相關問題時，總不免將研究的重點集中在言說或論述
文字本身的內容或意義，多少忽略言說或論述活動中所可能牽涉到的
具體情境，以及「說者」與「聽者」雙方可能的態度或立場。於此，
「語用學」所關注的研究議題與取向，或許有助於我們在解讀文獻材
料時可以或應該注意的另一個向度，亦即言說活動本身就是一種行為
動作的「演示」（performatives），因此言說的情境、言說雙方的身
份位階、意向、態度，乃至於相互之間的對待關係，即是與言說的內
容本身同屬內緣的研究因素與條件。

　　透過這種研究方法所提供的角度，我們或許可以重新檢索古典
論述傳統中有關語言活動何以傾向於一種間接委婉的表現形式的文獻
材料，這即是《左傳》一書中出現的「賦詩言志」的語用方式。關於
「賦詩言志」的議題，顯見的研究取向通常是擺放在「言志」以「觀
志」或「知志」的理解與判斷活動，以及「賦詩斷章」這兩個重點，
二者皆足以反映當時詩歌（《詩經》）做為一種文化素養所具顯的政治
活動。如就前者而言，則詩歌做為一種個人內在意念或情志的表徵，
乃至於做為一國（地區）風土人情、政教興衰的一種記錄，這當然是
古典文化論述傳統中的一項重要議題；至於後者，則側重在春秋時代
政治活動中運用或解讀詩歌的方式。實際上，《左傳》一書中所見的
關於「賦詩言志」的語用方式，大致又可以分列為「賦詩」與「賦詩」
兩種型態，各自具有不同的作用，而賦詩較之引詩更是有著主觀性的
功能，更能呈現春秋時代用詩的特點，足以說明《詩經》與春秋時代
政治社會的特殊關係：

　　　引詩一般取的是詩章義，而賦詩則較多地取詩的樂章義；引

詩一般多為直接從某一二句詩語中推導出政治倫理觀點，而
賦詩則多為借用詩中章句來比喻、暗示各自的政治意圖。⑪

在此，我們看到了「賦詩」此一語用方式所透顯出的「比喻」
與「暗示」的作用與效果。然而，確切說來，不論是「賦詩」或「賦
詩」在某種程度上都具有言說情境上對於個人的意向或政治的意圖提
出一種「比喻」與「暗示」的作用。顏崑陽先生就曾指出，「賦詩言
志」是一種社會文化行為，其中隱含著「託喻」的觀念。⑫亦即，「賦
詩」活動本身是就著「緣事而發」此一情境而來的結果，自然有著「賦
詩者」個人所必須對應的具體情境與事實經驗，而其目的又是在於提
出對於相關的政教事件的意見或判斷，藉以在言說的活動上對於特定
的「聞詩者」達成一種「諷」或「頌」的作用。就顏崑陽所提出的考
察而言，他所重視的論點是在於「賦詩言志」此一活動中引述的詩句
本身可能承載的意義內容，以及賦詩所指向的目的與作用，而本文則
是比較強調此一語用方式在言說情境上所採用的特定的語言形式，以
及這種語言形式本身可能反映或隱含的一種間接委婉的旨趣與效果。

於此，我們或可透過具體的事例說明「賦詩言志」此一活動的
性質與目的。《左傳·襄公八年》（西元前 565 年）冬天的一場饗宴：

> 晉范宣子來聘，且拜公之辱，告將用師于鄭。公享之。宣子

---

⑪ 陸曉光：《中國政教文學之起源——先秦詩說論考》（上海：華東師範大學出
版社，1994），頁 30。

⑫ 顏崑陽：〈論詩歌文化中的「託喻」觀念——以《文心雕龍·比興篇》為討論
起點〉，《魏晉南北朝文學與思想學術論文集》第三輯（臺北：文津出版社，
1997），頁 211-44。

賦〈摽有梅〉。季武子曰：「誰敢哉？今譬於草木，寡君在
君，君之臭味也，歡以承命，何時之有？」武子賦〈角弓〉。
賓將出，武子賦〈彤弓〉。宣子曰：「城濮之役，我先君文
公獻功於衡雍，受彤弓于襄王，以為子孫藏。匄也，先君守
官之嗣也，敢不承命？」君子以為知禮。**⓭**

　　基本上，「賦詩言志」此一活動的性質與目的，是出現在外交
應對的集會場合，主客雙方透過賦詩的方式間接委婉傳達個人的意向
或政治訴求。於此，范宣子到魯國的目的雖說是回拜當年春天魯襄公
到晉國訪問一事，但更重要的目的卻是在意圖與魯國結盟攻打鄭國，
因此，當范宣子在宴會中賦〈摽有梅〉一詩時，他的用意即是希望魯
國能夠同意這項要求。季武子以魯襄公年幼而代為回答時，他的答話
中有了「歡以承命，何時之有」兩句，顯然掌握到〈摽有梅〉一詩所
歌詠的婚姻「及時」的意旨；同時，季武子又賦〈角弓〉一詩，藉以
強調魯國與晉國之間的同盟關係。最後，當宴會結束時，季武子再賦
〈彤弓〉一詩，委婉的傳達了季武子個人或魯國對於范宣子應輔佐晉
悼公建立功業的期待與勸勉之意，范宣子自然也聽出了這種言外之
意。

　　透過這段敘述，我們可以清楚看到「賦詩言志」的動作是在特
定的言說情境中進行的，藉著選用適當合宜的詩歌詩句來傳遞個人的
意向或交換彼此的信息。因此，在每一個有關「賦詩」的場合中，言
說雙方都必須要能完全掌握言說情境的個別性與特殊性，並且能做出

⓭　楊伯峻：《春秋左傳注》（臺北：源流出版社，1982），下冊，頁 959-60。

適當的對應，而「賦詩」就此成爲當時政治外交活動中必要的一種社
會文化行爲，其中自有其運作的法則與必須遵循的規矩。《左傳》中
另有一些紀錄，具體說明了在「賦詩」場合中言說雙方所表現的各種
可能性。譬如魯襄公十六年（西元前 557 年）春天，晉平公與諸侯的一
場聚會：

> 晉侯與諸侯宴於溫，使諸大夫舞，曰：「歌詩必類。」齊高
> 厚之詩不類。荀偃怒，且曰：「諸侯有異志矣。」使諸大夫
> 盟高厚，高厚逃歸。於是叔孫豹、晉荀偃、宋向戌、魏宵殖、
> 鄭公孫蠆、小邾之大夫盟，曰：「同討不庭。」⓮

在宴集的場合中，爲了求得彼此之間共同的默契，「賦詩」所
選用的內容理應配合情境的要求而有一致的表現，這就是「歌詩必類」
的旨趣所在。然而，這段敘述中，齊國的高厚所選用的詩章或詩義，
由於與其他諸侯不相同而被判定爲「有異志」，並導致與會諸侯相爲
同盟加以討伐的結果。於此，我們可以看到言說活動所要求的一種「協
調原則」的實際運作，亦即每一個言說的情境都需要參與者能以同體
與合作的心意進入言說的情境，使用共通的語言進行交流，而這種訴
求在某方面說來是具有道德或倫理上的強制性質，也因此有某種程度
的集體性與排他性。

在這種特定的時代背景脈絡下，《論語》一書中所以指明「頌
詩三百」的目的是在「使於四方」時能夠「專對」（〈子路〉），即是
就著「賦詩言志」此一特定的活動而說的；至於所謂的「不學詩，無

⓮ 楊伯峻：《春秋左傳注》，下冊，頁 1026-27。

以言」（〈季氏〉），則其中所指稱的「言」的訓練，也有一部份應該
是針對「賦詩言志」此一活動而來的。這種論述所對應的現象，即是
《詩經》做爲「士」階層所共有的知識材料與知識來源的顯證。儘管
春秋時代之後，「賦詩言志」的語用方式在文化活動的場域中失去其
儀式性的作用，而且《詩經》一書做爲原先知識階層文化養成教育中
特別重要的知識材料與知識來源，也逐一因著其他典籍的出現而有了
地位上的轉變，但無論如何以詩的體式做爲知識階層中相互往來時的
一種憑藉或形式，在某種意義上說其實仍被保留下來。以個人的詩作
相互酬酢贈答，自漢末曹氏父子的鄴下集團造成「典型」以後，就成
爲古典文化傳統中知識階層互達心意或交換信息，並藉以建立同體意
識的一種主要的行爲模式——這種現象或許就是根植於「賦詩言志」
此一語用方式的啓引。不過，如就本文試圖說明的議題而言，我們所
關切的論點倒是在於「賦詩言志」此一語用現象所隱含的一種間接委
婉的表情方式，而也正是這種特殊的語用方式的實踐造就了古典詩論
傳統中「意在言外」的可能性。因此，嚴格說來，「賦詩言志」此一
語用現象並不能被視爲是「意在言外」或「含蓄」此等觀念的理論基
礎，而祇能說成是提供了一種社會文化行爲在養成階段或實踐上的親
切性與潛在因素。

　　另一方面，如果說「意在言外」或「含蓄」的觀念在語言的操
作方式上是具體表現爲一種精簡或省淨的特質，那麼，對於這種語言
表現型態的堅持與要求，有一部份的因素可能是來自於漢代學者對於
《春秋》一書的解釋與推崇，尤其是經文本身在文體風格上所顯現的
特色。就學術思想發展的角度而言，《春秋》一書所以能夠取得古典
文化論述傳統中的優位性與重要性，主要是有兩個來源：一是孟子將

《春秋》的著作權歸之於孔子，並且強調孔子作《春秋》的寫作意圖及其隱含的歷史文化的判斷；另一則是漢武帝時司馬遷與董仲舒兩人對於《春秋》經文文體風格表現特色的重視與闡發——而事實上，這兩個詮釋系統是交相作用的。如依孟子的說法，則《春秋》一書承載了孔子對於當時政治文化現象所提出的道德裁斷，因此文辭上的書寫是刻意有特定的選擇，並寓有深義的：「知我者，其惟《春秋》乎！罪我者，其惟《春秋》乎！」（《孟子·滕文公篇下》）即是最清楚的例證。至於司馬遷的說法，則進一步強調《春秋》經文的書寫條例是「推見至隱」或是「約其文辭而指博」、「筆則筆，削則削，子夏之徒不能贊一辭」，因此任何文字上的解釋，都必須就著解釋者對於作者個人意圖的理解才得以清楚掌握。❶在司馬遷的論述中，《春秋》這種以「可見」推求或暗示「隱微」的書寫方式，是可以與《易》、《小雅》以及《大雅》等型態的著作同列，以其「言雖外殊，其合德一也」，且據此進一步將司馬相如的賦作擺放在相同的作品系列，強調「相如雖多虛辭濫說，然其要歸引之節儉，此與《詩》之風諫何異？」❶由此而古典文學傳統中某種特定的書寫系譜已然浮現在論述'場域。

當然，關於《春秋》經文的書寫條例的說解，早在《左傳》一書中就出現了，這即是所謂「《春秋》之稱，微而顯，志而晦，婉而成章，盡而不汙，懲惡而勸善，非聖人，誰能脩之？」❶在此，根據

---

❶ 關於司馬遷提出的《春秋》「義法」的具體內容，請見蔣凡、顧易生：《先秦兩漢文學批評史》（上海：上海古籍出版社，1990），頁 475-83。

❶ 《史記·司馬相如列傳第五十七》，見【日】瀧川龜太郎：《史記會注考證》（臺北：萬卷樓圖書公司影印版），卷 117，頁 104-05（總頁 1264）。

❶ 楊伯峻：《春秋左傳注》，上冊，頁 870。

楊伯峻的註解，「微而顯」是指言辭不多而意義顯豁，「志而晦」是
指記載史實而意義幽深，「婉而成章」是指表達婉轉屈曲而順理成章，
至於「盡而不汙」，則是就杜預的說法而解爲「直言其事，盡其事實，
無所汙曲」。這種說解，到了董仲舒 (西元前 179—104) 的《春秋繁露》
則是有了更爲詳盡的闡釋。董仲舒的論述方式是具體就著經文中個別
的事例加以闡發，並且強調在特定文辭運用背後所隱含的道德倫理上
的判斷，這即是所謂「文約而法明」、「《春秋》之用辭，已明者去
之，未明者著之」❶❽的書寫條例。就董仲舒而言，《春秋》整部書的
體例是建立在「好微」與「貴志」這兩大原則之上 (《春秋繁露・玉杯
第二》) ，而前者當然就是著重在文字之外所指示或隱寓的褒貶等判
斷意義，是所謂「見其指者，不任其辭」 (《春秋繁露・竹林第三》) ；
至於後者，則是關注在動作事件背後的動機或意向，是所謂「必本其
事而原其志」 (《春秋繁露・精華第五》) 。但不論是「好微」或是「貴
志」，在《春秋繁露》一書中是以各式各樣具體的事例加以推斷的，
實際上是有著極爲細膩繁瑣的解讀模式。因此，基本上所謂的「微言
大義」的解讀模式同樣是建立在對於作者意向的推斷：

> 《春秋》至意有二端，不分二端之所從起，亦未可與論災異
> 也。小大、微著之分也。夫覽求微細於無端之處，誠知小之
> 爲大也，微之將爲著也。吉凶未形，聖人所獨立也。……故
> 聖人能繫心於微而致之著也。❶❾

---

❶❽　《春秋繁露・楚莊王第一》，見【清】凌曙：《春秋繁露注》（臺北：世界
　　書局，皇清經解續編影印版），頁3。

❶❾　《春秋繁露・二端第十五》，見【清】凌曙：《春秋繁露注》，頁125。

這種解讀方式，顯然雜揉了許多不同論述場域中的議題。「小大」或「微著」申明了事物之間一種獨特的意義連接關係，而「覽求微細於無端之處」既可以是一種觀物的方式、也可以是一種表現方式，至於災異吉凶等名目，則又牽涉到行為事件後果的判定。然而，聖人所據以獨立的「吉凶未形」的境地，卻又是屬於道德論述的修為議題。但無論如何，「小大」或「微著」所申明的事物之間獨特的意義連接關係，則是在古典文化論述傳統中有著重要的理論意義，既可以彰明情志與表現之間「內外」符應的關係，也可以闡釋言說論述活動中運用具體事物以寓喻深義的表現模式。

在性質上，《春秋》做為一部史書，簡明記錄了魯國二百四十二年間發生的事件，再加上流傳過程中可能出現的「闕文闕義」的現象，因此文字本身的解讀自然構成意義詮釋上的重大問題。然而，就漢代學者而言，這種「闕文闕義」的現象並不是來自流傳過程中可能造成散亂遺失的結果，而是孔子在書寫體例上刻意經營的表現手法。即在這種視觀的引導下，漢代學者於是倡議一種「微言大義」的解讀模式，一方面強調文字本身在「簡明」或「隱約」的表現上的合理性，因而致力於探詢流佈在字裡行間內外可能的意義；另一方面則又試圖建構一種統合的作者意旨論，藉此而為「微言大義」的解讀模式提供明確堅實的理論基礎。據此而言，如果說詩歌的創作或理論反省是有文化根性的，那麼，古典傳統的知識階層在文化養成教育階段中所接受的知識材料與知識議題，自然成為創作或理論反省活動中必要的養分，「經典」本身的意義也就顯現在這種自覺或不自覺的浸染力量。我們或可說古典論述傳統中所提出的「意在言外」或「含蓄」的旨趣，是具體表現在兩個層次上的理論議題：一是意義的表現或傳達，即可

以借助於明顯可見的簡單事物或事例來加以暗示或烘襯，因此意義是在文字的構造物之外的；一是意義的表現或傳達，又必須透過掌握作者個人意向才得以確定，因此文字的構造物本身在某種程度上並不具有自足性或獨立性。基本上，這兩個層次的理論議題在古典論述場域中是相互補足的，缺一不可；更重要的，作品本身即是作者意向行為的一個部分，作品的意義有賴於作者意向的添補——這種理解，不但是做為一種明確的創作的理論，也同時是一種解讀的理論。

三、《莊子》的語言觀與用言方式

就古典的文獻資料而言，在論及語言（文字）與意義之間關係的材料，我們可以看到兩組相近卻又有所不同的系統論述：一是《莊子》，一是《周易》（尤其是〈繫辭〉一篇），而基本上這兩個系統的論述都側重於主張語言文字的本質在傳遞思想情感上自有其不足與局限性。❷⓿《莊子》一書中多處可見對於言辭或辯說抱持著否定的態度，認為語言文字祇能具有工具的效用，而且這種工具的效用也僅止於有限度的

---

❷⓿ 在先秦典籍當中，論及語言文字相關問題的文獻，當然不限於《莊子》與《周易》等兩種。《墨子》（尤其是「墨辯」部分）從言辯的觀點論析邏輯原則的議題，《荀子》、《韓非子》從政治社會價值的角度說解語言文字的工具效用，自有其語言哲學上的重大意義。然則本文只在從理論基礎的層面解析內在於中國古典詩論的思維模式，以及這種思維模式與特定的語言觀之間的可能性或因依關係，重點自不在專論語言哲學上的各項課題。關於語言哲學方面的討論，請參馮耀明：〈中國哲學中的語言哲學問題〉，《自然哲學辯證法通訊》，第 13 卷，第 3 期（1991 年），頁 1-9。

範圍，並不能真正有效的傳述人所有的思想。就莊子而言，最根本的
問題即起於如下的一種體認：「道未始有封，言未始有常，」㉑於此，
則《莊子》分別從「道」與「言」這兩個不同的範疇來論證他主要的
論點：一方面說「道」做為終極的或絕對的「實在」，本身即是一種
動態的存在，變化不定，而萬事萬物也循此相互轉化，相生相依㉒——
面對此種情境，語言的表述終究是有其限制的。其次，如就語言文字
本身而言，也具有不穩定的性質，它之所以不同於大自然眾竅的聲音，
即是因為語言文字的運用決定於使用者個人的條件或立場：「夫言非
吹也，言者有言，其所言者特未定也。」㉓循此而論，語言文字本身
既已不穩定且有所待，則具有無盡流動變化的宇宙萬有更是不可說
定、甚或是超乎言說的：「道之為名，所假而行。……道，物之極，
言默不足以載；非言非默，議有其極。」㉔顯然的，《莊子》一書所
以論及語言文字的工具效用、甚或極力闡述言辯的問題，其實是關係

㉑　《莊子・齊物論》，【清】郭慶藩撰：《莊子集釋》，王孝魚點校本（臺北：
　　華正書局，1979 年影印版），頁 83。

㉒　「道」與萬事萬物盡在更化流轉，此即《莊子・齊物論》中「物無非彼，彼
　　無非是」一段的旨趣所在，而此一觀念更具體體現在〈齊物論〉結尾「昔者
　　莊周夢為蝴蝶」的喻示。

㉓　《莊子・齊物論》，【清】郭慶藩：《莊子集釋》，頁 63。莊子認為，就
　　聲音的層次而言，人之使用語言文字顯然等同於大自然的運氣起風；不同的
　　是，人「各有所說」，因而言說所以「未定」即起自於「彼我之情偏」（郭
　　象《注》）。

㉔　《莊子・則陽》，【清】郭慶藩：《莊子集釋》，頁 917。此處依《莊子集
　　釋》點校本所引世德堂本，讀「議有所極」為「議有其極」（頁 919）。

著全書所指向的「道」或「實在」此一更為根本的議題而來的推衍❷⁵，也就是緣於這種獨特的「本體論上的靈視」（ontological vision）❷⁶，《莊子》一書所展開的「認識論」架構中對「知識」的看法、以及我們如何感知並獲取此等「知識」，便有著特異的思考方向。關於這些論題的具體說解，我們將在下文討論《莊子》有關「經驗」、「技術」與「實踐」等問題時再一併處理。

首先，關於《莊子》書中論及語言與意義的關係，我們可以就底下的引文著手進行具體的討論：

> 世之所貴道者，書也。書不過語，語有貴也。語之所貴者，意也；意有所隨，意之所隨者，不可以言傳也，而世因貴言傳書。（〈天道〉）❷⁷
>
> 夫六經，先王之陳跡也，豈其所以跡哉！⋯⋯夫跡，履之所

---

❷⁵ 於此，劉人鵬引述錢新祖的基本論點，並進一步指出，「雖然《莊子》理想的用言方式為對於宇宙本體『道』的模仿，但這種模仿並不保證所用的『言』可以有固定完整的意義，亦即，不可能是一種定說。何以如此？正因為『道』本身就是辯證的、不定的、無限的物化過程，道本身就不是可以界定的穩固實有，因此模仿道的『言』或『名』當然不可能有確定或完全的意義。」見劉人鵬：〈游牧主體：《莊子》的用言方式與道—用一種女性主義閱讀（錢新祖的）《莊子》〉，《台灣社會研究季刊》，第 29 期（1998 年 3 月），頁 108。

❷⁶ 「本體論上的靈視」這個語詞與其所代表的觀念也是借自於錢新祖的研究，見 Edward T. Ch'ien, **Chiao Hung and the Restructuring of Neo-Confucianism in the Late Ming** (New York: Columbia University Press, 1986), p.161。

❷⁷ 【清】郭慶藩，《莊子集釋》，頁 488。

出，而跡豈履哉！（〈天運〉）㉘

可以言論者，物之粗也；可以意致者，物之精也；言之所不
能論，意之所不能察致者，不期精粗焉。（〈秋水〉）㉙

荃者所以在魚，得魚而忘荃；蹄者所以在兔，得兔而忘蹄；
言者所以在意，得意而忘言。（〈外物〉）㉚

如果說任何形態的經驗在某種程度上都祇能意會而不能言傳，
那麼，憑藉著語言文字而來的各項言說或記錄，就不過是表象（相），
且甚或是無用的糟粕罷了。

顯然的，語言文字並不能夠展現人的理性認識的作用。當然，
《莊子》一書所質疑的其實不是語言文字本身的工具效用，而是一般
人的定見（doxa），㉛亦即誤把語言文字所記錄的形色名聲等表相世

㉘ 【清】郭慶藩，《莊子集釋》，頁 532。

㉙ 【清】郭慶藩，《莊子集釋》，頁 572。

㉚ 【清】郭慶藩，《莊子集釋》，頁 944。

㉛ 在字源上，由於定見（doxa）代表著一種公共的意見（a public opinion）或
通行的意見（popular opinion），因此為求翻轉或抗拒定見，便有了所謂的
「詭論」（para-dox）。近代以來，解構學者即極力運用此一思想或修辭策
略，藉以翻轉或抗拒定見，如羅蘭·巴特即是一例。參見 Roland Barthes, **Roland
Barthes by Roland Barthes**, trans. Richard Howard (London: Macmillan,
1977), pp. 71 & 87. 至於在中國傳統學術思想的脈絡中，論及「詭論」之
為用及其與語言使用之間的關係，也都把研究對象指向老子與莊子的思想，
可參見劉若愚、錢新祖兩位先生的論述：Edward T. Ch'ien, **Chiao Hung and
the Restructuring of Neo-Confucianism in the Late Ming**，尤其見頁 152-78；
James J. Y. Liu, **Language-Paradox-Poetics: A Chinese Perspective**, ed.
Richard John Lynn (Princeton: Princeton University Press, 1988), see especially
pp. 3-37.

界看成是一絕對的真實。畢竟，「視而可見者形與色也；聽而可聞者，名與聲也。悲夫，世人以形色名聲爲足以得知彼之情！」（〈天道〉）誠如張亨先生指出的，《莊子》不但認爲語言文字與絕對的真實基本上的疏離，即使是語言文字與「有對象可指謂之『實相』」間也是隔離的——而《莊子》一書所以如此立論，主要是因爲《莊子》認定「現象世界是變動不居的，萬物爲變化無常中偶然的存在，」❸❷而其最終的目的即在於解除語言文字對人的桎梏。❸❸

　　其次，《莊子》爲了說明語言文字的記錄，不論是「聖人之言」或是「六經」，其實都是不可靠的，所以可以被看成是「糟粕」與「陳跡」，更假設了輪扁與（齊）桓公之間的一段問答予以說明：

> 桓公讀書於堂上。輪扁斲輪於堂下，釋椎鑿而上，問桓公曰：「敢問公所讀者何言邪？」公曰：「聖人之言也。」曰：「聖人在乎？」公曰：「已死矣。」曰：「然則君之所讀者，古人之糟粕已夫！」桓公曰：「寡人讀書，輪人安得議乎！有說則可，無說則死。」輪扁曰：「臣也以臣之事觀之。斲輪，徐則甘而不固，疾則苦而不入。不疾不徐，得之於手而應於心，口不能言，有數存焉於其間。臣不能以喻臣之子，臣之子亦不能受之於臣，是以行年七十而老斲輪。古之人與其不可傳也死矣，然則君之所讀者，古人之糟粕已夫！」（〈天道〉）❸❹

---

❸❷　張亨：〈先秦思想中兩種對語言的省察〉，《思與言》，第 8 卷第 3 期（1971 年 3 月），頁 68。

❸❸　張亨：〈先秦思想中兩種對語言的省察〉，頁 73。

❸❹　【清】郭慶藩：《莊子集釋》，頁 490-91。

就這一段材料的解讀而言，或者如郭紹虞所認為的，《莊子》的論述重在以藝事比喻「主觀唯心的虛無之道」，基本上是「擬於不倫」：

> 因為這種『不疾不徐，得之於手而應於心』的工夫，是從實踐來的。實踐以後，逐漸做到熟練的地步，才能有此工夫，才能到此境界。有此工夫，到此境界以後，要把這來教人固然是有些困難的，可是工夫要自己修練，初步的方法還是可以教的。他用這種不能教人的境界來說明這種不可言說的幻覺，可謂擬於不倫。❸❺

或者如王運熙、顧易生所斷言的，《莊子》這種見解是「自相矛盾的」：

> 他一方面認為斲輪的數（術）口不能言，輪扁不能以喻其子，從而否定了語言的表達能力；另一方面又承認斲輪有數、也就是客觀事物規律的存在，掌握數的辦法是『不疾不徐，得之於手，而應於心』，這種見解不但相當合理，而且事實上還是說明數術是可以言說的，把自己前面的一種說法加以否定了。❸❻

基本上，郭紹虞以及王運熙、顧易生所提出的這兩種解說，其

---

❸❺　郭紹虞：《中國文學批評史》（上海：上海古籍出版社，1979 年重版），頁 17-18。

❸❻　王運熙、顧易生：《中國文學批評史》，上冊，頁 30。

實祇能說是對《莊子》亟欲解決的問題有著表層上的理解而已。其中，郭紹虞以一個簡單的「唯心」的標籤來抹除《莊子》的重要論題，自然無需在此多加辯駁。至於王運熙、顧易生的說解，則因為關涉到「知識或方法」（數）與「實踐」的論題，我們將在下文一併處理。此處可說的是，《莊子》並不曾明白否定「數術是可以言說的」這樣的命題。究竟而言，《莊子》關心的重點毋寧是人在操作技術時內在經驗所具的特殊性，以及這樣的一種經驗特質如何被理解、被表述。因為「語言文字能否達意」的問題，唯有安放在如此特定的脈絡中才構成真正的問題意識。前面提過，《莊子》認為語言文字是有其一定的限制，並不能夠真正有效的傳述人所有的思想——而在這個論提上，張亨先生既已指出《莊子》對於語言表式（expression）所做的一些觀察，譬如：「『意義』永遠不會與『對象』相符合」，實在與德國現象學者胡賽爾的主張有某種程度上的近似。當然，張亨先生也進一步指出，胡賽爾所謂的「對象」是泛指一切「意義之所指」，這與《莊子》把意義的對象指向「道」或「實在」，仍有側重點上的不同。❸❼如果我們比對並觀如下的兩段材料：「可以言論者，物之粗；可以意致者，物之精也」（〈秋水〉）、「意有所隨，意之所隨者，不可以言傳」（〈天道〉），便可發現《莊子》所指稱的真實的世界並非我們視聽所及、言語能論的客觀的實有，亦非抽象的觀念，而是超乎言語牢籠之外的「自我的主體」，以及此一主體面對流轉不定的宇宙本體時的各種觀想。因此，《莊子》真正關注的實質問題便在於語言文字與

---

❸❼　張亨：〈先秦思想中兩種對語言的省察〉，頁66。

自我主體經驗的呈現之間關係若何。❸

　　在輪扁與（齊）桓公的一段問答中，雖然也觸及到「數」與「傳達」之間的關係，但重點其實並不落在闡述語言文字的工具效用這個問題上，而是在於探索「經驗」的特質及其與「技術」、「實踐」之間的關係。因此，儘管王運熙、顧易生在分析「行年七十而老斲輪」這一段文字時，就曾提出「實踐」的論點來說明掌握規律的必要法則，且進一步認定：「其實，數術之類客觀事物的規律性，是可以通過語言來表達的」，然而王運熙、顧易生卻藉此斷言《莊子》「不懂得這一道理，做出了不可言傳的錯誤結論。」❸顯然的，這稱得上是一種誤讀。畢竟，數術所等同的客觀法則或規律，其事實的存在或可能性，並不是《莊子》有意要迴避或否定的重點；實質上，《莊子》亟欲強調的論點，一方面是「實踐」的重要性，而另一方面則是「經驗」的立即直接的性質，因此，個別的主體在經驗與實踐之間顯然是不可能透過理性的分析或技術方法的教導來銜接讓渡的。假如經驗的立即性與直接性是微妙而難以言傳的，那麼，或許透過個人的具體實踐才有可能逼近或掌握經驗的這一種特性。《莊子》一書中有許多段落便是依此而發的，如〈達生〉一篇所舉出的「痀僂丈人」、「觸深津人」與「梓慶」等事例即是。

　　　仲尼適楚，出於林中，見痀僂者承蜩，猶掇之也。仲尼曰：

---

❸　即是源於此一思想脈絡，錢新祖斷言《莊子》獨特的用語方式：弔詭的既懷疑語言的功效，卻又大量使用語言。請參考劉人鵬：〈游牧主體：《莊子》的用語方式與道〉，尤其見頁 105-15。

❸　王運熙、顧易生：《中國文學批評史》，上冊，頁 30。

「子巧乎！有道邪？」曰：「我有道也。五六月累丸二而不
墜，則失者錙銖；累三而不墜，則失者十一；累五而不墜，
猶掇之也。吾處身也，若厥株拘；吾執臂也，若槁木之枝；
雖天地之大，萬物之多，而唯蜩翼之知。吾不反不側，不以
萬物易蜩之翼，何為而不得！」孔子顧謂弟子曰：「用志不
分，乃凝於神，其痀僂丈人之謂乎！」❹

顏淵問仲尼曰：「吾嘗濟乎觴深之淵，津人操舟若神。吾問
焉，曰：『操舟可學邪？』曰：『可。善游者數能。若乃夫
沒人，則未嘗見舟而便操之也。』吾問焉而不吾告，敢問何
謂也？」仲尼曰：「善游者數能，忘水也。若乃夫沒人之未
嘗見舟而便操之也，彼視淵若陵，視舟之覆猶其車卻也。覆
卻萬方陳乎前而不得入其舍，惡往而不暇！以瓦注者巧，以
鉤注者憚，以黃金注者殙。其巧一也，而有所矜，則重外也。
凡外重者內拙。」❹

梓慶削木為鐻，鐻成，見者驚猶鬼神。魯侯見而問焉，曰：
「子何術以為焉？」對曰：「臣工人，何術之有！雖然，有
一焉。臣將為鐻，未嘗敢以耗氣也，必齊以靜心。齊三日，

---

❹　【清】郭慶藩：《莊子集釋》，頁 639-41。根據成玄英的解釋，此處所言
的「道」是「方」：「怪其巧妙一至於斯，故問其方。答云有道也。」至於
「乃凝於神」句，成《疏》：「妙凝鬼神。」俞樾則進一步引《列子·黃帝
篇》讀「凝」為「疑」，其說如下：「疑當作疑。下文『梓慶削木為鐻，鐻
成，見者驚猶鬼神』，即此所謂乃疑於神也。《列子·黃帝篇》正作『疑』，
張湛注曰：『意專則與神相似者也。』可據以訂正。」

❹　【清】郭慶藩：《莊子集釋》，頁 641-43。

而不敢懷慶賞爵祿；齊五日，不敢懷非譽巧拙；齊七日，輒
然忘吾有四枝形體也。當是時也，無公朝，其巧專而外骨消；
然後入山林，觀天性；形軀至矣，然後成見鐻，然後加手焉；
不然則已。則以天合天，器之所以疑神者，其是與！」❷

這些事例在在說明了一項相同的論題：一切技藝，不論是捕蟬
或操舟、或者製作樂器，皆可以教也可以學，但所能教的與所學到的，
祇不過是技藝中最爲基本且易於操作的方法（術）而已。因此，透過
理性而來的教與學，祇能止於技術方法的層次，畢竟不如具體實踐或
積累經驗所得以臻至的那樣達到「神」的境界。根據晚近的研究指出，
莊子所以特別引述手工業技術作爲理論反省的依據，主要是跟當時生
產技術或手工藝技巧的成熟發展有關，並且有著莊子個人身份的烙
印：「漆園吏」❸。進一步說，《莊子》一書中一再引述當時手工業
勞動所表現出的高超工藝技術，一方面是用以說明手工藝技術有其神
巧與精確的一面，另一方面亦在闡釋這些特出的手工藝技巧是實踐主

---

❷ 【清】郭慶藩：《莊子集釋》，頁 658-59。

❸ 根據崔大華的考訂，《史記·老子韓非列傳》中所指莊子曾爲「漆園吏」，
不盡然是一般學者說的「管漆樹的小吏」，具體而言應是「宋國管理漆園種
植和漆器制作的吏嗇夫」。崔大華並引述 1975 年湖北省雲夢地區出土的「睡
虎地」竹簡中的「秦律」資料以爲佐證，認定秦簡中的「漆園」主要是「制
作漆器的作坊」，而秦簡中的「漆園嗇夫」不是行政長官，而是工官。見崔
大華：《莊學研究—中國哲學一個觀念淵源的歷史考察》（北京：人民出版
社，1992 年），頁 10-13。按：瀧川龜太郎《史記會注考證》版本中所據唐
張守節的《正義》，即以「漆園」爲古城名，而瀧川龜太郎則認定「漆園」
非地名，並引中井積德之說，以爲「蒙有漆園，周爲之吏，督漆事也」，雖
無引證，然於義較近。

體（即工匠）經過長期勞動操作的經驗積累，具有不能透過理性思慮來分析或經由程序步驟來規範的性質。這也就是說，突顯或強調這些高超的手工藝技術的重點，不再是要指明手工藝所能展示的極盡心思或精湛的技巧，也不是要稱說如何能借操作規範而加以客觀化爲標準的工藝製造過程；相反的，這些高超的手工藝技術反映了實踐或創作主體能因任自然、專心致志、甚至無所用心的一種精神境界，也就是〈養生主〉中「庖丁」所倡言的「進乎技」的「道」的境界。❹

　　更重要的，並且是就理論層面加以考量的話，《莊子》透過這些事例所要強調的其實是內含於實踐活動底層的經驗的「專一」與「整全」的特質，其中更隱含有對於經驗的立即性的堅持：「用志不分」、「凡外重者內拙」、「以天合天」所強調的，也就是技藝在這一層次上所蘊涵的經驗的特質才深具理論論述的意義。然則也就因爲所重者乃在於實踐以及內含於實踐活動底層的經驗，使得理性分析以及在時間流程中呈直線狀進行的語言活動變得不足，甚或是多餘而不精確的：「一與言爲二，二與一爲三。自此以往，巧曆不能得，而況其凡乎！故自無適有以致於三，而況自有適有乎！無適焉，因是已。」（〈齊物論〉）❹面對這種難題，《莊子》於是乎倡言道：「今我則已有謂矣，而未知吾所謂之其果有謂乎，其果無謂乎？」（〈齊物論〉）❹錢新祖在說解《莊子》這一段文字時即如是說道：「假如語言得以組合

---

❹　關於《莊子》一書中一再引述當時手工業勞動所表現出的高超工藝技術的具體分析，請參考崔大華：《莊學研究—中國哲學一個觀念淵源的歷史考察》，頁 324-26。

❹　【清】郭慶藩：《莊子集釋》，頁 79。

❹　【清】郭慶藩：《莊子集釋》，頁 79。

而成其爲用，那麼語言也就在其組合時必然要自我解消。……在語言的斷言或宣稱的當下隨即伴隨著對自身的否棄」**❹**，如此一來，則語言的操作使用便僅止於是一種自我消解的活動。既然在時間流程中呈直線進行的語言有所不足、甚或是多餘而不精確的，那麼，理論論述便不在滿足於或僅停留在理性的分析辯解上，而特重直接就具體的事例來進行喻示點化的作用。

此處所謂的「喻示點化」，其實已然是一種後設的語言了，是我們用以描述莊子在語言實踐上所展示的特質。當然，現存的《莊子》書中也有〈寓言〉一篇爲這樣的一種語言實踐提出辯說——祇是《莊子》書中更多數的篇章是以具體事例的推衍來證示這種語言的運作模式。不論是開宗明義的「北冥有魚」一段，或是近乎尾聲的「莊子將死」一段，在在都說明了如是的現象。然而，更爲重要的是，《莊子》書中有一種行文的方式幾可以說是詩意語言的創作，而《莊子》對於古典傳統的重大影響力也可能就在於此。試觀〈山木〉篇中一段有關市南宜僚與魯侯之間的對話：

> 市南宜僚見魯侯，魯侯有憂色。市南子曰：「君有憂色，何也？」……君曰：「彼其道遠而險，又有江山，我無舟車，奈何？」市南子曰：「君無形倨，無留居，以為君車。」君曰：「彼其道幽遠而無人，吾誰與鄰？吾無糧，我無食，安得而至焉？」市南子曰：「少君之費，寡君之欲，雖無糧而乃足。君其涉於江而浮於海，望之而不見其崖，愈往而不知

---

❹ Edward T. Ch'ien, **Chiao Hung and the Restructuring of Neo-Confucianism in the Late Ming**, pp. 161-62.

其所窮。送君者皆自崖而反，君自此遠矣。故有人者累，見
有於人者憂。故堯非有人，非見有於人也。吾願去君之累，
除君之憂，而獨與道遊於大莫之國。……」**❹❽**

　　在這段文字中，市南宜僚與魯侯之間討論的主題是如何能在「學
先王之道，脩先君之業」的沉重負擔之中免於憂患，並且仍然保有一
份自在的愉悅。對話於是由處理公共事務的議題轉向「去國捐俗，與
道相輔而行」的可能性，而在鋪敘這一趟精神之旅的過程時，雙方使
用的皆屬譬喻的語言，而不直接詳盡刻劃個中的細節。雖然在對話中
仍不免出現如「有人者累，見有於人者憂」的命題或結論，但是以「君
自此遠矣」一句所收束並蘊示的「獨與道遊」的情境，卻是在意象語
言的作用下被轉化為深具悄愴幽邃意趣的美感境界。因此，市南宜僚
與魯侯之間這段對話開始時，彼此所亟於探索的政治的或道德修為的
議題，無形中就被挪位了，並且反倒成為意象語言本身所要烘襯的言
外旨意。《莊子》一書獨特的文體特色可能在此。

　　透過上文的說解，我們或可認定：從根本上對語言文字的傳達
功能的質疑，並敏銳的意識到語言文字的限制，使得《莊子》一書在
文字書寫的實踐上採用了「重言」、「寓言」、「卮言」、以及「謬
悠之說、荒唐之言、無端崖之辭」等具有旁涉或喻示作用的形式，而
不直接對主題進行分析拆解的言辭。就歷史發展的脈絡而言，這種書
寫策略其實深刻影響到往後中國文化傳統在哲學思想或文學領域的論
述表現方式。

---

❹❽　【清】郭慶藩：《莊子集釋》，頁 670-75。

四、「技術」與「技藝」的概念

　　我們在上文中曾提到，根源於一種獨特的對於宇宙本體的見解而使得《莊子》展開了特殊的「認識論」架構。此處所謂的特殊性，或許不止於與儒家或其他先秦諸子之間的比較，而是與另一個截然不同的文化傳統間的參照對比——如此的一種對比參照，並不是用以「異中求同」而取得文化普泛主義的樂觀滿足；❹相反的，我們同意「詮釋學」所揭示的基本主張：面對不同的文化傳統，我們所能作的最好的工作便是透過別人來了解自己，並且藉著此一不同文化之間的碰觸來凝塑新的議題。❺更進一步說，因為個別的傳統有其內在的獨特的發展規律與法則，因此唯有透過差異處而不是相似處的參照對比，更可以增益不同的文化傳統之間的了解，並且為個別出現的議題提供具有啟發性的或者可能的回應之道。基於上述的認識，那麼，藉

---

❹　在文學研究的領域中，所謂「比較文學」或「比較詩學」往往傾向於追索一種「共通性」，而所謂的「共通詩學」（a common poetics）便是在這種主流論述的引導下出現的。針對此等論述，當然也有學者提出不同的看法，認為在文學研究領域中「可能永遠不會有所謂的意見的一致性」，因此，如何探索並保留各自的獨特性才是研究重點。關於此等意見或可參考 Horst Frenz, "Preface" to **Chinese-Western Comparative Literature: Theory and Strategy**, ed. John J. Deeney (Hong Kong: The Chinese University Press, 1980), pp. i-ii.

❺　關於詮釋學所提出的這種意見，可以參見 Paul Ricoeur, "Husserl and Wittgenstein on Language," in **Phenomenology and Existentialism**, ed. E. M. Lee and M. Mandelbaum (Baltimore: The Johns Hopkins University Press,1967), p. 207。

著參照古希臘哲學傳統中亞里斯多德對於類似的問題所提出的思考方式,或許可以進一步清楚解析《莊子》的認識論架構及其對於「經驗」、「技術」與「實踐」所持的論點的特殊性。

亞里斯多德在《形上學》一書中區分感覺、記憶、經驗以及技術的不同時,就強調:人憑藉技術與理智而生活,而智慧就是有關某些原理與原因的知識。❺他的說法如下:人能夠識知事物、並且彰明事物之間的許多差異間隔,主要就是經由五官感覺(其中又以視覺最為重要)。其次,人經由感覺的官能產生記憶,並從記憶累積經驗,而同一事物的屢次記憶最後產生此一經驗的潛能。因此,人是經由經驗而得到知識與技術。最重要的,從經驗所得的許多要點使人對此一類事物有普遍判斷,而技術就此產生。經驗為個別知識,而技術則為普遍知識。循此而論,知識與理解屬於技術,不屬於經驗,而技術家便較之經驗者更為聰明。畢竟,憑藉經驗的人知道事物之所然,而不知其所以然;技術家則兼知所然與所以然。知道所以然的人能教授他人,不知道所以然的人則不能──因故,與經驗本身所代表的立即性直接性相較,技術才是真知識;知與不知的標誌即在於能否傳授。同時,亞里斯多德也區隔技師與一般工匠之間的不同就在於:技師不但敏於行動,而且更具有理論、知道原因。❺當然,如果我們再進一步追索亞里斯多德所指稱的知識一詞的具體內容,則「技術」(*techne*, art, craft)所對應的知識形態衹是其中之一,它關係著器物的制作,並且

---

❺ 【希臘】亞里斯多德著,吳壽彭譯,《形而上學》(北京:商務印書館,1959年;1991年),頁 1-3。

❺ 【希臘】亞里斯多德著,吳壽彭譯,《形而上學》,頁 1-3。

用以增進人類的繁榮與福祉（welfare）。[53]

　　如果具體考量「技術」一詞在古希臘以降的文化傳統中所蘊涵的意義，那麼，下述的三種特徵顯然可見[54]：其一，技術與自然是有著對立的關係。技術是透過人的行動介入自然而創造事物，其中有著程序或步驟的面向，因此是人為造作的。其二，技術預設了一種先驗的技能操作活動，此一活動直接導向並作用於人為創造事物的制作。因此，技術往往用以指稱制作出來的事物（即成品）以及制作此一活動中的特殊技巧，以及帶動此一活動並獲致機巧的能力——在這種狀況下，技術或技能的活動便是強調了那「做、作」的性質，而技術一詞也就因此彰明了制作者本身可能的創造力。除了前述的兩種特徵之外，技術一詞有時也引入了倫理的因素，進而賦予了不同向度的意義：即技術的制作活動所可能帶給人類的效益的評價。

　　假如說「技術」一詞所代表的是「人為與造作」，而且是與「自然」站在對立面，那麼，《莊子》所展開的論述便為著保全人與自然之間純樸和諧的關係而有著反對人為技術的傾向。就《莊子》而言，「不以心捐道，不以人助天」（〈大宗師〉）[55]應是最理想的境界，而

----

[53]　至於「知識」一詞所對應的其他內容則分別是「理論（觀想的知識）」與「行動（實踐的知識）」。關於亞里斯多德論述所觸及的三種「知識」的形態，參見 Nathan Rotenstreich, **Theory and Practice, An Essay in Human Intentionalities** (The Hague: Martin Nijhoff, 1977), pp. 3-19。

[54]　關於「技術」一詞在古希臘以降的文化傳統中的三種意義，參見 Nathan Rotenstreich, **Theory and Practice, An Essay in Human Intentionalities**，頁 209-11。

[55]　【清】郭慶藩，《莊子集釋》，頁 229。根據郭象《注》，「捐道」一語作「背道」解，而清代以降學者則傾向以「捐」乃「損」之「壞字」作解，參陳鼓應《莊子今註今譯》所引武延緒、朱桂曜與王叔岷諸家之說，見《莊子今註今譯》（臺北：臺灣商務印書館，1975 年），上冊，頁 189-90。

由技術所造就的機械制作則被看成是智巧的結果。智巧，即是個人或社會所以悖逆「自然」或「道」最根本的原因了：

> 子貢南遊於楚，反於晉，過漢陰，見一丈人方將為圃畦，鑿隧而入井，抱甕而出灌，搰搰然用力甚多而見功寡。子貢曰：「有械於此，一日浸百畦，用力甚寡而見功多，夫子不欲乎？」為圃者卬而視之曰：「奈何？」曰：「鑿木為機，後重前輕，挈水若抽，數如泆湯，其名為槔。」為圃者忿然作色而笑曰：「吾聞之吾師，有機械者必有機事，有機事者必有機心。機心存於胸中，則純白不備；純白不備，則神生不定；神生不定者，道之所不載也。吾非不知，羞而不為也。」子貢瞞然慚，俯而不對。（〈天地〉）❺❻

如果機械制作所代表的「技術」是「機心」的運作，是背反於「道」的理則，那顯然的，「自然」、「無造作」等觀念在《莊子》的思維中是占有首要的位置，並指向了一個強調「直觀體驗」而非「理性認知 (或分析)」的範疇。

至於有關客觀的技巧方法與實踐或圓熟之間的關係，基本上可以說是中國古典文學傳統中的一項重要課題。孟子不也曾倡言「梓匠與輪輿能與人規矩，不能使人巧」？❺❼因此，規矩或方法的客觀存在是一回事，而如何經由實踐以達致得心應手的熟巧，則又是另一回事。

---

❺❻ 【清】郭慶藩，《莊子集釋》，頁 433-34。

❺❼ 【宋】朱熹撰：《四書章句集注》（北京：中華書局點校本，1983 年），頁 365。

更重要的，在倡議「實踐」的優先性的論述場域中，經驗本身所具的獨特性與立即性，而不是客觀技巧方法上的教與學，往往成爲關注的重點。就在這種強調經驗本身的立即性與具體實踐的觀念的引導下，不論是創作或批評都轉而強調「悟入」或「活法」的議題，倒也是一種必然的發展了。就古典詩論傳統而言，大體上是側重於原則性的圓熟境界的提示，亦即有關典範的標舉與模仿，而不是在實際的技巧或方法上的步驟性演示。這種現象，我們可以試著舉出兩個文學批評史上的例子來加以說明。一是有關於初唐詩學著述的性質與定位的問題，另一則是劉若愚在《中國文學理論》中有關「技巧理論」的說解。首先，劉若愚提到，在中國文學批評中，有關技巧的概念「通常是隱含在實踐中，很少在理論中加以闡揚」，而且「有許多韻律和修辭手冊的編纂者，隱含文學的技巧概念，可是並沒有建立理論。」❸再者，劉若愚在實際列舉技巧理論的代表詩人或散文作家時，先是簡略的引述沈約的「四聲論」，隨後即接著轉向明代的詩人或批評家，如高啓和李東陽等，並且以「技巧觀的延續」爲標目。至於劉若愚所提及的有關「韻律與修辭手冊編纂」一語，我們可以藉著王夢鷗先生在唐代詩學方面的研究，反觀這一類著作在中國文學批評史上被接受的狀況。王夢鷗一系列有關唐代詩學的研究源自於一項基本的論題：唐代既然是建立近體或新體詩的成熟期，「不但它的成熟現象爲後代詩人引爲典範，而構成這現象的歷程更是值得探討的」。❸如以歷史角度

---

❸　劉若愚：《中國文學理論》，引文分別見頁 185 及頁 188。

❸　王夢鷗：〈有關唐代新體詩成立之兩種殘書〉，《古典文學論探索》（臺北：正中書局，1984 年），頁 239-40。

加以檢視，新體詩的成熟實際上應該是在初唐的近百年間──至於促成這種現象的原因，根據王夢鷗的考訂，並非如一般學者所強調的是由於唐代科舉取士，兼取詩賦，「故使雕蟲道長」，而是因著「群公百辟求達而興盛」。據此，則初唐詩學所以獨盛，尤其是技巧方面的論述與提示，其理由主要就是在於：

> 因君主好文，而侍從之臣不能不致力於雕蟲之技以阿其好，於是刻商畫羽，窮極工巧；其有要訣可言者則編成《筆札華梁》，《詩髓腦》等書以應時需要。人人既奉此為圭臬，寖假乃成為作詩評詩之準則矣。其始用於宮廷宴會賦詩，隨後乃引以按試進士雜文。芸芸士子，倘有意於進士之科，於茲詩體，必須童而習之，以應試官之衡文標準。⑥

這種現象一直持續到晚唐五代，因此講究詩文格律聲病的著述也就流傳不絕。近代以來，學者所謂的晚唐詩學即有一大部分的內容應該是指這類以「詩格」、「詩式」、「詩法」等命名的著作。⑥然而，弔詭的是，關於這一重要時期的有關詩論的著述「材料極不完整」、「資料十分缺乏」──而最簡略直接的解釋當然就是這一類的著述

---

⑥ 王夢鷗：《初唐詩學著述考》（臺北：商務印書館，人人文庫版，1977年），頁15-16。

⑥ 關於「詩格」為代表的詩學論著在文學批評史上的發展情況，請參考張伯偉：《全唐五代詩格校考》（西安：陝西人民教育出版社，1996年）一書的前言〈詩格論〉，頁1-29。至於就唐代以「詩格」為代表的詩學論著提出較為系統化的理論分析，請參考蔡瑜：《唐詩學探索》（臺北：里仁書局，1998年），尤其是第一、二兩章。

「因其注重在詩型的檢討，到了檢討有得而形成新體，新體詩法既爲家喻戶曉的常識，而那些著述便也變作祭餘的芻狗，不再受人重視了。」❻這樣的解釋可以說是說中了歷史面的事實，祇是在這樣的事實背後還可以有更進一步的思想層面上的因素可以闡發。王夢鷗也曾提過，講究詩歌聲病的格律之說既「制成定式」而「爲文人賦詠之基本常識」之後，這類著作往往就降爲童蒙讀物：「既爲童蒙讀物，自非有識之士所樂言，故終唐之世，至於五代，幾無人提及此等書籍。」❻顯然的，就中國傳統文士所持的觀念而言，講究程序步驟的技術方法在等級或層次上似乎不及體會經驗本身的直接立即性，甚或不及對於抽象的根源性原理原則的揭示。因此，當陳子昂提出「風骨」、「興寄」等理念在中唐開始發揮作用之後，詩學論述的重心便又轉向貞定詩文的內容意趣。❻

　　至於這一波詩學觀念的反省，大致上是擺落了齊梁以來對於作品語文形構方面的考量，而把重點安放在探索作品整體意義的旨歸。此時，創作或批評的主要論點往往是依傍著作品的內容旨趣而漸次展開的，或者強調諷喻寄託的批判作用（如白居易），或者揭示韻外之致的審美意趣（如司空圖）。至於有關詩歌的表現手法的問題，則就循

---

❻　王夢鷗：〈有關唐代新體詩成立之兩種殘書〉，頁240。

❻　王夢鷗：《初唐詩學著述考》，頁17。

❻　根據王夢鷗先生的說法，一般論者傾向於把「開元」以後詩風的轉變推因於陳子昂提出復古思想，「實則，此僅一面之辭」：陳子昂人微聲弱，無以挽當日彩麗競繁之詩風，必待唐玄宗平定女禍，開元君臣肆力中興，於文辭「惡華好樸，去僞存眞」，陳子昂之餘緒，始受重視。見《初唐詩學著述考》，頁17。

著這兩個不同的詩論系統而有不同的論述。然而，不論是諷喻寄託或韻外之致的觀點，其在表現手法的問題上都傾向於探析作品在語言運作層次得以展示意在言外的可能性。譬如白居易，其極力追摹的「風雅比興」的典範，在語言運作層次上正應該是展現爲「興發於此而義歸於彼」或者「（諷諭者）意激而言質」的理想典式。❻至於司空圖，則其所標舉的「韻外之致」，就是得自於「近而不浮，遠而不盡」所構築的審美意趣——如依郭紹虞的解說，則司空圖「韻外之致」這句話所指的「是說在語言文字之外，別有餘味。與作者在《詩品》中所說：『超以象外，得其環中』，『不著一字，盡得風流』同一意思。宋詩人梅堯臣所主張的『含不盡之意，見於言外』，嚴羽《滄浪詩話》所說的『言有盡而意無窮』，亦即是此意。」❻具體說來，如此的審美意趣其實就是透過語言文字的另一種精心設計而完成的，而這種詩觀亟欲強調的是詩歌的意義並不直接顯現在語言文字本身所對應或指涉的對象事物，也不在於語言文字本身所形成的有機結構體，而是語言文字所傳達的情感意念的豐富性。簡單說，詩歌的意義是在語言文字所呈現的對象事物之外，並借助於作者與讀者所共享的聯想、或語言文字的暗示與象徵等作用而完成的一種審美意趣。

---

❻　【唐】白居易：〈與元九書〉，郭紹虞主編：《中國歷代文論選》（上海：上海古籍出版社，1979 年），第二冊，引文分別見頁 97 及頁 101。

❻　【唐】司空圖：〈與李生論詩書〉，郭紹虞主編：《中國歷代文論選》，第二冊，頁 196。郭紹虞關於「韻外之致」的說解，見頁 198。

五、《周易·繫辭傳》的「立象」說

在先秦的文獻資料中，論及語言與意義之間的關係的相關材料，除了《莊子》這個系統之外，另一個重要的來源便是《周易》了，尤其是〈繫辭〉一篇。在〈繫辭〉篇中，我們可以見到下述的一段對話：

> 子曰：「書不盡言，言不盡意。」「然則聖人之意，其不可見乎？」子曰：「聖人立象以盡意，設卦以盡情偽，繫辭焉以盡其言，變而通之以盡利，鼓之舞之以盡神。」❻⑦

一般論者在引述此段材料時，總是傾向於把重點放在「書不盡言，言不盡意」這兩句所揭示的義蘊，並且將此一觀念安置在魏晉玄學「言意之辨」的主題脈絡下，進一步與《莊子》等相關的材料合觀，藉以說明語言文字在傳達思想意念上的局限性。❻⑧然而，這樣的解釋觀點可以說是得自於一種材料整合後的綜合回溯，而解釋的材料起點（或中心點）即是王弼的論述。根據湯用彤的說法，魏晉玄學系統得以建立，實有賴於「言意之辨」的推演，而王弼首倡「得意忘言」以區隔「跡象本體之分」，故能開出有系統之玄學。❻⑨王弼依著道家的思

---

❻⑦ 【唐】孔穎達撰：《周易正義·繫辭》（台北：藝文印書館影印版，1973年），卷7，頁30B-31A。

❻⑧ 參見袁濟喜：《六朝美學》（北京：北京大學出版社，1989年），尤其見頁117-22。

❻⑨ 湯錫予：〈言意之辨〉，《魏晉思想甲編五種》（臺北：里仁書局，1984年），頁24。湯錫予更進一步指明，言意之辨實起于漢魏間之名學：「夫綜核名實，本屬名家，而其推及無名，則通於道家。而且言意之別，名家則流於識鑒人倫而加以援用，玄學中人則因精研本末體用而更有所悟。王弼為玄宗之始，深於體用之辨，故上采言不盡意之義，加以變通，而主得意忘言」（頁25）。

想體系推衍「得意忘言」的論點,可以在〈周易略例·明象〉一文中找到最完整的說解:

> 夫象者,出意者也。言者,明象者也。盡意莫若象,盡象莫若言。言生於象,故可尋言以觀象:象生於意,故可尋象以觀意。意以象盡,象以言著。故言者所以明象,得象而忘言;象者所以存意,得意而忘象。猶蹄者所以在兔,得兔而忘蹄;筌者所以在魚,得魚而忘筌。然則,言者,象之蹄也;象者,意之筌也。是故,存言者,非得象者也;存象者,非得意者也。象生於意而存象焉,則所存者乃非其象也;言生於象而存言焉,則所存者乃非其言也。然則,忘象者,乃得意者也;忘言者,乃得象者也。得意在忘象,得象在忘言。故立象以盡意,而象可忘也;重畫以盡情,而情可忘也。**❼⓿**

　　王弼關於「盡意莫若象,盡象莫若言」的提法,基本上是直接順著〈繫辭〉篇中「立象以盡意」的觀念說下來,只是另一方面他又援引了《莊子》倡言的「筌（筌）蹄」的譬喻加以補充改造,進一步強調「象可忘」的主張。**❼①**循此而論,王弼藉著「得意忘象」的方法以解釋《周易》,其實是關連到他個人所倡言的「崇本息末」這一套更為根本的論述。這套論述或者可以推闡王弼「貴無」的本體論,或者可以運用在經籍的解釋,從而在實質上改變了學術的進路與走向。

---

❼⓿　樓宇烈:《王弼集校釋》（北京:中華書局,1980 年）,下冊,頁 609。

❼①　顏崑陽先生即指出,王弼用之於周易的詮釋,其實本之於莊子外物篇及周易繫辭。見氏著《莊子藝術精神析論》（臺北:華正書局,1985 年）,頁 323。

❼具體而言,王弼認為《周易》一書的基本結構是依著「義」在先而後有「象」這個前提而發展的,因此用以承載意義的「象」本身是可以更動且不固定的:「夫《易》者,象也。象之所生,生於義也。有斯義,然後明之以其物——故以龍敘乾,以馬明坤,隨其事義而取象焉。」❼假如作為符號的「象」是緣事義而發的,具有後起的性質,那麼解釋活動的重點就在於如何直接體會並掌握根本的事義,而依義而來的「象」便是可遣可忘的。透過「忘象以求其意,義斯見矣」的主張進而倡言擺落「言」與「象」的束縛而直接掌握本源,這是王弼藉以反對漢代易學「存象忘意」所導致的拘滯繁瑣之弊。❼然而,王弼所以反對漢代易學,最重要的因素更在於彼此所對應的世界觀各有不同,而這也是正始玄學所以漸次脫離漢代學術基本性格的關鍵所在。正如湯用彤所指出的,「漢人所謂天,所謂道,蓋為有體之元氣,故其天道未能出乎象外。至若王弼,則識道之無體超象,故能超具體之事象,而進於抽象之理則。夫著眼在形下之器,則以形象相比擬而一事一象。事至繁,而象亦眾。」❼如果就具體的歷史脈絡來看,則漢代學者的思想大體上是以「五行」為基本概念,而「五行」的觀念

---

❼ 參見許杭生等:《魏晉玄學史》(西安:陝西師範大學出版社,1989 年),尤其見頁 84-113;另參盧盛江:《魏晉玄學與文學思想》(天津:南開大學出版社,1994 年),頁 49-53。

❼ 【魏】王弼:《周易‧乾卦‧文言》注,見孔穎達:《周易正義》,卷 1,頁 16A。

❼ 樓宇烈:《王弼集校釋》,頁 609。就王弼而言,漢代象數之學所以拘滯繁瑣,主要還在於「案文責卦」與「推致五行」,因而導致「一失其原」與「偽說滋漫」(頁 609)。

❼ 湯錫予:〈王弼之周易論語新論〉,頁 95。

原來可以看成是「對宇宙萬物之元素」的一種素樸的解釋，然而此種解釋配合上所謂的「天人關係」此一觀念，則一切人事均以「五行」為符號而論其盛衰演變，且引生預言吉凶之說，遂與古代卜筮合流。再者，秦朝挾書之令行，獨寬卜筮之書，因此易經之傳於漢代獨盛——勞思光先生就此認定「陰陽五行之觀念，乃首先通過易經而入侵儒學。」**⑯**而王弼即是透過對於《周易》一書的重新詮釋，有效的改造了漢代以來所建構的世界觀與基本的學術性格。

　　就王弼的理論體系與詮釋方法而論，具體現象世界亦然顯現出「眾」（多數）與「變」（變動）的複雜性，可是如此紛紜變化的現象世界並不能夠、也不應該依照它本身的複雜性來理解。然而，萬事萬物的存在畢竟有其運行或秩序的法則，如果能夠從根本處尋繹此一變化的原理原則，那就有可能治理掌控現象世界的複雜性。循此，《周易》一書所展示的內容的複雜性也可如是加以理解。王弼在〈周易略例・明象〉一文中即申明以簡馭繁、以約制博的原則與方法：

> 夫眾不能治眾，治眾者，至寡者也，夫動不能治動，治天下之動者，貞夫一者也。故眾之所以得咸存者，主必致一也；動之所以得咸運者，原必無二也。物無妄然，必由其理。統之有宗，會之有元，故繁而不亂，眾而不惑。……自統而尋之，物雖眾，則知可以執一御也；由本以觀之，義雖博，則知可以一名舉也。**⑰**

---

⑯ 勞思光：《中國哲學史》第二卷（香港：香港中文大學崇基學院，1971 年），頁 14。

⑰ 樓宇烈：《王弼集校釋》，下冊，頁 591。

透過如此的說解，王弼認爲如要理解《周易》一書內容的複雜性，首先應該重視卦名，因爲祇要舉出卦名，一卦的意義也就有了統屬；然後再考察該卦的象辭，就可以掌握主要的意義了。其次，就個別的卦象而言，一卦是由六爻組成的，但其中可能有一爻起主導作用，因而構成該卦的主旨，譬如「一卦五陽而一陰，則一陰爲主矣；五陰而一陽，則一陽爲主矣。」❼⑧若是，則如何掌握每一卦起主導作用的一爻，便是解釋活動的重點所在，而王弼也就此提出下述的結論：「繁而不憂亂，變而不憂惑，約以存博，簡以濟眾，其唯象乎！」❼⑨

如前所述，王弼所建構的「忘象以求其意」的論述，自有其學術思想史上的重大意義，然而，就本文所關切的論題而言，如此的解釋顯然不同於〈繫辭〉篇所以倡言「立象以盡意」的文理脈絡。畢竟，就〈繫辭〉篇的文字來看，「立象以盡意」原是對應於意念或意義如何得以彰顯的問題，因此「立象以盡意」所強調的是「言不盡意」的解決之道：語言文字所不能窮盡的意義或意念，原是可以透過「象」的中介加以傳述或補足的。如此一來，則語言文字本身的局限性便與「立象」所可能揭示的補足功能形成一組相關的概念，對於往後文學思想傳統在「意義/表現」此一論題的開展具有關鍵性的作用，而其中牽涉到的基本問題即是「意」、「象」與「言（辭）」之間的關係到底若何。

至於《周易》一書所倡言的「象」又具有怎樣明確的內容？如果就「聖人立象以盡言」此句本身的文意脈絡來看，所謂的「象」在

---

❼⑧　樓宇烈：《王弼集校釋》，下冊，頁591。
❼⑨　樓宇烈：《王弼集校釋》，下冊，頁592。

第一義上當然是具實的指「卦象」或「爻象」而言，也就是〈繫辭〉篇中「聖人設卦觀象，繫辭焉而明吉凶」一句所稱說的「象」。具體說來，所謂的「設卦觀象」，重點即在於如何透過「卦」、「爻」的變化組合而進行個人在行為道德上吉凶悔吝的判斷。因此就「象」字原初的文義脈絡來看，韓康伯以「兆見曰象」疏解〈繫辭〉篇中「見乃謂之象」一句，其實是比較合理的，既然是「兆見」，那透過卦象而來的理解活動就不指向對於具體而實在的自然物象的認識，反而是一種對於人的個別行為的吉凶判斷或者是道德意義的引申。⑩然而，同樣在〈繫辭〉篇裡，「象」字的用法往往也指稱自然世界中明顯可見的物象：「在天成象，在地成形，變化見矣」、「聖人有以見天下之賾，而擬諸形容，象其物宜，故謂之象」、「是故法象莫大乎天地，變通莫大乎四時，懸象著明莫大乎日月」，透過這些材料的排比，我們或可推斷《周易》所揭示的「象」的概念在實質上是指涉具體的自然物象，這即是孔穎達疏解中所稱說的「萬物之體自然，各有形象，聖人設卦，以寫萬物之象。」⑪李澤厚與劉綱紀兩位先生在《中國美學史》一書中便認定《周易》所說的「象」在某種意義上說可以「作為我們現在所說的藝術形象來理解」，因為「象」是「感性具體的、

---

⑩ 根據徐復觀的說法，《易》的六十四卦「都是象徵的性質，這即是一般所說的『象』。古人大概是以這六十四卦，三百八十四爻的相互衍變，來象徵，甚至是反映宇宙人生的變化；在這變化中，找出一種規律，以成立吉凶悔吝的判斷，……」見氏著《中國人性論史——先秦篇》（臺北：臺灣商務印書館，1969 年），頁 202。

⑪ 【唐】孔穎達撰：《周易正義·乾卦·象曰：天行健》，卷1，頁 8A。

可見的」，是「對現實事物的一種模擬、反映」。⑧如果就中國文化
傳統在呈現物象這個主題上的論述而言，李澤厚與劉綱紀直接以「藝
術形象」稱說《周易》所提的「象」的義涵，這是可以理解的。（當
然，所謂的「藝術形象」一詞仍然有待進一步釐清。）但是如果要把「象」的
內容或性質解釋為「對現實事物的模擬、反映」，則有待商榷。嚴格
說來，在中國古典文化的論述傳統中並不存在著「對現實事物的模擬、
反映」此項論題，除非所謂的「模擬、反映」等語詞另有指涉的內涵。
至於就本文的論點而言，中國古典文化傳統對於現實事物比較上是採
取一種內省觀照的態度，而不特別重在把現實外在事物視為客觀認知
的對象，因而傾向於使用「主觀顯證」此種意義添加的取悟模式，而
不是「客觀解析」此種知識積累的認知模式。⑧

　　至於形成這種表現模式的思想文化上的因素，可能是多方面的，
但無疑的有一部份是來自於孔穎達疏解《周易》一書時所稱說的「以
義示人」的論述形式：「此等象辭，……雖有實像、假象，皆以義
示人，總謂之象也。」⑧具體說來，「象」是實際或想像中可見的事
物，而其作用並不僅止於自身的符號性質，更指向符號所指示或引申

---

⑧　李澤厚、劉綱紀編：《中國美學史》（北京：中國社會科學出版社，1984
　　年），第一卷，頁305。

⑧　此項論斷或許引生爭議。關於中國傳統學術的內容與特質，雖然《中庸》一
　　書即已倡言「尊德性而道問學」，然而如何理解其中的涵義，其實是一個非
　　常大的課題，不是本文所能率意處理。梅廣先生在最近的一篇論文中就此一
　　議題提出了一個新的思考點，見〈錢新祖教授與焦竑的再發現〉，《臺灣社
　　會研究季刊》，第29期（1998年3月），尤其見頁3-15。

⑧　【唐】孔穎達：《周易正義‧乾卦‧象曰：天行健》，卷1，頁9A。

的意義。因此，「以義示人」一詞表明的已然是一種意義添加的詮釋活動，是要在事實或現象中推衍出對應的意義來。實際上，六十四卦的卦象本身可以說就是一個符號系統，是以卦爻的陰陽記號爲主體所形成的符號系統，因此不應該被看成是自然物象的直接描繪，或是李澤厚所指稱的對自然物象的「模擬、反映」。以八卦爲例，當陰陽兩畫形成各式不同的排列組合，如「乾」、「坤」、「坎」、「離」、「震」、「艮」、「巽」、「兌」等，這些組合的樣態並不能被直接牽引到「天」、「地」、「水」、「火」、「雷」、「山」、「風」、「澤」等具體的自然物象。相反的，個別的卦象所以會被賦予「天」、「地」、「水」、「火」等自然物像的性質或意義，其實是透過解釋活動所添加完成的。更重要的，這種解釋活動所亟欲彰顯的意義，並不取決於卦象與自然物象之間在物理外形上的相似點，因此詮釋的重點也就不再於精確認識個別自然物的具體形貌或物理性質。如果從思想文化的歷史發展加以考量，那麼如何由《周易》古經的數卜演變成《易傳》的哲理化過程，其實關涉到文化史或思想史上重大的課題。根據汪裕雄的說法，《周易》記載的筮占之法可能源於西北戎狄的數卜傳統，然而在進行整合的過程中「大大消解了筮數的神秘功能，使象辭在易筮中的地位更見突出」[85]。具體說來，

> （《周易》）改變原始筮法直接以「數」取斷吉凶的作法，插
> 入了「象」的環節，即「因數定象」，將一定的數一定的自
> 然物象、人文事象對應起來，由數過渡到「象」，再做出解

---

[85]　汪裕雄：《意象探源》（合肥：安徽教育出版社，1996 年），頁 140。

釋，判斷吉凶。這一象之插，顯然得自殷人龜卜法的啟示，

為將龜兆歸結為自然物象，正是「龜象」的占斷之法。[86]

因此，呈示或論述的重點並不在於如實傳寫事象本身的任何細節，而是在於闡發經過解釋以後所添加的意義或判斷，且這種解釋的作用是由已知的事例推向隱含的或未知的可能性，這也就是〈繫辭〉所以說「聖人設卦觀象，繫辭焉而明吉凶」的「明」字意旨所在。根據汪裕雄的說法，《周易》推求事物的通變，強調觀變，且目的在趨吉避凶，由是環繞著《周易》而來的認知態度與文辭表現形式，其實是「具有鮮明的目的指向性」，並不指向「一個個具體事物的實體及其本質，而是指稱它在與其它事物的關係、聯繫中的陰陽屬性及其變化。」[87]如以個別的「卦象」與其所代表的現實事物之間的意義關係而言，在形式上其實存在著一種如符號般的指涉或象徵關係，而不是具體實象的模擬或反映。因此，這種象徵關係總是需要借助「觀象繫辭」的詮釋活動才得以證成，而這種詮釋活動大抵上又是依循著「類比推理」的法則進行的。這種推論的法則，其實就是《周易·乾·文言》所稱說的「各從其類」：

> 同聲相應，同氣相求。水流濕，火就燥。雲從龍，風從虎。聖人作而萬物睹。本乎天者親上，本乎地者親下。各從其類也。[88]

---

[86] 汪裕雄：《意象探源》，頁120。

[87] 汪裕雄：《意象探源》，頁152。

[88] 【唐】孔穎達：《周易正義·乾卦·文言》，卷1，頁15A。

　　或者如《周易·繫辭》一開頭所宣稱的：「天尊地卑，乾坤定矣。卑高以陳，貴賤位矣。動靜有常，剛柔斷矣。方以類聚，物以群分，吉凶生矣。」⑧在此，「類」字的意旨及其所衍生的「感應」的作用，似乎值得我們稍加引申。就《易傳》的詮釋而言，四方萬物之中，凡屬性質相同的都可以歸屬為同一類，因此「類」字有做為範疇單位的意旨。然而，「類」字做為範疇的概念並不就此代表靜態的「分類」的功能，它更指示一種動態的作用力，表明同或不同的物類之間相互感應的可能性——這也就是「感類」一詞得以出現的背景因素，緣是而「風」此一範疇所可能顯現的屬性就此可以而與「虎」的某種屬性相互聯結，而「雲」也可以與「龍」聯結。如此推衍，則透過歸類與感應這兩項法則的交互運作，自然事物可以與具體的人間情境、甚或是抽象的道德理念相互聯結，進而為「立象盡意」的思維模式提供了認識論上的基礎：某一具體的物象何以能傳述或代表某種意義，主要就是由「感類」所蘊示的類比推論加以牽合而成的。汪裕雄因此認為，儘管春秋戰國以後人文理性思潮渤興，然而《周易》所顯示的此種思維模式與語言表達方式依然被保留下來，而且進一步在《易傳》中有所發展整合，得以系統化與理論化，並因而形成較為穩定的「言象互動」的符號系統。⑨不論是「感應」或「感類」的概念，所以能特盛於漢代的學術思想領域，進而逐步發展成為古典傳統中一種獨特

---

⑧　【唐】孔穎達：《周易正義·繫辭上》，卷 7，頁 1B-2A。關於「方」字的界義，孔穎達疏云：「方謂法術性情趣舍」，而俞樾則以「方之言四方也」說解，似乎較為合理。俞樾之說，引自徐志銳：《周易大傳新注》（山東：齊魯書社，1986 年），頁 404。

⑨　汪裕雄：《意象探源》，頁 154。

的意義喻示的思維模式，大致上是與《周易》在漢代的影響力有關。
我們甚至可以推論說，漢代學者在詮釋先秦典籍時（尤其是《詩經》與
《楚辭》的解釋）就是採取如此的一種進路，而王逸〈離騷經序〉中的
一段文字最能反映此等思維模式的具體操作：

> 〈離騷〉之文，依《詩》取興，引類譬諭，故善鳥香草，以
> 配忠貞；惡禽臭物，以比讒佞；靈脩美人，以媲於君；宓妃
> 佚女，以譬賢臣；虯龍鸞鳳，以託君子；飄風雲霓，以為小
> 人。❾❶

王逸所揭示的「引類譬諭」，指出了〈離騷〉在運用意象上是
有其獨特的模式：善鳥或香草原是不同的物類，但是某種共通的屬性
使它們得以被歸於一類，進而可以與「忠貞」此一抽象的道德範疇相
互牽合——因此，儘管忠貞此一意義並不同時出現在善鳥或香草等
意象本身的語言結構之中，這種牽合是可以透過詮釋活動中的類化原
則完成的。於此，我們所要申述的論點即是：詩歌意象具有旁涉的意
義喻示作用，或者某一類意象具有某種固定的旁涉意義，基本上是經
過詮釋活動的不斷強化而逐步成爲固定的文學成規。

更進一步說，王逸認爲〈離騷〉這種運用意象託諭的模式是來
自於《詩經》的取興手法，則顯然的漢代學者關於《詩經》所建構的
詮釋系統，也是確立「意在言外」所必須依循的文學成規的來源之一。
譬如〈北風〉（邶風）一詩開始時所描繪的景象：「北風其涼，雨雪

---

❾❶ 【漢】王逸：〈離騷經序〉，【宋】洪興祖：《楚辭補注》（臺北：漢京文
化公司，1983），頁 2-3。

其雰」，毛傳標明是「興」體，而鄭玄引申說解為「寒涼之風，病害萬物。興者，喻君政教酷暴，使民散亂。」❷顯然的，「北風」此一意象所代表的「病害萬物」的自然現象，即是在類比原則的操作下被轉化為人事上「君政教酷暴」的言外旨意——如此一來，詩篇本身的意象經營就已顯現了含蓄的典式，而不是具體指實的刻劃政教酷暴的種種可能的情狀。然而，值得注意的是，當鄭玄在解釋毛傳所以標舉為「興」的用意時，他是以「喻」字來申述說明的，因此「興」的意義顯然包含了明確的喻示作用，而這種喻示的作用即是往後詩論所要稱說的「寄託」。就歷史發展的脈絡而言，「興」的觀念要從明確固定的政教喻示作用擴大轉化其意義，並在解釋活動上容許更大量的意義的引申，是要在魏晉以後，此時自然物象所能承載喻示的言外意義就不止於政教範疇，而可以是各式各樣的情意與經驗。唐代孔穎達在疏解〈毛詩序〉所言的「興」字的意義時，即引述鄭眾（司農）以「託事於物」釋「興」的觀點，並加以申論：「則興者，起也。取譬引類，啟發己心。詩文諸舉草木鳥獸以見意者，皆興辭也。」❸孔穎達的說解，可以說是漢魏晉以還對於「興」字的解釋的一個總結，賦予「興」字所代表的觀念有較大的意義解釋上的幅度，而唐宋以降的詩學議題即是依此為基礎而展開不同的論說。

　　當然，關於易象所隱示的託物取譬的運作方式，歷來也有學者把它等同於詩歌的譬喻手法：「《易》之有象，以盡其意；《詩》之

---

❷　【唐】孔穎達撰：《毛詩正義·北風》（台北：藝文印書館影印版，1973年），卷2之3，頁11A。

❸　【唐】孔穎達撰：《毛詩正義·關雎》，卷1之1，頁10B。

有比，以達其情。文之作也，可無喻乎？」❷然而，如此的界說顯然已經把《易》象所蘊示的「類」的概念及其衍生的象喻作用加以簡化了，轉而祇重在說明詩文在語文格式上的取喻之法。因此，陳騤(1127–1203) 所著意的即是各式各樣的取喻方式：譬如論及「直喻」的體例，則以「或言猶，或言若，或言如，或言似，灼然可見」這種語言格式說之，並舉《論語》「譬如北辰」、《莊子》「淒然似秋」爲例。另外，如論「類喻」，則以「取其一類，以次喻之」說之，並舉賈誼《新書》「天子如堂，群臣如陛，眾庶如地」句中的「堂陛地」共爲一類來說明「類喻」的體例——如此的說解，大致上是以文法修辭的角度專論比喻的各種格式化的形式，而不觸及兩種不同情境之間意義如何生成的問題，因而與前述「引類譬諭」此一概念所要說明的物象與情意之間的類化作用有著根本上的差異。相較於此，清代章學誠(1738–1801) 重新以「類」的概念爲前提，進而倡言「《易》象通於《詩》之比興」的論點，就是從自然與人事兩種不同情境間得以相互啓明著眼，詳加申論意義如何生成的問題。其主要論證大致如下：

> 《易》之象也，《詩》之興也，變化而不可方物矣；……象
> 之所包廣矣，非徒《易》而已，六藝莫不兼之，蓋道體之將
> 形而未顯者也。雎鳩之於好逑，樛木之於貞淑，甚而熊蛇之
> 於男女，象之通於《詩》也。……《易》象雖包六藝，與《詩》
> 之比興，尤爲表裏。❸

---

❷ 【宋】陳騤撰：《文則》（香港：中華書局點校本，1977 年），頁 12。
❸ 【清】章學誠：《文史通義・內篇・易教下》（臺北：鼎文書局，1972 年），頁 5-6。

根據章學誠的說法，事物雜出，而其隱含的義理亦各有不同，然則「事得比而有其類」，如果能夠把不同的事物推向彼此所屬的較大的範疇，便也可以尋得彼此在義理上的相互共通性：「夫象歟，興歟，……風馬牛之不相及也，其辭可謂文矣，其理則不過曰通於類也。故學者之要，貴乎知類。」**⑯**顯然的，古典傳統是把《易》象的作用看成是以自然物象寄寓深層抽象的道或理的一種類比思維方式，因此可以與詩歌創作活動中借助自然物象以寄寓情思的表現手法相互發明。儘管如此，錢鍾書仍然認爲《易》象的旨趣在實質上是與詩的比興各有不同。具體說來，在以道理的喻示爲指歸的哲學思辨活動上，得意忘言或捨象忘言是可能的，可是在以物象營構（不論是實象或虛象的營構）爲重點的詩歌創作活動，言與象或許是不可取代的。畢竟，

> 《易》之有象，取譬明理也。……求道之能喻而理之能明，初不拘泥於某象，變其象也可；及道之既喻而理之既明，亦不戀著於象，捨象也可。到岸捨筏、見月忽指、獲魚兔而棄筌蹄，胥得意忘言之謂也。詞章之擬象比喻則異乎是。詩也者，有象之言，依象以成言，捨象忘言，是無詩矣，變象易言，是別爲一詩甚且非詩矣。**⑰**

循此而論，儘管《易》象的觀念與作用揭示了具體物象與抽象義理之間相爲旁通、互爲因依的關係，然而這一層旁通因依的關係或可能性，在往後的歷史發展中卻可以因著性質不同的思維活動（如哲

---

⑯　【清】章學誠：《文史通義·內篇·易教下》，頁 5。
⑰　錢鍾書：《管錐篇》，上冊，頁 12。

學思辨與詩歌創作）而產生不同的論述。簡單說來，在「意義如何彰顯與証示」此一問題上，「立象盡意」或「觀象繫辭」所展現的類比思維法則與意義証示模式，正也是往後詩歌以自然意象或事例指涉意義的法則與模式。然而，就哲學思辨活動而言，王弼提出「立象以盡意，而象可忘」的主張，不論在理論上或實踐上都是可能的。畢竟，哲學思辨的課題是以論旨本身的明晰精確爲重點，擬象取譬祇是方便法門之一，可以不必拘泥。❽然而，就詩歌創作活動而言，則具體物象的經營是與意義不可捨離的；具體物象的建構經營，正是詩人匠心與執著之所在，也是讀者必須費心流連之處。❾此處仍須進一步指出的是，儘管《易》之「擬象」與《詩》之「比興」是各有不同的旨趣，然而魏晉以降在哲學思想領域所形成的「言意之辨」，尤其是「言不盡意」的論述，卻也同樣在文學藝術領域起著深刻的作用，不但在實質上引發「意在言外」此一創作理念與創作模式的推闡，同時也引入了重神理而遺形骸的「傳神」觀念的發展，因而擴大了「含蓄」美典的內容。因此，就歷史發展的脈絡而言，間接婉轉借用自然物象或具體事例以呈示言外之意的表現模式，可能是要在魏晉以後才得以重新展開，而陸機以及劉勰相繼透過對於自然景物予人的感發作用的反省與討論，「物色」的觀念也才正式與「以少總多」的用言方式相互牽合。基本

---

❽ 當然，當代哲學論述場域於此另有不同的提法，其用意在於抹除傳統對於哲學與文學的分界，不過這是另外的問題。

❾ 同樣的，也就是在這一層意義上，錢鍾書主張「擬象」與「比喻」是不同的：「《易》之擬象不即，指示意義之符（sign）也；《詩》之比喻不離，體示意義之跡（icon）也。不即者可以取代，不離者勿容更張。」見《管錐篇》，上冊，頁 12。

上，中國古典詩論中「意在言外」美典的確立與發展，主要是建立在情景互動的創作理論基礎之上，並且根源於特殊的語言哲學的預設及其衍生而來的獨特的用言方式。

總結說來，經由《周易》在戰國以至漢代所發展出來的推類與感類的思維模式，以及在魏晉時期重新被改造、並賦予玄學的內容與解釋方向，其後，「立象以盡意」的提法是爲語言文字在表達情思意念上的局限性提供了一種解決的可能性。另外，漢代學者關於《詩經》與《楚辭》所建立的解釋法則，以及由是而來的對於「比興」與「引類譬諭」手法的確認，也爲中國古典詩學傳統開示了一套獨特的「意在言外」的創作成規及其相應的詮釋系統。然而，就在詩人作家尋求具體事例或自然物象的建構經營時，如何能夠簡潔的掌握呈示事物的神態丰采、而不是全面且具實的再現現實事物的細節，同樣也就成爲詩人或批評家關切的另一項課題。基本上，對於此項課題的複雜性的反省與界說，正是魏晉以降中國古典文學創作與批評活動所措意的主要問題。

透過上文的解析，我們可以說在中國古典文學的思想傳統中隱示著下述的基本認識：如果語言的表述並不能眞正窮究言說者內在的情思意念，那麼借助於一種間接委婉的語言表述形式（如寓言、形象化喻示）或者直接訴諸具體可徵的自然物象或事例，倒不失爲有效的傳述方式。從根源上說，這樣的理念是順應《莊子》或《易傳》對於語言的局限性及其解決方案的反省，並且也承接漢代學者對於《詩經》或《楚辭》運用意象以取興或譬諭的手法的詮釋，由是引申而來的一種獨特的用言方式。魏晉以降，隨著「緣情」觀念的提出，詩人作家內在的情志成爲創作活動所觀照與沉思的主要對象，而繁富紛雜的自

然物象也就體現成爲創作過程中與情志內容等值的素材——因此，如何借助紛至沓來的自然物象以呈現作家內在的情志，便是此一階段詩人或批評家關切的一項課題。譬如鍾嶸雖然肯定「巧構形似之言」有一定的藝術價值，但他也強調「文已盡而意有餘」的創作法則。同樣的，與鍾嶸同時的劉勰，在《文心雕龍》一書也列有專章討論「物色」的問題，而「以少總多，而情貌無遺」則是劉勰最爲推崇的創作手法與藝術價值。至於在具體的歷史發展脈絡中，詩人作家如何在尋求具體物象或事例的建構經營時，逐步走向「意在言外」的「含蓄」美典，藉以簡潔的掌握並呈示事物的神態丰采、而不是全面且具實的再現現實事物的細節，則又是另外一個問題，需要借助其他的文獻資料加以檢證，且留待專章再詳加處理。

第四章 「含蓄」美典的審美旨趣
——兼論「寄託」與「神韻」

　　在前面的章節中，我們分別就理論基礎與歷史的發展脈絡這兩個基點著手，有系統的處理了中國古典詩學論述傳統中的一項重要議題，亦即「意在言外」的用言方式以及由是而衍成的「含蓄」美典。同時，在進行論證的相關過程中，我們是以「語言」與「意義」這兩個概念及其可能展示的理論內容做為論述的參考間架。在此，所謂的「語言」與「意義」的概念，就其根本的問題意識而言，最終的目的其實是指向有關詩歌審美特質的分析說明。如果說「意在言外」此一用言方式所牽涉到的有關語言操作與意義呈現的模式，在實際的創作活動中是體現為「含蓄」的理想典式，那麼，此一理想典式所可能蘊涵的審美特質，便應是我們分析的另一個重點，而本章中即是分別以「情意的節制」、「引類譬喻的作用」以及「使事用典的手法」等相關的議題來闡釋「含蓄」美典的審美特質。儘管在我們的論述架構中「含蓄」是用以指稱一種整合性的審美觀念，而「寄託」與「神韻」則又分別是其中具體而特定的表現手法，各自也有自己獨特的審美特質與應有的理想典式，然而，另一方面由於「含蓄」典式所顯現的審美特質在中國古典詩論傳統中是與所謂的「寄託」與「神韻」等審美

觀念有相互疊合的部分，因此我們亦將分別處理有關「含蓄」、「寄託」與「神韻」此三種審美典式之間分合問題的辨析，並且在辨明這些審美典式分合問題的過程中，一併帶入前述關於「含蓄」美典的審美特質的討論，然後再於最後的一節予以綜合。就某方面說來，有關「含蓄」美典的三種可能的表現手法，其實是古典詩歌創作活動中最常見的、也是最基本的表現方式，因而相關的提問與論述可以說是古典詩論傳統中的中心議題，自然也就需要大篇幅的專章討論才可能勾勒出基本的問題架構，並且進行具體而詳盡的分析說明。在此，我們把這些議題放在辨析「含蓄」、「寄託」與「神韻」的分合問題中加以討論，不免簡略，但希望也就是在如此的提示中能進一步引發後續相關的探索。

一、「含蓄」美典的確立

「含蓄」的美典可以說是中國古典文學傳統中的主要審美觀念之一。基本上，這是一種借助意在言外的特殊表現手法所體現的審美特質，而在此種表現手法的制約下，作品所要傳遞的情感或意念，往往是以一種具有高度暗示性、甚或是委婉曲折的方式呈現出來。然而，一如古典詩論中常見的語用習慣，詩人或批評家在使用「含蓄」一詞時，通常不加以明確的定義與解說。譬如上文曾提到的北宋初期僧景淳，當他申論「詩人之體爲上」時，即是以「含蓄」或「意在言外」爲此等體式的整體表現，然而，卻未提出任何細節上的說明；同樣的，南宋張表臣 (約 1146 年前後在世) 在《珊瑚鉤詩話》中也說道：「篇章

以含蓄天成爲上，破碎雕鏤爲下」❶，在此，他以對舉的方式並列兩種彼此相反的表現手法與審美效果，並且在呈示此一命題之後，隨即以楊億 (974—1020) 與李賀 (791—817) 等人的作品爲實例，藉以提示若不能含蓄的弊病，而不曾具體闡釋含蓄所內蘊的旨意。

就此而言，則關於「含蓄」美典的界說，歷來最受稱述的文獻資料便是司空圖以韻語寫定的《二十四詩品》，在這一組標示詩歌審美理想 (亦即是「詩境」或「風格」的概念) 的詩論作品中，每一種審美典式都是以十二句爲單位的四言詩形式加以描述的。關於司空圖《二十四詩品》的性質，我們在第一章中討論詩學的論述型態一目時，就曾經指出《二十四詩品》中每一種詩境的名稱以及以韻語對於此等詩境所提出的概括性的描述，都可以視爲是指引、提示；至於具體的內容，則不妨由解讀者自行參照各自的理論間架而進行相關的詮釋、甚或是重建的工作——這種可能性，我們從王士禎 (1634—1711) 如何稱引《二十四詩品》的例子中即可以有所了解。儘管一般的定見認爲王士禎是以「含蓄」爲最上品，並曾列舉「沖淡」、「自然」與「清奇」，由此而建構他所謂的「神韻」理論。然而，如果說《二十四詩品》所提示的各類詩境之間有主從分等的位階關係，則又未必，譬如「綺麗」、「縝密」與「纖穠」之間如何區隔？而此三者又如何能與「沖淡」、「自然」以及「清奇」等相互分別？在此，試圖爲文學藝術上的審美典式進行分類的活動，總是有意義而不斷引發興味的工作，但又都不

---

❶ 【宋】張表臣：《珊瑚鉤詩話》，見【清】何文煥輯：《歷代詩話》（臺北：漢京文化公司，1983），上冊，頁455。

可避免的要碰觸到分類的判準以及如何證成的難題。❷

　　至於有關《二十四詩品》的作者與寫定年代，近幾年來已成為中國文學批評史上較受爭議的一項問題。根據陳尚君與汪涌豪兩位先生所提出的意見，《二十四詩品》實際上是由明末人依據明代前期懷悅所編撰的《詩家一指》加以偽造，並托名於司空圖。❸隨後，張健先生更引據相關資料重新考查《詩家一指》不同版本間的流通系統，認定《詩家一指》並非懷悅所撰，但確實是由他編集並出資刊刻發行的；至於《詩家一指》（包括其中的《二十四詩品》）真正的作者有可能是元代的虞集 (1272—1348)。❹同時，就在懷悅與虞集這兩個端點上，更引生許多關於《詩家一指》一書的性質、以及元代詩論材料等相關問題的討論。❺

　　儘管此一問題的複雜性在目前尚未有明確的結論，然而有兩個論點卻較無爭議：一是有關司空圖的論詩旨趣，一般總是指向他的幾

---

❷　關於《二十四詩品》所提示的各類詩境之間的前後排列次序是否具有特定的邏輯性或目的，相關討論請參考王運熙、楊明合著的《隋唐五代文學批評史》（上海：上海古籍出版社，1994 年），頁 693-94。《二十四詩品》部分是由王運熙先生撰寫。

❸　此一問題，最早是由陳尚君與汪涌豪兩位先生共同提出，見〈司空圖《二十四詩品》辨偽〉，《中國古籍研究》創刊號 (1994)，頁 39-73。此文以及其他後續在中國學界所引發討論的相關論文，皆由政大黃景進先生提供，謹此誌謝。

❹　張健：〈《詩家一指》的產生時代與作者—兼論《二十四詩品》作者問題〉，《北京大學學報（哲學社會科學版）》，1995 年第 5 期，頁 34--44。

❺　相關的討論，見於《中國詩學》，第五輯 (1997 年 7 月)，「《二十四詩品》真偽問題討論」專題部分，頁 1--56。

篇書信文字，以此做爲討論的主要依據。然而，根據汪涌豪先生所提出的意見，司空圖對於所謂「詩味」的論點，應該以他在〈與李生論詩書〉中所說的「詩貫六義，則諷諭、抑揚、淳蓄、淵雅，皆在其中矣；然直致所得，以格自奇」以及「以全美爲上，即知味外之旨」做爲最終、也是最直接的表述，並且參考他其他的論文，始能有完整的描述，因此「詩味」的論點就「顯然不僅局限在清澹澄遠一路。僅提出『味外之旨』四字，而不考慮其在原文中完整的意思，不能不說是對作者詩論內在邏輯的肢解和割裂。」❻汪先生並且據此而詳盡解析司空圖論詩旨趣的具體內容，這種提法，無疑是可以接受的。其二，則是《二十四詩品》眞正具有、或實際發揮影其響力的時代，可能是要到了元明兩代之後，進而在清代前期更由於王士禎特別賞愛其中的「不著一字，盡得風流」兩句，並且將之標舉爲「「神韻」詩的理論源頭之一，由是而司空圖與「「神韻」詩派的理論才眞正有著直接的連繫。然而，正如我們在前文所提到的，如果說「美典」的概念是一種經由歷史回溯與反省而建構出的「解釋符碼」，則有關於詩歌意義呈現方式上的考量，當然不免是時代愈晚，其相關內容的描述語彙就愈加的明顯，但不一定就比較明確而具體。

　　因此，不論《二十四詩品》的作者與寫定年代到底若何，但元明兩代之後的詩論，確實是在串接、整合唐宋以來，甚或是元代初期的論詩材料中，逐漸形成一種整體性的有關詩歌審美旨趣的指引，並且以之做爲一種詩境的極致表現。《二十四詩品》是屬晚唐或元代的

---

❻　汪涌豪：〈司空圖論詩主旨新探—兼論其與《二十四詩品》的區別〉，《中國詩學》，第五輯，頁21。

詩論作品，在某種意義上說並不影響「含蓄」美典在古典詩論傳統中潛在的發展脈絡或重要性。❼我們試看王士禎在回答何謂「不著一字，盡得風流」的提問時所說的一段意見：「（引述李白〈牛渚西江夜〉、孟浩然的〈晚泊潯陽望香爐峰詩〉）詩至此，色相俱空，政如羚羊挂角，無跡可求，畫家所謂逸品是也，」❽或者如在其他條目中的敘述，如「表聖論詩有二十四品，予最喜『不著一字，盡得風流』八字。…正與戴容州『藍田日暖，良玉生煙』八字同旨」❾，基本上都是把不同來源的材料湊合在一起，用以證成己說。這種湊合并列的徵引方式，雖然可以說是「詩話」這一類著作中常見的現象，但在某種程度上也反映了傳統詩論型態的某種特性，亦即任何詩學觀念的建立，往往並不依循定義的方式展開明確的界說或辯論，而是透過徵引的方式上將個別觀念擺放在歷史整體的脈絡中，藉以辨認其中的同異性、甚或是強調各自的獨特性。因此，論述的型態不是在客觀議題上的知識積累，而是傾向於主觀的顯證。

再回到《二十四詩品》中關於「含蓄」這段文字的討論。「含蓄」一目見於《二十四詩品》中的第十一首：

---

❼ 然而，如果《二十四詩品》確是明代以後的作品，並在明代以後發生重大的影響力，則陳尚君與汪涌豪兩位先生提出的考量，或許才真正具有文學批評史上的重要性：「今人多云嚴羽詩論出於司空圖，沒有了《二十四詩品》，《滄浪詩話》的創新意義是否應重新審視？」陳尚君與汪涌豪：〈司空圖《二十四詩品》辨偽〉，頁73。

❽ 【清】王士禎：《分甘餘話》，引自【清】張宗柟纂集、戴鴻森校點：《帶經堂詩話》（北京：人民文學出版社，1982），卷三，頁70-71。

❾ 【清】王士禎：《香祖筆記》，引自《帶經堂詩話》卷三，頁72。

不著一字，盡得風流。語不涉己（一作「難」），若（一作「已」）
不堪憂。是有真宰，與之沉浮。如淥滿酒，花時返秋。悠悠
空塵，忽忽海漚。淺深聚散，萬取一收。**⑩**

　　在此段文字中，最被稱述的當然就是開頭兩句。郭紹虞引無名
氏《詩品注釋》的解釋：「著，粘著也。言不著一字於紙上，已盡得
風流之致也。此二句已盡含蓄之義，以下特推而言之」——如此作
解，自是不成問題；問題在於到底是怎樣的一種表現方式才得以說是
一方面「不著一字於紙上」，而另一方面又可以「已盡得風流之致」？
這個問題的理論內涵，正如「言已盡而意有餘」或「意在言外」的概
念一樣，其中包含了兩個相反或互不相容的命題，即一方面是既要求
不必過於依賴文字本身的傳述，而另一方面又要求必須盡可能的充分
呈現所要傳述的對象的完整風貌。因此，第三、四兩句即進一步舉例
說明這種表現方式的可能性，亦即是在文字本身的經營上並不觸及自
己的處境，但表現出來的卻似乎是充滿了難以承受的憂傷情懷。郭紹
虞引楊廷芝《詩品淺解》的解釋：「語不涉己，言其語意不露跡象，
有與己不相涉者。若不堪憂，是本無可憂，而心中之蘊結，則常若不
勝其憂然」——如此，在第三句的語意加上「本無可憂」作解，則
不免迂曲，過於深求。

　　另外，比較有爭議的問題，也出現在七、八兩句所呈示的意象
到底有何指涉。郭紹虞的解釋是「如淥酒然，淥滿酒則滲漉不盡，有
淳蓄態。如花開然，花以暖而開，若還到秋氣，則將開復閉，有留住

⑩　【唐】司空圖：《二十四詩品》，見郭紹虞：《中國歷代文論選》（上海：
　　上海古籍出版社，1979年），第二冊，頁205。

狀。」具體說來,這兩句是用以指明「含蓄」的手法其實是出自一種清澈樸素的表現方式,猶如經過滲漉的純酒以及經過盛夏的秋氣;更重要的,這種清澈樸素的狀態不是自為清澈樸素的,而是經過了一段飽和濃密階段之後的沉澱渟蓄,然後才得以顯現出來,因此是有著厚實的基礎並且飽含無比的生命力。基本上,這兩句即是以具體的意象一方面表明了創作手法上「以少總多」所內蘊的一種技巧,而在另一方面卻也同時展示了一種寓厚實於樸素的審美典式。

因著「不著一字,盡得風流」兩句的引入,「意在言外」的用言方式得以與「含蓄」的美典正式牽合,並成為中國古典詩論傳統中的一項重要的美學觀念。就此而論,則「含蓄」此一觀念,正如「意在言外」一樣,其理論的形成與發展,其實是一個多元而複雜的過程,如果要確切從中追索並訂定一個單一的理論或歷史的起點,可以說是有著實質上的困難度。但無論如何,所謂的「不著一字,盡得風流」其實與「意在言外」的用言方式或「含蓄」的美典一樣,強調的就是如何能在語言的層面上力求精簡,而在意義的指涉上卻是含蘊豐富的創作特質。於此,研究古典詩論的學者總傾向於把司空圖提出的論題看成是唐代王維 (701—761)、韋應物 (737—786) 一派詩歌藝術經驗的總結,並開啓了嚴羽、王士禎這一系統的詩歌理論的發展。⑪因此,

---

⑪ 關於把司空圖歸入與嚴羽、王士禎等一脈相傳的「神韻」詩論系統,強調此一詩論系統是在追求「幽靜情趣和澄澹精緻的風格特徵」,見王運熙、顧易生:《中國文學批評史》(上海:上海古籍出版社,1985 年),上冊,頁 330。另外,請參見吳調公:《神韻論》(北京:人民文學出版社,1991 年)。然而,正如上文所提及的,如果《二十四詩品》的作者與寫定年代受到質疑,則嚴羽詩論的重要性就必須重新檢視。

「神韻」的議題所蘊涵的對於表現手法的關注，在精神內脈上更是直接與「意在言外」以及「含蓄」等問題牽合上了。很顯然的，根據這種解釋觀點，則似乎中國古典詩歌的歷史是循著某種特定的路向發展的，因而多少也就不免忽略了在實際發展過程中可能出現的種種複雜變化的因素。

實際上說來，在此等理論的形成與歷史發展的過程中，南宋晚期姜夔（1155—1221?）所提出的論點，正好與嚴羽的說解一樣，代表了一個重要的綜合階段，然而，這種統合的方式並不盡然是要明確依據歷史發展的先後次序來加以判定，有時往往是依據議題或理論本身的內在規律而進行的，並且不必然要與外在的歷史現實有直接的牽連。因此，南宋中晚期詩作或詩論的發展所以傾向「較少重視諷諭比興，而多著眼于藝術形式的變化」，這其實是因著詩學領域自身在審美議題上的辯論與發展而來的結果——如果批評史家將這樣的一種發展直接歸因於宋政權南移而士大夫多有「偏安求全」的心態❶，則這種因果關係的解釋不免過於僵化。而另一方面，如果一定要從時間先後的次序上推斷說姜夔的論點影響到或啓發了嚴羽❸，則在事實上又恐未必然。畢竟，這種類似「系譜」的接合方式基本上可以說是一種歷史回溯的建構；屬於時間系列上不相聯繫的人、事或物，在「系譜」的架構下成為具有空間性質的一種並置疊合的關係——這也是為什麼王士禎在建構「神韻」的理論時，必然要左取右收，並且盡可

❶ 顧易生、蔣凡、劉明今：《宋金元文學批評史》（上海：上海古籍出版社，1996年），下冊，頁496。此一部分論宋代詩話的歷史發展與理論內容是由蔣凡先生撰寫。
❸ 顧易生、蔣凡、劉明今：《宋金元文學批評史》，下冊，頁510。

·223·

能將各種擷取到的資料排列，使之成爲前後相屬而有歷史發展意向的系統論述。質是之故，當王士禎說道「白石論詩未到嚴滄浪，頗亦足參微言」時，不應被引據做爲歷史事實的一種判斷。⑭

　　同時，正如張健先生在考察嚴羽《滄浪詩話》一書的刊行流通狀況時，就認爲今本《滄浪詩話》原是以單篇的形式各自出現，最早要到元代才由嚴羽再傳弟子黃清老匯集在一起，並且在明代正德年間（十六世紀初期）被冠以《滄浪詩話》之名。張先生就此而極力辨明某一詩論在歷史發展上所具有的理論價值及影響，是必須透過縝密的檢視工作才可能提出究實的判斷。⑮於此，我們的論點則是不論姜夔或嚴羽，兩人對於詩學議題的反省與思考，大體上是延續了宋代以來就唐、宋詩風的「典律」性質所提出的辯論，循是而對於詩歌的歷史總體發展或理想的審美典式所提出的一種解釋與建構，而我們所謂的「綜合」，也就是在審美議題的內部發展這種歷史意義上說的。基本上，嚴羽是經由對歷史總體發展的反省而深切指明詩歌應有的理想的審美典式，至於姜夔，則主要是依著個人在創作實踐上的體會而直接就著詩歌的理想審美典式立論——因此，嚴羽詩論是以「詩辨」入手，並且顯現爲滔滔申辯；而姜夔則是以「詩說」爲題，並且託名於神秘老者的傳授。關於嚴羽的詩論，我們在上一節中已處理過了，現在讓

---

⑭ 王士禎之語，出自《漁洋詩話》，卷上，見丁福保輯：《清詩話》，上冊，頁 156。前述蔣凡先生在論及宋代詩話的歷史發展時，即依據王士禎此語而認定姜夔詩論「開啓」嚴羽之說，見顧易生、蔣凡、劉明今：《宋金元文學批評史》，下冊，頁 500-01。

⑮ 張健：〈《滄浪詩話》非嚴羽所編—《滄浪詩話》成書問題考辨〉，《北京大學學報（哲學社會科學版）》，第 36 卷第 4 期（1999），頁 70-85。

我們接著討論姜夔的論點。

　　在姜夔的詩論中，最基本的議題就是如何能在「守法度」的基礎上進而與追求「高妙」的詩境之間相互搭配協調。於此，「守法度」是姜夔對於「詩」的基本定義，而所謂的「高妙」，則是要盡量做到「辭意俱不盡」的境界：

> 語貴含蓄。東坡云：「言有盡而意無窮者，天下之至言也。」山谷尤謹於此。清廟之瑟，一唱三歎，遠矣哉！後之學詩者，可不務乎？若句中無餘字，篇中無長語，非善之善者也；句中有餘味，篇中有餘意，善之善者也。❶

　　在此，「含蓄」美典是「意在言外」用言方式的具體體現，自不待言。重要的是，到底怎樣的一種語言經營與表現方式才稱得上是有餘味或有餘意？我們在〈導論〉部分曾就此一問題提出說解：如果古典詩歌論述傳統是以詩人的情志為主軸，而詩的表現活動即是此等情志活動中的一環，更是情志活動中的一個中途站，那麼，詩的創作活動必然是由情感意念的激發而引動的，並且在詩的表現活動具體完成之後，又將還歸於情感意念的迴盪狀態。就古典詩歌在創作或批評上的論述傳統而言，如何能在表面上看來具現為自足完整的詩的形式中，仍然可以讓細微而不可捉摸的情感意念繼續保留其流動鮮活的特質，便是極費思量的課題。在這種情況之下，詩篇本身在開頭與結尾上的章法結構的經營安排，便成為詩人創作活動中所必須考量的關鍵

---

❶　【宋】姜夔：《白石道人詩說》，見【清】何文煥輯：《歷代詩話》，上冊，頁 681。

點了,而「六義」中「興」的觀念所可能具有的義涵在此就起了主導的作用。於此,徐復觀在討論「興」的相關問題時,就曾特別注意到「興」在起句與落句上的不同位置其實是各有不同的作用:詩篇中做為起句的「興」的作用,即是要把因外物而觸發的感情引入主題,由是而成其為「主題構造的作用」;至於位於結尾的「興」,則是在感情的激發本身已盡了主題構造的作用之後,更形敞開一種若有若無的無限可能。徐先生進一步分辨說道,在詩的結構中,如興的事物在前而由興所引發的主題在後,這是一種結構上的自然次序,然而有意把興的作用放到詩篇的結尾,形成一種情感意念可以延伸想像的效果,卻是興的形式因著詩人的自覺而轉向複雜化的演變。**⓱**

透過這種解說,我們或許可以清楚瞭解所謂的「意在言外」的表現模式,其實是具體顯現在情感意念與詩篇語言結構經營上的兩種不同的搭配方式,一是情感激盪在前,由是而引生詩的創作表現;另一則是在詩的創作表現之後,仍可以繼續牽動情感的迴盪。就姜夔的論點而言,創作表現的關鍵問題即在於如何結尾,而如何結尾便清楚顯現了詩人的巧思與功力,並且可以藉此判定藝術價值的高下,所謂「篇終出人意表,或反終篇之意,皆妙」**⓲**的題旨也就在此。更具體說來,有關篇終結尾的表現手法,則姜夔如是說道:

> 一篇全在尾句,如截奔馬。詞意俱盡,如臨水送將歸是已;
> 意盡詞不盡,如搏扶搖是已;詞盡意不盡,剡溪歸棹是已;

⓱ 徐復觀:〈釋詩的比興──重新奠定中國詩的欣賞基礎〉,《中國文學論集》(臺北:學生書局,1974),尤其見頁 110-16。

⓲ 【宋】姜夔:《白石道人詩說》,頁 681。

詞意俱不盡，溫伯雪子是已。所謂詞意俱盡者，急流中截後
語，非謂詞窮理盡者也。所謂意盡詞不盡者，意盡於未當盡
處，則詞可以不盡矣，非以長語益之者也。至如詞盡意不盡
者，非遺意也，辭中已彷彿可見矣。詞意俱不盡者，不盡之
中，固已深盡之矣。⑲

　　姜夔詳盡分辨了三種不同的尾句經營方式，而他的解說與示例
又極為明確。基本上，結尾的作用當然是在收束全篇的旨意，然而，
姜夔在此更以「奔馬」的意象喻示情感意念本身的流動性質，並且以
「截」字如此鮮明的動詞來描述意念的流動與尾句收束之間的張力，
而結尾就代表了一種藝術上的掌控駕馭的能力。至於這三種結尾的方
式中，最被稱賞的自然是所謂的「詞意俱不盡」，也就是如何能在創
作活動結束之後，仍然可以讓情感意念持續保留其流動鮮活的性
質——這樣一種結尾的方式自是「含蓄」美典最理想的典式。於此，
姜夔是以「溫伯雪子」來稱說「詞意俱不盡」這種表現方式，至於「溫
伯雪子」的事例則是出自《莊子·田子方篇》。⑳溫伯雪子是楚國的
有道人士，曾在路過魯國時說道：「吾聞中國之君子，明乎禮義而陋
於知人心。」孔子前往求見之後，默而不語，子路問其原因，孔子答
說：「若夫人者，目擊而道存矣，亦不可以容聲矣。」所謂的「目擊

---

⑲　【宋】姜夔：《白石道人詩說》，頁 682-83。

⑳　《莊子·田子方篇》，見【清】郭慶藩輯：《莊子集釋》（臺北：華正書局，
　　1979），頁 704-06。清代宣穎《南華經解》中的解說：「觸之而已，知『道』
　　在其身，何復容著言語。夫子之於雪子，則以真遇真也。」引文見歐陽超、
　　歐陽景賢：《莊子釋譯》（臺北：里仁書局，1992），下冊，頁 821。

而道存」，即是指稱一種在具體的形貌中展示出無形充實的精神狀態。
就《莊子》原意而言，當然是提示了「形、神」問題的可能雛型，而
另一方面也反映了古典傳統中一種獨特的認知模式，亦即流動充沛而
不可捉摸的抽象事物或狀態，原是可以直接具體體現在日常生活世界
中任何平常可見的有形事體之中。據此，則古典詩論傳統中所發展出
來的「神韻」理論，可以說就是建立在這樣的一種認知與思維模式。
在某種意義上說來，《莊子》書中透過「目擊而道存」所蘊示的認知
模式，是與《周易·繫辭傳》所說的「立象以盡意」有相互發明之處，
因而在精神根源上「神韻」的理論更是與「含蓄」的美典有相互重疊
的部分，兩者同樣都來自於古典文化論述中對於「形相」、「表達」
此等問題的思考，並且由是而在其中衍生出系列有關「具體／抽象」、
「形體／精神」以及「有限／無限」等相關議題的辯論。

　　另外，姜夔既以含蓄為詩的主要典式，自也提到在作品本身的
經營安排上應該要能做到「意中有景，景中有意」的審美旨趣。這就
牽涉到「情景交融」的理論義涵，更是中國古典詩論傳統的主要議題，
當代學者已有可觀的研究成果，此處不贅。然而，值得一提的是，情
景的問題之所以在古典詩論中一再被提出來討論，主要就是因為此一
問題充分表明了在追索「意在言外」的用言方式之下，情感意念本身
不可掌握的流動性質如何得以間接透過物象物態的「具體性」來加以
傳示——這種思考方式反映了一種認識論的前提，那就是物象物態
本身在「空間」型態上所可能呈示的某種性質、甚或可能展現的某種
關係，基本上是可以與情感意念本身的流動性質相互對照；物象物態
彼此之間相互構成的各式各樣的關係圖像，正可以就是情感意念的一

種等值。㉑基於這種體認，空間向度中的物象與物態所可能呈現的圖像或樣式，就此成為情感意念本身的流動性質的一種象徵形式了，而古典詩論傳統所以一再揭示寫景的重要性，其可能的理論義涵也就具體顯現在此。

　　關於詩歌的基本審美特質的探索，姜夔提出的詩論要點，比起在他之前的任何說法，都要來得具體明確。如果文學批評史家認定「姜夔未曾建立全面的系統理論，有關詩歌與現實的關係及其思想實質，均少涉及」㉒，這並不是持平之論，畢竟詩歌創作在題材內容上如何運用或支配所謂的「現實」此一相關的材料，其實是一個十分複雜難決的問題，其間不但有著抒情與寫實這兩種書寫形式之間的衝突，更有著特殊的政治文化現象的制約。這固然牽涉到抒情詩本身在本質上要表現有關「現實」此等題材內容時，其創作形式所能承載的議題的有效度到底如何，而另外，尤其是古典文化傳統中詩人同時被要求兼具有士大夫的身份，在這種情況下，要如何探討情感意念的活動與具體的「現實」因素之間相互激盪的可能關係，更是一項有待釐清的問

㉑　美國哲學家 Susanne K. Langer 在《情感與形式》(**Feeling and Form: A Theory of Art**, 1953) 一書中，即強調情感活動本身是一個「張力」與「解除」的流動過程，然而，此等流動過程通常是以不具「時間」性質的「空間」樣態予以同時具體呈現，因此「造型」的表現形式就此取得情感表達的優越性，而所謂的「象徵形式」的重要義涵也就在此。

㉒　顧易生、蔣凡、劉明今：《宋金元文學批評史》，下冊，頁 504。另外，根據黃葆真先生的說法，姜夔的《詩說》是「專論詩法」，因而沒有談到「詩的根本宗旨」，則似乎是把所謂的「詩法」看得太過狹隘，見成復旺、黃葆真、蔡鍾翔合著：《中國文學理論史 (二)》（北京：北京出版社，1987），頁 463。

題。基本上，這些議題都有待當代古典研究學者必須費力加以解決的，
但首先研究者自身可能要先經過議題內容與思考模式的轉化此一階
段，才有可能進一步依據轉化後的知識與料而對於問題做出相應的判
斷。

　　據此，我們大致上可以說，「含蓄」的美典除了要求在情感意
念本身的描寫刻劃上盡量有所節制之外，最重要的則更在於情感意念
的內容如何能與詩篇本身的章法結構相互搭配，因此所謂的情感內容
的問題，其實也就是形式本身的問題。在這種觀點的引導下，情感意
念一方面可以做為創作活動中具有引導詩篇主題構造作用的「啟引」
因素，而另一方面，又可做為創作活動中完成詩篇主題構造作用之後
的「延伸」因素。同時，既然情感意念本身又要求應盡量加以節制，
因而在創作活動中間接借助於景物的烘托傳寫的表現型態，便也成為
作品本身的經營安排得以獲致「意在言外」的「含蓄」審美效果的重
要方式。

　　具體說來，「含蓄」此一觀念所體現的「意在言外」的思維模
式與用言方式，其實反映了中國古典詩論在歷史發展過程中的一條主
線，而這樣一條主線得以形成，主要就建立在「興」的觀念所可能展
示的理論義涵。具體說來，古典詩論所關心的基本議題，就是創作活
動中所關涉到的情感意念到底如何能有效加以呈現的問題，而同時，
外在的物象物態又如何能被轉接成為創作表現的主要題材。因此，不
論是〈毛詩序〉所倡言的「主文而譎諫」或是劉勰所稱許的「以少總
多，情貌無遺」，甚或是晚唐司空圖提出的「韻外之致」，以及宋代
詩話中常被提及的「諷興」與南宋嚴羽的「興趣」說，其論點主要都
在於強調詩歌的意義是在於情感意念本身的鋪排與運作方式，並不必

然直接具體展現在作品實際的語文結構之中，而往往是在語言文字的經營傳寫之外而另有指涉的。因此，就我們的題旨而言，基本上是把「含蓄」視爲一個整合性的審美觀念，代表了古典詩學傳統中的一種審美的價值或理想，而「意在言外」的觀念則是做爲「含蓄」美典得以形成的一種理論根據，是爲「含蓄」美典提供了語言操作模式上的可能性與具體性。

二、「寄託」的概念與「引譬連類」的手法

然而，如果根據錢鍾書的說法，則「意在言外」本身就代表著一種審美的目的與效果，並且可以再行區分爲「含蓄」以及「寄託」兩種不同的典式，其論點主要如下：

> 夫「言外之意」（extralocution），說詩之常，然有含蓄與寄託之辨。詩中言之而未盡，欲吐復吞，有待引申，俾能圓足，所謂「含不盡之意，見於言外」，此一事也。詩中所未嘗言，別取事物，湊泊以合，所謂「言在於此，意在於彼」，又一事也。前者順詩利導，亦即蘊於言中，後者輔詩齊行，必須求之文外。含蓄比於形之與神，寄託則類形之與影。❷❸

顯然的，就錢鍾書而言，「寄託」是指在作品的字面意義之外呈現與作品平行的另外一層意義，而作品所寓託的另外一層意義才可

---

❷❸ 錢鍾書：《管錐篇》（香港：太平圖書公司，1980 年），上冊，頁108-9。

能是作品的旨趣所在；至於「含蓄」，則作品本身字面意義上的經營
是有意加以節制，因而有待引申之後才可以說是圓足完備的。如此的
界說，可以有效區隔「含蓄」與「寄託」之間的不同，但把「含蓄」
與「寄託」視爲「言外之意」所展示的兩種並列的典式，卻仍然不足
以說明「含蓄」、「寄託」、甚或是「神韻」與「言外之意」彼此之
間確切的因依關係到底若何。畢竟，就古典詩歌的創作或批評而言，
「意在言外」是一項主要的題旨，而「含蓄」、「寄託」、甚或是「興
趣」、「神韻」都是圍繞著此一基本議題而來的審美觀念，因此如何
有效區隔這些審美觀念之間的分合問題，便應是當代古典詩學研究者
不可避免的主要工作之一。更重要的，如果就古典文化的整體環境氛
圍而言，則這些審美觀念及其所顯示的審美典式，固然一方面可以視
爲是純粹的語言藝術創作，但另一方面更也牽涉到詩人作家做爲士大
夫階層所必須面對的實際的政治社會情境，因此，所謂審美典式的分
合區隔的問題，就必然要考慮到此等政教因素介入的可能性。

　　上文曾約略提到，就本書的脈絡而言，「意在言外」是代表一
種獨特的驅遣語言的創作理念或創作模式，其所體現的即是「含蓄」
的審美價值或審美理想，至於「寄託」或「神韻」則應該被視爲是成
就「含蓄」美典的表現手法之一。若具體而言，「意在言外」此一創
作模式所亟欲達成的藝術效果，是如何能在作品的語文層面上的經營
予以節制或精簡，但仍然容許甚且召喚更大量的意義的引申。循此，
在「含蓄」與「寄託」的美典中，詩歌本身的意義及其可能呈示的「言
外之意」，兩者之間雖然是相互涵攝的，但各有小大不同。相較之下，
所謂的「含蓄」，其指涉的意義本身其實是不固定指實的，並且是以
情感意念自身的闡釋爲主；至於所謂的「寄託」，則是指稱在作品的

創作或解讀時尋求一種與作品平行並列的具體指涉，因而詩作的字面
意義及其言外之意是相互對應，而且是明確可以限定的。既然「寄託」
所喻示的言外之意是較爲明顯固定，且較爲容易形成明確而可以依循
的一種藝術表現模式與詮釋法則，則其創作手法與所指涉的意義內容
顯然可以被包含在「含蓄」所可能蘊示的意義範圍之內。❷❹

　　如果就「寄託」這一創作或詮釋系統的歷史發展而言，則其理
論的根源可能就在於漢代學者對於《詩》、《騷》這兩部作品的討論，
而且在議題的內容上是與外在的政治現實此一因素有具體的關聯。司
馬遷（約西元前第二世紀）在《史記‧太史公自序》中即提到「夫詩書
隱約者，欲遂其志之思也」，這種說法一方面固然強調了「隱約」不
明說的表現手法原是有不得已的個人因素在，而另一方面則這種個人
因素又是來自於外在具體的政治處境，因而在不明說當中其實隱含著
明確的創作意圖與所要傳達的特定內容。除此之外，〈毛詩序〉所代
表的詮釋學派，更將《詩》三百篇的每一首作品都直接牽引到具體的
政治人物及其相關的歷史政治處境，而東漢鄭玄（127—200）所標立的
「詩譜」概念，即是其中最具代表性的說法。鄭玄認定《詩三百篇》
中的某些作品，譬如說從周宣王（西元前 827—782）以降，其明確的創
作年代是可以依憑《春秋》而定其次第：「欲知源流清濁之所處，則
循其上下而省之；欲知風化芳臭氣澤之所及，則傍行而觀之。此詩之

---

❷❹　施逢雨先生曾撰文討論相關的論題，見其〈「旁通」與「寄託」--兩種解讀
　　詩詞的特殊方式〉，《清華學報》，新 23 卷第 1 期（1993 年 3 月），頁 1-
　　30。關於施先生所提出的這種區隔方式，我們在下文中將有較爲詳細的引述
　　討論。

大綱也。」㉕在這種解釋觀點的引導下，鄭玄依據具有政治倫理性質
的寫作動機而提出關於「賦、比、興」的界義：「賦之言鋪，直鋪陳
今之政教善惡；比，見今之失，不敢斥言，取比類以言之；興，見今
之美，嫌於媚諛，取善事以喻勸之。」㉖基本上，這種解說方式是充
滿了關於政治倫理上的寫作動機與寫作意圖的推斷，並且與在他之前
的鄭眾（？—85）所提出的解說有明顯的不同：「比者，比方於物也；
興者，託事於物也。」㉗儘管如此，如果就詮釋的法則而言，則東漢
王逸（生卒年不詳）對於《楚辭》這一系列作品的說解，尤其是其中的
〈離騷〉一篇，其實是比較具有系統性的，明確樹立了所謂諷喻寄託
的表現手法與表現方式，並且開啓古典詩論傳統在此議題上所展示的
詮釋系統

> 〈離騷〉之文，依詩取興，引類譬諭。故善鳥香草，以配忠
> 貞；惡禽臭物，以比讒佞；靈脩美人，以媲於君；宓妃佚女，
> 以譬賢臣；虬龍鸞鳳，以託君子；飄風雲霓，以爲小人。其
> 詞溫而雅，其義皎而朗，……。㉘

　　根據王逸的說法，〈離騷〉在表現手法上的特點，即是作品所

㉕　【漢】鄭玄：〈詩譜序〉，見【唐】孔穎達：《毛詩正義》（臺北：藝文印
　　書館影印十三經注疏版），卷首，頁7A。

㉖　《周禮·春官·大師》，見【漢】鄭玄：《周禮正義》（臺北：藝文印書館
　　影印十三經注疏版），卷23，頁13A。

㉗　鄭眾的說法，見【漢】鄭玄：《周禮正義》引述，卷23，頁13A。

㉘　【漢】王逸：〈離騷經序〉，【宋】洪興祖：《楚辭補注》（臺北：漢京文
　　化公司，1983），頁2-3。

選用的具體名物其實都寓託另一層指涉政治倫理面向的意義，因而在作品表層所顯示的字面意義之外，是另有一層與之相平行的指涉意義。至於這層指涉的意義所以可能，主要也就建立在「類型」概念與「譬喻」手法之間的交叉運用。所謂的「依詩取興」，是指〈離騷〉依據《詩三百篇》借用外在事物以引發情感意念的表現方式，同時卻又在這種「啓引」的方式中有著較爲明確具體的譬喻作用；所謂的「引類譬諭」即是在事物可以引發的意義的聯想活動當中有意加以限定，以便形成固定的比喻關係。如果我們再進一步就著事物所指涉的意義來看，則不難發現此等指涉意義所能適用的範圍，大體上是以君臣關係以及此一關係所蘊含的倫理德性爲主，因此，因著外在事物而起的「譬喻」在此就有了具體固定的適用範圍。這即是古典詩論傳統所謂的以香草美人爲名的「託喻」或「託諷」的概念。㉙

　　面對古典詩論傳統所開展出的這種詮釋法則，顏崑陽先生就曾撰文指出，由《文心雕龍‧比興篇》所引發而來的「託喻」的概念，大致可以析解爲三種可能的涵義，也就是「寄託」、「譬喻」以及「勸諫或告曉」，至於這三者之間所形成的關係，具體說來，即是：

> 「興之託喻」，其「所喻者」乃是「作者個人主觀的情志」。這和修辭上的「隱喻」顯然不同，在「隱喻」中，不管是喻體（所喻者）、喻依（作喻者），相對於作者個人主觀的情志而言，二者都是客觀對象的經驗材料，只是作者把它們聯想在

㉙　劉勰在《文心雕龍‧比興篇》中指出：「觀夫興之託喻，婉而成章，稱名也小，取類也大。」見周振甫：《文心雕龍注釋》（臺北：里仁書局，1984），頁677。

一起。而在「託喻」中,則「作喻者」由於出現在言內,是
客觀對象性的經驗材料,但「所喻者」隱在言外,卻是作者
個人的主觀情志。這種「主觀情志」並不是作品自身語言結
構內所形成的「意」,而是一種「社會行為」的「意向」,
也就是「何因要作這首詩」的「原因動機」以及「作這首詩
意圖達到什麼目的」的「目的動機」。……以詩而言,也就
是作者在作詩時已預設了特定的讀者,意圖對此「讀者」有
所勸諫或告曉。因此,這類「託喻」之詩,不同於無特定讀
者對象之自我抒情的泛詠。如此,結合「寄託」、「譬喻」、
「勸諫或告曉」才是「託喻」的充要義涵。⑳

　　這種區隔雖然明確而且詳盡,但其中不免將「隱喻」的性質與
作用看得太過於狹窄,因而多少忽略了西方修辭傳統中以「隱喻」為
主的「譬喻」格式所可能具有的豐富義涵與複雜度。事實上說,在西
方近代的哲學或文學理論論述中,「隱喻」的問題已然牽涉到思維結
構與認知模式等較複雜的議題,其中更有足以抉發古典詩歌創作活動
所隱含的特定的觀物方式的可能性——這當然是題外話了。

　　再者,就我們所提出的問題架構而言,所謂的「勸諫或告曉」
其實是牽涉到寫作動機或目的的問題,因此也就應該就可以被包含在
所謂「寄託」的概念之中。我們的意思是,在「寄託」的創作方式上,
「勸諫或告曉」此等動機與目的既已決定了創作過程中作者對於相關

⑳　顏崑陽:〈論詩歌文化中的「託喻」觀念—以《文心雕龍・比興篇》為討論
　　起點〉,《魏晉南北朝文學與思想學術論文集》第三輯(臺北:文津出版社,
　　1997),頁 211-44。

創作材料的安排經營,則此等動機與目的本身即應顯然反映在「寄託」
此一概念所傳示的意義層次,並不需要另立一目以爲區隔。語言本身
所具有的符號性質,除非被擺在純屬個人的或特定的操作系統,否則
不可能完全顯示爲私有的或私密的符號系統。儘管我們可以一再強調
創作活動中作者個人主觀情志以及特定讀者對象二者的重要性,然而
此一主觀性與特定性一旦進入語言的言說表述活動,則語言文字與指
涉意義之間在符碼化與解碼化的往來互動過程中,必然會逐一衍生爲
具有成規性質的系統操作。這就是文化場域中不同的意義支援系統所
以生成與得以作用的根源。據此,則詩歌創作活動中出現的「託喻」
或「託諷」的概念本身,即可以被視爲是一種「次文類」,其中自有
一套相關的語碼成規可供運用操作,並且足以提供創作或詮釋上所應
依循的準則。因此,直接就著「寄託」的議題,我們自可以把討論的
焦點集中在「寄託」與「譬喻」之間的可能關係。

　　根據顏崑陽的說法,則「譬喻」的修辭格式,主要是建立在喻
體 (所喻者)、喻依 (作喻者) 之間的具體關係,這當然是一般修辭法
則的通識,而其中所謂的「隱喻」則又更是被視爲「譬喻」修辭格式
中最主要的一種型態。於此,梅祖麟與高友工兩位先生曾依據現代語
言學家雅考愼 (Roman Jakobson, 1896－1982) 所提出的「對等原理」
來闡釋「隱喻」所以可以造成新一層語意的理論基礎。基本上,所謂
的「對等」可以是指詞與詞之間的相等或類似的關係,也可以是指歧
異或對比的關係,因此,「詩人運用隱喻目的當然是要藉隱喻的手段
表達特殊的或新鮮的感受與經驗。詩人與讀者共同追求的是隱喻包含
的兩個基項所表現的類似性或對立性新產生的詩歌效果。」❸如更進

❸　梅祖麟、高友工著,黃宣範譯:〈唐詩的語意研究〉,見黃宣範:《翻譯與
　　語意之間》 (臺北:聯經出版公司,1976),頁155。

一步說，「隱喻」本身在語意的創造功能上所顯現的「明暗程度」則又各有不同，亦即隱喻所涉及的二個基項，可能同時都出現，並且二者的關係也明顯的交代；或者這二個基項也可能同時都出現，但其間的關係只是隱含而不顯，而另外也可能是只有其中一個基項出現。然而，就是在這種不同基項之間或隱或現的操作表現上，「隱喻」的修辭格式就不限於只是充分顯示在作品表層上的語言經營了，而可以是作品與整體語境之間相互涵攝的一種隱性的結構關係。㉜因此，在「隱喻」修辭格式中所謂的喻體（所喻者）與喻依（作喻者）之間的關係，就不必然只是止於字面上的與字質肌理上的性質與作用，而是可以更進一步指向作品及其「言外之意」之間可能的一種隱性的結構關係。至於這種隱性的結構關係得以形成，主要就是依賴前述所說的意義支援系統所能提供的指示作用，而此等意義支援系統的形成則又是有文化屬性的，也就不斷在創作實踐與批評反省的互動過程中逐一積累，不同的文化自有其特定相關的意義支援系統。

在這種觀點的引導下，我們可以認定傳統詩學論述中所稱說的「託喻」或「託諷」的概念本身，其實在某種程度上，仍然可以放在「隱喻」此一修辭格式所可能指向的一種隱性的結構關係中來加以理

㉜ 關於「隱喻」本身在語意的創造功能上所顯現的「明暗程度」的討論，見梅祖麟、高友工著，黃宣範譯：〈唐詩的語意研究〉，頁 157。後來，高友工曾把「隱喻」的觀念擴大爲具有結構性質與作用的「隱喻性」，用以闡釋在詩語中名詞所以特別具有「豐富的聯想和象徵意義」的依據，其中也牽涉到「類屬」的問題，見高友工：〈文學研究的美學問題（下）：經驗材料的意義與解釋〉，《中外文學》，第 7 卷第 12 期（1979 年 5 月），頁 28-29。在本書中，我則直接以「隱喻結構」一詞稱之，至於有關具體細節的分析，或待另文補足。

解的，亦即作品本身的語文構造自成一個完整的喻依（作喻者），而作品所指涉的言外之意，不論是就著詩人自身特定的主觀情感意念、或是因著指向特定讀者對象而來的創作意圖與目的，則可以被視為是一個隱性的喻體（所喻者）。在此，顏崑陽先生將詩人在創作活動中屬於個人的「主觀情志」以及在創作意圖與目的上的「勸諫或告曉」這兩項因素，排除在「隱喻」的性質與作用之外，似乎讓「託喻」的概念及其指涉的內容顯得過於複雜，然而在他的說解中卻也得以清楚分辨了所謂的「寄託式的譬喻」的實質義涵。於此，顏崑陽引據漢代孔安國（約西元前第二世紀）以「引譬連類」解釋「興」的說法，並進一步將「託喻」中的譬喻作用視為一種「情境連類」：亦即作者自身處在現實社會中某一具體的情境之中，緣事而發而有了特定的創作表現活動，因此，

> 作者為了表達此一情境，以對某特定讀者勸諫或告曉，因求其委婉，故採取「寄託式的譬喻」；而被用來做為「託喻」的事物，必是一與自己所意圖託喻之「實存情境」具有類似性之另一「情境」。此另一「情境」即是作品語言所描述具現之情境，我們可以稱它為「作品情境」。將兩個類似之情境連接在一起，我們可以稱它為「情境連類」。……假如我們把（「引譬連類」）這句話放在「興」體詩之作，必在社會具體情境中「緣事而發」的此一觀念系統中來進行理解，則孔安國所謂「引譬連類」，應該可以被理解為是「寄託式的譬喻」

的「情境連類」。㉝

基本上，「情境連類」仍應被看成是隱喻結構的一種表現，只是作品本身的語文經營或構造自成一個完整的意義載體，而作者自身所要託喻的情感意念或隱含的創作意圖與目的，則是在作品之外另成一個被作品所指涉的意義層。

就此而言，在古典詩歌的創作場域中，則或因著詩人自身情感意念而來的不易捉摸的流動性質、或因著隱含的創作意圖與目的上的勸諫或告曉作用，而不得不在創作表現上採取間接委婉的手法，那麼，顯然的，所謂「意在言外」此一創作模式所亟欲達成的「含蓄」藝術效果，即是具體體現在隱喻結構中語言與意義之間所透顯的對等原理。不同的是，「含蓄」可以指稱比較寬泛的情感意念的指涉內容，而「寄託」則必然是比較明確具有特定的政治倫理上的指涉意義，兩者之間因而有著指涉意義範圍大小的區隔——就古典詩學論述傳統所使用的觀念語彙而言，這種區隔在某種程度上是具體顯現在「比」與「興」的概念上。於此，顏崑陽先生就著《文心雕龍·比興篇》中對於「比」、「興」的說解而提出的辨析，或許可以做為我們討論的起點。根據他的意見，「興」的概念既然是指一種借用「情境連類」而來的「寄託式的譬喻」，則如果將「興」單純視為是屬於譬喻的一

㉝ 顏崑陽：〈論詩歌文化中的「託喻」觀念—以《文心雕龍·比興篇》為討論起點〉，頁 222。其後，顏先生於另一篇文章中進一步指出，所謂的「情境連類」應該是與政治教化有關的一種「共同情境」之間的連接，見顏崑陽：〈從「言意位差」論先秦至六朝「興」義的演變〉，《清華學報》，新 28 卷第 2 期（1998 年 6 月），頁 157。

種形式，就不免會引生「興」（託喻）與「比」（比喻）之間在性質與
作用上的混淆。因此，面對此一問題，顏崑陽認爲較合理的解決方式
便是提出如下的區隔：

> 「比」之所以成立，是依照事物間客觀的「形態或質性相似」；
> 而「興」之所以成立，是依照事物間主觀的「情意經驗相似」。
> 「興」之所以往往帶「比」，就因爲「起興者」與「被興者」
> 之間具有「相似性」。但它之不同於「比」之爲「比」，也
> 就因爲它的「相似性」必是繫屬於主觀情意經驗（包括創作主體
> 與閱讀主體），而不繫屬於對象客觀的形態或質性。❸❹

這種區隔方式當然是言之成理的，而且在某種程度上可以清楚
辨明「比」與「興」在概念上可能的義涵。然而，問題在於我們如何
處理所謂的事物間客觀的「形態或質性相似」以及事物間主觀的「情
意經驗相似」兩者的不同——畢竟，詩歌的創作表現活動即是在將
事物客觀的形態或質性繫屬於主觀情意經驗的觀照之下，進行所謂情
感意念自身的性質與物象物態的形象之間的串接黏和，而語言符號的
經營構築就是爲此等串接黏和提供一個具體的中介場域。因此，顏崑
陽的說解中，最具關鍵性的問題意識是在於如何有效解決創作活動中
屬於作者層面的「動機與目的」，而此一因素又特別牽涉到古典文化
傳統中詩人所置身的共同的「實存情境」的議題。

在本書〈導論〉的後半段中，當我們處理到抒情模式所必須正

---

❸❹ 顏崑陽：〈文心雕龍「比興」觀念析論〉，《魏晉南北朝文學論集》（臺北：
文史哲出版社，1994），頁385。

視的情感意念本身的流動性質時，曾引據了徐復觀與葉嘉瑩兩位先生關於「比」、「興」概念的界說與討論，但我們討論的重點是擺放在「興」的議題上，藉以闡明在創作活動中如何面對情感意念本身的流動而不可捉摸的問題，並且因此強調「興」的性質與作用基本上不應被視爲只是語言與意義運作方式上的一種局部修辭格式，而是關係整首詩的情感意念與形象之間的交會。儘管在這種交會時情感意念與具體形象之間所顯現的接合問題，並不限於局部修辭格式的運用，但如借用對等原理而把「隱喻」的定義擴大，視之爲作品與整體創作情境之間相互涵攝的一種隱性結構關係，則多少可以解決其中一部份的問題。

　　究竟而言，有關「興」的性質與作用，一方面當然是指稱作品本身的語言經營構造足以與情感意念相互平行或並立，因而可以顯現爲一種隱性的「隱喻」結構關係；然而在另一方面，則「興」又可以用來指稱情感意念自身與作品的語言經營構造之間的一種延伸的結構關係，亦即情感意念在作品發端上所具有的「啓引」作用以及在作品結尾上所產生的「迴盪」效果。至於前者所形成的一種「並立」或「同一」關係，當然可以以隱性的「隱喻」結構關係來加以說明，而後者所形成的「延續」關係，則應該是屬於另一種隱性的「轉喻」結構關係了。就此而言，則「興」的概念本身之所以較具有詮釋上的爭議性或開展性，主要的原因即在於「興」的性質與作用原是具有上述的雙重的意義指涉層次——尤其如果是就著「轉喻」所顯示的「延續」關係這個層次上來說，則因爲「延續」的關係牽涉到情感意念如何被理解的問題，而情感意念自身即具有著流動而難以捉摸的特質，因此意義所指示的程度與範圍是有其豐富性，但意義的確定性自身也足以

構成一個詮釋上的難題了。但無論如何,「興」的概念所指稱的第一層涵義,亦即作品本身的語言經營與作者情感意念之間構成的相互平行或並立的關係,其實就是一種隱喻結構上的「相似性」。因此,顏崑陽文中所謂的作品情境與實存情境之間「相似性」的問題,如果以隱喻結構加以處理,仍然有其適用性。**㉟**

　　另一方面,如果就「比」的議題而言,則徐復觀對於「比」與「興」間的區隔,也可以幫助我們解決創作活動中有關作者層面的「動機與目的」此一因素的問題。根據徐復觀的說法,「比」與「興」都是得自於情感意念的「間接地形象」,然而此等間接的「情與象」的結合又可以出現在兩種情景之下,一是由情感的直感而來,這即是「興」;另一則是經由情感意念在理智作用下的反省與安排而來,這即是「比」。因此,「興」之所以不同於「比」,就在於後者是更有著意匠經營與理智安排的成分在內,由是而主題以外的事物經過「理智所賦予的主觀意識、目的」的經營與安排,而顯現了與主題「相同的目的性」,並且可與主題處於「平行並列的地位」。至於詩人之所以選擇運用「比」的表現手法,主要是「出於環境的要求」、或者「出於技巧的需要」,藉以加強主題本身的強度與深度。**㊱**更重要的,外在的具體物象因為與主題有相同的目的性,並且與主題相互平行並

㉟ 關於「譬喻」修辭格式中所具顯的「同一」關係與「延續」關係,以及二者如何可運用在古典詩歌中所表現的物我關係,可以參考高友工:〈文學研究的美學問題(下):經驗材料的意義與解釋〉尤其是其中的第二節,論「結構原則:等值通性與延續關係」,頁23-40。

㊱ 徐復觀:〈釋詩的比興——重新奠定中國詩的欣賞基礎〉,《中國文學論集》(臺北:學生書局,1974),頁98-99。

列，所以讀者自能透過兩者之間主線上的連接，而由已說出的事物去聯想沒有明說的主題。儘管我們可以如同徐復觀的考察一樣，是依著所謂詩的本質（即詩是情感意念的表現）此一前提來理解「比」與「興」之間的區隔，並且予以較為明確的斷限，然而，就在實際的歷史發展過程中，卻因著特殊的文化場景的因素（即詩人的身份或政治倫理的作用）的介入，「比」、「興」之間的區隔其實是另有一個複雜的分合現象，其中更有著所謂「比而帶興」或「興中有比」的問題，這自然需要專章處理，才得以窮究個中的曲折。

就此而言，「比」的性質與作用，因為在物象與情意的接合上是比較明確，因而可以具體展示為一種對等關係的「寄託」手法，其中有關作者層面的「動機與目的」此一主觀因素，也就自然要在作者所刻意選用的物象物態上充分顯示出來，方足以構成理解與詮釋上的可能性。這也就是說，作品在意義建構的過程中，作者個人的創作動機與目的即應該有效的成為作品意義的一部分，且不論其呈示的方式是具體顯現在作品的結構之內、或是隱示在作品結構之外。如果以漢賦為例，則「賦」的體式本身自有創作上明確的「諷諭」動機與目的性，然而，揚雄（西元前 53—西元 18）個人的自省中既已隱約道出此等目的性與作品實際的效果之間可能的矛盾：「或曰：『賦可以諷乎？』曰：『諷乎！諷則已；不已，吾恐不免於勸也。』」❸❼揚雄對於「賦」在創作上所顯現的這種矛盾性，班固（西元 32—92）的《漢書·藝文志》中有著較為具體的說明，亦即所謂的「競為侈麗閎衍之詞，沒其風諭

---

❸❼ 【漢】揚雄：《法言·吾子篇》，見郭紹虞：《中國歷代文論選》，第一冊，頁 91。

之義」；而《漢書·揚雄傳》中則更有詳盡的敘述：

> 雄以爲賦者，將以風之，必推類而言，極麗靡之辭，閎侈鉅
> 衍，競於使人不能加也。既迺歸之於正，然覽者已過矣。往
> 時武帝好神仙，相如上〈大人賦〉欲以風；帝反縹縹有陵雲
> 之志。繇是言之，賦勸而不止，明矣。……❸

　　就中所謂的「既迺歸之於正，然覽者已過矣」，清楚說明了創
作的動機與目的性以及作品本身的語文結構之間其實是有落差的，其
中的關鍵就在於作品自身的語文結構是可以另成一套符號系統，而作
品可能衍生的意義指涉與產生的閱讀效果，並不必然完全在作者的主
觀掌控之中。

　　相對說來，意義的「自主性」此一概念，在西方的論述傳統中
基本上是一項顯見的議題，其中自有其關於作品語文構造、意義指涉
與閱讀效果等相關議題所展示的具體內容。如果就中國論述傳統而
言，則更因爲不論是創作或是批評活動，在實際上都是以「士大夫」
此一階層爲主，故而牽涉到作者的身份位階、作品中的經驗與意義所
以產生的情境脈絡、以及可能的特定閱讀對象（或對象群）等相關的問
題，因此，有關作品在特定的內容題材的表現活動上，也就不免要特
別關注創作的動機與目的性以及由是而來的表現方式等相關的議題。
就正如〈毛詩序〉所揭示的「主文而譎諫」的創作法則一樣，一方面
既要求作品擔負起「美刺」的勸誡作用，而另一方面又要求此等勸誡

---

❸　【漢】班固：《漢書·揚雄傳》，見【清】王先謙：《漢書補注》（臺北：
　　藝文印書館影印二十五史版），卷 87 下，頁 14B-15A。

作用必須透過委婉間接的方式來表現,因而所謂「言外之意」的可能性及其相關的語文構造上的設計,自然就是古典詩歌創作與批評活動中的考量重點。我們或許可以說,在「諷諭」或「託諭」的概念之下,創作活動所考量的重點,一方面固然有關修辭譬喻可能的操作方式,但另一方面則更爲看重作者在特定政教情境中的勸諫或告知的作用。於此,顏崑陽引據相關文獻材料,就著「喻」字本身所具有的多重語意成分而提出辨析,清楚反映了古典論述傳統在此問題上的基本思考:「喻」與「諭」兩字原可以互通,因而皆有譬喻、勸諫或告曉之義。❸❾就此而言,比起其他的審美典式來,所謂的「寄託」此一創作模式也必然承載了較多的作家個人隱而未顯的創作動機與目的,而原先做爲創作動因的「作者意向」的因素,勢必顯現爲作品語文構造上的一種設計,並且成爲作品整體意義的一部份。因此,在「託喻」或「諷喻」此等概念的主導之下,古典詩歌的創作與批評就在實際的歷史條件之下,發展出了一套獨特的有關於「意在言外」得以確立的隱性的「隱喻」結構關係。

至於這種隱性的「隱喻」結構關係如何形成,並且成爲古典詩歌創作與批評中相關的意義支援系統,則一方面有待於「作者意向」此一概念在批評理論論述中的定位與引介,這當然與古典文化傳統中詩人作家的身份或地位有關,而另一方面更有待於「引譬連類」此一概念在實際創作活動上的具體化與成規化,兩者交互爲用,由是進而在詩學論述傳統的發展中帶來特定的指引作用。於此,如就「寄託」概念所牽涉到的「作者意向」問題而言,則又具體與作者個人實際的

---

❸❾ 顏崑陽:〈論詩歌文化中的「託喻」觀念〉,頁 213。

生活閱歷與創作活動中作者的「意向」有關。葉嘉瑩先生曾特別指出，如要判斷一首作品是否有寄託，可以透過下列三種衡量的標準：其一是就史傳資料中「作者生平之為人」來加以判斷，其二是直接從作品「敘寫的口吻及表現的神情」來做判斷，其三則是可以依據作品可能「產生之環境背景」予以考量。❹另外，施逢雨先生在具體檢視古典文學傳統中通常被認為是有寄託的相關作品之後，曾將「寄託」所以能夠成立的意義建構方式歸納為三種型態，或者依施先生自己的用語來說，即是三種「準則」：其一是「作品的題目、序言、或內文有時會直接間接點出該作品有『寄託』」，而這種準則可以說是最明確可靠；其二是「某些物或人在中國文學、文化裡長期演化之後，往往成了詩人詞人託寓情意的媒介」，而這種準則只可以說是往往可靠；其三是「作品以外的記載，諸如作者自敘、史傳、筆記小說、詩話詞話等，有時會指出作品有『寄託』」，而這種準則的可靠性又往往決定於記載的真偽以及此等記載與作品自身的契合度，因此也不是完全明確可靠。❹在施逢雨所提出的三個準則中，第一與第二兩種型態當然是古典作品所以被認定為有寄託的主要方式，其中隱約透露出來的理論依據，即是我們所說的「作者意向」的積極引介與「引譬連類」的成規化。然而，有關第一與第二個準則之間的區隔，其實是決定於「作者意向」此一成素介入作品中的強弱度。至於第三種型態所以能夠在

---

❹ 葉嘉瑩：《迦陵談詞》（臺北：純文學出版社，1970），頁 62-63。這些相關的題旨，葉先生在隨後的論文中另有所發揮，如見於〈常州詞派比興寄託之說的新檢討〉一文，載《中國古典詩歌評論集》（臺北：源流出版社，1983），尤其見頁 176-78。

❹ 施逢雨：〈「旁通」與「寄託」--兩種解讀詩詞的特殊方式〉，頁 10。

古典詩歌的解讀活動中出現，更是因為成規化的了「引譬連類」的作用，這也就是說，在古典詩歌的創作與解讀活動中意義的建構方式，有大部分是得自於語詞在歷史累積中所形成的意義聯想網絡，因此可以出現作者未必然而讀者未必不然的現象。葉嘉瑩先生在討論溫庭筠的「菩薩蠻」一詞是否有寄託時，也曾一再提出類似的說解，但她更依據相關的史料判定溫庭筠的詞作不必然另有寓意。㊷關於此一現象的發生及其可能的解決方式，施逢雨即是以「旁通」的概念加以解釋，並且認為「旁通」不應視為是一種表現手法，而只是有關作品的「解讀方式」。㊸至於作者如何能寫出可以「旁通」的作品，以及讀者如何讀出可以「旁通」的作品，施逢雨則較為審慎的說他「找不到明確固定的解答」——如果就本文的論點而言，則這種解讀方式之所以可能，一方面固然是因為「引譬連類」在古典詩歌的創作與解讀活動中所起的作用，而另一方面就決定於古典詩歌論述傳統一再強調的作品與詩人實存情境之間的密切性，也就是詩歌的創作應該實際但卻又必須隱約委婉的反映作者自身的情境、尤其是在政治倫理中的處境與判斷，二者相互為用，並進而逐漸在歷史累積中形成我所謂的文化上的意義聯想網絡或意義支援系統。

　　基本上，「含蓄」與「寄託」等審美典式之所以能完成，都有賴於「作者意向」的積極引介以及「引譬連類」的成規化——然而，單就「寄託」的表現手法而言，則「引譬連類」的成規化在詩學論述

㊷　葉嘉瑩：《迦陵談詞》，頁62-63。另見葉嘉瑩：《唐宋詞十七講》（長沙：岳麓書社，1989），頁56-64。

㊸　施逢雨：〈「旁通」與「寄託」--兩種解讀詩詞的特殊方式〉，頁10。

傳統中的發展是佔有著較大的主導作用，並且比較有一個具體明確的軌跡可尋，其中現存唐代「詩格」一類的著作中就保留了許多可觀的材料。簡單說，如果就「引譬連類」此一概念所關切的議題而言，則是在於追問作品中所選用的物象物態如何能引生相關的另一層意義的可能性。至於這項問題所以出現，從歷史發展的脈絡來看，最直接的關聯大概得自於隋唐以後對於六朝文風的反省與批判，尤其是針對六朝文學現象中有關景物摹寫問題而提出的議論。

於此，唐代中葉白居易 (772—846) 在〈與元九書〉一文中對於晉、宋以至於梁、陳之間作家的批評，比較上具有理論開展上的關鍵性意義，雖然他在遣詞用字上多少是承繼隋初李諤 (生卒年不詳) 在〈上隋高祖革文華書〉中對於六朝文風的批判意見：「遺理存異，尋虛逐微，競一韻之奇，爭一字之巧。連篇累牘，不出月露之形；積案盈箱，唯是風雲之狀。」❹然而，白居易更明確倡言詩歌的創作應秉持「風雅比興」的原則，並且以此批判晉、宋以來的作家或「多溺於山水」、或「偏放於田園」，甚至於「率不過嘲風雪、弄花草而已」，進而導致所謂的「六義寖微」與「六義盡去」之弊。❺循此而論，以情感抒發為主的創作活動，其關懷的重點除了貞定此一情感的性質並且規範明確的創作目的之外，就是如何重新擬定並呈現外在物象此等創作的材料了，而白居易所問詢的問題：「噫！風雪花草之物，《三百篇》中豈捨之乎？顧所用何如耳」，其實也就是往後古典詩學費心思量、

---

❹　【隋】李諤：〈上隋高祖革文華書〉，郭紹虞：《中國歷代文論選》，第二冊，頁 5-6。

❺　【唐】白居易：〈與元九書〉，郭紹虞：《中國歷代文論選》，第二冊，頁 97。

圖謀解決的課題。現存託名於白居易的《金鍼詩格》中，即有著「詩有物象比」一目：

> 日月比君臣。龍比君位。雨露比君恩澤。雷霆比君威刑。
> 山河比君邦國。陰陽比君臣。金石比忠烈。松柏比節義。
> 鸞鳳比君子。燕雀比小人。蟲魚草木，各以其類之小大輕
> 重比之。㊻

在此，透過列舉的方式說明物象與意義之間可能的類比關係，而其中所宣示的重點，又完全擺放在固定的幾層有關政治倫理的關係網絡。更重要的，原先可以做為情感興發對象的自然景物，就從較為寬廣的可能的意義指涉的幅度逐一減縮其適用的範圍，成為明確固定的幾種「類型化」的指涉意義。這種立論的角度，當然是與《金鍼詩格》所倡言的「內、外意」的概念有關：

> （「詩有內外意」）一曰內意，欲盡其理。理，謂義理之理，美、
> 刺、箴、誨之類是也。二曰外意，欲盡其象。象，謂物象之
> 象，日月、山河、蟲魚、草木之類是也。內外意皆有含蓄，
> 方入詩格。㊼

基本上，「內、外意」都是以自然物象的摹寫為主，但二者的區隔則主要是建立在自然物象是否具有明確的創作意向的指示作用，

㊻　【唐】白居易：《金鍼詩格》，見張伯偉編撰：《全唐五代詩格校考》（西
安：陝西人民教育出版社，1996），頁334。

㊼　【唐】白居易：《金鍼詩格》，張伯偉：《全唐五代詩格校考》，頁326。

也就是是否有著美、刺、箴、誨之類的旨歸。在此,有關「內、外意」的提示其實就是在「興」的大範疇之下,逐漸依著不同的創作動機與目的而來的一種對於「興」與「比」的具體內容或表現手法的區隔。

另外,託名於賈島 (779—843) 的《二南密旨》中,更是直接就著漢代所建構的「六義」的創作法則來討論詩的相關議題,其中關於「比」與「興」的界說,完全是指向所謂的政治情境上「寄託」的意旨:「比者,類也,妍媸相類、相顯之理。或君臣昏佞,則物象比而刺之,或君臣賢明,亦取物比而象之」;「興者,情也,謂外感於物,內動於情,情不可遏,故曰興。感君臣之德政廢興而形於言。」❹就在這種立論的基礎點上,賈島在《二南密旨》中認為「物象是詩家之作用」,是用以「比君臣之化」最為得體的表現手法,並且以詳細舉例的方式闡明有關「物象」運用與操作的具體問題,而就中所謂的「論總例物象」一目,即列舉如「嚴嶺、崗樹、巢木、孤峰、高峰,此喻賢臣位」或「亂峰、亂雲、寒雲、翳雲、碧雲,此喻佞臣得志」❹等四十六項不同的節候物象,藉此說明個別物象與政教情境之間可以相互類比的意義指涉關係。同時,在「論總顯大意」一目中,則更引據完整的詩聯詩行,藉以闡明其中可能隱含的特定政教情境的意義指涉關係。至於唐末詩僧虛中的《流類手鑑》也是如此,如以「日午、春日,比聖明也;殘陽、落日,比亂國也;晝,比明時也;夜,比暗時也」❺——

---

❹　【唐】賈島:《二南密旨》,見張伯偉編撰:《全唐五代詩格校考》,頁 347-48。

❹　【唐】賈島:《二南密旨》,見張伯偉編撰:《全唐五代詩格校考》,頁 355。

❺　【唐】虛中:《流類手鑑》,見張伯偉編撰:《全唐五代詩格校考》,頁 396。

諸如此類的比對說明方式，就有如是「寫作手冊」式的規範，因而不免要被看成是「荒謬」或「思路雖不可曉，但總之是穿鑿附會」了。[51]

然而，正如我們在〈導論〉部分所引述到的英國語言學家利奇（Geoffrey N. Leech）對於語義內容的分析，就語言使用的具體情況而言，語詞的意義其實有大部分是經由聯想的作用而取得相關的引伸意義，並且衍生出語詞與語詞之間多重的相互搭配的意義，其中不但可以蘊示語言的使用者自身的情感、意向與態度，甚至也可以反映語言的運用方式與特定社會文化環境的關係。因此，語詞所可能具有的某種範圍程度內的聯想意義，其實是要不斷透過實際經驗的操演才得以持續累積，並逐漸具有一定範圍內或程度上的適用性與穩定性，因而就某方面說來，古典詩歌傳統中物象物態及其可能的指涉意義之間所形成的「類似性」，正也是理應如此。如果從歷史發展的角度看，則「寄託」此一審美典式的理論議題雖然在晚唐至宋代之間完成，但真正進入系統性的討論與引伸可能更在於清代以後，最明顯的例子當然是所謂的「常州詞派」[52]，這一方面固然牽涉到詞學在清代的具體歷史發展狀況，但另一方面則也是「詞體」本身所引發的創作與詮釋上的論辯，也就是所謂「辨體」的問題了。至於完全以比興寄託的觀念對於詩人與詩作進行實際的批評討論，則更是清代文學批評領域中

[51] 關於晚唐五代「詩格」一類的著作內容的評析，請參考王運熙、楊明著：《隋唐五代文學批評史》，頁 741-88。

[52] 關於「常州詞派」與「寄託」問題的討論，請參考葉嘉瑩：〈常州詞派比興寄託之說的新檢討〉，《中國古典詩歌評論集》，頁 160-201。

常見的現象。❸

　　綜合白居易以及中晚唐諸家在「詩格」一類著作中提出的論點，我們可以從中清楚看到「物象」的問題如何由興而比的轉移過程，而此一過程即代表了「寄託」此一審美典式在創作表現手法上的具體化與成規化。儘管當代有些文學批評史家認為中晚唐（尤其是晚唐）以降「詩格」一類的著作，其討論的重點「並不是詩歌的思想內容，而是體製、格律、風格、修辭和表現手法，大都是偏重形式方面的問題，而其內容往往淺漏瑣碎，有時甚至牽強可笑，」❸然而，如果從詩論整體的歷史發展脈絡來看，則如此詳盡而近乎繁瑣的具體表現手法上相關的討論，其實是為著詩論中所亟於建構的整體性的理想審美典式提供了一套基礎性的意義支援系統。這也就是說，某些特定的事物或景象，具有了某些固定的指涉意義範圍，因而一旦詩人或讀者在使用或面對某些字詞與相關的意象時，必然要接受這些定格化了的指涉意義的制約，也唯有經由這些具體事例的演示與成規化，理想審美典式中刻意營造的某些隱而未發的意旨，才得以有創作或詮釋上的著落點。因此，就某種意義來說，中晚唐乃至於五代時期「詩格」一類的著作，所以特別著重於探討形式技巧的問題，其實正反映了詩學論述傳統在朝向建立各式審美典式發展過程中的一個階段，其中已隱然有

---

❸　張健先生在《清代詩學》一書中曾以「儒家詩學政教精神的復興」總提明清之際的詩學論述型態，此一說法或可提供對於清代詩學整體發展的一種基本考察，但所謂政教精神的重新被提出討論，更可能有遠為複雜的具體政治社會情境的背景因素，此處不贅。請見張健：《清代詩學》（北京：北京大學出版社，1999）。

❸　王運熙、顧易生：《中國文學批評史》，上冊，頁333。

著相關的理論議題的引導，但隨後仍須經歷一段如宋代一樣充滿不同議題間的論爭的時期，而後詩論才得以轉向具有整體性的或代表性的理想典式的思考與探問。如果一定要說此一時期的詩格或詩式的著作雖然「出於近體詩完全成熟之後，面對那麼豐富的創作經驗，卻沒有形成爲系統的理論」，**⑤**這其實把歷史發展過程中具體的創作經驗與理論反省之間的關係看得太過於簡單。

　　至此，我們對於「比」、「興」的討論，目的不只是如何還原「比」與「興」在各自論述系統中可能的原意，更是在於考察其在歷史發展脈絡中的演變及其不斷更新的詮釋，譬如漢代經學家的說解、鍾嶸的提法、劉勰在《文心雕龍・比興篇》與《文心雕龍・物色篇》中相關的討論及其所引生的糾結，乃至於唐、宋以後所出現的各種複雜的陳說——因而我們關注的重點，也就在於把「比」、「興」的觀念視爲是古典詩論傳統中具有根源性與始源性的觀念，並且在歷史發展過程中啓引了關於「意在言外」此一創作模式的思考方向，以及提供關於此一創作模式所亟欲達成的各種藝術效果的理論基礎。因此，在歷史或理論的起點上即是「比」與「興」兩大概念的浮現，而在發展過程中的另一個端點，則是逐一指向「含蓄」、「神韻」與「寄託」等審美典式的確立以及彼此之間相互分合的問題。唯有透過對這種觀念與理論內容的演變與更新過程的考察，我們才得以清楚理解隱伏在古典詩歌「文化現象」中的深層問題及其可能的義涵。

---

⑤　見成復旺、黃葆眞、蔡鍾翔合著：《中國文學理論史（二）》，頁241。

三、「神韻」的概念與「情」、「境」的興會

再者，關於「神韻」的問題。如果說「寄託」是以特定政教情境中的創作意向與物象物態之間的指示作用來具顯「意在言外」的題旨，並藉此呈現所謂「含蓄」的審美特質，那麼，相對說來，則「神韻」可以說是有意去除創作活動中有關個別特定實存情境此一因素的作用，藉著物象物態本身的渲染點撥，而在某種程度上體現情感意念的含蓄不盡的審美旨趣。就此而言，「寄託」的議題比較上是傾向於強化「比」所蘊示的表現手法，其中自有強烈的主觀的意義指涉作用，至於「神韻」，則是側重於直接以「興」的方式來引發情感意念自身的流動鮮活的特質，因而走向了另一種型態的意義指涉活動。

根據這種區隔的方式，我們或可進一步探討古典詩論傳統中一再提示的關於兩種詩的表現型態的詮釋問題。嚴羽在〈詩辨〉中討論到詩的表現極致時，曾申說「詩之品有九：高、古、深、遠、長、雄渾、飄逸、悲壯、淒婉。其大概有二：優遊不迫、沈著痛快」。不論是「九品」或「大概」的問題，嚴羽所提出的考察，其實是就著詩歌所表現的情感意念的內容來說的，基本上是反映了古典詩論傳統對於情感意念的內容與性質此等問題的追問方式，而「優遊不迫」與「沈著痛快」這兩種看似對立的表現型態正也代表了詩論傳統對於情感活動本質的基本分類。王士禎的詩論雖然以神韻的審美典式為主，比較傾向於「優遊不迫」這種表情方式，卻仍在詩的相關議題上揭示二者並行的必要性：「五七言有二體，田園邱壑，當學陶章，鋪敘感慨，

當學杜子美北征等篇。」❺❻面對此等情感表現上的差異，錢鍾書即引述嚴羽所倡言的以「入神」爲詩境極致，認爲此一極致應可以顯現在種種不同的詩的表現型態，因而認定「神韻非詩品中之一品，而爲各品之恰到好處，至善盡美。」❺❼錢鍾書立論的基礎點即在於詩的表現只要能做到「語有言表之餘味」，就可以稱得上是有神韻——這種說法雖不免是把「神韻」的概念看得太過寬泛，但自也有其立論的合理性，畢竟凡是好的詩作必然能容許某種程度的言外之意的可能性。然而，我們的論點則是盡可能將「神韻」的概念限定在某一較爲固定明確的範疇，用以指稱某種特定的情感意念的表現方式，並且其中自有特定的一種言外之意的意義指涉作用。

從歷史的脈絡說，「神韻」一詞得以出現在古典論述中，最早大約是在南朝，原本是做爲人物品鑑的語彙之一：「神韻沖簡」（《宋書·王敬弘傳》）、「神韻蕭灑」（《南史·隱逸傳》）。如果仔細考察當時的語用習慣，則我們不難發現「神韻」是以名詞的性質做爲品鑑的判準或範疇，它本身並不具有任何稱許或肯定的作用，因而必須進一步加上形容詞（如「沖簡」或「蕭灑」）的補足，才得以構成完整的意義。葉嘉瑩先生就曾指出，古典文學批評語言的一大特色即在於「將一個抽象概念的名詞批評術語與一個抽象概念的形容詞批評術語相結合」，至於這一類的批評術語中，「其名詞一類大多指文學中所具含之某種質素，而形容詞一類則大多指由這些不同質素而形成的不同風

---

❺❻ 【清】劉大勤編：《師友詩傳續錄》，丁福保輯：《清詩話》（臺北：西南書局，1979），上冊，頁128。

❺❼ 錢鍾書：《談藝錄補訂本》（北：中華書局，1983），頁40-41。

格，其所予讀者之不同的感受。」❺❽在語法上說，此類名詞其實是具有主語的性質或功能，而附加的形容詞則可以被看成是謂語的單位，用以描述名詞所顯現或獲致的某種狀態或價值。如此一種語用習慣，自然不同於「神」、「韻」可以單獨做為單詞出現，並且兼具有名詞與形容詞的性質。再者，「神韻」單純做為名詞性質的語用習慣，即使到了明代的陸時雍或胡應麟時仍然被保留下來：「神韻軒舉」。至於做為詩論語彙或詩學觀念的「神韻」一詞，就如同「興趣」或「格調」等語彙，顯然是以名詞做為形容詞的性質而被使用的，本身就具有對於詩作中某種特定的質素進行評價性的描述或積極肯定的語義成份。就此而言，一般論及「神韻」此一詩學觀念的歷史脈絡時，總傾向於把「神韻」一詞的出現上溯到明代的陸時雍或胡應麟，這顯然沒有明確辨析「神韻」一詞到底是為名詞或形容詞的性質。

透過上述語用習慣的分析，我們可以說「神韻」之論，當然是由王士禎正式標舉為詩學的重要觀念，並且把以往論述中分別與「神」、「韻」兩字語義相關連的各種描述或評價統合起來，進而形成一個完整而獨立的批評術語。同時，在這個觀念或術語統合的動作中，王士禎其實是總結了前代在相關議題上的論述，並且以之做為詩歌的一種理想的審美典式。然而，正如我們在第一章討論詩學論述型態的議題時提到的，古典詩論傳統最常使用的方式，並不在於明確為一個術語觀念進行定義式的說解，而往往傾向於直接舉用特定的實例加以喻示。有關「神韻」的議題亦然。因此，我們在此所採取的討論

---

❺❽ 葉嘉瑩：〈鍾嶸詩品評詩之理論標準及其實踐〉，《迦陵談詩二集》（臺北：東大圖書，1985），頁13。

方式即一方面先就神韻的觀念提出較爲明確的定義說解，以之做爲立論的基礎，然後再行引述王士禎詩論中所提示的相關實例加以分析，藉此闡明神韻說所欲呈現的獨特的審美旨趣到底應如何理解。

如果就「神韻」此一概念的具體內容或指涉意義而言，歷來的研究學者多有不同的說解。較早，黃景進先生在《王漁洋詩論研究》一書中即曾提出如下的說解：

> 神韻乃承襲六朝以來畫論中「傳神」與「氣韻生動」的觀念。凡是談到「神」的地方都是指與「形」相對而言的精神，而凡是談到「韻」的地方一定要求有一種筆墨之外特殊性質，神韻連言即指某種無形的精神。就一首詩而言，如果能讓讀者感受到某種語言之外的性質，即是有韻，而如果這種無形的性質是表達某種精神時就叫做「神韻」。㊾

在這段文字中，黃景進從畫論系統的觀念術語闡釋「神韻」的底蘊，特別提到了作品語言之外的某種性質，並且將這種性質指向無形的精神層面。基本上，如此的界說具有一定程度的明確性與具體性，然而，其中可以再行追索的重點，則一方面是古典論述傳統中有關詩論與畫論間的切合點到底爲何？而另一方面，此種「無形的性質」又何所屬？或者，所謂與「形」相對的「精神」一語，是否有可能再進

㊾ 黃景進：《王漁洋詩論研究》（臺北：文史哲出版社，1980），頁 119。本章關於「神韻」的討論，即是根據黃景進的說解爲基礎，再加以申述，主要的理由固然因著黃先生的研究在時間上較早，可以做爲近代相關論述的起點，另外則更是因爲上述的界說著實較爲具體明確，可以充分表明「神韻」概念的基本內涵，並引發討論。

一步確定其指涉的對象內容？這也就是說，我們試圖解決的問題乃是在黃景進所提出的詮釋觀點上，再進一步申明神韻此一審美典式中具體的語言操作與表現的特殊性。⑩

　　首先，如就詩論與畫論之間的相關性而言，則最為根本的問題當然是牽涉到詩與畫的本質，如依據徐復觀的考察，則中國古典文化傳統中詩與畫的融合，即是代表了「人與自然的融合」；而分別言之，則這種融合是具體表現在畫家以詩的手法作畫，進而提高畫的意境，至於詩的方面，則是由「感」的藝術同時顯現為「見」的藝術。⑪徐先生的論點扼要說明了古典傳統中詩與畫之間的相關性，不過，更為具體的說解就屬於美學的理論範疇，自不是我們在此能說明或解決的課題。但如果我們把重點集中在「以形傳神」此一基本的議題，則或可稍做闡釋。基本上，詩論與畫論在「形」與「神」此一議題上所顯現的共通點，可能就在於兩者都不追求詳盡的細節刻畫的表現手法，然而，詩論與畫論又各自因著彼此所面對的藝術作品所使用的不同媒介，故而有著立論上的偏重點。因此，如何是具實的形相形貌之外的抽象無形的精神風貌，便也就有了不同的考量；再者，如何呈現此等無形的精神風貌，更是費盡思量的問題。最早在《世說新語》一書中

---

⑩　在晚近的一篇論文中，黃景進重新討論神韻的概念，更進一步將神韻的基本問題明確指向是以「傳神」與「餘韻」兩種觀念相結合的新概念，而特別重視言外之意與超凡脫俗的情調這兩個議題，見〈王漁洋「神韻說」重探〉，《第一屆國際清代學術研討會論文集》（高雄：國立中山大學中國文學系，1993），頁552。

⑪　徐復觀：〈中國畫與詩的融合〉，《中國藝術精神》（臺北：學生書局，1974；增補四版），附錄一，頁474-84。

記載的有關顧愷之的故事，或可說明我們所設想的問題：

> 顧長康畫裴叔則，頰上益三毛。人問其故？曰：「裴楷雋朗
> 有識具，正此是其識具。」看畫者尋之，定覺益三毛如有神
> 明，殊勝未安時。⑫
> 顧長康畫人，或數年不點目精。人問其故？曰：「四體妍蚩，
> 本無關於妙處，傳神寫照，正在阿堵中。」⑬
> 顧長康道畫：「手揮五絃易，目送歸鴻難。」⑭

在上述第二、第三兩則故事中，明顯的是把繪畫的重點放在如
何顯現抽象無形的精神特質，而人的雙眼正是傳示此等精神特質的關
鍵；眼目的流盼代表了與形體相對的精神。至於在第一則故事中，顧
愷之的說詞不免諧謔，但也清楚反映了繪畫中如何捕捉不可見的無形
的精神風韻其實是一件難事。以「益三毛」這簡單幾筆的線條勾勒，
就足以傳示複雜的精神層面上的「識具」，表面上看來是可笑，但也
傳達了繪畫創作活動中試圖「以少總多」的表現效果。文字與線條同
樣都是具體的符號系統，各有做為工具媒介的有效度與侷限性，因而
詩與畫、詩論與畫論就有了各自必須對應的議題，也有著兩者可以互
相啓發的要素。在古典的文化傳統中，詩與畫、詩論與畫論之間的相
關性到了宋元以後的論述場域則更是明顯，這當然跟古典傳統中詩與
畫在文人士大夫階層中的作用有關，不過這是屬於文化史的討論範圍

---

⑫　【宋】劉義慶：《世說新語·巧藝》，見余嘉錫：《世說新語箋疏》（臺北：
　　華正書局，1984），頁720。
⑬　【宋】劉義慶：《世說新語·巧藝》，見余嘉錫：《世說新語箋疏》，頁722。
⑭　【宋】劉義慶：《世說新語·巧藝》，見余嘉錫：《世說新語箋疏》，頁722。

了。

再者，有關詩論與畫論之間的相關性，更也可以顯現在彼此所共同關注的題材上，亦即有關景物的呈示問題。如果說神韻的旨趣是在於呈現一種蘊藉平淡的審美旨趣，那麼，如何呈現此一審美旨趣的方式可能就在於景物的摹寫，而所謂的「興會」即是其中的關鍵——如依王士禛的說法，則「興會」一詞應包括「佇興」與「神會」兩種心理活動，以及二者交互爲用所顯示的創作表現方式。簡單說來，「佇興」即是審美活動中第一個階段，在此，與情感意念相關的各種成分是由外在的物象加以引動，而得以集中在一個共同的觀照點上，並展開創作的表現活動。至於「神會」，則代表了審美活動過程中第二個階段，在此，外在具體的物象物態所以能成爲創作的材料，並且具顯爲個別的意象，主要就是經由內心的觀照而取得彼此間的相關性與聯繫，並有著情感的意義或價值。我們試引王士禛所舉的例子來說明：

> 宋景文云：左太沖「振衣千仞岡，濯足萬里流」，不減嵇叔夜「手揮五絃，目送飛鴻」。愚案：左語豪矣，然他人可到，嵇語妙在象外。六朝人詩，如「池塘生春草」、「清暉能娛人」，及謝朓、何遜佳句多此類。讀者當以神會，庶幾遇之。顧長康云：「手揮五弦易，目送歸鴻難」，兼可悟畫理。**⑥⑤**
> 世謂王右丞畫，雪中芭蕉；其詩亦然。如「九江楓樹幾回青，一片揚州五湖白」，下連用蘭陵鎮、富春郭、石頭城諸地名，皆寥遠不相屬。大抵古人詩畫，只取興會神到，若刻舟緣木

---

⑥⑤　【清】王士禛：《古夫于亭雜錄》，見《帶經堂詩話》，卷三，頁69。

求之，失其指矣。⑥⑥

予嘗聞荊浩論山水而悟詩家三昧矣。其言曰：「遠人無目，遠水無波，遠山無皴。」又王楙《野客叢書》有云：「太史公如郭忠恕畫天外數峰，略有筆墨，意在筆墨之外。」詩文之道，大抵皆然。⑥⑦

透過這幾段文字的敘述，我們或可理解王士禎所謂「興會」的概念，其實是指向一種審美觀照的心理活動，而在這種心理活動的映照下，外在物象物態的存在所以有著審美上的意義或價值，並不來自於自身具體而眞實的形貌形相，而正相反，是來自於外在事物所引發的主體心靈的情感反應——唯有如此，原屬流動不可捉摸的情感意念才得以成爲可以描述的對象。基本上，外在事物或景象做爲典型抒情詩的描述對象，其實不出現所謂「眞實」或「寫實」的議題，因此「雪中芭蕉」固然不曾存在過，即使是眞實存在但卻「寥遠不相屬」的地名地物也可以並置在一個心境下的情感世界，而具有了同一性質的審美意義或價值。就此而言，所謂的「興會」，不但指明了詩的創作活動是來自於外在物象物態的興發，同時也強調有關此等物象物態的刻畫與摹寫，並不在於具體詳細的眞實面，而是在其可能引生的審美意義或價值。這裡就牽涉到了上引第三則文字中所要傳達的意旨，即所謂「遠」與「略有筆墨」的概念在詩的創作活動中的性質與作用。

如果仔細考量「遠」與「略有筆墨」這兩個概念所涉及的活動內容，則二者之間其實是有連帶關係的。就「遠」字而言，當然是指

---

⑥⑥ 【清】王士禎：《池北偶談》，見《帶經堂詩話》，卷三，頁68。
⑥⑦ 【清】王士禎：《靈尾文續》，見《帶經堂詩話》，卷三，頁86。

一種觀看的位置，以及由是而來的在「觀看者」與「對象事物」之間所形成的一種距離感。然而，這種觀看位置及其所形成的距離感，其性質與作用，倒不是如一般審美理論所稱說的，只是用以營造一種心理距離而使得審美經驗成爲可能，卻應是另有一種審美的目的，這即是徐復觀所指明的中國山水畫中的一種主要的觀照方法：由遠望以取勢。於此，「遠望」不是指稱一種屬於地平線上的眺望，而是「登臨俯瞰」式的遠望；更重要的，如此的一種觀照方式可以看出平視所無法望見的山水的深度與曲折。具體說來，

> 遠是山水形質的延伸。此一延伸，是順著一個人的視覺，不期然而然的轉移到想像上面。由這一轉移，而使山水的形質，直接通向虛無，由有限直接通向無限；人在視覺與想像的統一中，可以明確把握到從現實中超越上去的意境。在此一意境中，山水的形質，烘托出遠處的無。[68]

緣於這種「遠」的概念所起的作用，內在心靈可以透過視線的延伸而導向無限，並且就在這樣的一種觀照與創造活動中，人因而取得了精神上的「超脫解放」與「自由」。於此，徐復觀是將山水觀照方式中所顯現的遠的概念，在理論內容上直接牽引到魏晉玄學所亟於追求的一種「清遠」的精神境界。至於如果就古典文學創作傳統中常見的主題而論，則詩論或畫論場域所探索的「遠」的概念，其實更可以與六朝文學現象中常見的「登臨」與「遠望」的兩大主題有直接的

---

[68] 徐復觀：〈山水畫創作體驗的總結—郭熙的林泉高致〉，《中國藝術精神》，頁 345-46。

關係⑲，並且在精神根源上接上〈離騷〉篇中所一再稱說的「周流」
觀覽的行動：「覽相觀於四極兮，周流乎天余乃下」⑳，或者是《莊
子》書中所揭示的「遊」的理念。㉑凡此相關的概念與題旨，基本上
說來，都是企求在現實生活的束縛或桎梏下，能從山水景物的觀覽行
動中尋得精神上的某種解放與自由，這其實也是魏晉以降倡議「形神」
議題的背景因素。如上述這樣一種極為簡略的溯源工作，用意是在於
說明古典文化傳統中某些具有支配性的概念或議題，在歷史發展過程
中並不一定呈現為直線式沒有斷裂的連續體，而往往是不斷在浮現、
隱沒的迴旋交替中進行，直到各個片段的觀念匯集成為明確可以辨認
的主題。

　　既然在主體與對象事物的對峙面上採取一種「遠」的觀照位置
與態度，則在此一位置上所能領受掌握的外在事物的形體形貌，自然
不可能是明確具體的，同時對於此等物象的陳說或描述也就當然不會
是注重細節的刻畫。在這種思維模式的引導下，所謂的「略有筆墨」
或「以少總多」的表現手法或藝術效果，即成為詩與畫此等形式所極
力追求的基本的但卻又是主要的意趣或意境。於此，王士禎所推崇的
「筆墨之外，自具性情；登覽之餘，別深懷抱」的論點㉒，就不必然

---

⑲　廖蔚卿：〈論中國古典文學中的兩大主題〉，《幼獅學誌》，第 17 卷第 3
　　期，頁 88-121。
⑳　《楚辭·離騷》，見【宋】洪興祖：《楚辭補注》，頁 32。〈離騷〉一文
　　中多處提到「周流」的行動，主要可能是來自於徬徨求索的心靈以及尋訪同
　　道的志意。
㉑　徐復觀：〈中國藝術精神主體之呈現──《莊子》的再發現〉，《中國藝術精
　　神》，第四、第五兩節，頁 60-70。
㉒　【清】王士禎：《分甘餘話》，見《帶經堂詩話》，卷七，頁 177。案：此
　　語乃出自張九徵為王士禎《過江集》所寫的序文，而王士禎許為「知己之言」。

顯現在對於詩的語文格式上的經營安排，而是要能透過語文的構造再回歸到情感意念本身的想像層面。如就王士禛相關的詩論材料而言，他曾屢次提到被元稹、白居易所激賞的章八元的〈慈恩寺塔〉詩，其實只能算是「小兒號嗄」或「鬼窟中作活計」：

> 元白因傳香於慈恩寺塔下，忽睹章先輩八元詩，吟詠竟日，悉令除去諸家之詩，唯留章作。其五六句云：「迴梯暗踏如穿洞，絕頂初攀似出籠。」殊不成語，不知元白何以心折如此？盛唐高、岑、子美諸公，同登慈恩寺塔賦詩，或云：「秋色從東來，蒼然滿關中；五陵北原上，萬古清濛濛。」（岑）或云：「秋風昨夜至，秦塞多清曠；千里何蒼蒼，五陵鬱相望。」（高）或云：「秦山忽破碎，涇渭不可求；俯視但一氣，焉能辨皇州。」（杜）此是何等氣概！視章作真小兒號嗄耳。每思高、岑、杜輩同登慈恩塔，高、李、杜輩同登吹臺，一時大敵，旗鼓相當，恨不廁身其間，為執鞭弭之役。❼❸

以章八元的詩句為例：「迴梯暗踏如穿洞，絕頂初攀似出籠」，我們可以清楚看到，這兩句詩完全是出以一種明喻的修辭手法來傳寫詩的主題：「登」，如以「迴梯」、「絕頂」的景象來比喻慈恩寺塔的高與深，而以「穿洞」、「出籠」等明確的動作比喻登塔的難度，並且以「暗踏」、「初攀」的具體情境來比喻登塔時的謹慎情態。至

---

❼❸ 【清】王士禛：《池北偶談》，見《帶經堂詩話》，卷二，頁 51。在王士禛相關的詩論材料中，以章八元的詩句為例討論的計有三則，同列在《帶經堂詩話》，卷二，雖詳略或有不同。其旨趣則一。

於這種修辭手法的運用,其實是把創作的焦點放在「登塔」的動作上,並且藉助於其他類似的動作型態做爲詩的意義的載體,因此詩的意義在某種程度上是具有了自足性,而且充分發揮所謂語言的藝術的特質。然而,王士禛顯然極不滿意此等創作的型態,他所眞正讚許的高適、岑參與杜甫的作品,如就表現手法上看,則是在登塔的動作之外,更把情思引向了一種超曠的時空之感,其中自有一份難以言說清楚的蒼茫。王士禛這種論詩的觀點,我們可以再行引述兩則相關的材料以爲說明:

> 宋元憲、景文兄弟,少賦〈落花〉詩,得大名,刻畫可爲極工。然沈石田:「青樓粉暗女子嫁,朱門鳥啼賓客稀」更不刻畫,而有言外之意;唐人「高閣客竟去,小園花亂飛」則尤妙也。❼❹
> 益都文定公(廷銓)〈詠息夫人〉云:「無言空有恨,兒女粲成行。」諧語令人解頤。杜牧之:「至竟息亡緣底事?可憐金谷墜樓人。」則正言以大義責之。王摩詰:「看花滿淚眼,不共楚王言。」更不著判斷一語,此盛唐所以爲高。❼❺

在第一則的敘述中,王士禛以落花詩爲例,闡明詩歌中不以刻畫爲工、能含蓄而有言外之意的意旨。至於沈周(石田)與李商隱的作品,則明顯不直接描摹任何有關落花的具體形態,而是牽引到主題外相關的人事情境,並以此烘襯出花落的事實。在第二則的敘述中,

---

❼❹ 【清】王士禛:《漁洋詩話》,卷下,見《清詩話》,上冊,頁185。
❼❺ 【清】王士禛:《漁洋詩話》,卷下,見《清詩話》,上冊,頁188。

王士禛更以「不著判斷一語」明確說出理想中的詩的極致。**⑦**如果再配合前述章八元的詩例,則我們不難理解王士禛的取捨。

至於王士禛所以特別標舉田園、山水之類的自然物象做為詩的主要題材,並且揭示具有「超凡絕俗」境界的詩作,這正如黃景進先生所稱說的,主要是出自於王士禛對於「性情」所抱持的看法與要求:王士禛雖然重視性情,但他所說的性情其實是有特指的,且是較耐人尋味的一種,並非泛指「現實生活中一般的感情」,而這種感情只能以含蓄的形式出現,如果直接說出,就不免會破壞其中可能的深刻的含意。就此而言,王士禛極力反對所謂的「俗」與「露」此等表情的方式與表現手法,轉而尋求以蘊藉含蓄的藝術形象來呈示餘意悠揚的情味。**⑦**當然,對於王士禛個人所標舉的這種特有所指的性情內容,黃景進的理解雖然認定此等情性內容是「範圍甚為狹窄」,但同時也強調了其中所具有的「較為深刻或可說是較有價值」的成分,多少是肯定了這種詩論主張所亟於追求的「一種超凡脫俗的境界」。

基本上,這種詩論主張及其所顯現的審美旨趣,在某種程度上可以說是代表了古典文化傳統中士大夫階層對於「雅」的一種品味與堅持。然而,就某些同樣主張詩歌創作應以情性為依歸的詩論家而言,王士禛個人所顯現的這類「沖淡」、「平淡」或「清遠」的詩風或詩境,卻也難免是所謂的「詩中無人」了。趙執信 (1662—1744) 即在《談龍錄》中一再稱述「詩以言志」與「溫柔敦厚」的論點,並引據吳喬

---

⑦ 至於有關文廷銓、杜牧之與王摩詰三人詩作的異同,請參考黃景進先生的論文,〈王漁洋「神韻說」重探〉,頁 555。

⑦ 黃景進:〈王漁洋「神韻說」重探〉,頁 555-58。

(約 1611—1695) 所提出的「詩之中須有人在」的意見，藉以批評王士
禎以「風流相尚」的習氣。就趙執信而言，王士禎曾以極顯達的身份
「奉使祭告南海」而有《南海集》刊行，然而其中的第一、第二兩首
詩，卻分別是以類似謫宦遷客與窮途的情境來抒發個人的情感，這就
不免有著「言與心違，而又與其時與地不相蒙」的弊病了，因而如何
能「使後世因其詩以知其人，而兼可以論其世，是又與於禮義之大者」。
⓲於此，我們或可說，趙執信與王士禎之間的辯難（或者是趙執信對於王
士禎所作的單向的批評），其實是反映了古典詩論傳統中對於情感意念的
內容與性質此等問題的不同追問方式，而嚴羽所提出的「優遊不迫」
與「沈著痛快」這兩種看似對立的表現型態，正也代表了詩論傳統對
於情感活動本質的一種基本分類。王士禎所標舉的「不黏不脫，不即
不離」的「神韻」詩境，正就是「優遊不迫」這一系統的極致表現。
因此，儘管趙執信個人強調詩的情感與實際的生活經驗必須貼近：

> 嘻者不可為泣涕，悲者不可為歡笑，此禮義也；富貴者不可
> 語寒陋，貧賤者不可語侈大，推而論之，無非禮義也；其細
> 焉者，文字必相從順，意興必相附屬，亦禮義也。⓳

並且依據此等信念而對王士禎的為人與詩風的表現頗有微詞，
但無論如何，王士禎個人所主張並加以實踐的某種詩風與詩境的表

⓲ 【清】趙執信：《談龍錄》，見《清詩話》，上冊，頁 275。趙執信對於王
　士禎的批評，在《談龍錄》中明顯可見，此處的引述乃是根據其中數則記載
　綜合而成。至於較為詳細的討論，可參考張健：《清代詩學》，第十章第三
　節，頁 494-510。
⓳ 【清】趙執信：《談龍錄》，見《清詩話》，上冊，頁 275。

現，其實也正是他對於情感與生活的一種主張與實踐，我們並不需要特別質疑其中所具涵的眞誠性。至於可以進一步討論的議題，就在於如此一種不即不離的情感特質與表現方式，到底反映了怎樣一種文化屬性上的審美意趣？

　　讓我們再回到與「神韻」議題有關的「形」、「神」的概念，及其所對應的詩的情感意念與語文表現的問題。如果就「形」與「神」二者的相對性而言，則在詩歌的創作活動中到底有哪些構成要素可以適用於如此的對立性？我們或許可以試著透過兩個不同的範疇來加以說明：一是就著作品中所要傳寫呈示的具體對象而言，且不論此等具體對象是人或事或物，如此則所謂的「形」就是用以指稱人、事、物外在的具體可見的形相形貌，而所謂的「神」即是此等形相形貌所具有的抽象不可見的性質或狀態，因此，「神韻」所試圖掌握並傳示的對象內容，也就在於此等具體對象所具有的抽象不可見的性質或狀態。而另一方面，在「形」、「神」概念所具的相對性之下，我們又可將作品本身的語文構造視之爲可見的「形」，而所謂的「神」就是指稱促成創作活動、並且做爲創作活動所要傳寫呈示的情感意念，因此，「神韻」所要掌握並傳示的對象，也就在於創作活動中「作品語文構造」與「情感意念」這兩項要件之間的因依關係。

　　就上述這兩個議題本身而論，黃景進先生在後續處理「神韻」相關的問題時，曾以「傳神」與「餘韻」這兩個觀念重新拆解「神韻」此一概念的內涵，並且強調「言外之意」才是詩的神韻之所在，因而單是靠著「傳神」的觀念，並不足以解釋「神韻」的問題。更重要的，「在傳統的傳神思想中，形與神的對立是只是物的外在形貌與其內在精神的對立，而現在的神韻說中，形與神的對立則是指詩的語言文字

與言外之意的對立」⑩，這種說解即清楚指明了「神韻」問題的關鍵所在。然而，我們的論點則是在於進一步闡明，「言外之意」在神韻問題中具體的指涉意義是顯現爲怎樣的一種情感內容與語文構造。畢竟，如果說語言之外的情意才是詩眞正要表達的對象，那麼這種「語言之外的情意」到底如何具體落實到詩的創作表現，這就一方面要牽涉到對於這種情意內容的理解，而另一方面也牽涉到詩中物象物態的傳寫。因此，嚴格說來，「傳神」觀念所指向的「如何表現事物的特徵」此一問題，依舊不是一個可以忽略的重點。

透過上文的解析，則有關「神韻」的創作方式即可以顯現爲兩方面的課題，一是導向創作活動本身不以細節的刻畫爲主要關注點，另一即是指向整體創作活動中如何安排語文結構與情感意念之間的相互延續性。因此，「神韻」的審美典式就可以具體顯現在兩個創作表現上的問題：一是如何讓情感意念自身能具有某種程度的超脫性，而不黏著於固定或具體的情境與事物；另一則是如何藉助於開頭「起句」與結尾「落句」等結構性的的安排，而能讓情感意念得以不斷保有流動鮮活以及延續迴盪的效果。首先，是關於情感意念的「超脫性」的問題。前面在處理有關詩論與畫論之間的關係時，我們曾提出所謂「遠」的概念，並且強調此一概念是具體顯示在觀看的方式以及由是而來的一種「略有筆墨」的表現手法。基本上，就是因爲這種獨特的觀看方式，使得詩的情意內容與對象事物之間的關係可以具有某種程

---

⑩ 黃景進：〈王漁洋「神韻說」重探〉，頁 550。基本上我們對於神韻問題的討論，是在黃景進提出的研究成果基礎上再進一步補充，並且強調神韻在語文形構上的經營。

度的超脫性，一方面情感意念的活動隨著視線的不斷延伸而得以持續保留其流動的特質，而另一方面外在的對象事物也因著這種觀看方式而不必然呈現其具體的細節上的形貌。至於表現爲實際的創作活動時，則是特別著重在情感意念與對象事物之間相互的因依關係，強調外在的景物景象之所以能成爲創作的對象事物，即是在於此等情感意念的作用，而是不在於景物景象本身所具有的個別具體性。

　　就此而言，情感意念的超脫性，其實是顯現在對於對象事物的簡單勾勒之中，而前述的「略有筆墨」或「以少總多」的表現手法或藝術效果，就成爲詩歌作品所極力追求的基本的但卻又是主要的意趣或意境。至於有關情感意念如何經由「起句」或「落句」之間的經營安排，而藉以持續保留自身的流動性質，我們曾在〈導論〉部分中有詳盡的說明。如以王士禛的詩論材料爲例，則前述李商隱的〈落花〉詩，即是以開頭的句法烘托出客去之後已然可見的一片凌亂的心境，至於在另一則有關《莊子》的例子中，則王士禛所稱引的「送君者皆自崖而反，君自此遠矣」的表情方式❽❶，就可以說是以結尾的句法引向遠行之後可以預見的一片寂寥超曠的境地。自是而「神韻」的審美典式，也就在這種獨特的「不黏不脫，不即不離」的情感生活方式與物我關係中具體顯現出來。❽❷

---

❽❶　【清】王士禛：《古夫于亭雜錄》，見《帶經堂詩話》，卷三，頁87。

❽❷　王士禛嘗言：「釋氏言：羚羊掛角，無跡可求。古言云：羚羊無些子氣味，虎豹再尋他不著，九淵潛龍，千仞翔鳳乎！此是前言注腳。不獨喻詩，亦可爲士君子居身涉世之法。」或可看出此中消息。見《帶經堂詩話》，卷三，頁83。

四、「含蓄」美典的審美特質綜論：情意的節制、「引譬連類」與「使事用典」的手法

　　經由上述的分析，我們認定「含蓄」美典是代表古典詩學傳統中一種整合性的審美觀念，它可以透過各種不同或特定的表現手法予以體現，而所謂的「寄託」或「神韻」則可以被視為是其中的一種特定而具體的表現手法。然而，不論是「含蓄」、「寄託」或「神韻」，其言外之意的可能性，都需要靠文化上的其他的意義支援系統的支撐才得以具體化，而不致流於游移穿鑿。[83]此處所謂的「意義支援系統」，可以是文學傳統中某些既定的「成規」，譬如說「浮雲」做為詩的意象，在意義上不但實指自然的景色，更具有人事的某種隱喻作用——因此，當詩人寫到「總為浮雲能蔽日」一句時，他必然是有言外的指涉意義在，而讀者也必然要如此加以理解。另外，成規也可以落實在主題的選取與運用上，譬如說「閨怨」的題旨就有一定的指涉。我們或許可以說，如果要探索「含蓄」所負載的「言外」之意的具體指涉或審美特質，那麼如何進一步確立文化論述傳統在歷史發展過程中所形成的相關的意義支援系統，應該是不可避免的論題。至於此一議題，

---

[83] 關於「意在言外」所可能引生的詮釋與過度詮釋的問題，宋人已有所討論，如胡仔《苕溪漁隱叢話》曾引黃山谷的意見，云：「彼喜穿鑿者，棄其大旨，取其發興，于所遇林泉人物，草木魚蟲，以為物物皆有所託，如世間商度隱語者，則詩委地矣。」見吳文治主編：《宋詩話全編》（南京：江蘇古籍出版社，1998 年），第四冊，頁 4211。

則是接下來要討論的重點。

上一節在論及「神韻」的審美典式時，曾以情感意念本身的性質及其在語言表現上的可能性做爲討論的重點，我們的論點是神韻所彰顯的言外之意的特質，即是透過對於情感意念的一種獨特的觀照與表現而來的創作活動，而這種表現方式也就往往被視爲是「詩中無人」或「風流相尙」此等缺少性情的表徵。然而，正如黃景進所提出的考察，「神韻」詩其實仍是以性情爲根柢，只是刻意以節制含蓄的手法來呈示「超凡脫俗的情調」，❽這種表情方式當然是古典抒情傳統詩歌發展歷史中的一種型態，而且可以是相當重要的一種型態，足以與強調濃烈深厚的情感的表現方式平行並立。因此，不論是「神韻」或「寄託」的審美典式，二者所要達成的「含蓄」的藝術效果與審美旨趣仍然是建立在抒情傳統中對於性情的關注。

如就情感意念的問題而言，則可以說是中國古典文化論述傳統中最具根源性的議題之一。至於在此議題上足以引導古典詩學發展的一項主導觀念，可能就是孔門論詩時所提到的「思無邪」：「《詩三百》，一言以蔽之，曰：『思無邪』。」（《論語・爲政第二》）就原文的脈絡來看，「思無邪」當然是依著詩的本質而說的，然而問題就在於這種立說的基礎點到底爲何？在此，有關「思無邪」的詮釋，自東漢包咸（西元前 6 —西元後 65）提出「歸於正」的說解以降，詮釋的方向大抵上是依循倫理或道德的論述脈絡而依次展開的，譬如宋代邢昺

---

❽ 黃景進：〈王漁洋「神韻說」重探〉，尤其見第四節論「神韻與性情」，頁552-58。

(932－1010) 就說道「論功頌德，止僻防邪，大抵皆歸於正」**⑤**，而朱熹 (1130－1200) 的解讀，則是強調「凡《詩》之言，善者可以感發人之善心，惡者可以懲創人之逸志，其用歸於使人得其情性之正而已」**⑥**，朱熹這種說解自然是就詩歌對於讀者的影響力而言。根據張亨先生的解讀，朱熹的說法似乎是用以避免一個在既定事實上可能產生的矛盾，亦即「既說詩皆無邪而實際上有邪 (淫詩) 所造成的矛盾」，因而專從詩的作用上講，強調詩對歌於讀者所起的效用，因而在某種意義上說，「顯然是迂曲的解釋」。**⑦**至於具體有關「邪」字的意義，歷來注家總傾向於以「邪僻」作解，這當然是以思想行為上的正或邪做為立論的參考點，即使如鄭浩一樣，不將「邪」字作「邪惡」解，而以「邪」為「徐」字的通假，並將「邪」字的意義解為「直寫衷曲，毫無偽託虛徐」**⑧**，這似乎是把立論的脈絡擺放在有關情感表現上的眞實與率眞。然而，就在所謂的「偽託虛徐」的說法中，詩的創作表現活動仍是必須關聯著眞實而無隱曲的理念。因此，不論是以「正/邪」或「眞/偽」做為一種對峙性的觀念組合，也不論所謂的「歸於正」是就詩人或是就讀者的立場而言，基本上都是把詩歌創作看成是

---

⑤　【宋】邢昺：《論語正義》（臺北：藝文印書館影印十三經注疏版），卷2，頁 1B。

⑥　【宋】朱熹：《四書章句集注・論語集注》（北京：中華書局，1983），頁53。

⑦　張亨：〈論語論詩〉，《文學評論》，第六集（臺北：巨流圖書公司，1980），頁 17。

⑧　鄭浩的說解，引自張亨先生的論文，見〈論語論詩〉，頁 29，註解第三十三條。

傳達意念情感的一種表現活動，而意念情感本身的純正真實或偏邪偽假，便成為創作活動中最被關注的問題。同樣的，劉勰在《文心雕龍・明詩篇》中對於詩歌體式的訓解，即是順著情性的角度來立說：「詩者，持也，持人情性。三百之蔽，義歸無邪，『持』之為訓，有符焉耳。」❽就在這種情性觀點的引導下，詩歌的創作活動是與道德倫理論述場域中嘗試探問的「善」此一基本觀念相互關連，並且成為古典詩論或文化論述中的一種思維模式。

於此，如就詩的本質而言，則是在怎樣的一種狀態下詩的創作活動可以同時兼具審美的與道德的意義或效用？張亨先生曾依據朱注所引的程子的意見（「思無邪，誠也」）加以發揮，認為程子不從有無邪正的角度析論，而直接就著「思」本身所呈示的「無邪」此一性質作解，由是推想出「誠」的概念。所謂的「誠」，即是指稱真實無妄，也唯有透過對於情思此一根源性因素的推求，創作活動與閱讀行為才可能在審美經驗中體現道德的義涵。具體說來：

> 詩的本質是誠，乃是說詩是「真實」的呈現。這「真實」是指人生的實相和真感，其中必涵著作者之誠，以及運用語言表現的適切。❾

既然「誠」是根植於人的自身，是實有諸己，因此不論是在創作活動或在閱讀的過程中，此一實存的內在生命質性都應該被喚起，並顯現為具體的作用。審美經驗中的「美」，即應同時成就為道德實

---

❽ 【梁】劉勰：《文心雕龍・明詩篇》，見周振甫：《文心雕龍注釋》，頁83。
❾ 張亨：〈論語論詩〉，《文學評論》，第六集，頁18。

踐中的「誠」與「善」，而美與善交融的狀態就由審美經驗的活動進
而提升爲一種理想的人生境界。同時，也就在這種意義下，張亨先生
強調《論語》所揭示的「興於詩」的議題，其實是與「思無邪」的主
張有著密切的關係：「興」是透過審美活動的中介而讓人能「從虛妄
的自我中覺起，以體認到自己眞實之生命」，而詩的藝術作品便是作
者與讀者之間各以其所覺相互感通的交會點。於此，「興」的內涵就
是「感發志意」的作用，而不再是「六義」中做爲詩的表現手法之一
的「興」字所能範限的了。⑨我們在〈導論〉部分的結尾中曾特別提
到，古典詩論中所倡議的作者與讀者之間的「會心解意」與「自得」
的旨趣，是具有支配性的文學文化的符碼，主要的理由也就在此。

　　相較之下，英國詩人錫德尼 (Philip Sidney, 1554—1586) 的〈爲詩辯
護〉一文曾經提到類似的意見，認爲詩人「不肯定什麼，因此他是永
不說謊的」⑫，然而，在此一脈絡中，錫德尼所強調的「不說謊」其
實是擺放在詩人所陳述的內容到底「眞實」與否的議題，而所謂的「眞
實」的概念雖然可以理解爲一種眞實無妄，但此等眞實無妄是要就著
詩中所傳述的事物是否「眞是如此」或「確有其實」的判準來作考量
的。在某種程度上說，「眞實」的問題既不指向人心或德行上的眞實
無妄，則「不說謊」的議題就不是道德論述場域中的推斷。至於有關
西方文論傳統中「眞實」的概念及其引生的「再現」的議題，我們在
本書第一章已有較爲具體的討論，可以參考。另外，德國哲學家海德

---

⑨　張亨：〈論語論詩〉，《文學評論》，第六集，頁 19-22。

⑫　【英】錫德尼著，錢學熙譯：《爲詩辯護》（北京：人民文學出版社，1998），
　　頁 42。

格在探論有關詩的本質此一議題時，也曾引述德國詩人賀德齡（Friedrich Holderlin, 1770—1843）對於詩歌寫作的提法，亦即寫詩「是所有行業中最爲天眞無邪的一項」，並且進一步闡釋說：

> 寫詩是把「遊戲」（play）這個字所內含的謙虛僞裝的意義表現得最爲清楚。在無拘無束的狀態下，寫詩的活動創造了它自身獨有的意象世界，並且停佇在由想像的事物所構築的園地。這種扮演由是避免了抉擇相伴引生的嚴肅性，抉擇總是不免帶來罪惡感。寫詩是全然無害的一件事，同時，它也沒有任何實際的影響力，因爲它僅僅保留在最爲純粹的言說狀態中。寫詩更是無關於行動，而行動則是直接掌握實有的世界，並且可以改變實有世界。詩就像是一場夢，而不是眞實；詩是一種與語言文字的遊戲，而不是行動的嚴肅。詩是全然無害的，並且是不具實質影響力的。❸

在海德格的闡釋系統中，「無邪」的概念是用以指稱一種與行動互爲對立的無害的文字遊戲，就因爲寫詩不需行動，所以可以不要在實踐活動中做任何選擇，因而可以全身。於此，則所謂「無邪」的概念，不論是指向「眞實」或「行動」的議題，基本上都與中國古典詩論傳統中所強調的「眞誠」有所不同。透過這種類比的觀察，我們可以清楚看出，每一個概念其實都有著背後一套相關的或對應的理論

---

❸　Martin Heidegger, "Holderlin and the Essence of Poetry"(1951), in Vermon W. Gras, ed. **European Literary Theory and Practice: From Existential Phenomenology to Structuralism** (New York: A Delta Book, 1973), pp. 28-29.

脈絡，因而任何語彙字面意義上的類似性，並不必然具有著相同的或類似的意義指涉範疇。因此，同樣以「天眞無邪」的語詞描述詩歌的性質，在中國古典傳統的脈絡中即是指向了倫理道德的領域，或者強調詩人創作時情感意念的純正無邪，或者強調讀者在閱讀經驗中所能取得的情感上的淨化效果。

如果說情感的活動本身即應同時顯現爲一種道德的活動，則對情感活動中的情感的性質與內容的約制，便是古典文化論述場域中的一項重要議題。我們可以就著《中庸》開頭第一章所稱說的「致中和」此一概念加以說明：「喜怒哀樂之未發，謂之中；發而皆中節，謂之和」，而朱熹的解釋則是「喜怒哀樂，情也。其未發，則性也，無所偏倚，故謂之中。發皆中節，情之正也，無所乖戾，故謂之和。」**❽❹**再者，〈毛詩序〉一文中所倡議的「發乎情，民之性也；止乎禮義，先王之澤也」的論點，則更是總結了先秦兩漢以來在詩、禮、樂等相關的文化建制活動中的基本立場。於此，情的活動被認爲是可能隨意游移流蕩的，因而必須以性正情或導情以性——在這種認知模式的引導下，「情」基本上是屬於人性中一項應該被消解的負數。**❾❺**依據龔鵬程先生的說法，則先秦儒家或諸子的論述中或者言性不言情，或者主張化情或無情，其實都並未正視情的問題；如要正面肯定情或欲

---

❽❹ 【宋】朱熹：《四書章句集注・中庸章句》，頁18。

❾❺ 關於性情或情性的議題及其在文學思想場域中的關係，近人的研究成果多有可觀，足供引述。我們在此無意進入此一相關問題的細節討論，而是著重於提示一些具有根源性的概念或論述，藉以說明創作活動所關涉的審美經驗與道德活動之間的互動性，並且闡釋情的約制與含蓄美典如何可能之間的相關性。

是人生命中必有的成分，卻是要到了《呂氏春秋》一書中才有較爲完整的體系性的呈示。❾❻就龔鵬程的考察，漢代的人性論基本上是環繞著「情」的問題展開的，而整體說來，漢代的論述立場是尊重個體生命，並且能正視情慾等相關的議題，因此提出了如何從不同角度來節度調理情性的論述內容。更重要的，此等論述具有兩個特點：一是在於對情或欲的節制，「通常並不以壓抑禁迫爲事，而常採取順情以理情的辦法」，因此漢代常見的「賦」或「七」等文類中所顯現的一種「曲終奏雅」的表現方式，就是緣於這種思想背景而產生的；另一即是探行發乎情止乎禮義的進路，也就是「順著情慾之感發，最後走到情的反面」，也就是能夠「化消情慾或超越情慾面」。❾❼

　　具體說來，漢代在「情」的問題上所進行的整體論述，是就著先秦在「辨性」議題上所確立的道德主體、認知主體及其與道德實踐或認知活動的議題之上加以發揮的，由是而建構出一套以「感性主體」爲中心的思想體系，進而揭示所謂感物而動、並且能與天地萬物相感相應的各種表現活動與表現內容。這樣一套「氣類感應」的論述系統，確實可以提供我們重新理解古典抒情傳統在「緣情」此一議題上的具體發展脈絡與理論基礎。❾❽然而，問題的重點卻不僅止於此處。依據

---

❾❻　龔鵬程：〈從《呂氏春秋》到《文心雕龍》—自然氣感與抒情自我〉，中國古典文學研究會主編：《文心雕龍綜論》（臺北：學生書局，1988），頁 313-45。

❾❼　龔鵬程：〈從《呂氏春秋》到《文心雕龍》—自然氣感與抒情自我〉，頁 332-33。

❾❽　龔鵬程的論文，一部分的用意是在於補正我在《比興物色與情景交融》一書中關於「緣情」議題在歷史脈絡上的說解，我完全同意他提出的考察，並且也想有所回應。但我一直找不到可以與他的論點相互對話的研究議題。這裡的回應，或可說是多年後一次遲到的答話。「久遲作答非忘報」，此種心情他是可以理解的。這段註腳，就當是抒情模式此一研究議題的外一章吧。

龔鵬程的說法，氣類感應所蘊涵的宗教體驗式的神聖經驗，在某種意義上說「可以開顯道德與美感兩端，但雖兩端而合一」，因此漢代論述所揭示的王者政教關懷的理念，如就詩或藝術的創作表現而言，即可說是同時會合了道德理想與美感價值。❾❾這種論說內容與推論方式自有其理論上的論據與合理性，不過，我們的論點更在於辨明道德與美感這兩種不同型態的活動之間可能的複雜性，而這樣的一種複雜性則一方面是來自於古典傳統中詩人所具有的身份位階，另一方面卻也是與文化傳統中現實的王權政治的箝制力有關。

　　如果說情感的作用在顯現為審美活動的當下，即可同時證顯為道德的活動與關懷，或者順情即可理情，那麼，漢代「賦」或「七」等文類中所極力刻畫的聲色游觀之可娛，本身即應可成就為道德的體驗，又何須藉助於所謂「曲終奏雅」此等迂曲委婉以回歸道德主題的表現方式？乃至於「勸百諷一」或「覽者已過」的說辭，又如何一定要是自省或追悔的理由呢？在此，審美活動本身的性質與作用，必然有與道德實踐活動相互衝突或矛盾的特點，而促成這種衝突或矛盾的根源，則一方面固然是審美活動本身所具的自足性與專一性使然，另一方面卻不能不說是導因於情感活動自身所具不可預測與難以掌控的特性了。既然情感活動被認為是可能隨意游移流蕩的，則順勢而推，就著情與欲的自然流動，最後並未必一定「走到情的反面」，或一定能夠化消或超越情與欲的自然流向。就此而論，詩或藝術的創作活動如果是指向以情為主的證顯活動，而不是指向才能或技藝的表現活動，則有關情性議題的討論自然成為論述場域中的一項重點，而情的

---

❾❾　龔鵬程：〈從《呂氏春秋》到《文心雕龍》─自然氣感與抒情自我〉，頁330-31。

約制與真誠性的議題也必然是要受到關注。再者，在古典詩論傳統中王者政教情境的關懷既是一種理想，又是一項無上命令，如〈毛詩序〉所說的「發乎情，民之性也；止乎禮義，先王之澤也」，則詩的創作似乎不僅僅是關乎個人情感意念的表露，而是外在實際的政治教化的表徵，因此情與欲的約制更應是詩的創作表現必須考量的一項「不得不然」，而原先是用以指明詩教效果的溫柔敦厚此一理想，也就在此脈絡下被引為是詩人創作的法則。

　　在文學傳統的歷史發展脈絡中，我們可以不斷看到審美活動的自足性與道德實踐的規範性之間無盡的糾結與辯難，《詩三百篇》有邪無邪的議論、漢賦創作旨歸的反省、蕭統對於陶淵明〈閑情賦〉的慨嘆惋惜、乃至於蕭綱「謹重」與「放蕩」對舉所引發的爭議，在在說明了文化論述場域中對於此一問題的關心與焦慮。其中最為顯著的例子，當然就是宋代理學家提出的詩論觀點。透過這些引例，我們是用以闡明如下的事實：就古典詩論傳統而言，既然詩的創作活動是以情感意念的表現為主，則對於情感意本身的性質與作用而來的界說與定位，勢必成為一項重要的詩學議題；同時，詩人的身份與位階是具有士大夫的角色與功能，因此政教關懷也必然是審美活動在本身的自足與專一之外必須兼具的創作旨歸，這即是所謂的「美善刺惡」或「託諭」的目的與作用。就此而言，詩的創作又似乎是針對特定閱讀對象的寫作活動，而特定讀者對於作者往往是有著現實政治權力上的宰制關係——緣於這種外在條件的限定，詩的創作活動在內容題材與表現手法上必得面對此一無形的宰制關係的威嚇力量。如果說詩人本身即是王者政教領域中的實踐者與教化者，則詩的表現便應同時是一種王權教化的活動與實踐，而做為創作動因的情感意念所必須有的

自我約制與眞誠性，也就不只是審美活動與道德實踐上的問題，更是詩人自身的修爲與創作時必得遵守的政治上的現實原則。舉例說來，古典文化傳統在論述場域中如何討論「怨」與「憤」此等情感的內容與性質，即是一個值得深思的議題。就在此意義下，英國詩人艾略特 (T. S. Eliot, 1888－1965) 所說的「詩不是情緒的放縱，而是情緒的逃避」⑩，如果我們在字詞上稍加改動，便可以有另一種理解的角度，亦即所謂的「情緒的逃避」是指向個人情緒的約制或超脫，那麼「意在言外」的用言方式與「含蓄」的美典，即是古典傳統中詩人在創作活動時可藉以面對自我情感意念的一種表現模式。

至是，我們可以接著討論詩的創作活動中有關情感意念表現的問題了。如果說「意在言外」的用言方式是指稱一種運用間接委婉的手法來體現詩的情感意念，同時在古典傳統中此一間接委婉的手法是藉助於對自然景物的摹寫而完成的，那麼，創作活動的根本問題就顯示在情感意念與自然景物之間如何構成一種對等的關係。基本上，這是古典詩論在「情景交融」此一議題上所揭示的理論內容，而我個人在《比興、物色與情景交融》一書中，即就此議題在歷史發展與理論內容這兩個層次上加以分析。然而，有所不足的是，對於情感意念與自然景物之間如何構成一種對等的關係，當時並未能顧及，也沒有能提出合理詳盡的說解。龔鵬程在前述的論文中，就在此議題上提供了

---

⑩ 【英】艾略特著，杜國清譯：〈傳統和個人的才能〉，《艾略特文學評論選集》（臺北：田園出版社，1969），頁 13。就艾略特而言，詩的創作是尋求一種超越個人情緒的「無我」，因此完整的語句是「詩不是情緒的放縱，而是情緒的逃避；詩不是個性的表現，而是個性的逃避。」基本上，這種「無我性」不同於古典詩歌傳統所強調的言志言情的創作模式。

一個可以思考的方向。根據龔鵬程的說法，緣情詩觀所開展的理論，大致可以歸納爲三項基本議題：「(1)正視情及情的作用，(2)文學創作係來自一感性主體，(3)人爲能感者，物爲感人者；人與外在世界，爲一感應關係，所謂『應物斯感』。」⑩其中，感性主體與感應關係這兩項議題，即是解決情感意念與自然景物之間如何構成一種對等的關係的理論依據。

關於「感性主體」的界說與陳述，龔鵬程的論文有詳實的討論，自可參考。我們在此可以進一步引伸的議題，則是有關「感應關係」此一概念的具體內容。就龔鵬程的論點而言，由感性主體所觀照的世界是一個以同類相感爲原則而造就的有情世界，至於所謂的「類」，則是氣化宇宙下的「氣類」的概念：「天地之間，精氣一上一下，圓周複雜，無所稽留；於是萬物殊類殊形，而各有分職。但因同氣之故，皆可以相感。」⑩這種提法固然是就著宇宙構成的法則來說的，而我們可以補充的是，在同氣相感的大原則之下，「類」的概念其實更有著「品類」或「範疇」的義涵；也就是說，「氣類」既可以是構成萬事萬物的法則，也可以是對於萬事萬物進行分類的原則。天地萬物雖是同氣，但也各有類屬，凡性質相近相似者皆可歸爲一類，而類與類之間或有差異不同，卻又可因著同氣而相互對應感通，這即是由「氣類」而走向「感類」的思想背景。古典論述中常見的「類比推理」邏輯，即是建立在如此的一種思維模式的基礎之上，乃至於漢賦所極力追求的推類的藝術，亦是如此。這個論點，我們在第三章論及《易傳》

---

⑩　龔鵬程：〈從《呂氏春秋》到《文心雕龍》—自然氣感與抒情自我〉，頁 315。

⑩　龔鵬程：〈從《呂氏春秋》到《文心雕龍》—自然氣感與抒情自我〉，頁 317-18。

「立象」的觀念時，曾有說解。於此，可以再行申明的重點即是：透過歸類與感應的交互運作，個別具體的自然事物就可以與人間情境、甚或是抽象的情感意念與道德理念相互連結，因此，某一具體的物象所以能傳述或代表某種情意、理念或意義，主要就是藉助於如此一種「感類」的作用。

然而，我們或可同意 Kiyohiro Munakata 提出的推斷，「類」或「感類」的概念大致是盛行於周至漢之間，而此等概念「在稍後的哲學領域中多少被忽略了、或者祇是偶爾被提及，至於在稍後的藝術理論領域，則是完全被遺忘的。」⑩譬如南宋時期的陳騤（1127—1203）就曾把《易傳》「立象」觀念中所隱示的託物取譬的思維運作模式，直接等同於詩文中的譬喻手法：「《易》之有象，以盡其意；《詩》之有比，以達其情。文之作也，可無喻乎？」⑩如此界說，顯然已經把《易》象所蘊涵的「類」或「感類」的概念、以及其中的象喻作用加以簡化，轉而強調文章修辭格式上的取喻方式。因此，陳騤就著意於各式各樣的取喻方式，如論及「類喻」一目，則以「取其一類，以次喻之」說之，並舉賈誼《新書》「天子如堂，群臣如陛，眾庶如地」句中使用的「堂，陛，地」共爲一類，藉以說明「類喻」的體例。這

---

⑩　Kiyohiro Munakata, "Concept of *Lei* and *Kan-lei* in Early Chinese Art Theory," in Susan Bush and Christian Murck ed. **Theories of the Arts in China** (Princeton: Princeton University Press, 1983), p. 105

⑩　【宋】陳騤著，劉明暉校點：《文則》（香港：中華書局，1977），頁 12。根據陳騤的自序，《文則》一書是成於南宋孝宗乾道庚寅年（1170）。劉明暉認爲陳騤此書稱得上是「最早的一部談文法修辭的專書」，見〈校點後記〉，頁 83。

種解說方式，即以文法修辭專論比喻的各種格式，不免就與「類」或「感類」等概念所指示的認知模式與推類作用，亦即情感意念與自然物象間的類比作用，有著思維運作模式上根本的差異。如果說陳騤所說的「類喻」是一種「取喻之法」，完全著眼於文法修辭的具體格式，多少忽略了「感類」此一概念所指涉的獲取知識的途徑之一的「推類」功能，那麼，我們可以再舉一例說明「類」與「推類」的思維模式是在宋代的論述場域失去其理論上的作用。《孟子·告子篇》中孟子曾如是說道：

> 今有無名之指，屈而不信，非疾痛害事也，如有能信之者，
> 則不遠秦楚之路，爲指之不若人也。指不若人，則知惡之；
> 心不若人，則不知惡，此之謂不知類也。[105]

若照著上下文意來看，則此處「不知類」的「類」字原意當解爲「類推」或「舉類」，用以強調可以經由對於某一情境的認識或知解，而會通到另一相似並可類比的情境。然而，朱熹在此即以「不知輕重之等」引伸說解「不知類」的語意內容，其詮釋所關注的重點顯然已不在推求孟子原文所亟於闡明的兩種情境間的類推，以及由是而來對於道德知識與實踐的認知活動的根據。A. C. Graham 就曾指出，孟子在辯論「性善」此一議題時所常用的邏輯，「類推」(analogy，類比推理) 可以說是最明顯常見的推理方式之一。[106]

---

[105] 《孟子·告子篇》，見【宋】朱熹：《四書章句集注·孟子集注》，頁334。

[106] A. C. Graham, **Disputers of the Tao: Philosophical Argument In Ancient China** (La Salle, Ill.: Open Court, 1989), pp. 119-20.

　　再者，龔鵬程提到的緣情詩觀的另一項議題，即人爲能感者，而物爲感人者，由是有著「應物斯感」的理論依據。這種提法，當然合理解釋了魏晉以降文學論述場域所揭示的創作理念：自然物象物貌可以構成激發創作活動的主要動因。然而，自然物象物貌除了做爲創作活動的動因之外，更可以是創作活動可以或必須憑藉的創作材料，這即是劉勰《文心雕龍・物色篇》中對於自然物象物貌的性質與作用所持的論點：「感物」與「聯類」。一方面節候物色的變遷足以引動人的情緒意念，進而引發創作活動；而另一方面，節候物色本身的物貌物態又成爲創作的對象或材料，藉以呈示或烘托情緒意念的內容。且進一步說，古典詩論對於物象物貌在創作活動所起的作用的理解方式，是有多重的理論來源，「物色」觀念當然是其中之一，可以說明感性主體觀照下情景關係互動的可能性；至於「比興」觀念的引介，則更具體提供了創作活動過程中情景關係互動的必要性。但無論如何，漢代在論述活動上所開示的思維方式與所建立的相關語彙，都有著不容忽視的關鍵地位。我們在上一節論及「寄託」的表現手法時，曾對「引譬連類」的概念提出詳盡的說解，強調此一概念在詩的意義建構上的作用，主要就是因爲「引譬連類」闡明了物象物貌得以與情感意念之間相互牽合的一種語言操作模式。基本上，「意在言外」的用言方式與「含蓄」美典之所以可能，也就是建立在自然物象可以與人事活動、情意內容相互對應的思維模式的基礎上。

　　如果說「含蓄」的美典在審美意趣上，主要是指稱創作活動中借用間接委婉的語言形式來傳達或呈現情感意念的一種表現手法，那麼，「典故」的運用更可以是其中最有效與最精簡的一種方式。一般而論，「典故」是理解古典詩最重要的一種意義呈現方式，但也是最

需要註解說明的部分。至於「典故」或「使事用典」，原是六朝文學
現象中常見的一種重要的表現手法，用以指稱詩文創作時引用古人古
事以爲創作材料的表現手法。因此，運用「典故」的作用即在於引述
既定且熟悉的事例，藉以簡潔扼要的傳達某種類似或對照的經驗內
容。在這種脈絡下，則典故的使用在原則上是所謂的修辭手法之一，
是在當下的情境中加入過去經驗的憑據，因而能夠有效而經濟的引導
出附加的含意與聯想，並且擴大詩的意義範圍。[107]然而，如就魏晉以
降文學現象的發展而言，則典故的使用不應被視爲衹是一種單純的修
辭手法，而是反映此一階段文士階層共通的一種語言操作模式，其作
用除了彰顯文士階層所必須具備的文化素養之外，更是要在言談或書
寫活動中透過對於既往的事例的借用與解釋來證顯當下的經驗，因而
在某種程度上說使事用典的活動最能夠深切反映古典文士階層潛在的
一種集體心理機制。[108]

　　基本上，就具體的歷史脈絡來說，「使事用典」的作用，除了
是因著六朝「貴遊文學」的特性而來的炫學以及追求博雅的旨趣之外，
其實更具有對於過往歷史人事經驗的一種「情感認同」，並且憑藉著

---

[107] 關於「典故」的一般性質與作用，讀者可以參見劉若愚著，杜國清譯：《中
國詩學》（臺北：幼獅文化公司，1977），下篇第三章：「典故·引用·脫
胎」，頁214-239。

[108] 關於「使事用典」在六朝文學現象中的作用及其得以出現的相關歷史脈絡，
我曾在另外一篇文章中提出具體的考察，可以參看，見〈「擬古」與「用事」：
試論六朝文學現象中「經驗」的借代與解釋〉，《第三屆國際漢學會議文學
組會議論文》（臺北：中央研究院，2000年6月29日--7月1日），送審
待刊。至於本小節的討論，一方面是出自此文的節縮與改訂。

這種經驗的借代與解釋而形成古典作家之間互爲主體的集體意識，也即是藉以建立文學傳統的一種歷史意識。因此，「使事用典」在表現手法上是以既有的人事事例做爲作家個人的創作材料，進而對於這些事例所具顯的經驗內容或經驗模式重新加以詮釋。於此，作家創作時關切的重點，是在於提示既有事例得以出現的境遇及其可能蘊涵的意義，而作家個人的創造能力也就具體表現在如此的詮釋活動上。如就本書的論點而言，則在「意在言外」此一創作模式以及在語言具體操作方式上傾向於「以少總多」的特色等因素的引導下，「使事用典」便在文學傳統的發展中演變成爲造就「含蓄」審美旨趣的一種重要的手法或技巧。

　　王夢鷗先生在〈漢魏六朝文體變遷之一考察〉一文中即指出，魏晉以降文章所以特別強調以隸事爲工，主要是與當時「類書」的編纂以及「文集」之被重視有相當的關連，而「類書」與「文集」的大量出現與興盛，又與當時文士作家炫耀博學並且實際在那博學中求趣味的風尙有關。⑩如就歷史的表層現象而言，使事用典當然是與當時「類書」或「文集」的盛行流通有關，而此二者又與貴遊生活中的賞玩有關。然而，我們試圖提問的是貴遊生活如何與使事用典的盛行流通有關？到底是在怎樣的一種時代社會氛圍裡，上述的現象得以相互關連並衍成一種共同的文化行爲？這顯然是與當時的知識階層、尤其是士族所取得的知識材料與所看重的知識養成教育有關。姚思廉（卒於西元 637 年）在《梁書·江淹、任昉傳》的結尾引述其父姚察的一段

---

⑩　王夢鷗：〈漢魏六朝文體變遷之一考察〉，《傳統文學論衡》（臺北：時報文化出版公司，1987），頁 114-26。

話：「觀夫二漢求賢，率先經術；近世取人，多由文史。」文史不同
於經術，可能就在於文史知識的材料中有一類的知識材料是對於過往
人物事件的記錄，因此知識性質是實證的，而此等知識材料也是可以
記誦的。如果從「知識社會學」的角度看，則姚察的定論提供了一個
有趣的思考點，那就是一個時代所顯現的知識內容與性質其實是與當
時外在的社會政治文化等因素有密切的關係，而所謂的「社會政治文
化等因素」則可以指社會地位、階級，生產方式、權力結構，甚至於
競爭、流動等「社會過程」，也可以指價值觀、時代思潮、民族精神
或文化心態等「文化結構」。⑩關於典籍在生活中所扮演的作用，《世
說新語》一書有更多也更具實的記載。我們或許可以據此推斷：在實
際生活的應答中以及書寫的活動中，援引典故事例其實是展示士族與
知識階層所謂「博雅」的一種文化素養，而士族與知識階層也藉此取
獲或保障其在政治社會上的優勢地位，這種現象正如唐宋以後士大夫
或知識階層以詩文唱和酬酢來展示相互之間的雅致趣味一樣。不論是
使事用典或詩文唱和，都是知識階層用以彰明自我身份、並藉以相互
認同的一種文化上的象徵形式。

　　如果具體就創作活動本身加以考量，則陸機〈文賦〉所提出的
「佇中區以玄覽，頤情志於典墳」，已然強調了「典籍」與創作之間
的因依關係。就創作活動而言，透過廣泛閱讀典籍所取得的客觀的認
知經驗，是可以與深刻體察萬物所獲得的直接切身的感受具有同等的
作用。近代學者論及陸機〈文賦〉所提出的創作觀念時，總傾向於特

---

⑩　關於「知識社會學」的基本論題，請參見黃瑞琪：《曼海姆》（臺北：風雲
　　論壇出版社，1990），頁211-28。

別標舉其中的「詩緣情而綺靡」一句，認為陸機的論點擺脫了先秦以來儒家思想傳統對於作品「思想內容」因素的要求，轉而「要求詩歌必須抒發感情，而語言又要精美，特別強調了詩歌的感情因素」⓫。我們或許因為過度強調詩創作的抒情功能以及情感的真實性與原創性，不免就此而把所謂的「緣情」觀念直接牽引到抒情詩人對於自我情感的如實吐露表白。就陸機而言，「情」字的內涵或許並不如此具體或片面的指稱詩人的自我情感。創作既是以語言文字為媒介的一種藝術，而所謂的想像與創造，即是如何就意念情思與語言文字此一媒介之間取得相互衡點的能力來說的，因此，語言文字本身的經營表現也即是作家「用心」之所在，是可以有客觀層面上所謂的「妍蚩好惡」做為依據與判準。正如陸機在序文中提到的：

> 余每觀才士之所作，竊有以得其用心。夫放言遣辭，良多變矣；妍蚩好惡，可得而言。每自屬文，尤見其情：恒患意不稱物，文不逮意——蓋非知之難，能之難也。故作〈文賦〉，以述先士之盛藻，因論作文之利害所由。⓬

在這段文字中，陸機所強調的創作活動的本質是一種展示或驅遣語言文字的藝術，也儘管展示或驅遣語言文字的方法是變化多端的，卻可以在客觀層面具體加以討論辨析。因此寫作基本上是一種能力的顯現，是可以學習養成的，而探索「作文之利害所由」也才有客

⓫　王運熙、顧易生主編：《中國文學批評史》，上冊，頁103。

⓬　【晉】陸機：〈文賦〉，見郭紹虞主編：《中國歷代文論選》，第一冊，頁170。

觀依據或準則可說。在這種脈絡下，〈文賦〉開始的第一段便是列舉各式各樣促成寫作的可能因素與寫作材料，其中包括了「頤情志於典墳」以及「遊文章之林府，嘉麗藻之彬彬」等透過廣泛閱讀典籍所取得的客觀的認知經驗。

於此，徐復觀先生在析論〈文賦〉此段文字時，認爲陸機所強調的促成寫作活動最眞實有力的動機，其實是「來自緣某種事物所引起的感發、感動」，因此，由時序變遷而來的直接切身的體驗才是創作時的主要因素。至於「頤情志於典墳」是指「在古典中得到人格的薰陶，儲備寫作的材料與能力」，而「遊文章之林府，嘉麗藻之彬彬」則是指「因讀古人及他人的佳作，而引發自己寫作興趣或決心」，兩者祇能說是助成寫作的副因。⓲徐復觀的說解顯然是以抒情寫志所強調的眞實感發爲立論的基礎，因此對於陸機列舉有關促成寫作活動的各種可能因素就有著主副上不同輕重的區隔。基本上，陸機所提出的「頤情志於典墳」的觀念，在於強調透過典籍所取得的客觀的認知經驗也可以是創作活動的依據與題材，這或許反映了當時借用典籍以表達情思意念的語用習慣，並且預示了魏晉以降文學論述所揭示的經驗借代與想像創造的論題。劉勰在《文心雕龍》一書論及創作問題時，不也一再強調學問知識的重要性？使事用典固然需要以學識爲根柢，即如想像力的培養又何嘗不要「積學以儲寶」以獲致「博而能一」的功效？

如果順著陸機所提出的「頤情志於典墳」的觀念，仔細檢索魏

⓲ 徐復觀：〈陸機文賦疏釋〉，薛順雄編校：《中國文學論集續篇》（臺北：學生書局，1981），頁 98-99。

晉以降詩賦創作的實際歷史演變，我們或可清楚看到使事用典在書寫
活動中呈現的具體形貌。無論如何，像江淹（444—505）的〈恨賦〉、
〈別賦〉那樣通篇皆由典故接串與情境想像寫定的作品，基本上是屬
於那個時代創作理念的具體顯證，作品動人之處不在於它們是否爲江
淹個人身世情境的一種反映或抒發，而是在於它們確切以動人的文字
渲染模寫普遍的經驗類型。衡量文學藝術創作的標準，當然一部份得
自於情性內容的眞實性與眞誠度，但也有一部份來自於作家對於形式
要素的琢磨推敲，而二者都可能顯現爲對於生活經驗的解釋與表現，
不論這樣的生活經驗是如實切身的，抑或祇是虛擬想像的。

　　根據鍾嶸〈詩品序〉所言：「屬詞比事，乃爲通談」，則使事
用典做爲創作活動的一種表現手法，顯然是魏晉以來（尤其是齊梁）文
學論述中的一項基本問題。關於使事用典此種修辭手法，當時的稱謂
並不一致，或稱「事類」或「用事」，而當時的文士作家對於此一文
學現象也各自有著不同的意見。⑭於此，劉勰《文心雕龍·事類篇》
則是把使事用典視爲修辭的手段之一，而將其擺放在〈夸飾〉與〈練
字〉兩篇之間，其作用即在於「舉人事」、「引成辭」以爲文章義理
的參證：「事類者，蓋文章之外，據事以類義，援古以證今者也。…
然則明理引乎成辭，徵義舉乎人事，迺聖賢之鴻謨，經籍之通矩也。」
劉勰基於古典主義的立場，標舉聖賢經籍在引述事例上所開示的創作
成規爲準的，雖然依此肯定使事用典在寫作修辭上的重要性，卻也同

---

⑭　關於「用事」在齊梁時期引生的爭論，日本學者清水凱夫在〈《詩品序》考〉
　　一文中有著比較具體詳實的討論，見周文海編譯：《清水凱夫《詩品》《文
　　選》論文集》（北京：首都師範大學出版社，1995），尤其見頁 109-116。

時認定引述事例不應該被視爲文章本身必要的結構要素之一，因而祗能具有「意義添加」的價值：這就是劉勰所謂「文章之外」的義涵。另外，劉勰更進一步約制使事用典的適當性與基本法則：「綜學在博，取事貴約，校練務精，捃理須覈」，也就是說，在博學的前提之下，運用事例的原則是必須講究「簡要」、「精確」與「切當」。劉勰論文的主張，不專主詩歌一體，因此就寫作修辭的問題而言，「事類」是與「夸飾」等修辭手法並列，同屬於晉宋以來受到辭賦系統作品的影響而衍生的文學現象，劉勰不一定在審美旨趣或價值上完全認同，卻可以做爲審美設計的議題提出來討論。

透過上述的討論，我們或許可以說：使事用典在寫作活動上雖然不一定全然否定創作活動與作家個人情志意念之間的關係，卻更強調語言文字本身的表現與經營。王夢鷗先生即據此而斷言「意巧言妍」是陸機論文章的主旨，並且啓引繼起文人作家專力於語言現象的推敲經營，而文學活動或寫作事業也就具有了「技藝」的性質。誠如王夢鷗申述的，游藝的作風一方面顯示在「修辭方法之被特別重視」，而另一方面則是「寄情於眼前事物的興趣遠超過嚴肅的寫作動機」、甚至是「但爲著筆墨遊戲而鋪采摛文」。❶❶這種強調語言現象的意匠經營與重視文辭本身審美效果的創作理念，不但衍生出如葛洪 (284—363) 關於「何以獨文章不及古邪」的質疑，以及蕭統關於「蓋踵其事而增華，變其本而加厲，物既有之，文亦宜然」的肯定，更也充分顯現在劉勰《文心雕龍・原道篇》對於「文采」的禮讚：「夫以無識之物，

---

❶❶　王夢鷗：〈陸機文賦所代表的文學觀察〉，《古典文學論探索》（臺北：正中書局，1984），頁 113；王夢鷗：〈漢魏六朝文體變遷之一考察〉，《傳統文學論衡》，頁 83-92。

鬱然有彩，有心之器，其無文歟！」然而，需要辨明的是，劉勰在另一方面雖也否定「爲文造情」這種以虛構想像爲主的創作觀，進而強調了創作活動中情性爲眞的基本立場。但無論如何，在劉勰所提出的理論架構中，文學作品做爲一獨立自足的語文形構總是顯而易見的一項論題，因此，就創作活動而言，他才如此致意於闡述體製修辭的具體內容，也才會在〈知音〉篇中藉由「六觀」申述批評活動可以有客觀的方法與準則，強調「斯術既形，則優劣見矣」，而所謂的「術」，即是在於闡明「技藝」的性質。創作活動既可以有術可循，批評的活動亦復如是。關於以劉勰的理論架構爲代表所反映出的六朝文學思想中的一種客觀精神，本書已多有闡述，不另贅述。

　　儘管就中國古典的文學思想傳統而言，游藝或者技藝的創作理念與態度是非常具有爭議性的一項論題，然而，如此的創作理念在某種程度上可以說是脫離了「有德者必有言，有言者不必有德」與「心聲心畫」的論述場域，而將寫作本身視爲一種獨立自足的活動，並且在「抒情言志」的文學傳統之外另行開啓以文字經營爲創作目的 (而非創作手段) 的一種書寫觀念與書寫傳統。我們或許可以說，魏晉以降的作家透過擬作與用事的操作，逐漸展示語言文字做爲獨立自足場域的自覺，而齊梁時期作家對於詩文在語言形式上的各種論爭，如關於「文」、「筆」的區分，對「聲調」的推敲與「聲病」等形式要素的講究，甚至有關字句的簡擇鍛鍊等，在在都反映出當時的作家著意於把語言現象「前景化」❶並且試探語言形式的可能性的用心。如果就

---

❶ 「前景化(Foregrounding)」一詞是借自於布拉格結構語言學派 Jan Mukarovsky 所提出的觀念，意指在詩的語言活動中爲吸引讀者的注意力而把「表述」與「言說」本身擺放在前景或焦點的位置，因而特別重視語言組成要素的各種

如何理解並詮釋傳統此一問題而言，則在「抒情言志」的主流文學思
潮的制約與主導之下，我們似乎還未能爲六朝文學所開啓的以文字經
營爲創作目標的書寫觀念與書寫傳統提出一套相應的描述或說解的觀
念與語彙。

　　相對於劉勰的折衷之論，鍾嶸則是站在詩歌用以抒情的立場，
全然否定了「用事」所具有的功能與作用。鍾嶸在〈詩品序〉中，即
如是說道：

> 夫屬詞比事，乃爲通談。若乃經國文符，應資博古；撰德駁
> 奏，宜窮往烈。至於吟詠情性，亦何貴于用事？「思君如流
> 水」，既是即目；「高臺多悲風」，以惟所見；「清晨登隴
> 首」，羌無故實；「明月照積雪」，詎出經史。觀古今勝語，
> 多非補假，皆由直尋。顏延、謝莊，尤爲繁密，于時化之。
> 故大明、泰始中，文章殆同書鈔。近任昉、王元長等，詞不
> 貴奇，競須新事，爾來作者，寖以成俗。遂乃句無虛語，語
> 無虛字，拘攣補納，蠹文已甚。但自然英旨，罕値其人。⑪

　　在這一段文字中，鍾嶸明顯是站在吟詠情性的立場反對用事，
認爲使事用典祇能適用於某些特定的書寫場合，特別是在政治等非關
個人情性表白的公眾場合或公共議題。至於詩歌的創作，則鍾嶸強調

性質與關係。見 Jan Mukarovsky, "Standard Language and Poetic Language,"
trans. Paul L. Garvin, in **Critical Theory Since Plato**, ed. by Hazard Adams
(Orlando, Florida: Harcourt Brace Jovanovich, 1992: Revised Edition), p. 977.

⑪ 【梁】鍾嶸：〈詩品序〉，見郭紹虞主編：《中國歷代文論選》，第一冊，
頁 310。

應透過即目所見的景象的直接營構或間接譬喻的方式來呈現情感的內容，而「自然英旨」才可能是他所稱許的審美效果。如果從歷史發展的角度來看，鍾嶸藉著在創作動因上揭示「境遇」的主題以及在創作表現上強調「直尋」的效果，有效的批判了齊梁以來講究聲病與典故等形式要素的風尚，並且把古典詩的創作活動導向以抒情寫志為主要內容的模式。這種理論的取向，待得唐代以後詩人在創作實踐上所展示的具體成果，抒情詩的體式終而衍成古典文學傳統的主要典式。然而在抒情寫志的活動上，使事用典可能蘊示的對於過往經驗的借代與解釋的作用與審美旨趣，誠如高友工先生所指出的，則是要到了杜甫手中才又進一步發揮效力，由是成為古典詩歌傳統中顯現歷史文化意義此一深廣面相的一種審美設計與審美旨趣。⑬

德國「接受美學」學派的耀斯（Hans Robert Jauss）在分析「審美經驗」的理論意涵時，就認為審美經驗此一概念實應包括三個獨立卻又交互運作的基本範疇，亦即「創作」、「感受」以及「淨化」。具體說來，則1)、「創作」是屬於審美經驗的製作生產面向，因此，就製作生產的意識而言，審美經驗是表現在把「模塑」或「再現」現實世界看成是自己的工作；2)、「感受」是屬於審美經驗的接受面向，因此，就接受意識而言，審美經驗是顯現在獲取一切可能更新人們對於外在現實或內在世界的知覺感受；3)、「淨化」是屬於審美經驗的交流面向，因此，就淨化的層面而言，主體經驗是指向通往互為主體的門徑，而審美經驗就表現在對於作品中某種判斷的贊同以及某種行

---

⑬ 請參見高友工著，劉翔飛譯：〈律詩的美典（下）〉，《中外文學》第 18 卷第 3 期（1990 年 8 月），頁 37-43。

爲典式的認同上——就此而言，淨化的作用就不單純囿限於亞理斯多德所宣稱的是一種消極被動的情感的被喚起、宣洩與獲致平靜的歷程，而是與「認同」及「交流」等遠爲複雜的概念相互結合的。⑲透過這種經驗的結構模式的操作，我們不難看出耀斯有意要打破既定的二分法，亦即把製作生產的活動歸屬於作家，而把感受和淨化的活動看成是文本對於讀者或觀眾的作用或效果。如耀斯指出的，從事創作活動的作家不但可以以讀者的身份看待自己的作品，因而所謂的製作生產的經驗其實是與感受的經驗往復交替進行的；再者，作家的創作活動也可能是得自於對其他作家或作品的感受或重新的體會，並且想要進一步參與或改造其他作家或作品的內容意趣，因而創作的活動就可能表現爲作家對於其他作家或作品的一種交流，甚或是某一種類型作品的共同作者：

> 對一個文學上的典式作出審美反應的更大動力，是來自於更爲複雜的淨化的快感。這並不意味著審美認同和消極的接受某種理想化的行爲方式是一回事。審美認同是在獲得審美自由的觀察者和他的非現實的客體之間的來回運動中發生的：在這一運動中，處於審美享受中的主體可以採取各式各樣的態度，例如驚訝、羨慕、震撼、憐恤、同情、同感的笑意或眼淚、疏離與反省。他可以把某種典式楔入他個人的世界，

---

⑲　Hans Robert Jauss, "Sketch of a Theory and History of Aesthetic Experience," in **Aesthetic Experience and Literary Hermeneutics**, trans., Michael Shaw (Minneapolis: University of Minnesota Press, 1982), p. 35。至於中譯，另請參考顧建光等譯，《審美經驗與文學解釋學》（上海：上海譯文出版社，1997）。

或者祇是爲好奇心所誘惑，或者開始作不由自主的模仿。⑳

就耀斯而言，由淨化作用所引生的審美經驗可能有不同型態的表現，但其中之一則是審美經驗可以突破現實世界的樊籬，而使讀者或觀眾僅僅停佇於單純的好奇狀態中，或者也可以使讀者或觀眾與某個典式或典範行爲進行自由但又符合理想規範的認同。㉑耀斯因此進一步討論到文學上所謂「典式（the model）」或「典範（the exemplary）」的問題。就始源的意義而言，典式或典範是指稱基督教經義傳統中聖徒可供模仿的具體言行，畢竟比起抽象的概念思考與邏輯推論，可見而眞實的典範更具有說服力、更容易引發情感或道德上的共鳴與認同。典範代表著一個確已發生的實際行動的示範能力，從而使某個可供模仿學習的形象得以明確的展現呈示出來，因此它做爲一個實際存在的典範是比任何虛構的典範更具有強而有力的「交流」與「淨化」作用。至於典範所以具有審美的功能或意義，主要就是得自於其豐富的暗示性，一方面典範明確指示了應該模仿學習的與不可改變的對象內容，這就是所謂的「規則的模仿」，而另一方面則典範也提供了模仿學習者自由想像的改造空間，這就是所謂的「規則的繼承」。

透過耀斯提出的論點，我們或許可以釐清魏晉以降在創作活動上所出現的「用事」此一文學現象的內涵及其所蘊示的理論問題。基

---

⑳ Jauss, "Sketch of a Theory and History of Aesthetic Experience,"頁 94。

㉑ 就耀斯而言，由淨化作用所引生的不同型態的審美經驗其實有可能是相互矛盾的，譬如耽溺於純粹的好奇心就容易導致從現實世界撤退或「不務正業」，或者因爲情感的認同而輕易投向由別人所控制的集體行爲中。見 Jauss, "Sketch of a Theory and History of Aesthetic Experience,"頁 96。

本上，所謂的「用事」其實反映了鑑賞判斷中所提示的「典範」問題，並且指向作家對於過往已定的事例的一種借代與解釋，並且著重在作家對於過往經驗的理解與認同。更爲重要的是，透過認同作用所伴隨對於過往經驗的借代與解釋，「用事」的手法在在顯示出古典作家試圖把時間上的「過去」拉向「現在」的一種自覺，藉以讓「過去」能與作家當下所屬的「現在」具有一種「同時代性」，並且以此喚起造就一種文化上的集體意識。就此，前述高友工先生對於杜甫詩作「用典」所彰顯的功能與意義的闡釋，或可幫助我們釐清問題之所在：杜甫所以能在盛唐後期建立一橫越詩史的「宇宙境界」，主要是因爲他「有意地透過私密及公開的典故建構一意象世界，引入簡單意象掌握不了的意義空間」，而此一廣闊的意義空間是來自於杜甫對那「植根於大量古代典籍所保存的人文傳統」的沉思，畢竟「當代活動的意義，包括個人的和政治的，只有透過遙遠的過去的稜鏡才能被了解。」⑫

　　唐代以後，詩歌的體式已然成爲知識階層表情述志共通的書寫形式，「典故」的運用，即代表了詩歌創作活動中一種重要的對於過往經驗的借代與解釋的審美旨趣，而使事用典也不再止於修辭手法的一種設計；「典故」即是詩的意義的一部份，而且極可能是具有關鍵作用的一部份。更重要的，「典故」本身可以說就是過往某一事件或情境的一種節縮，而在引述過程中，詩人不必著意於描繪該事件或情境的細節，即可提示個人的情感反應或判斷。因此，事件或情境的節縮可以造就詩歌語言經營表現上的精簡，並且把詩的意義擺入一個更寬廣的脈絡中，提供讀者充分想像的空間。譬如說蘇軾（1037—1101）

---

⑫　高友工著，劉翔飛譯：〈律詩的美典（下）〉，頁40。

在晚年所寫的〈六月二十日夜渡海〉一詩中，即以「空餘魯叟乘桴意，
粗識軒轅奏樂聲」兩句喻示自己的心境，不必辭費，也無須點染，就
直接借用孔子說的「乘桴浮於海」的語意與語境來呈現個人的體悟，
同時其中更包含著士階層在文化情境上的自我理解與認同。於此，詩
所指涉的個人的體悟以及文化上的自我理解與認同，皆屬於詩的言外
之意的範圍了。

　　當然，關於詩作中直寫性情與使事用典之間如何造就意義的問
題，宋代以後其實仍頗多議論，或者以使事用典為修辭手法而進行具
體的討論，或者以為有關學識的議題而展開原則性的辨解，基本上都
反映了古典詩學發展過程中，就著詩歌的本質與語文操作形式等議題
所展開的探問。譬如南宋時期的魏慶之，在編輯的《詩人玉屑》一書
即列出「用事」一目，並與「命意」、「造語」、「下字」、「壓韻」
以及「屬對」等條目歸為一類，不論其中引述的材料是同意或反對詩
作中使事用典的手法，但「典故」的性質與作用是已成為詩的意義建
構的一部分，卻是顯然可見。⑫至於嚴羽在《滄浪詩話》中提出關於
詩的辨解，雖強調「詩有別材，非關書也；詩有別趣，非關理也」，
但也不免要肯定認為「非多讀書，多窮理，則不能極其至。」⑫儘管
才學或讀書的議題，在古典詩論傳統中是另有更為複雜深刻的理論內
容與理論旨趣，但基本上是擺放在與「性情」相互對舉的論述脈絡中，
而讀書窮理活動所顯示的使事用典的表現手法，如果是運用在以情感

---

⑫　【宋】魏慶之：《詩人玉屑》（臺北：商務印書館人人文庫版，1972），卷
　　之七，頁121-31。

⑫　【宋】嚴羽：〈詩辨〉，見郭紹虞：《滄浪詩話校釋》（臺北：東昇出版公
　　司，1980），頁23。

意念的抒發爲主的形式表現，則典故自是詩的情意的一部分，因此大致上並不至於構成任何創作上的問題。

　　總結說來，正如我們在上文中申述的，援引典故或事例在實際生活的應答以及書寫的活動中，其實是用以展示士大夫此一知識階層所謂「博雅」的一種文化素養，而士階層也藉此取獲或保障其在政治社會上的優勢地位，這種現象在某種意義上是與唐宋以後知識階層以詩文唱和酬酢來展示相互之間的雅致趣味一樣。因此，不論是使事用典或詩文唱和，都是知識階層用以彰明自我身份、並藉以相互認同的一種文化上的象徵形式。至於使事用典，則更具體明確成爲詩的創作活動中呈現意義的一種表現手法，而藉由這種手法的安排經營，詩的意義可以超越詩的語文結構本身的限制，並且充分顯現爲一種「意在言外」的用言方式以及獲致「含蓄」的審美旨趣。

餘　論

審美典式的現代性

　　在本書的第二章中我們提到，許多批評的觀念與術語不斷出現在中國古典詩學的論述場域，而這些不同的批評觀念與術語或是針對各異的文學現象與文學議題而發，因此各自或有其獨特的內容指涉。然而，這些批評或理論的觀念與術語，也有可能是就著同一現象或議題而進行不同視域的觀察與表述，因此彼此之間可能有某種程度的連續性與重疊性，相互交關。基本上，這些看似各異的批評觀念與術語，其實共同建構了古典文學思想傳統中的審美觀照，而在這樣一個關涉到審美觀照的語言系統中，有些語彙顯然更具有主導性與支配性，並且反映了此一文學思想傳統所指向的理想典式。在本書中，我們以「含蓄」美典做爲古典詩學論述反覆陳述的主要理想審美典式，而「含蓄」此一美典又是建立在「意在言外」這種用言方式的基礎上，具體顯現古典詩人與作家對於「語言」與「意義」之間相互關係的思考與探問。就此而言，本書所處理的議題似乎是關於古典詩學傳統的一種歷史研究，在時間序列上可以說是屬於「過去」的。然而，這樣一種古典的或歷史的研究是否也因此就是類似古物蒐集的或者過時的（antiquarian and antiquated），而與當下的情境無關？

　　舉例來說，當我們欣賞像《詩三百篇》中〈風雨〉或〈蒹葭〉這樣一類的詩作時，我們可以說這是運用「興」的方式來呈現情感，也就是間接委婉藉著外在景物的烘襯來傳達情感意念，而情感的內容與描述的景物並無直接的關係，因此整首詩的情意表現是依據「意在言外」的用言方式，並具體造就了一種「含蓄」的理想典式。如此，身為古典文學研究者的我們自可以借用古典的觀念語彙，藉以清楚的描述說明詩歌的表情模式。然而，相對引伸出來的問題則在於：這些古典的術語觀念能否合宜的轉換為當代的語彙，然後移交給當代的讀者、並且成為非專業性的文學知識的一部分？或者，這些古典的術語觀念能否適切的運用到現代的文學作品，成為現代文學創作或批評的知識與料？諸如此類的提問，其實深切反映出一項更為根本的議題，亦即古典文學思想傳統所思考與探問的審美典式，能否可以經由當代語彙的詮釋而具有現代性與現代意義？

　　從歷史發展的脈絡來看，中國古典文化傳統到了西元一八四零年鴉片戰爭以後，受到外來文化直接的衝擊，隨即面臨了一個重大的變革，其中關於文學現象的認知也從根本上起了變化，並具體顯現在語言的表述形式與創作的內容這兩個議題。就語言的表述形式而言，「白話」文體的倡議代表著轉變的關鍵，首先，黃遵憲（1848－1905）借鑑於日本與西方文化傳統中「言文合一」此等文體改革的經驗，因而要求能建立一種「明白曉暢、務期達意」、而且「適用於今、通行於俗」的新文體。❶根據黃遵憲的說法，一旦口說的語言與書寫文字

---

❶　【清】黃遵憲：《日本國志・學術志二・文學》，見郭紹虞、王文生編：《中國歷代文論選》（上海：上海古籍出版社，1980），第四冊，頁117。

相離,則通曉文字的國民爲數不多,並不利於國勢的發展強盛。因此,如果期望天下農工商賈婦女幼稚皆能熟悉文字之用,那除了倡議新文體之外,別無他法。其後,裘廷梁 (1857—1943) 更提出「白話爲維新之本」的主張,強調文字應是記錄口語的一種工具而已,「至無奇也」,而後人卻將文字視爲至珍貴之物,是未知創造文字之旨,由是「文與言判然爲二」,進而專力於文字形式的模仿雕琢,竟至二千年來士人皆「耗精敝神,窮歲月爲之不知止,自今視之,塵塵足自娛,益天下蓋寡。」❷裘廷梁因此要求以白話做爲教育或書寫溝通的基本語文形式,而所謂白話的八大益處即是省日力、除憍氣、免枉讀、保聖教、便幼學、鍊心力、少棄才與便貧民等。也就在這種特定的歷史脈絡的制約下,語言文字的性質與作用便可以有著不同的聚焦點,從而引動一場新文化運動的可能性,並在某種程度上改變了古典傳統對於文字書寫活動的視觀。更重要的,這種書寫形式的轉換不祇是宣告一個新的文化傳統的開始,同時也產生了一種如何重新面對古典文化傳統的焦慮,而理解與詮釋的問題由是更具有迫切性。

　　就晚清的文化場景而言,面對語文形式自身變革的要求,古典文學論述場域中也起了相同的效應,我們可以在當時的文獻資料中看到有關各式文體改革的要求,一如「詩界革命」、「文界革命」、「小說界革命」與「戲曲改良」等口號所反映的歷史現實。其中,「小說」尤其是具有發展或改變的可能性,而這種改革的空間所以較爲可能,當然與小說在原有的文學傳統中所顯現的特定體式、內容及其定位有關。譬如梁啓超 (1873—1927) 即主張改造「讀者更多於六經」的小說

---

❷　裘廷梁:〈論白話爲維新之本〉,見《中國歷代文論選》,第四冊,頁169。

內容，並且倡議所謂的新編「說部」，藉以反映現實、揭露時弊與改良社會。❸至於在詩的體式上，當然也有對應的變革的要求，黃遵憲自是一個最爲典型的例子。他在光緒十七年 (1891) 所寫的〈人境廬詩草自序〉一文中，雖然強調「詩之外有事，詩之中有人」的主張，因而肯定了「今」與「古」應各有不同，然而他同時更堅持詩的寫作必須依循某些固有的原則，譬如說回到「古人比興之體」，取樣於「〈離騷〉、樂府之神理，而不襲其貌」，乃至於「用古文家伸縮離合之法以入詩」❹──儘管在理念上有著革新的想法，然而這種論點在本質上無論如何仍是古典詩論的一種延續，祇是其中強調了以古文家伸縮離合之法入詩的表現手法，這就似乎有著清代自身特有的學術文化的新因子。另外，黃遵憲認爲詩歌的創作應該可以在題材內容上有所突破，要能夠善於掌握新舊名物與情境；並且在詩的體製與風格上也可以各取所需，不必一定拘限於大家的典式：

> 其取材也，自群經、三史，逮於周、秦諸子之書，許、鄭諸家之注，凡事名物名，切於今者，皆採取而假借之。其述事也，舉今日之官書會典、方言俗諺，以及古人未有之物，未闖之境，耳目所歷，皆筆而書之。其鍊格也，自曹、鮑、陶、謝、李、杜、韓、蘇，訖於晚近小家，不名一格，不專一體，要不失乎為我之詩。❺

---

❸　關於梁啓超對小說界革命的主張，請參考黃霖：《中國文學批評通史 (柒)：近代卷》（上海：上海古籍出版社，1996），頁 379 以下。

❹　【清】黃遵憲：〈人境廬詩草自序〉，見《中國歷代文論選》，第四冊，頁 127。

❺　【清】黃遵憲：〈人境廬詩草自序〉，見《中國歷代文論選》，第四冊，頁 127。

在這種觀點的引導下，詩的創作仍舊可以說是牢籠在既有的形式規範之中，雖然表面上看來是可以建立在當下的情境、並取用當下的名物言語，甚至是運用方言俗諺。然而，究實而論，歷來有關詩歌創作的議論不都是極力揭示這種創作表現上的「當代性」？即使有關方言俗諺的問題，在士大夫階層的文化論述場域中早也是一項可以與「典、雅」對舉的議題。因此，儘管黃遵憲的主張有著某種程度的創新意義，並且被梁啓超視爲是「新詩」的典範，但在梁啓超更爲嚴苛的「詩界革命」的標準判斷下，黃遵憲的某些作品仍不免是雖「純以歐洲意境行之，然新語句尚少，蓋由新語句與古風格常相背馳。」❻顯然的，所謂詩界革命所要求的詩的典式的變革，勢必同時有待於形式與內容題材兩者的另闢蹊徑。

在此，梁啓超所期待的「詩界革命」，就必須等到魯迅 (1881－1936) 倡議「摩羅詩力」的主張，才得以落實並且有進一步的發展與改變。❼所謂的「摩羅」，是梵文的音譯，是佛教傳說中專事破壞的魔鬼，一般譯作「魔羅」，而魯迅用以指稱詩作中一種具反抗精神的魔性的力量：「摩羅之言，假自天竺，此云天魔，歐人謂之撒但，人本以裴倫 (G. Byron)。今則舉一切詩人中，凡立意在反抗，指歸在動作，而

---

❻ 梁啓超：《汗漫錄》（又名《夏威夷游記》），引文見黃霖：《中國文學批評通史（柒）：近代卷》，頁 363。關於黃遵憲個人「別創詩界」的議論，在實質上並不同於梁啓超倡議的「詩界革命」，黃霖書中曾有詳盡的說解，見頁 395 以下。

❼ 魯迅：〈摩羅詩力說〉，見《中國歷代文論選》，第四冊，頁 445-77。至於魯迅所倡議的詩的歷史脈絡，請見黃霖：《中國文學批評通史（柒）：近代卷》，頁 485-92。

爲世所不甚愉悅者悉入之。」❽依據魯迅的說法，所謂「平和」其實
並不見於人間，如果眞有所謂的平和，則不過是處在任何衝突矛盾「方
已或未始之時」，因此要能夠行大業，就必須得昭明之聲以待國民精
神之發揚。然而，世界上古文明的國家在面對外在政治現實的傾軋、
變動或危難時，往往但顯現爲「悲涼之語，嘲諷之辭」而已，中國亦
不例外。究其原因，乃在於「中國之治，理想在不攖」，傳統政治的
統治階層藉著強調平和中正，不鼓勵衝突抗爭，用以維護保全其統治
的穩定性。就在這種現實歷史的脈絡下，千百年來的「論文之旨，折
情就裡，唯以和順爲長」，並因而造就一些或「頌祝主人，悅媚豪右」、
或「心應蟲鳥，情感林泉」等「可有可無之作」。面對晚清的政治局
勢，魯迅於是宣揚一種「立意在反抗，指歸在動作，而爲世所不甚愉
悅者」的創作理念。這種對於古典詩歌傳統的解讀方式，雖然不盡持
平，但某種程度反映了在面對現實歷史情境的變革時，古典傳統所可
能出現的內在侷限性與難題。事實上，魯迅的解讀在後來的文論中並
沒有得到確實的影響效果，但對於古典傳統詩的創作及其理想的審美
典式，卻有著強有力的批判。到了五四前後，新文化運動所揭示的各
種主張，才眞正將文化的實踐與解讀活動區分爲二，而古典傳統也正
式與所謂的現代性截然有別。因此，如何重新面對古典文化傳統中的
各項論述表述的內容與意義，便成爲現代從事古典研究的學者所必須
嚴肅思考的問題。

　　如果說中國古典詩論傳統強調的是情感的表露與書寫，則情感
本身的蘊蓄涵養所可能引發的議題，除了魯迅提出的「和順」（如果

---

❽　魯迅：〈摩羅詩力說〉，見《中國歷代文論選》，第四冊，頁447。

轉換成古典的語彙，則或許就是「溫柔敦厚」與「含蓄」了）可以再加進一步的
討論之外，就是古典詩論傳統對於情感性質與內容的貞定與闡釋，更
重於對於制作法則或規格的講究推敲。因此就著創作者的角度而言，
則不論是齊梁時代劉勰《文心雕龍》所提出的「養氣」的論點，甚或
是唐代「詩格」一類著作中有關「立意」的說法，基本上都強調一種
佇興而發、不勞苦思的創作模式：「率志委和，則理融而情暢；鑽礪
過分，則神疲而氣衰——此性情之數也。」❾如果說創作活動是用以
「申寫鬱滯」，那麼，還有什麼能比保持一種優游從容的情感或心智
狀態更為重要？依據這種創作的視觀，則詩的典式必然逐一走向以「自
然」或「平淡」為極致的詩境，而情感的活動或生活的態度，也就在
某種程度上是與創作的實踐二而為一了。至於就創作者或解讀者的立
場而論，則不論是南宋嚴羽，或是清代王士禎，都不斷倡議朝夕諷詠
的熟讀方式，強調唯有透過直接臨摹體會才得以掌握諸家真實面貌，
並且進而能在閱讀活動中有所會心解意，或在創作上「自寫胸情，掃
絕依傍」。因此，古典詩論傳統所強調的朝夕諷詠的主張，揭示了一
種直觀證悟的經驗模式，而不是一種客觀方法上的解析與引導的教學
模式。在這種視觀或理論脈絡的主導下，則西方文論傳統中所謂的「技
藝」這種詩觀，顯然是與中國古典傳統所揭示的「默會致知」的理念
有著不同的理論指向與旨趣。我們在本書中曾不斷闡明，古典文化傳
統中關於詩歌的創作與解讀，基本上即是士階層知識養成教育的主要
部分，可以說就是一種個人與社會生活的實踐。於此，則所謂的朝夕

---

❾ 【梁】劉勰：《文心雕龍·養氣篇》，見周振甫：《文心雕龍注釋》（臺北：
　里仁書局，1984），頁777。

諷詠的熟讀方式,自有其特定的知識養成與文化脈絡加以支撐,本身即可以是不證自明的事實,因而有關詩的理解並不需要依賴客觀方法上的解析或引導。然而,一旦原先的知識養成與文化脈絡改變了,而詩的體式與表情模式也有了不同的憑藉與內容,且先不論有關詩歌此一體式本身所引發的創作問題,我們到底如何面對當下的情境,藉以提示一套客觀有效的關於古典詩歌的解讀與教學方式?同時,就在試圖建構這樣一套解讀或分析的方法時,我們又將如何面對古典詩論場域中固有的詩學概念或特定的審美旨趣?

於此,我們選擇了一個可以參照對觀的例證。英國學者威廉斯(Raymond Williams)一九七六年出版的《關鍵字》一書,其中收錄了一百一十個英語中重要而常用的語彙,並且為每一個語彙找尋來源、探求發展演變的軌跡,再加以簡略的評述。在該書的〈導論〉中,威廉斯提到像「文化」(culture)一語就可能在許多不同的場合中有不同的指涉意義,舉例來說,在高級餐廳下午茶的情境中,談話中所出現的「文化」一詞似乎意味著一種社會階級上的優越感,這種優越感並不是指稱知識、觀念、財富或地位等的突出與傲人,而是反映在某些更難具體明說的領域、並且與言行舉止的表現有關;另外,「文化」一詞也可以出現在學術文化界的語用習慣中,用來指稱與文學創作、繪畫或電影等有關的活動。當然,在其他許多的語境裡,「文化」一詞更可以代表某種中心的價值,甚至是一個社會整體的生活方式。再進一步的探討,維廉斯發現「文化」一詞的語用是與「階級」、「工業」、「民主」與「藝術」等語彙彼此關連,形成一個相互交錯的結構體。因此,語彙本身所包含的錯綜複雜的意義,即容易引生新的問題並且暗示新的關係網絡。

　　一般而言，我們在提示某個語詞的正確而恰當的意義時，總傾向於以該語詞的始源義做爲準據。然而，威廉斯並不贊同這樣的做法，他認爲「某一語詞的始源義通常會是引人興味，但是更有意味的往往是在該語詞後續引伸變化的意義。」❿至於語詞意義所顯現的變化或混淆迷亂，並不單純是語言系統本身的缺失或者是教育機能的失調，而是因爲歷史的與當下的具體情境各有變化。循是，威廉斯倡議一種歷史語義學的觀察角度，並強調說：儘管理論議題的探索可能是迫切重要的，然而理論議題本身即是由各種觀念術語串接形塑而成的，因此如果要清楚理解語詞的意義結構在當下所出現的問題時，對於歷史面向的關注更可能是一種基本的選擇。更重要的，問題是在於要如何切入某些語詞最爲常用的具體語用層次，並且由是提示某種程度的語感與自覺，藉以確立更爲可信的明晰度——畢竟，沒有任何單一的語彙本身即可以是獨立自足的，因而對於任一語彙的理解，終究是要擺到它與其他語彙之間所形成的關係網絡，甚至是還原到它所屬的語言與觀念的系統。威廉斯在描述自己以近二十年的時間整理這些重要詞彙的經歷時，曾如此說道：語言的操作與運用是與教育有著密切的關係，因此依賴於某種信心度的支撐，然而，就在某些歷史轉變的關鍵階段，對於語彙的明晰度所顯示出的必要信心與關切，往往成爲一種海市蜃樓式的幻象，並且顯得短暫而不切實際。⓫

　　面對不同歷史情境的變異，而語彙的明晰度所以仍然可以期待，

❿　Raymond Williams, **Keywords: A Vocabulary of Culture and Society** (Oxford and New York: Oxford University Press, 1976), p. 18.

⓫　Raymond Williams, **Keywords: A Vocabulary of Culture and Society**, p. 14.

其實是要經由解讀與重構的過程，並且能進一步將此等解讀與重構的工作視爲是當下古典知識研究的一部份。唯有如此，威廉斯式的海市蜃樓的幻象或許才不致於成眞。即以古典研究的對象爲例，則古典語彙自有其相對應的特定的歷史情境與語言或觀念系統，但如果說古典詩學的概念或議題要具有當下解讀與詮釋的可能性，並且形成爲當代文學知識的一部份，那麼，如下的提議或許是可行的途徑之一：試圖還原古典詩學的概念或議題所對應的問題意識，並且將這些問題意識轉換到現代的學術脈絡，透過現代學術場景在審美課題上的提問與界說加以比對，則或可藉此重新闡明古典傳統所可能關切的審美議題的現代性。就此而言，我們試著提出兩項與「含蓄」此一古典審美典式相關的議題，做爲討論的例子，希望能重新展開以問題意識爲導向的研究模式。第一個例子，我們將以「神韻」所揭示的美典爲例，引申說明審美經驗與審美態度等相關的問題，尤其是審美議題與道德議題之間可能的對峙問題。至於第二個例子，我們將探討「含蓄」的審美經驗或審美態度與實踐之間的相關性，藉以闡明審美議題所可能隱示或體現的政治議題，也就是「含蓄」的概念由「詩學」（Poetics）的議題到「政治」（Politics）的實踐之間的演變。

我們在第四章討論到「神韻」的概念時，曾經說過「神韻」的審美典式其實反映了一種獨特的生活態度的實踐、以及由是而來的一種對於「性情」的理解方式。基本上，神韻詩派所強調或追尋的理想典式即是一種不即不離的超脫性，而這種超脫性固然得自於士階層所崇尙的「雅趣」的生活方式，但主要也是在於能以不加判斷的用言方式來經營詩中的世界。於此，我們可以進一步探問的重點也就在於這種不加判斷的用言方式，及其可能隱含的一種來自於審美觀照活動的

經驗模式。王士禎的詩論中曾如是說道：

> 益都孫文定公（廷銓）〈詠息夫人〉云：「無言空有恨，兒
> 女粲成行。」諧語令人解頤。杜牧之：「至竟息亡緣底事？
> 可憐金谷墜樓人。」則正言以大義責之。王摩詰：「看花
> 滿淚眼，不共楚王言。」更不著判斷一語，此盛唐所以為
> 高。**⑫**

　　息夫人（息嬀）的故事見於《左傳・莊公十四年》，其中牽涉
到具體歷史場景中政治權力與性別之間的宰制關係，自有其複雜的文
化議題可說。在此，透過王士禎所舉的例子，我們可以看到詩的創作
審美活動所可能顯現的某種特質。孫廷銓的詩作，基本上是以一種反
諷的手法刻寫息夫人的處境：既不與楚文王說話，卻又與楚王生了兩
個孩子，因此息夫人所謂的「有恨」即不免祇是一種徒然（「空」）
的姿態。這種解讀活動中的戲謔的口吻其實是世故的，也同時是虛無
的，而其中所透顯出的戲謔或反諷的成分，多少忽視輕待了歷史事件
或歷史人物當境可能有的衝突與困頓。事件或動作本身所具的多重面
向，以及其中富含的因衝突矛盾而來的苦難，也就在超脫的審美觀照
的活動中被單向化了。再者，杜牧的詩作則在議論嘆問的口氣之下，
將息夫人與綠珠的處境相提並論，而以「可憐」二字所隱示的嘆息做
為判斷，雖然某種程度上可以說是「正言以大義責之」，然而這等「心
聲手澤」，不免就像魯迅所稱說的「非不莊嚴，非不崇大，然呼吸不

---

⑫　【清】王士禎：《漁洋詩話》，卷下，見丁福保輯：《清詩話》（臺北：西
　　南書局，1979），上冊，頁 188。

通於今」，因此也就祇能是「取以供覽古之人」或「形並邈來之寂寞」，發而爲「摩挲詠嘆」而已。⓭

　　至於我們試圖稱說的審美觀照活動的特質，最可反映在王士禎所讚賞的王維作品此一例子中，所謂「不著判斷一語」，即是以一種超脫的態度去面對客體事物的存在，盡可能不以個人主觀的意見或判斷介入對於客體的描述或呈現。這種絕緣孤立的觀照方式，當然就是審美活動的特性，而由是而來的對於對象事物的專注以及不具目的的關心，也自然就是審美經驗的特質。基本上，審美活動自有其自身的目的與指歸，可以讓人以一種旁觀者的角色去理解他所認識的外在世界以及自身的生活情境，並且就在這種觀照中取得一種自足的喜悅與滿足。然而，問題也就在此。眞實的生活領域裡總是不斷出現必須嚴肅正視的事務，人必須不斷有所決斷、有所選擇，並且承擔此等決斷選擇所帶來的後果，且不論這種後果的屬性到底是一種合意的滿足或不合意的受苦。海德格在申論詩的本質時，曾以「無邪」來闡釋寫詩此一活動的特性（詳見本書第四章的討論），即是以眞實生活中的行動所必須面對的決斷選擇來作對比，而這種對比正可以清楚說明審美活動與眞實生活之間的區隔。因此，就某種意義說來，王士禎將神韻詩的審美經驗化而爲一種生活的實踐，正是一種極端的「唯美主義」。更重要的，如此將審美經驗轉化爲一種生活的實踐，一旦面對具體的道德論述或道德實踐的場域，其侷限性與困窘也就顯得明白不過了。王士禎所舉的諸家對於息夫人一事的詠嘆，以及他個人對於王維詩的推崇，即是典型的例子。具體歷史場景中的人物與事件，以及其間所可

⓭　魯迅：〈摩羅詩力說〉，見《中國歷代文論選》，第四冊，頁446。

能夾雜的各式各樣的道德議題或判斷，往往就在旁觀的距離中成為一種可供賞玩、耽溺、甚或哀挽的審美客體與對象。

德國接受美學的代表學者耀斯 (Hans Robert Jauss) 在考察審美經驗的理論與歷史發展時，曾經說道：在日常現實之外去展現另一個世界，乃是審美經驗最明確直接的操作方式。即使在樸實的日常生活，人總是被迫捲入各種具體複雜的角色與行動之中，而唯有透過審美的態度方能使人從生活的「束縛和常規中解脫出來」，因此，「一旦這種旁觀的審美經驗被引入真實的生活情境，而在這種真實的情境中，道德或生活判斷的成規卻又要求一種完全嚴肅的投入時，角色距離所帶來的審美經驗便有可能極端的演變成一種唯美主義。」⓮更進一步說來，「詩化」所具顯的一種審美距離與審美態度，往往「讓旁觀者在獨自心靈的解放中取得一種純粹個人式的滿足，或者使他緊緊停留在一種單純的好奇狀態之中」，因此，道德的議題及其嚴肅性，也就往往在審美觀照的態度中被客觀化，成為審美的客體，並且最終被溶化於「感傷的自我享受與消費的行為模式等各種頹廢的形式」，這也是為什麼審美經驗在西方歷史中一直成為批判的對象，而這些批判往往是以宗教權威、社會道德或實踐理性等名義進行的，其目的就在於反對藝術所可能引生的難以控制駕馭的效果。⓯

⓮ Hans Robert Jauss, "Sketch of a Theory and History of Aesthetic Experience," in Michael Shaw trans. **Aesthetic Experience and Literary Hermeneutics** (Minneapolis: University of Minnesota Press, 1982), p. 6. 中譯，請參考耀斯著，顧建光等譯：《審美經驗與文學解釋學》（上海：上海譯文出版社，1997），頁 5。

⓯ Hans Robert Jauss, "Sketch of a Theory and History of Aesthetic Experience," pp. 96-98. 中譯，請參考《審美經驗與文學解釋學》，頁 145-47。

　　如果就中國古典的論述脈絡而言，則傳統對於審美活動或實踐所具有的「蠱惑」與「耽溺」等特性的批判，往往就顯現在「文」、「質」此一對立的概念架構之下。於此，「質」的概念所指稱的範疇，既可以是道德的修為、家國的大業，更可以就是藝術創作活動中具有訓誠勸勉作用的藝術作品，因而道德、家國與諷喻等內容或目的，即具有比創作活動本身的自主性或獨立性更為重要的優先權。《易傳》中所宣揚的「修辭立其誠」，曹植〈與楊德祖書〉中倡言的「庶幾戮力上國，流惠下民，建永世之業，流金石之功，豈徒以翰墨為勳績，辭賦為君子哉」，乃至於揚雄所慨嘆的「（賦）諷則已；不已，吾恐不免於勸也」，這三段資料分別代表了前述三個範疇中關於「文」所具有的審美特質的爭論。整體說來，古典論述傳統所以不斷會在審美課題上出現如許的辯論，一方面固然是與文學傳統的抒情模式有關，但其中更具根源性的因素，則在於古典論述場域中對於「情性」此一議題的關切，以及由是而來的對於德性/倫理的優先性的堅持。我們或許可以說，道德議題與審美議題之間的問題，在中國古典文化的論述脈絡中其實是有著更為複雜的交錯糾結的現象。

　　這種糾結交錯的現象，一方面可以表現為審美課題介入道德論述的場域，並且因著審美活動本身所具有的「沒有具體目的」與「缺乏明確的內容」這兩種性質，多少也就癱瘓了道德議題應有的規範與嚴正性。《世說新語》中曾有如是一段記載：

　　　　殷中軍問：「自然無心於稟受。何以正善人少，惡人多？」
　　　　諸人莫有言者。劉尹答曰：「譬如寫水著地，正自縱橫流漫，

略無正方圓者。」一時絕歎，以爲名通。**⑯**

　　在這一段對話的場景中，殷浩提問的議題原屬於道德論述場域中有關人性善惡的思考，然而，就在劉尹個人以意象喻示的譬喻語言作答時，道德議題的探問轉而成爲一種精巧的語言機智（wit）的表現，而道德議題的嚴肅性在某種程度上是被詩化了，並且顯現爲一種具有超脫性質的審美觀照。或許劉尹的用意並不如此，但我們可以想見在響起一片「絕歎」聲之後，問題本身便不再被繼續追問下去，而原先探問質詢時所可能有的的專注與緊張狀態就被解消了。審美觀照的態度適時抛卻當下眞實情境所引生的難題（「諸人莫有言者」），造就並指向了另一個擬似卻又自足的世界（「寫水著地」），而參與者就在這樣一個似是而非、似非而是的答案中尋得了一種眩惑的滿足與愉悅。如果說審美的領域或實踐代表著一種獨立自足的想像空間或活動，那麼，就道德論述所關切的課題而言，審美活動最根本的問題，或許就在於這種獨立自足性所可能引生的「浮靡相扇，風流忘返」的特性。

　　至於《世說新語》中如下的另一則記載，卻又顯示出道德議題在介入審美活動領域時可能引生的糾葛：

　　　　司馬太傅齋中夜坐，于時天月明淨，都無纖翳。太傅歎以爲佳。謝景重在坐，答曰：「意謂乃不如微雲點綴。」太傅因

---

⑯　【宋】劉義慶：《世說新語·文學第四》，見余嘉錫：《世說新語箋疏》（臺北：華正書局，1984），頁231。

戲謝曰:「卿居心不淨,乃復強欲滓穢太清邪?」**⑰**

　　就謝景重(謝重)而言,「天月明淨」與「微雲點綴」是兩種不同的自然景象,各自代表一種可以欣賞的審美旨趣或審美意境,並不必然要特別具有道德的意義。因此,在謝景重的想法中,他所以偏好微雲點綴的景致,祇是單純就著兩種不同的審美意境作出個人的選擇。然而,司馬道子的戲言卻有意將道德的涵義加在自然景象之上,並且在自然景象與道德的涵義之間加以類比,因而對於微雲點綴此等景致的喜愛,也就難免「居心不淨」、「強欲滓穢太清」的嘲諷了。在此,任何有關個人的審美活動或審美態度,適足以顯示出個人內在的德性與操守,而不同的審美旨趣或審美意境上的偏好,則是更明確有著道德意義上的位階高下的區隔。古典論述場域中所出現的對於審美活動的約制或干預,即是在於道德實踐的純正。

　　另外,值得一提的是,在司馬道子提出對於謝景重半帶戲謔的評說之後,謝景重個人並沒有再有任何更進一步的申辯,或許對話就真的就此打住;或許謝景重仍有所說,但並沒有被紀錄下來。不過,我們也可如是推論,亦即在這種意見交流的紀錄活動中其實是隱含著某種潛在的權力宰制的關係。在古典文化的歷史場景中,尤其是《世說新語》一書所以編纂成書的階段、以及其中所記錄的時代與人物,言說或論述的活動往往是依附在特定的政治集團,並且以特定的政治人物為此等文化活動的中心——如此,則知識與藝術的論述或表現,不免就要被安放在政治權力的脈絡下加以考量,而政治場域上的支配

---

⑰　【宋】劉義慶:《世說新語・言語第二》,見余嘉錫:《世說新語箋疏》,頁150。

者就同時兼具了意見領袖的身份。這裡,在某種形式上就出現了韋伯所亟於分辨的一項難題,亦即知識或學術活動中有關「教師」與「領袖」之間身份的區隔:「講台上的情境,絕對不是證明一個人是不是領袖的適當場所。……畢竟,在一個聽眾——甚至連持相反意見的人——被迫保持緘默的場合,表現自己堅持信念的勇氣,是太方便了些。」⑱知識的場域原是「理知化」的概念與推論等議題的論辯,而韋伯的觀點隱約說出了知識與權力之間的交互關係。就中國古典的文化場景而言,政治場域中的位階差序倫理是遍在的,因而「教師」與「領袖」的身份可以變換成各式不同的形貌出現,而知識與學術等相關議題的論辯與記錄,往往就在更爲複雜的政治權力架構中展現爲另一種型態的宰制與被宰制的關係。於此,謝景重個人在司馬道子半帶戲謔的評說之後有意無意的緘默,或許是一個顯著的例子。

司馬道子的推類模式、及其顯現的對於內在情意的道德涵義的關注,多少可以反映古典論述傳統中審美活動或審美態度與道德議題之間的相關性。上文中曾經提及,古典論述傳統所以不斷會在審美課題上有所質疑,一方面固然是與文學傳統中的抒情導向有關,但更具根源性的因素,則在於古典論述場域中對於「情性」此一議題的關切,以及由是而來的對於德性/倫理的優先性的堅持。然而,在這種對於德性優先的堅持中,詩學上的某些議題,譬如本書所處理的「意在言外」與「含蓄」,就不祇是做爲一種純粹理論的論述,更顯現爲一種

---

⑱ 【德】韋伯著,錢永祥譯:〈學術作爲一種志業〉,見【德】韋伯著,錢永祥編譯:《學術與政治:韋伯選集(I)》(臺北:遠流出版公司,1991),頁 159。

眞實生活的實踐，其中即有著複雜政治層面上潛在的涵義。至於傳統
政治格局中所體現的上下權力關係與秩序的倫常結構，即是此等面向
與涵義所在的基礎點。魯迅所以會在〈摩羅詩力說〉一文中極力主張
破除「平和」、「無邪」的詩觀，主要就是因爲此等詩觀已然造成一
種無形的「鞭策羈縻」的束縛，而所謂的「言之至反常俗者」或「反
抗挑戰」終未能見。⑲當然，如果單純就審美活動的領域而言，則傳
統倡議的「平和」與「無邪」的詩觀，自有其理論上的意義與旨趣，
而依著現代的論述脈絡來說也可以與所謂的「美感教育」有內在理路
的相互關聯性。在此，我們所關切的重點則是在於古典詩論詩觀所可
能隱含或呈示的修辭策略與言行效應。

　　劉人鵬與丁乃非在〈罔兩問景：含蓄美學與酷兒政治〉一文中，
就曾把古典詩論傳統所揭示的「含蓄」觀念重新加以詮釋，並且擺放
到當代的論述場域，視之爲是「一種修辭策略，以及一種敘事機制，
一種美學理想，一種言行典範」，其中更有著隱藏與揮舞的「力道與
效應」。⑳根據她們的論點，含蓄詩學所隱藏的一種自律或守己的德
性與規範，長久以來成爲維繫既定秩序的機制，並不祇是顯現爲個人
內蘊的對待自己的問題，更是與人際關係、政治社會要求等有關的對
待別人該如何表現的問題。配合既定的秩序，在正式空間扮演好妥貼
合宜的角色，通常是要在自律方面實踐含蓄的德性與規範；而行動與
語言上不安分守己而逸軌者，則通常被要求含蓄自律——因此，計

---

⑲　魯迅：〈摩羅詩力說〉，見《中國歷代文論選》，第四冊，頁450。

⑳　劉人鵬、丁乃非：〈罔兩問景：含蓄美學與酷兒政治〉，國立中央大學英文
　　系性/別研究室編：《酷兒：理論與政治》（性/別研究第三、四期合刊，1998），
　　頁114。

有既定的秩序就可以用一種不需明說的含蓄的力道,使得秩序中心之外的個體喪失生存或活躍的可能。㉑劉人鵬與丁乃非兩人所處理的議題雖然是指向當代性別研究中某種特定的「恐同形式」、以及其中所呈現的「默言寬容」的面向,但在這種解讀方式之下,我們可以清楚看到古典論述中的含蓄詩學其實是有著複雜政治社會層面上潛在的涵義。儘管「含蓄」此一觀念在某種程度上是與抒情傳統強調情感意念的表達有關,而且牽涉到語言能否適切達意的理論議題,然而,就在古典文化場景中,當所有的知識活動與生活實踐都被統攝到某種特定的政治倫常架構時,含蓄的觀念或詩學就可能不衹是情感意念本身如何表現的問題、或者藝術表達工具是否適切的問題,更是一種存在與生活的德性與規範的問題,而「含蓄」的觀念於是由「詩學」的議題轉換成爲一種「政治」的實踐。

　　如此的解析方式,顯然是將古典的詩學觀念轉換爲當代論述情境中一種隱而不宣的操作力道,而且反映出一種集體潛在的行爲模式。審美的議題即此而成爲一種生活的實踐。於此,我們可以援引當代西方政治哲學論述中的一個類似的例子加以說明。德國哲學家海德格曾在一九三零年代熱衷於「國家社會主義」,並且在納粹統治期間接受弗萊堡大學校長一職,由是而引發海德格個人的哲學研究與政治思想之間的相關性的爭議,尤其是他所精心構築的「存在哲學」是否與他的政治信念有著本質上的關聯。於此,美國當代歐洲思想史學者沃林(Richard Wolin)即主張:儘管哲學與生活行爲之間的關係從來不是直接的,而總是顯現爲一種高度中介性的,但是就在海德格的身

㉑　劉人鵬、丁乃非:〈罔兩問景:含蓄美學與酷兒政治〉,頁 117-18。

上，哲學思想應該被視爲是一種生存感知的基礎，並且追根究底是要對個人所選擇的政治後果負責任。沃林就此強調，不論是在認識論、或是在美學與邏輯的場域中，哲學思想要爲實踐的生活行爲負起後果責任，其實更應是至關重要。因此，海德格早在一九二七年《存在與時間》一書中所標示的「存在的哲學」，以及經由此一哲學想要極力克服的傳統上在理論與實踐之間的分判，其實已暗示理論與實踐之間更可能存在著一種極爲密切相屬的關聯性。更重要的，如果說存在本身並不可能避開特定的歷史場景以及生活的實踐此等面向，則所謂的「存在的哲學」勢必要轉化爲「存在的政治」。當然，處理這樣的一種轉換方式或過程，勢必需要重建哲學思想與生活實踐之間的一種內在邏輯，這決不是單以一對一或兩兩相應此等機械論的比附型態就可以進行的，而是更要與具體的歷史生活情境相互關聯，譬如說國族主義的種族信條與反猶太主義在當時德國知識官僚階層（intellectual mandarinate）的作用力，以及海德格個人反現代主義的世界觀。㉒

當然，就海德格的例子而言，所謂的「政治」是明確指稱一種引導政治活動與實踐的理論或主張，而近代論述場域中的「政治」概念，則擴大其適用的範圍，指稱人際之間在位階與權力支配關係上的角力抗衡。至於在中國古典的文化論述場域中，「含蓄」的觀念如何由理論論述的「詩學」議題轉換成爲一種生活實踐的「政治」議題，或許還有待更進一步的資料彙整與解析，藉以揭示其中所可能隱含或呈示的修辭策略與言行效應。進行這樣的解讀，我們不但要需精細的

㉒　Richard Wolin, **The Politics of Being: The Political thought of Martin Heidegger** (New York and Oxford: Columbia University Press, 1990), p. 9-15.

闡明古典文化傳統中有關「作者」與「讀者」的身份位階、政治倫常結構中的上下權力對待關係，乃至於言說或論述活動本身所可能隱含或體現的一種複雜的書寫實踐等議題。在這種情況下，書寫活動就不再需要依特定的內容或性質而區分為所謂審美的或道德的範疇，而研究的課題便轉向由各種言說、論述或禁令所構成的「話語」此一對象材料，其中更牽涉到有關「體制」、「規範」與「知識階層」等「主體」與「權力」的交互研究。這或許就是法國思想家傅科 (Michel Foucault) 所倡議的「知識考掘」 (Archaeology of knowledge) 的旨趣。在這種視觀的操作下，歷史的演進並不必然具有「一統連貫性的事實」，而在歷史演變的過程中，各種思想、制度、政教體系乃是處於分立四散的狀態與關係——但研究者的目的卻不在於進行「統合」或「結構分析」的工作，而是在於描述各種「系列」、測定可能的「局限」，乃至於規劃各種「相似與相關性」。簡單說來，探問的議題其實是在於「話語形構」內「人類存有、意識、本源及主體等問題的產生、互相交會、混合乃至於分散」。[23]這種研究方法，自然需要我們重新去理解語言表述與意義之間的關係，以及歷史、知識與真理等概念的界義。不過，這將是另一個階段的工作了。

　　基本上，如此一種研究方式，在性質上不應被視為是以外加的參考架構對於古典文化進行支解或分化的工作，而應該視為是試圖以當代的研究議題與語彙重新闡釋古典文化的內容，藉此抉發古典文化

---

[23]　【法】傅柯著，王德威譯：《知識的考掘》（臺北：麥田出版公司，1993），頁 86-87。另外，請參考王德威為該書所撰寫的導讀：〈「考掘學」與「宗譜學」—再論傅柯的歷史文化觀〉，頁 39-64。

可能的內蘊。正如同我們在本書〈導論〉部分中曾經引述胡賽爾對於「反思」此一活動所提出的說解：「反思」，無非意味著要試圖重新建構存在於單純平常的意見中的意義，或者是「試圖使在不清楚的行動方向中模糊地浮現出來的意義」變得清楚明朗。因此，這樣的一種研究工作就具體顯現在論述場域上對於既定語彙與觀念的說解與闡釋的活動，其中牽涉到的問題除了論述型態的轉變之外，或許更需要像是法國哲學家保羅・利科 (Paul Ricoeur) 所主張的詮釋方式，一旦我們解釋的更多，也就可以理解的更清楚。❷❹究竟而言，「過去」與「現在」、甚或是「中國」與「西方」，並不具有某種特定不變的本質或內容，但都不免是要在當下一刻相互交叉，進而形成一個遠為複雜深廣的「詮釋」與「理解」的網絡，其中自然牽涉到自我認同的問題，並且衍生新的意義。所謂的「傳統」，其實也就是在這種辨識過程中被塑造出來，且成為往前開展的創作與解讀活動必要的基礎。

---

❷❹　Paul Ricoeur, **Time and Narrative: Volume I**, trans. Kathleen McLaughlin and David Pellauer (Chicago and London: University of Chicago Press, 1984), p. x.

引用書目[*]

中文論著

孔穎達　《毛詩正義》　臺北：藝文印書館影印十三經注疏乾隆四年武英殿刻本。

孔穎達　《春秋左傳正義》　臺北：藝文印書館影印十三經注疏乾隆四年武英殿刻本。

孔穎達　《周易正義》　臺北：藝文印書館影印十三經注疏乾隆四年武英殿刻本。

邢　昺　《論語正義》　臺北：藝文印書館影印十三經注疏乾隆四年武英殿刻本。

徐志銳　《周易大傳新注》　山東：齊魯書社，1986。

鄭玄注，賈公彥疏　《周禮注疏》　臺北：藝文印書館影印十三經注疏乾隆四年武英殿刻本。

鄭　玄《周禮正義》　臺北：藝文印書館影印十三經注疏乾隆四年武英殿刻本。

王先謙　《漢書補注》　臺北：藝文印書館影印二十五史光緒庚子長沙王氏校刊本。

章學誠　《文史通義》　臺北：鼎文書局，1972。

---

* 　引用書目，由清華大學中國文學系碩士班研究生許暉林君代為整理，謹此致謝。

朱　熹　《四書章句集注》　北京：中華書局點校本，1983。

朱駿聲　《說文通訓定聲》　臺北：藝文印書館影印本，1974。

吳毓江撰　《墨子校注》　上冊　北京：中華書局，1992。

陳奇猷　《韓非子集釋》　上冊　臺北：漢京文化公司，1983。

陳奇猷　《呂氏春秋校釋》　上冊　上海：學林出版社，1984。

陳鼓應　《莊子今註今譯》　上冊　臺北：臺灣商務印書館，1975。

郭慶藩輯，王孝魚點校　《莊子集釋》　臺北：華正書局影印本，1979。

歐陽超、歐陽景賢　《莊子釋譯》　下冊　臺北：里仁書局，1992。

樓宇烈　《王弼集校釋》　下冊　北京：中華書局，1980。

牟宗三　《才性與玄理》　臺北：學生書局，1974。

余英時　《中國知識階層史論〈古代篇〉》　臺北：聯經出版公司，1980。

徐復觀　《中國人性論史——先秦篇》　臺北：臺灣商務印書館，1969。

勞思光　《中國哲學史》　第二卷　香港：香港中文大學崇基學院，1971。

湯錫予　《魏晉思想甲編五種》　臺北：里仁書局，1984。

崔大華　《莊學研究——中國哲學一個觀念淵源的歷史考察》　北京：人民出版社，1992。

金聖歎　《金聖歎全集》　第三冊　臺北：長安出版社，1986。

洪興祖　《楚辭補注》　臺北：漢京文化公司，1983。

黃庭堅　《豫章黃先生文集》　臺北：臺灣商務印書館縮印宋刊本。

陳騤著，劉明暉點校　《文則》　香港：中華書局，1977。

葉　適　《葉適集》　上冊　臺北：河洛圖書出版社，1974。

魏慶之　《詩人玉屑》　臺北：商務印書館，1972。

戴鴻森點校　王夫之撰，《薑齋詩話箋注》　臺北：木鐸出版社，1982。

戴鴻森點校　張宗柟纂集，《帶經堂詩話》　北京：人民文學出版社，1982。

劉勰撰，周振甫注　《文心雕龍注釋》　臺北：里仁書局，1984。

劉勰撰，范文瀾注　《文心雕龍注》　臺北：明倫出版社，1970。

嚴可均輯　《全上古三代秦漢三國六朝文：全晉文》　上冊　北京：商務印書館點校本，1999。

嚴羽撰，郭紹虞校釋　《滄浪詩話校釋》　臺北：東昇出版公司，1980。

丁福保輯　《清詩話》　兩冊　臺北：西南書局，1979。

───　《歷代詩話續編》　兩冊　臺北：木鐸出版社，1983。

何文煥輯　《歷代詩話》　上冊　臺北：漢京文化公司，1983。

吳文治編　《宋詩話全編》　第四冊　南京：江蘇古籍出版社，1998。

郭紹虞、王文生編　《中國歷代文論選》　四冊　上海：上海古籍出版社，1979。

方孝岳　《中國文學批評》　臺北：莊嚴出版社，1981。

王運熙、楊明　《隋唐五代文學批評史》　上海：上海古籍出版社，1994。

王運熙、顧易生　《中國文學批評史》　三冊　上海：上海古籍出版社，1981。

王夢鷗　《文學概論》　臺北：帕米爾書店，1964。

───　《初唐詩學著述考》　臺北：臺灣商務印書館，1977。

───　《古典文學論探索》　臺北：正中書局，1984。

───　《傳統文學論衡》　臺北：時報文化出版公司，1987。

吉川幸次郎　《宋詩概說》　鄭清茂譯　臺北：聯經，1977。

成復旺、黃葆眞、蔡鍾翔　《中國文學理論史（二）》　北京：北京
　　出版社，1987。

余嘉錫　《世說新語箋疏》　臺北：華正書局，1984。

李澤厚、劉綱紀編　《中國美學史》　第一卷　北京：中國社會科
　　學出版社，1984。

吳調公　《神韻論》　北京：人民文學出版社，1991。

吳戰壘　《中國詩學》　臺北：五南圖書，1993。

周文海編譯　《清水凱夫《詩品》《文選》論文集》　北京：首都
　　師範大學出版社，1995。

柯慶明　《中國文學的美感》　臺北：麥田出版公司，2000。

袁濟喜　《六朝美學》　北京：北京大學出版社，1989年。

徐復觀　《中國文學論集》　臺北：學生書局，1974。

──　《中國藝術精神》　第4版。臺北：學生書局，1974。

──　《中國文學論集續篇》　臺北：學生書局，1981。

郭紹虞　《中國文學批評史》　1947。重刊版，上海：上海古籍出版
　　社，1979。

陳世驤　《陳世驤文存》　臺北：志文出版社，1972。

陳光磊、王俊衡　《中國修辭學通史：先秦兩漢魏晉南北朝卷》　長
　　春：吉林教育出版社，1998。

陳萬益　《金聖歎的文學批評考述》　臺北：台灣大學中國文學研究
　　所碩士論文，1973。

曹逢甫　《主題在漢語中的功能研究─邁向語段分析的第一步》　謝
　　天蔚譯　北京：語文出版社，1995。

張伯偉　《全唐五代詩格校考》　西安：陝西人民教育出版社，1996。

張　健　《清代詩學》　北京：北京大學出版社，1999。

黃保真、蔡鍾翔，成復旺　《中國文學理論史》　第四冊。北京：北京出版社，1987。

黃景進　《王漁洋詩論研究》　臺北：文史哲出版社，1980。

黃瑞琪　《曼海姆》　臺北：風雲論壇出版社，1990。

詹　瑛　《文心雕龍的風格學》　臺北：木鐸出版社，1984。

葉嘉瑩　《迦陵談詞》　臺北：純文學出版社，1970。

───　《中國古典詩歌評論集》　臺北：源流出版社，1983。

───　《迦陵談詩二集》　臺北：東大圖書公司，1985。

───　《唐宋詞十七講》　長沙：岳麓書社，1989。

劉若愚著，杜國清譯　《中國詩學》　臺北：幼獅文化公司，1977。

───　《中國文學理論》　臺北：聯經出版公司，1981。

滕咸惠　《人間詞話新注》　臺北：里仁書局，1986。

蔡英俊　《比興、物色與情景交融》　臺北：大安出版社，1986。

蔡英俊編　《意象的流變》　臺北：聯經出版公司，1982。

蔡　瑜　《唐詩學探索》　臺北：里仁書局，1998。

錢鍾書　《管錐篇》　上冊　香港：太平圖書公司，1980。

錢鍾書　《談藝錄補訂本》　北京：中華書局，1983。

盧盛江　《魏晉玄學與文學思想》　天津：南開大學出版社，1994。

簡宗梧　《漢賦源流與價值之商榷》　臺北：文史哲出版社，1980。

謝佩芬　《北宋詩學中「寫意」課題研究》　臺北：臺大出版委員會，1998。

顏崑陽　《莊子藝術精神析論》　臺北：華正書局，1985。

顧易生、蔣凡、劉明今　《宋金元文學批評史》　下冊　上海：上海

古籍出版社，1996。

龔鵬程　《江西詩社宗派研究》　臺北：文史哲出版社，1983。

──　《文化符號學》　臺北：學生書局，1992。

亞里士多德　《亞里士多德全集》　苗力田編　第一卷。北京：中國人民大學出版社，1990。

亞里士多德　《尼各馬科倫理學》　苗力田譯　北京：中國社會科學出版社，1999。

亞里士多德　《詩學箋注》　姚一葦譯　臺北：中華書局，1966。

亞里士多德　《詩學》　陳中梅譯　北京：商務印書館，1996。

亞里士多德　《形而上學》　吳壽彭譯　1959　重刊版，北京：商務印書館，1991。

艾略特　《艾略特文學評論選集》　杜國清譯　臺北：田園出版社，1969。

利　奇　（Geoffrey Leach）著　《語義學》　李瑞華等譯　上海：上海外語教育出版社，1987。

施塔格爾　《詩學的基本概念》　胡其鼎譯　北京：中國社會科學院出版社，1992。

倪梁康選編　《胡塞爾選集》　下冊　上海：上海三聯書店，1997。

徐友漁　《『哥白尼式』的革命—哲學中的語言轉向》　上海：三聯書店，1994。

涂紀亮　《現代西方語言哲學比較研究》　北京：中國社會科學出版社，1996。

孫周興選編　《海德格爾選集》　下冊　上海：三聯書店，1996。

莎士比亞　《莎士比亞戲劇全集》　朱生豪譯　第二輯　1947　重刊

版，臺北：世界書局，1980。

———　《十四行詩》　梁宗岱譯　臺北：河洛圖書出版社，1981。

崔瑞德、魯惟一編　《劍橋中國秦漢史：公元前 221—公元 220 年》。
　　楊品泉等譯　北京：中國社會科學出版社，1992。

達達基茲　《西洋古代美學》　劉文潭譯　臺北：聯經出版公司，1981。

錫德尼著，錢學熙譯　《爲詩辯護》　北京：人民文學出版社，1998。

耀　斯　《審美經驗與文學解釋學》　顧建光等譯　上海：上海譯文
　　出版社，1997。

單篇論文

施逢雨　〈「旁通」與「寄託」--兩種解讀詩詞的特殊方式〉　《清
　　華學報》第 23 卷，第 1 期（1993）：1-30。

高友工　〈文學研究的理論基礎：試論「知」與「言」〉　《中外文
　　學》第 7 卷，第 7 期 (1978)：4-21。

———　〈文學研究的美學問題(下)：經驗材料的意義與解釋〉《中
　　外文學》第 7 卷，第 12 期 (1979)：44-51。

———　〈律詩的美典〉　劉翔飛譯　上下　《中外文學》第 18 卷，
　　第 2 期 (1989)：4-34 (1989)；第 3 期 (1989)：32-46。

———　〈中國語言文字對詩歌的影響〉　《中外文學》第 18 卷，
　　第 5 期 (1989)：4-38。

阮國華　〈孟子詩說復議〉　《古代文學理論研究‧第九輯》　上海：
　　上海古籍出版社，1984：138-53。

陳尚君、汪涌豪　〈司空圖《二十四詩品》辨僞〉　收入《中國古籍
　　研究》　許逸民、傅璇琮編　第一卷　上海古籍出版社，1996。

梅祖麟、高友工　〈唐詩的語意研究〉　黃宣範譯　收入《翻譯與語意之間》　黃宣範著。臺北：聯經出版公司，1976。

梅　廣　〈錢新祖教授與焦竑的再發現〉　《臺灣社會研究季刊》，第 29 期（1998）：1-37。

────　〈釋「修辭立其誠」：原始儒家的天道觀與語言觀─兼論朱子的章句學〉　「朱子學與東亞文明研討會」會議論文。2000年 11 月 16 至 18 日。

張　亨　〈論語論詩〉　收入《文學評論》。文學評論編輯委員會主編　第六集。臺北：巨流圖書公司，1980。

張　亨　〈先秦思想中兩種對語言的省察〉　《思與言》第 8 卷，第 6 期 (1971)：1-10。

張　健　〈《詩家一指》的產生時代與作者─兼論《二十四詩品》作者問題〉《北京大學學報(哲學社會科學版)》，第 5 期 (1995)：34--44。

────　〈《滄浪詩話》非嚴羽所編─《滄浪詩話》成書問題考辨〉《北京大學學報（哲學社會科學版）》第 36 卷，第 4 期（1999）：70-85。

馮耀明　〈中國哲學中的語言哲學問題〉　《自然哲學辯證法通訊》第 13 卷，第 3 期 (1991)：1-9。

黃景進　〈王漁洋「神韻說」重探〉　收入《第一屆國際清代學術研討會論文集》　高雄：國立中山大學中國文學系，1993。

楊　牧　〈爲中國文學批評命名〉　楊澤譯　《中外文學》第 8 卷，第 9 期 (1980)：6-13。

廖蔚卿　〈論中國古典文學中的兩大主題〉　《幼獅學誌》第 17 卷，

第 3 期 (1983)：88-121。

廖棟樑　〈六朝詩評中的形象批評〉　《文學評論》　第八集。臺北：
黎明文化公司，1984：19-100。

劉人鵬　〈游牧主體：《莊子》的用言方式與道——用一種女性主義
閱讀（錢新祖的）《莊子》〉　《台灣社會研究季刊》，第 29
期（1998）：101-130。

蔡英俊　〈曹丕「典論論文」析論〉　《中外文學》第 8 卷，第 12
期 (1980)：124-145。

───　〈「風格」的界義及其與中國文學批評理念的關係〉　收入
《文心雕龍綜論》。中國古典文學研究會主編　臺北：學生書局，
1988。

───　〈「知音」探源：中國文學批評的基本理念之一〉　收入《中
國文學批評》　第一集。呂正惠、蔡英俊主編。臺北：學生書局，
1992。

───　〈「擬古」與「用事」：試論六朝文學現象中「經驗」的借
代與解釋〉　收入《第三屆國際漢學會議論文集》　台北：中研
院文哲所籌備處，出版中。

顏崑陽　〈論漢代文人「悲士不遇」的心靈模式〉　收入《漢代文學
與思想學術研討會論文集》　臺北：文史哲出版社，1991。

───　〈文心雕龍「比興」觀念析論〉　收入《魏晉南北朝文學論
集》　臺北：文史哲出版社，1994。

───　〈論詩歌文化中的「託喻」觀念─以《文心雕龍‧比興篇》
爲討論起點〉　收入《魏晉南北朝文學與思想學術論文集》　第
三輯　臺北：文津出版社，1997。

—— 〈從「言意位差」論先秦至六朝「興」義的演變〉 《清華
學報》第 28 卷,第 2 期 (1998):143-172。

英文論著

Abrams, M. H. *The Mirror and the Lamp: Romantic Theory and the Critical Tradition*. Oxford: Oxford University Press, 1981.

Barthes, Roland. *Roland Barthes by Roland Barthes*. Trans. Richard Howard. London: Macmillan, 1977.

Cassirer, Ernest. *Language*. Vol. 1 of *The Philosophy of Symbolic Forms*. Trans. Ralph Manheim. New Haven: Yale University Press, 1955.

Chang, Kang-I Sun. "Chinese 'lyric criticism' in the Six Dynasties." In *Theories of the Arts in China*, ed. Susan Bush and Christian Murck. Princeton: Princeton University Press, 1983.

Chao, Yuen Ren. *A Grammar of Spoken Chinese*. Berkeley: University of California Press, 1968.

Ch'ien, Edward T. *Chiao Hung and the Restructuring of Neo-Confucianism in the Late Ming*. New York: Columbia University Press, 1986.

Daiches, David. *Critical Approaches to Literature*. 2nd Ed. London: Longman, 1981.

Frenz, Horst. Preface to *Chinese-Western Comparative Literature: Theory and Strategy*, ed. John J. Deeney. Hong Kong: The Chinese University Press, 1980.

Graham, A. C. *Disputers of the Tao: Philosophical Argument in Ancient*

China. La Salle, Ill.: Open Court, 1989.

Guthrie, W.K.C. *A History of Greek Philosophy.* Vol. 1. Cambridge: Cambridge University Press, 1962-81.

Hall, David L. & Roger T. Ames. *Thinking Through Confucius.* Albany: State University of New York Press, 1987.

Heidegger, Martin. "Holderlin and the Essence of Poetry." In *European Literary Theory and Practice: From Existential Phenomenology to Structuralism,* ed. Vermon W. Gras. New York: A Delta Book, 1973.

Jauss, Hans Robert. "Sketch of a Theory and History of Aesthetic Experience." In *Aesthetic Experience and Literary Hermeneutics,* trans. Michael Shaw. Minneapolis: University of Minnesota Press, 1982.

Kennedy, George A., ed. *The Cambridge History of Literary Criticism.* Vol. 1. *Classical Criticism.* Cambridge: Cambridge University Press, 1989.

Krieger, Murray & Michael Clark. "Poetic Meaning." In *The New Princeton Encyclopedia of Poetry and Poetics,* ed. Alex Preminger & T.V.F. Brogan. Princeton: Princeton University Press, 1993.

Liu, James J.Y. "The Paradox of Poetics and the Poetics of Paradox." In *The Vitality of the Lyric Poetry,* ed. Shuen-fu Lin and Stephen Owen. Princeton: Princeton University Press, 1986.

————. *Language-Paradox-Poetics: A Chinese Perspective.* Ed. Richard John Lynn. Princeton: Princeton University Press, 1988.

Mukarovsky, Jan. "Standard Language and Poetic Language." In *Critical*

Theory Since Plato, ed.　Hazard Adams. Rev. ed. Orlando: Harcourt Brace Jovanovich, 1992. Originally published in Paul L. Garvin, trans., *A Prague School Reader on Esthetics, Literary Structure, and Style* (Washington, D.C.: Georgetown University Press, 1964).

Munakata, Kiyohiro. "Concept of *Lei* and *Kan-lei* in Early Chinese Art Theory." In *Theories of the Arts in China*, ed. Susan Bush and Christian Murck. Princeton: Princeton University Press, 1983.

Owen, Stephen. "Poetry in the Chinese Tradition." In *Heritage of China: Contemporary Perspectives on Chinese Civilization*, ed. Paul S. Ropp. Berkeley: University of California Press, 1990.

―――. *Readings in Chinese Literary Thought*. Cambridge, Mass.: Harvard University Press, 1992.

Pack, Robert. "Lyric Narration: The Chameleon Poet." *The Hudson Review* 37, no. 1 (1984): 54-70.

Perrine, Laurence & Thomas R. Arp. *Sound and Sense: An Introduction to Poetry.* 8th ed. New York: Harcourt Brace, 1992.

Ricoeur, Paul. " Husserl and Wittgenstein on Language. " In *Phenomenology and Existentialism*, ed. E. M. Lee and M. Mandelbaum. Baltimore: The Johns Hopkins University Press, 1967. Rotenstreich, Nanthan. *Theory and Practice: An Essay in Human Intentionalities*. The Hague: Martin Nijhoff, 1977.

Scholes, Robert. *Elements of Poetry.* London: Oxford University Press, 1969.

Langer, Susanne K. *Feeling and form : A Theory of Art.* New York:

Charles Scribner's Sons, 1953.

Tsai, Ying-chun. "Text, Meaning, and Interpretation: A Comparative Study of Western and Chinese Literary Theories." Ph.D. diss., University of Warwick, 1997.

Wellek, Rene. *The Late Nineteenth Century*. Vol. 4 of *A History of Modern Criticism: 1750-1950*. 1965. Reprint, Cambridge: Cambridge University Press, 1983.

Wellek, Rene & Austin Warren. *Theory of Literature*. 1949. Reprint. London: Penguin Books, 1993.

Wilde, Oscar. "The Decay of Lying." In *The Artist as Critic: Critical Writings of Oscar Wilde*, ed. Richard Ellmann. 1969. Reprint, Chicago: The University of Chicago Press, 1982.

Williams, Raymond. *Keywords: A Vocabulary of Culture and Society*. Oxford: Oxford University Press, 1976.

國家圖書館出版品預行編目資料

中國古典詩論中「語言」與「意義」的論題：
「意在言外」的用言方式與「含蓄」的美典
蔡英俊著.— 初版.— 臺北市：臺灣學生，2001 [民 90]
面；公分
參考書目：面
ISBN 957-15-1077-7 (精裝)
ISBN 957-15-1078-5 (平裝)

1. 中國詩 — 評論

821.8   90005992

中國古典詩論中「語言」與「意義」的論題——
「意在言外」的用言方式與「含蓄」的美典（全一冊）

著　作　者：蔡　　　英　　　俊
出　版　者：臺　灣　學　生　書　局
發　行　人：孫　　　善　　　治
發　行　所：臺　灣　學　生　書　局
　　　　　　臺北市和平東路一段一九八號
　　　　　　郵政劃撥帳號：00024668
　　　　　　電話：(02)23634156
　　　　　　傳真：(02)23636334
本書局登
記證字號：行政院新聞局局版北市業字第玖捌壹號
印　刷　所：宏　輝　彩　色　印　刷　公　司
　　　　　　中和市永和路三六三巷四二號
　　　　　　電話：(02)22268853

　　　　　　精裝新臺幣三八〇元
定價：　　　平裝新臺幣三一〇元

西　元　二　〇　〇　一　年　四　月　初　版

82118　　　　有著作權·侵害必究
　　　　　ISBN 957-15-1077-7 (精裝)
　　　　　ISBN 957-15-1078-5 (平裝)